HEYNE

DAS BUCH

Ally hat es sich mit ihrem Ehemann und dem Beruf als Rechtsanwältin glücklich eingerichtet. Sie genießt es, ihre irischen Wurzeln hinter sich gelassen zu haben, nachdem ihre Eltern sie als Kind nach England schickten, damit sie es einmal besser haben sollte. Das hat sie ihnen nie verziehen. Doch als ihre Mutter einen Herzinfarkt erleidet, kann sich Ally nicht mehr verstecken. Als sie Briefe an ihre Mutter findet, kommt ihr ein schlimmer Verdacht. Ally muss sich den Konsequenzen stellen und den Mut finden, endlich ihren eigenen Weg zu gehen und ihrem Herzen zu folgen.

DIE AUTORIN

Liz Balfour, geboren 1968, studierte Theaterwissenschaften und ist als Dramaturgin in Deutschland sowie im englischsprachigen Raum tätig. Schon von früher Jugend an war sie fasziniert von Irland, der grünen Insel, und verbringt ihre freie Zeit am liebsten im County Cork.

LIZ BALFOUR

Ich schreib dir sieben Jahre

Roman

WILHELM HEYNE VERLAG
MÜNCHEN

Für die Aussprache der irischen Namen
und ein kleines Irland-Lexikon siehe Anhang.

MIX
Papier aus verantwortungsvollen Quellen
FSC® C014496

Verlagsgruppe Random House FSC-DEU-0100
Das für dieses Buch verwendete FSC®-zertifizierte
Papier *Holmen Book Cream* liefert
Holmen Paper, Hallstavik, Schweden.

2. Auflage
Originalausgabe 12/2011

Redaktion: Eva Philippon
Printed in Germany 2012
Umschlaggestaltung: © Eisele Grafik Design, München
Umschlagabbildungen: © tombonatti/Vetta/Getty Images;
© John Woodworth/Photodisc/Getty Images;
© oonat/Flickr/Getty Images
Satz: KompetenzCenter, Mönchengladbach
Druck und Bindung: GGP Media GmbH, Pößneck
ISBN: 978-3-453-40861-6

www.heyne.de

11. Mai 1972

Liebe Deirdre,

warst du tatsächlich überrascht, als der Junge dir eine Rose überreichte? Wie hat er sich gefreut - erst erfährt er, dass sein Opa bald aus dem Krankenhaus entlassen wird, und dann gibt ihm der Mann mit dem Gipsbein, der neben seinem Opa im Zimmer liegt, auch noch ein paar Pence extra, damit er rasch eine Rose für die hübsche Krankenschwester besorgt... Er sagte mir, du hättest erstaunt dreingeblickt, als er sie dir gegeben hat! Aber ich glaube, du hast ihm nur etwas vorgespielt. Du wusstest sofort, dass sie von mir war. Sonst hätte dich mein Kuss viel mehr verwundert...

Liebste Deirdre, ich kann und werde den heutigen Tag niemals vergessen. Mein Beinbruch ist fast verheilt, über meinen Sturz vom Pferd lache ich längst, morgen schon werde ich entlassen, aber ich wünsche mir, sie würden es mir ein zweites Mal brechen oder gleich wegoperieren, damit ich noch länger bleiben darf, nur um dich jeden Tag zu sehen. Und sei es nur für wenige Minuten.

Sei es nur, um deine kühlen Hände ganz beiläufig zu berühren, ganz heimlich, wenn du die Decken aufschüttelst. Um dein Lächeln zu genießen, wenn du mir etwas bringst.

Aber ich muss gehen, muss zurück nach Hause. Du weißt, dass mich meine Frau und drei Kinder erwarten, ich weiß,

dass es nicht sein darf, aber ich wünsche mir nichts in diesem Leben so sehr, als dich wiederzusehen.
Willst du mich wiedersehen? Ich hoffe es so sehr. Denn für mich ging endlich die Sonne auf, nachdem das Jahr so dunkel und kalt angefangen hatte. Du hast mir Licht und Wärme gebracht, und ich weiß, dass ich ohne dich nicht mehr glücklich werden kann.
Sag Ja! Du musst Ja sagen. Du bist Deirdre, und ich bin Naoise, wie in der alten Legende. Wir gehören zusammen, auch wenn alle Welt dagegen ist ... Liebten wir uns denn nicht schon im ersten Augenblick, wie diese beiden es taten?
Ich werde dir so lange schreiben, bis du Ja zu einem Treffen sagen wirst. Ich werde dir alles von mir erzählen, so lange, bis du mich besser kennst als dich selbst ...

Dein M.

1.

»Tee ist gerade aus«, sagte der Wirt der Pine Lodge.

»Tee ist aus?«

»Lieferantenengpass. Lange Geschichte.« Er lachte. »Morgen ist wieder welcher da.«

»Dann nehm ich …«

»Ein Bier?«

»Nicht sonntagmittags um zwölf, danke.«

»Ich sag's auch keinem weiter.« Er grinste und hielt ein Pintglas hoch.

Ich musste lachen, schüttelte aber den Kopf. »Versuchen wir es mit Orangensaft.«

»Tja …«

»Was ist? Ist Orangensaft auch aus?«

»Ich weiß nicht, ob ich das verantworten kann, am Sonntagmittag.«

Mittlerweile lachte das halbe Pub über uns. Der Wirt schob mir augenzwinkernd den Saft herüber, und ich musste ihm beichten, dass ich vergessen hatte, Pfund in Euro zu wechseln. An alles hatte ich gedacht. Wie üblich, wenn ich irgendwohin flog, war ich perfekt ausgerüstet, ganz so als befürchtete ich, drei Wochen lang auf einer einsamen Insel zu stranden. Ich hatte auch alle Akten mitgenommen, die ich bis nächste Woche durcharbeiten wollte. Sogar Handtücher hatte ich eingepackt, obwohl ich bei meiner Mutter wohnen und nur zwei Nächte bleiben würde. Von einer überraschenden Handtuchknappheit im County Cork war mit hoher Wahrscheinlichkeit nicht auszugehen. Aber so war ich nun mal: für jeden Notfall ausgerüstet. Nur diesmal hatte ich vergessen, Geld zu wechseln. Das war mir noch nie passiert.

Der Wirt zog das volle Glas zurück und sagte streng: »Für britische Pfund gibt's nur Bier.«

Für einen Moment glaubte ich wirklich, er meinte es ernst, aber dann sah ich, wie seine Mundwinkel zuckten.

»Ich besuche meine Mutter«, erklärte ich. »Sie sollte schon längst hier sein, um mich abzuholen. Bestimmt kommt sie jeden Moment. Dann gibt sie Ihnen das Geld.«

»Wer ist denn Ihre Mutter?«, fragte er, doch ein wenig misstrauisch. »So viele Engländerinnen gibt es in unserem schönen Myrtleville nicht.«

»Deirdre Sullivan.«

Er riss staunend die Augen auf. »Dann musst du die kleine Alannah sein! Das kann ich kaum glauben! Was für eine Überraschung! Ich bin Gerry. Bestimmt erinnerst du dich kein Stück mehr an den alten Gerry …«

Seit Jahren hatte mich niemand mehr Alannah genannt. »Ally Russell, wenn's recht ist. So heiß ich jetzt. Freut mich sehr.«

Wir schüttelten uns die Hand, und er strahlte immer noch. Von sich selbst als dem alten Gerry zu sprechen, war völlig übertrieben. Er war noch keine fünfzig, hatte volles schwarzes Haar und eine beachtlich sportliche Figur. »Ganz die Mutter«, behauptete er. »Bis auf den Akzent. Dass ich da nicht gleich draufgekommen bin, so ähnlich, wie ihr euch seht. Du klingst gar nicht mehr nach Myrtleville. Wie lange bist du schon in England? Zehn Jahre?«

»Zwanzig.«

»Niemals! Du bist doch erst …« Er schien nachzurechnen. »Was denn, so lange ist das schon her? Verdammt, wir werden nicht jünger. Das gilt für uns beide! Also, der Orangensaft geht auf mich.« Er lächelte versonnen. »Die kleine Alannah Sullivan«, hörte ich ihn murmeln, während ich mir mit dem Glas in der Hand einen Platz suchte und ihn den anderen Gästen überließ.

Ich zog mein Handy aus der Tasche und rief bei meiner Mutter an, aber sie ging nicht ans Telefon. Sicher war sie schon unterwegs. Ich wollte hier auf sie warten.

Heute Morgen war ich in London bei schönstem Frühlingswetter ins Flugzeug gestiegen und hatte mich auf die satten grünen Hügel des County Cork gefreut. Besonders der Anblick von Cork Harbour, einem der größten Naturhäfen der Welt, war aus der Luft atemberaubend. Doch als wir über Bristol flogen, war die Wolkendecke zu dicht, um etwas zu sehen, und kurz vor dem Landeanflug auf Cork informierte uns der Pilot, dass es an unserem Zielflughafen regnete und ein paar Grad kühler war als in London. Er hatte schamlos gelogen: Es schüttete, und der Wind fühlte sich eiskalt an. Trotzdem hatte ich versucht, der Busfahrt nach Myrtleville etwas abzugewinnen. Die Landschaft ist zunächst einfach nur schön. Die weite Fläche und der freie Horizont beruhigen das Auge und den Geist, bis man an die Küste kommt. Dann wird es spektakulär, der Anblick ist einzigartig, besonders, wenn die

Sonne die Farben leuchten lässt: grünes Land, blaues Meer, schwarze Felsen, gelber Sand. Aber das Wetter wollte heute nicht mitspielen. Es regnete oft im County Cork, es gehörte einfach dazu, und ich hatte es wohl vergessen, weil ich schon so lange nicht mehr hier gewesen war. Bei meinem letzten Kurzbesuch vor sieben Jahren hatte ununterbrochen die Sonne geschienen. Jedenfalls kam es mir in der Erinnerung so vor.

In den vergangenen Wochen hatte meine Mutter so oft angerufen wie noch nie und mich geradezu angefleht, sie endlich wieder mal zu besuchen. Zuerst hatte es mir zeitlich gar nicht gepasst. Im Büro gab es extrem viel zu tun, und wir waren am Wochenende mit Freunden verabredet, die wir schon lange nicht mehr gesehen hatten. Ich versprach ihr, im Sommer zu kommen, aber davon wollte sie nichts hören. Dann sprach Benjamin das entscheidende Wort: »Deirdre hast du noch viel länger nicht gesehen. Fahr doch hin, Ally. Du musst ja nicht lange bleiben, und die Akten durchgehen kannst du dort auch.«

Zwei Nächte sollte ich bleiben. Warum sie mich so dringend sehen wollte, war am Telefon nicht aus ihr herauszukriegen. Nur, dass es sehr wichtig wäre.

Und jetzt konnte ich sie nicht erreichen. Ich nippte an meinem Orangensaft, blätterte in einer Zeitung vom Vortag und wartete. Ein alter, kahlköpfiger Mann mit fadenscheiniger, schmuddeliger Kleidung kam herein und begann, Flöte zu spielen. Ein jüngerer, gepflegt wirkender Mann begleitete ihn auf der Fiddle. Der Wirt wiegte den Kopf im Takt, und ein paar frühe Trinker hörten andächtig zu. Jetzt, da sie wussten, wer ich war, nickten mir die Leute freundlich zu, wenn sich unsere Blicke trafen.

Der alte Mann legte die Flöte zur Seite und stimmte ein Lied an. Es war ein altes irisches Volkslied, »The Wind that Shakes the Barley«: Es erzählt von einem jungen irischen Rebellen, der seine Liebste verlässt, um für sein geliebtes Irland zu kämpfen. Ich hörte zu, wie er Strophe für Strophe zum Besten gab und von Blut, Tod und gebrochenen Herzen sang. Die traurige Grundstimmung ließ mich wieder an meine Mutter denken, und ich machte mir Sorgen. Zu spät zu kommen war eine Sache, aber dass ich Deirdre seit der Landung weder auf dem Handy noch am Festnetz im Cottage erwischt hatte, ließ mich unruhig werden. Vielleicht hatte sie bei dem Regen einen Autounfall gehabt?

Als der Mann verstummte, drückte ich ohne Hoffnung die Wahlwiederholung. Nichts. Ich fragte den Wirt nach einem Taxi, aber der lachte.

»Heute ist ein verrückter Tag. Kein Tee, keine Taxis. Cal hilft aus, er hat gerade eine Fahrt nach Limerick. Ryan bringt seine Frau ins Krankenhaus. Sie ist schwanger, und bis das Kind da ist, macht der keine Fahrten, das kannst du mir glauben. Na ja, und dann ist da noch Steve …«

»Ja?«

»… aber der hat eben angerufen, weil er mit dem Wagen liegen geblieben ist.«

»Einen Bus gibt's wohl immer noch nicht?«

»Nicht zu deiner Mutter, nein.«

»Und hier fährt auch zufällig keiner in diese Richtung?« Ich sah mich im Pub um.

Gerry schüttelte den Kopf. »Wenn hier einer von denen mit dem Wagen gekommen wäre, würde ich ihm persönlich den Schlüssel abnehmen.« Er sah mich ernst an. »Da kannst du dich drauf verlassen.«

Ich wusste, was er meinte: Mein Vater war vor zehn Jahren von einem Betrunkenen überfahren worden.

»Dann muss ich wohl laufen«, sagte ich und stand seufzend auf.

»Warte doch noch hier«, schlug Gerry vor, »vielleicht hat sie die Uhrzeit verwechselt.«

Aber ich hatte keine Geduld mehr. Ich wollte wissen, warum mich meine Mutter so lange warten ließ und warum sie nicht ans Telefon ging. Ob sie krank war? Ich verwarf diesen Gedanken gleich wieder. Deirdre war erst sechzig und hatte nie in ihrem Leben gesundheitliche Probleme gehabt. Aber vielleicht hatte sie mit dem Wagen eine Panne gehabt?

Ich erzählte Gerry von meinen Befürchtungen, und er rief seinen Kumpel Dan an, der in der Gegend die einzige Werkstatt mit Abschleppdienst hatte. Dan wusste von keinem Unfall, und die Nachricht beruhigte mich etwas.

Dennoch beschloss ich aufzubrechen. Ich schlug den Kragen hoch und machte mich am vermutlich kältesten, nassesten Tag im irischen Mai seit Einführung des Gregorianischen Kalenders auf den Weg. Es war nicht sehr weit bis Emerald Cottage, und der Blick über die Steilküste auf die Keltische See und Ringabella Bay war bei jedem Wetter atemberaubend. Aber anderthalb Meilen im strömenden, windgepeitschten Regen in nicht wirklich funktionaler Kleidung – es gab so einige Dinge, die ich lieber tat.

Nach zwei Minuten konnte ich das Regenwasser überall auf der Haut spüren, und ich fragte mich, ob mein

Rollkoffer gerade genauso volllief wie meine Stiefel. Dabei machte ich mir weniger Sorgen um die Kleidung, die ich sorgfältig zusammengefaltet hatte. Vielmehr quälte mich der Gedanke, meine Unterlagen und mein Laptop könnten Schaden nehmen. Schon hatte ich Albtraumvisionen, wie ich in dem winzigen Cottage meiner Mutter hockte, der Laptop ruiniert, die Dokumente durchweicht und unleserlich, das Handy abgesoffen. Wie Mutter und ich uns anschwiegen, weil wir uns wie so oft schon gestritten hatten, und auf die Uhr starrten, bis es endlich Zeit war, dass ich den Rückweg zum Flughafen antreten konnte. »Hoffentlich kommt es anders«, murmelte ich vor mich hin.

Das Klappern von Pferdehufen wischte die trübsinnigen Bilder aus meinem Kopf. Ich fragte mich, wer so wahnsinnig war, bei diesem Wetter auszureiten. Da es schon seit Stunden schüttete, konnte es kaum ein Reiter sein, der vom Regen überrascht worden war. Ich drehte mich um und sah – nichts. Ich hörte nur das Klappern. Vielleicht brachte der Wind das Geräusch aus einer anderen Richtung? Langsam drehte ich mich um meine eigene Achse. Ich sah die grüngrauen Felder, die vereinzelten winzigen Häuschen, die sich in der Ferne unter den schweren, tief hängenden Wolken duckten, die schwarzgraue, aufgewühlte See – aber nichts, was den Ursprung des Geräuschs erklärte. Gerade als ich weitergehen wollte, erschien hinter mir, wie ich aus dem Augenwinkel sah, ein Pferd auf dem Hügel, den ich soeben heruntergekommen war. Es blieb auf der Hügelkuppe stehen, das Klappern war verklungen. Fasziniert starrte ich die dunkle Silhouette des eleganten Tieres an, die sich von dem graublauen Himmel abhob. Regungslos stand das Pferd da, während über seinem Haupt die Wolken vorübertrieben. Nur seine lange Mähne und der Schweif flatterten im Wind. Ich weiß nicht, wie lange es so dastand und mich anstarrte, aber ich war wie verzaubert. Die Magie war vorüber, als es plötzlich den braunen Kopf mit der weißen Blesse herumwarf, laut wieherte und losgaloppierte. Ich dachte noch, es hätte seinen Reiter abgeworfen, aber dann sah ich, dass Zaumzeug und Sattel fehlten. Das Pferd rannte jetzt direkt auf mich zu, meine Hände krampften sich um den Koffergriff. Dann hörte ich Motorengeräusche. Ein dunkelgrüner Defender mit einem Pferdeanhänger kam über den Hügel und raste mit hoher Geschwindigkeit den Hang hinunter.

Ich konnte gerade noch zur Seite springen, um nicht von dem panischen Tier umgerannt zu werden. Dabei rutschte ich in der nassen Erde aus und fiel in den Dreck. Der Defender hatte mittlerweile aufgeholt und verfolgte den Braunen noch ein Stück, bis dieser am Rand der Klippe stehen blieb und sich aufbäumte. Einen Augenblick sah es so aus, als würde sich das Pferd auf die Motorhaube stürzen, aber dann drehte es sich um und galoppierte wieder in meine Richtung. Doch es kam nicht sehr weit: Ich hörte einen Knall, und das Pferd brach mitten in der Bewegung zusammen – es fiel einfach um.

War es von dem Geländewagen bis zur Erschöpfung gejagt worden? Oder hatte gar jemand auf das Pferd – geschossen? Hatte ich wirklich etwas gehört, oder war es nur der Wind gewesen? Was ging hier vor?

Zwei Gestalten sprangen aus dem Wagen und eilten zu

dem leblosen Pferd. Sie schienen es mit raschen Bewegungen zu untersuchen. Ihre Gesichter konnte ich nicht erkennen, sie trugen Regenjacken mit Kapuzen, die sie sich tief ins Gesicht gezogen hatten. Aber von der Statur und den Bewegungen her ging ich davon aus, dass es Männer waren. Ich wagte mich nicht zu rühren, saß regungslos im Matsch, da merkte ich, dass das Prasseln leiser geworden war. Der Regen ließ langsam nach. Trotzdem konnte ich nicht deutlich verstehen, was die Männer sagten, der Wind trieb nur einzelne Satzfetzen in meine Richtung.

»... der Gaul lebt noch ...«

»... schnell mitnehmen ... müssen uns beeilen ...«

»... frage mich, wem der gehört ...«

»... Stange Geld gekostet ...«

»... edles Tier ...«

Während ich mich aufrappelte und mir notdürftig den Schmutz von der Hose klopfte, ging einer der Männer zurück zum Wagen. Der zweite kniete weiter am Pferd. Erst jetzt sah ich, dass er eine große schwarze Tasche, die wie eine Arzttasche aussah, dabeihatte. Der erste Mann rangierte mit dem Defender und versuchte, den Anhänger näher zum Tier zu bringen, was durch die vom Regen aufgeweichte Erde nicht einfach war.

»Gehen Sie weiter, alles in Ordnung«, rief mir der Mann mit der Arzttasche zu, als ich auf sie zustapfte. »Bleiben Sie auf der Straße, sonst stürzen Sie womöglich noch.«

»Kann ich helfen?« Ich hatte ebenfalls meine Stimme erhoben, um den aufheulenden Motor des Geländewagens zu übertönen.

»Nein, gehen Sie weiter. Hier ist alles in Ordnung«, wiederholte er.

»Was ist mit dem Pferd?«, wollte ich wissen.

»Alles gut«, sagte er, was offensichtlich gelogen war. Aus der Nähe erkannte ich erst, wie abgemagert der Braune war. Was ging hier vor?

»Sind Sie Tierarzt?«

»Hören Sie, wir haben hier zu tun, okay?« Er klang jetzt gereizt.

Aus dem offenen Wagenfenster hörte ich die Stimme des anderen Mannes: »Gehen Sie nach Hause.« Mehr ein Befehl als ein Vorschlag.

Ich wollte etwas antworten, aber ich brachte, als ich sein Gesicht sah, kein Wort heraus. Ich war wie vom Blitz getroffen. Dieser Mann ... ich kannte ihn! Und ich verband etwas mit ihm. Doch die Erinnerung drang nicht an die Oberfläche. Sie schien tief verschüttet zu sein, zu tief für den Augenblick. Ich konnte nicht einmal sagen, ob ich gute oder schlechte Erinnerungen an ihn hatte. Oder vielleicht sah er nur jemandem ähnlich? Aber wem? Er schien mich nicht wiederzuerkennen, sah mich aber auch nicht richtig an, denn er war damit beschäftigt, den Wagen aus einer Matschrinne frei zu bekommen.

»Na los, machen Sie schon. Oder wollen Sie noch eine Ladung Dreck von den Reifen abbekommen?«, rief er und drückte das Gaspedal. Die Reifen drehten durch, und ich sprang panisch einen Meter zurück.

»Hey!«, schrie ich.

Er lachte, sein Freund ebenfalls. Der Braune lag am Boden und bewegte sich nicht.

Hier ist doch etwas faul, dachte ich. Diese Typen haben

ein Pferd bis zur Erschöpfung gejagt, und jetzt wollen sie es mitnehmen. Das Pferd gehört ihnen offensichtlich nicht, aber es scheint ein wertvolles Tier zu sein. Möglicherweise war es krank, vielleicht hatte man es sogar misshandelt? Kurz gesagt: Sauber war die Sache nicht, das war mir klar. Ich hatte jedoch keine Lust, mich wegen eines Tieres unnötig in Gefahr zu bringen. Nachdem ich mir das Kennzeichen des Defenders eingeprägt hatte, folgte ich dem Rat der Männer und setzte meinen Weg durch den kalten Mairegen fort.

Gefühlte drei Stunden später (in Wirklichkeit waren es wohl zehn Minuten) stand ich vor Emerald Cottage. Es schmiegte sich in malerischer Einsamkeit an den Abhang. Die Küste war hier immer noch steil, erst eine Meile weiter nach Westen senkte sie sich in sanften Terrassen zum Meer hinab. Wenn die Sonne schien, war das Wasser smaragdgrün wie das irische Gras.

Meine Mutter hatte um das von wildem Wein bewachsene Steinhaus herum einen Garten angelegt, der trotz des grauen Wetters mit satten Farben prahlte: Fackellilien, Pfingstrosen, Klatschmohn, Palmen, es war ein wildes und zugleich faszinierendes Durcheinander. Als Kind hätte es für mich keinen schöneren Ort auf der Welt geben können als unseren kleinen Garten, und wenn ich daran zurückdachte, schien natürlich immer die Sonne. Sieben Jahre war es her, dass ich Emerald Cottage zuletzt gesehen hatte, und auch jetzt durchzuckte mich die Erinnerung. Ich sah das Cottage für eine Sekunde in leuchtenden Sommerfarben vor mir … Dann waren Himmel und Straße wieder grau und nass.

Im Küchenfenster brannte Licht. Ich ging zur Haustür und klopfte lange und kräftig. Es dauerte eine gute Minute, bis meine Mutter endlich öffnete. Sie lächelte wie immer merkwürdig abwesend, und ich lächelte zurück. Beide standen wir da und wussten nicht, ob wir uns umarmen sollten. Sie streckte endlich die Hand aus, damit ich sie zur Begrüßung schütteln konnte. Ich nahm sie.

»Guten Tag, Deirdre. Wie geht es dir? Tut mir leid, dass ich dich nicht umarmen kann«, redete ich uns beide aus unserer Hilflosigkeit. »Ich bin so nass und dreckig, weil ich ausgerutscht bin. Soll ich die Schuhe ausziehen? Hier, magst du meinen Mantel nehmen und ihn vielleicht schon mal zum Trocknen aufhängen?« So plapperte ich daher, gab ihr etwas zu tun, lenkte ihre Aufmerksamkeit auf die praktischen Dinge, damit sie nicht merkte, wie unsicher ich mich fühlte. Es war mir alles so fremd geworden: das Haus, in dem ich meine Kindheit verbracht hatte, nicht aber meine Jugend. Der kleine Ort, den ich vor über zwanzig Jahren gegen eine Millionenmetropole als neue Heimat hatte tauschen müssen. Das Land, in dem alle Hinweisschilder zwei Sprachen führten – eine, die ich kannte, aber anders aussprach, und eine, die ich nicht einmal lesen konnte. Und das, obwohl Irisch seit ein paar Jahren die offizielle erste Amtssprache war.

Meine Mutter bemerkte, dass ich mich nicht wohlfühlte.

»Ich weiß, dass du eigentlich keine Zeit hast«, sagte sie. »Danke, dass du trotzdem gekommen bist.«

Ich schüttelte das Wasser von meinen Stiefeln. »Es klang dringend«, sagte ich.

Meine Mutter nickte und lächelte ihr nervöses, abwesendes Lächeln, das sie aller Welt entgegenbrachte. »Ich dachte, an einem Wochenende müsste es gehen.«

»Ich arbeite auch an den Wochenenden, so wie gestern«, erklärte ich. »Und wenn ich nicht arbeite, dann verabreden wir uns mit Freunden. So wie *eigentlich* heute Abend.« Ich merkte selbst, dass ich schon wieder kurz davor war, so zickig zu klingen wie eine Pubertierende.

Meine Mutter reagierte beleidigt, was ich ihr nicht verübeln konnte. »Du hättest ja nicht kommen müssen.« Ich schämte mich für meine Reaktion.

»Aber jetzt bin ich doch da, und es hat ja auch geklappt, zwei Tage mal nicht vor Ort sein zu müssen«, lenkte ich rasch ein. Ich schob mich an ihr vorbei, ging nach oben ins Bad und holte mir ein Handtuch. Deirdre kam nach, reichte mir ihren ausgeleierten Hausanzug und steckte meine Kleider in die Waschmaschine. Wir setzten uns an den schmalen, alten Küchentisch, an dem wir früher immer zu dritt gedrängt gesessen hatten. Ich wärmte mir an der ersten Tasse Tee des Tages meine Hände.

»Du hast einen neuen Kühlschrank«, sagte ich. »Edelstahl, sehr schick!«

»Ja, der alte hat endgültig seinen Geist aufgegeben. Dieser hier ist natürlich viel besser. Und größer. Und was der alles kann!«

»Irgendwann bauen sie welche, die einkaufen gehen und die Sachen dann auch noch selbst einräumen«, sagte ich mit einem Lächeln.

Sie lächelte zurück. »Wenn ich hier ausziehe, nehme ich ihn mit.«

Ich verstand nicht, was sie meinte. Ausziehen? Aus Emerald Cottage? Unmöglich. Hatte Deirdre gerade versucht, einen Witz zu machen? Dass meine Mutter scherzte, war allerdings so selten wie ein nüchterner Ire am St. Patrick's Day. Und ich verstand auch nicht recht, was daran witzig sein sollte. »Du ziehst hier nie aus. Und du wirst diesen Kühlschrank mit Sicherheit sogar noch überleben.«

Deirdre öffnete den Mund, schien es sich dann aber anders zu überlegen. Sie stand auf und ging zu der Anrichte, um den Teekessel auf den alten Gasherd zu stellen und die bunten Topflappen wegzuräumen.

»Wolltest du über etwas Bestimmtes mit mir reden?«, fragte ich.

Sie zögerte. »Nein, ich dachte nur, wir haben uns schon so lange nicht mehr gesehen. Zwei Jahre.«

»Drei.«

»Drei schon …« Sie klang verunsichert. »Wie dem auch sei, eine viel zu lange Zeit, und jetzt bin ich froh, dass du da bist.« Mit einem Lächeln drehte sie sich wieder zu mir.

»Warum hast du mich nicht abgeholt?«

»Oh …« Sie zögerte. »Ich bin eingeschlafen. Letzte Nacht habe ich nicht besonders gut geschlafen. Fast gar nicht. Es ist Vollmond.« Sie sah wirklich müde aus.

»Wenn du dich noch mal hinlegen möchtest …«

»Nein, nein, schon in Ordnung.«

»Ich weiß mich schon zu beschäftigen.« Es hatte leicht und unbeschwert klingen sollen, aber ich war mir nicht sicher, ob es so bei ihr angekommen war. Bestimmt war sie gleich wieder gekränkt.

»Ich kann doch jetzt nicht einfach schlafen, wenn du da bist.«

»Nein, ich bestehe darauf. Leg dich hin, wenn du müde bist.«

»Aber ich hab dich doch schon nicht abgeholt.«

»Ich hab's überlebt.«

»Trotzdem.«

»Ehrlich, du kannst ruhig schlafen.« Langsam wurde ich gereizt.

»Nein, kann ich nicht.«

»Bitte, tu es einfach. Es macht mir nichts aus.«

Sie zögerte etwas, bevor sie sagte: »Wenn ich mich jetzt hinlege, sagst du nur wieder, ich würde mich nicht genug um dich kümmern.«

»Das hat dich noch nie sonderlich interessiert.« Da, es war wieder passiert. Ich konnte einfach nicht anders. Ohne nachzudenken hatte ich diesen Satz gesagt, und kaum, dass ich ihn ausgesprochen hatte, wusste ich: Er machte alles zunichte. Ich ärgerte mich über mich selbst, aber dann ärgerte ich mich noch mehr über meine Mutter, weil sie darauf einging und wir wieder in dieselbe sinnlose, sich im Kreis drehende Diskussion einfielen, die wir seit Jahren führten:

»Du willst doch wieder nur ...«

»Aber nein, du sagst doch immer ...«

»Ich hab noch nie ...«

Und keine von uns beiden wusste, was die andere wirklich dachte oder fühlte. Es war wie verhext.

Bis zum Mittagessen blieb ich in meinem alten Kinderzimmer. Deirdre hatte sich nun doch überreden lassen, eine Weile auf der Couch zu ruhen. Danach wollte sie etwas kochen – es würde ein spätes Mittagessen werden, wofür sie sich mehrfach entschuldigte. Ich untersuchte meinen Rollkoffer. Der Stoff war zwar durchnässt, aber den Kleidern, dem Laptop und den Unterlagen war nichts passiert. Ich blätterte durch ein paar Zeugenaussagen, um mich auf die Gerichtsverhandlung in der kommenden Woche vorzubereiten. Jemand versuchte, einen unserer Mandanten dazu zu zwingen, seine Kündigung zurückzunehmen. Schnell merkte ich, dass ich mich in dieser Umgebung nicht auf den Fall konzentrieren konnte. Sonst konnte ich überall problemlos arbeiten: in überfüllten U-Bahnen, in lauten Bars, selbst in langen Warteschlangen vor Supermarktkassen. Ich schaffte es sogar problemlos, zwischen zwei Gerichtsterminen die Akten zu einem dritten Fall durchzugehen. Aber hier ging nichts in meinen Kopf.

Vielleicht war es die Stille, die mich irritierte. Obwohl es gar keine absolute Stille war. Ich hörte den Wind, der um Emerald Cottage toste, den Regen, der gegen das Fenster prasselte, die Wellen, die an den Klippen der Bucht brachen. Nach einer Weile stand ich auf und sah aus dem Fenster in das kaum unterscheidbare Grau von Meer und Himmel. Fröstelnd rieb ich meine Handflächen aneinander, dann glitt meine Hand nach unten auf der Suche nach dem Heizstrahler. Ich griff ins Leere. Früher hatte er immer hier gestanden. Es war eine unwillkürliche Bewegung, ein Gruß aus meiner Vergangenheit, und ich wunderte mich über mich selbst.

In meinem alten Kinderzimmer gab es im Grunde nichts mehr von mir. Irgendwann hatten meine Eltern alle Kindermöbel weggegeben. Ich hatte ihnen, als ich vierzehn war, großzügig die Erlaubnis gegeben, alles Kinderspielzeug, die Klebebildchen an den Schränken und Märchenposter an den Wänden restlos zu entfernen. Aus dem Kinderzimmer sollte schließlich ein Gästezimmer mit schmalem Polsterbett und einem noch schmaleren Kleiderschrank werden. Aber da meine Eltern außer mir nie Besuch bekamen, wurde daraus schnell ein Abstellzimmer, das meine Eltern während meiner Anwesenheit ausräumten. Nach einer Weile hatte sich das Zimmer in einen, wie Deirdre es nannte, Hauswirtschaftsraum verwandelt, wo gebügelt und genäht und gestopft wurde. Und kurz nachdem ich mit dem Studium angefangen hatte, begriff ich, dass *mein* altes Kinderzimmer ganz zu *ihrem* Zimmer geworden war. Sie übernachtete auf dem schmalen Gästebett, während mein Vater im ehelichen Schlafzimmer jede Nacht seinen Rausch ausschlief.

Ich weiß nicht genau, wann ich angefangen hatte, Relikte aus meiner Kindheit zu vermissen. Mit siebzehn? Mit neunzehn? Jedenfalls lebte mein Vater zu der Zeit noch. Eines Morgens war ich in diesem Zimmer aufgewacht und hatte gedacht: Wäre es nicht schön, wenn hier noch etwas von mir herumstehen würde? Die wunderschönen, wenn auch vom vielen Lesen schon zerfledderten Ausgaben von Frances Hodgson Burnetts »Der geheime Garten« oder Jonathan Swifts »Gullivers Reisen«? Oder die Illustrationen von John Butler Yeats – dem Vater des berühmten irischen Dichters William Butler Yeats –, die ich aufs Sorgfältigste aus einem Kinderbuch von Patricia Lynch abgepaust und nachgezeichnet hatte? Wo waren überhaupt die alten Ausgaben von Lynch, die einmal meiner Großmutter gehört hatten? Diese antiquarischen Erstausgaben waren mittlerweile vermutlich ein

Vermögen wert. Patricia Lynch, die Ende des 19. Jahrhunderts in Cork geboren worden war, hatte eins der Bücher sogar für meine Großmutter signiert ... Aber all das gab es nicht mehr. Ich traute mich nicht, nach diesen Dingen zu fragen, weil ich Angst vor der Antwort hatte. Es schien nicht das kleinste Anzeichen dafür zu geben, dass ich die Tochter meiner Eltern war und hier einst mit ihnen gelebt hatte. Sie hatten meine Kindheit in Emerald Cottage ausgelöscht. Aber in mir lebte sie fort, ganz egal, wie sehr ich glaubte, sie vergessen zu haben. Das unbewusste Tasten nach dem Heizstrahler hatte mich mir selbst verraten.

2.

Meine Eltern Deirdre und Colin Sullivan hatten in meiner Erinnerung nie an einem anderen Ort gelebt als in diesem Cottage. Ich erfuhr erst viel später, dass wir in Cork gelebt hatten, bis ich ein Jahr alt war. Natürlich hatte ich als Kleinkind keine Erinnerung daran. Für mich stand fest, dass jeder Mensch für immer an dem Ort leben würde, an dem er aufwuchs. Unter meinen Spielkameraden in Myrtleville gab es niemanden, der jemals umgezogen war oder gar Eltern hatte, die von woanders herstammten. Erst im Kindergarten, der sich im benachbarten Crosshaven befand, hörte ich mit der Zeit immer mehr Geschichten von Menschen, die zwar aus meiner Gegend stammten, ihr Leben aber an anderen Orten verbracht hatten. Ich erzählte zu Hause von den anderen Kindern, deren Tanten und Onkel in Dublin lebten oder in New York. Ein Mädchen behauptete sogar, Verwandte in Australien zu haben. Da erst sagten mir meine Eltern, dass sie aus Cork stammten – das mir damals wie die größte Stadt auf der ganzen Welt erschienen war –, und nicht schon ihr Leben lang in Emerald Cottage wohnten. Ich weiß gar nicht, warum ich nie danach gefragt hatte. Mich traf fast der Schlag, als ich dann noch erfuhr, selbst eine Tante in London zu haben. Ich hatte sie noch nie gesehen. Ich hatte nicht einmal gewusst, dass mein Vater eine Schwester hatte! Mir war nur bekannt, dass die Geschwister meiner Mutter nicht mehr am Leben waren. Ein Bruder und eine Schwester waren gestorben, als sie noch zur Schule gegangen war. Meine Großeltern hatte ich nie kennengelernt, weil sie alle früh verstorben waren. Aber mein Vater hatte nie über Geschwister gesprochen. Er und seine Schwester standen sich nicht besonders nah, erklärte mir meine Mutter. Erst viele Jahre später begriff ich, dass er sich seiner Schwester gegenüber geschämt hatte, und weil sie ihn an sein Scheitern, seine Trunksucht, erinnerte, hielt er sich möglichst von ihr fern.

Sie besuchte uns zum ersten Mal, als ich sechs Jahre alt war, und ich war so aufgeregt, als käme die Feenkönigin persönlich auf Besuch. In der Nacht vor ihrer Ankunft konnte ich nicht schlafen, weil die freudige Aufregung in Angst umgeschlagen war: Was, wenn meine Tante Siobhan wirklich eine Fee war, eine *böse* Fee? Meine Eltern mussten mir mehrfach versichern, dass es sich bei Siobhan um ein echtes menschliches Wesen aus dem Familienkreis handelte, aus Fleisch und Blut, mit Haut, Haaren und Fingernägeln und garantiert nicht von einem Fluch besetzt.

Sie hatten mich angelogen. Siobhan Lewis mochte zwar aus Fleisch und Blut sein, aber Haut, Haare und Fingernägel hatten nichts mit dem zu tun, was ich mit meinen sechs Jahren darüber zu wissen glaubte. Siobhans schwarzes Haar war glatt und glänzend wie die Oberfläche eines tiefen Sees an einem windstillen Tag bei Sonnenuntergang. Ihre Haut war so hell und makellos, als sei sie eine Puppe. Ihre Fingernägel glänzten blutrot.

Außerdem trug sie Kleidung, die ich noch nie im Leben an einem echten Menschen gesehen hatte, wohl aber an einer Schaufensterpuppe in einem der Läden in Cork. Und sie sprach nicht wie wir, obwohl sie die Schwester meines Vaters war. Sie sprach wie Leute, die man manchmal im Fernsehen sah oder im Radio hörte, Leute, die überheblich und unfreundlich wirkten und so ganz anders waren als wir. Wenn Siobhan also keine Fee in Menschengestalt war, was war sie dann?

Siobhan sollte von nun an öfter kommen. Sie brachte kleine Geschenke für mich mit, die ich hütete wie einen Goldschatz. Ich konnte spüren, dass es meinem Vater nicht gefiel, wenn seine Schwester kam, aber er hielt sich zurück, weil er wusste, wie sehr ich mich auf sie freute. Aber bald schon sollte mein Enthusiasmus eine harte Prüfung erfahren … Offiziell hatten meine Schulfreundinnen und ich mit zehn Jahren aufgehört, an Feen zu glauben, weil wir fanden, dass wir dafür zu alt waren. Insgeheim lebte dieser Glaube natürlich weiter, jedenfalls in mir. Zwei Jahre später war ich mir nämlich so sicher, wie man sich mit zwölf nur sein konnte, dass Siobhan eine böse Fee war – sie war zu uns gekommen, um mich, das wissbegierige und überaus begabte Menschenkind, zu rauben und in die Feenwelt zu entführen: Siobhan wollte mich kurzerhand mit zu ihrer Familie nach London nehmen. Weg aus Irland, hin in eine fremde, unvorstellbar riesige Stadt, in der es, wie es hieß, keinen Himmel und kein Grün gab, und zu Menschen, die wie Siobhan waren und wie Siobhan sprachen. Die uns Iren hassten und verachteten, wie wir sie hassten und verachteten. Die Achtzigerjahre waren geprägt gewesen von

Fernsehbildern, die die Folgen der Bombenanschläge der IRA in London und anderswo zeigten. Es war das Jahr 1991, und ich glaubte wirklich, in ein Kriegsgebiet reisen zu müssen.

Und meine Eltern ließen es zu.

Deirdre und Colin hatten es nicht nur zugelassen, sie hatten meine Tante Siobhan sogar darum gebeten, dass sie mich mitnahm. Ich war zu der Zeit Klassenbeste. Nicht, weil ich mich so sehr anstrengte, sondern weil mir alles zuzufliegen schien. Die Lehrerinnen hatten bald angefangen, mir schwerere Aufgaben zu geben als den anderen, und ich löste sie ohne Mühe. Man wollte mich eine Klasse überspringen lassen, aber ich weigerte mich, weil ich mit meinen Freundinnen zusammenbleiben wollte. Danach wurde das Thema nie wieder mit mir diskutiert. Wie ich später erfuhr, war Deirdre alle Möglichkeiten mit meiner Schulleiterin Mrs. O'Donnell durchgegangen. Sie fühlte sich mit mir überfordert und hatte Angst, ich würde nicht genug aus meinen Talenten machen. Sie wollte mir die Möglichkeit geben, Instrumente zu spielen, Sprachen zu lernen, Ballett zu tanzen. Sie wollte, dass ich den besten Unterricht bekam, um an den besten Universitäten studieren zu können. Wenn ich es nicht schaffen würde, wäre es ihr auch recht, aber sie wollte sich nicht vorwerfen müssen, mir keine Chance gegeben zu haben. Mrs. O'Donnell schlug deshalb vor, wir sollten uns um ein Stipendium für eine Privatschule bewerben. In meinem Fall sollte es kein Problem sein, Privatschulen waren immer auf der Suche nach hochbegabtem Nachwuchs, denn reiche Kinder allein waren keine Garantie für herausragende Leistungen, mit denen sich dann die Schule brüsten könnte. Nur weil Papa Millionär war, hieß es noch lange nicht, dass der Sohn bei Fremdsprachenwettbewerben auf nationaler Ebene Preise erhielt oder dass die Tochter als musikalisches Wunderkind im Fernsehen auftreten durfte. Mrs. O'Donnell sollte recht behalten: Wenige Wochen später erhielten meine Eltern die freudige Botschaft, dass mich ein sehr exklusives Mädcheninternat im englischen Berkshire gerne zu seinen Schülerinnen zählen würde. Ich musste einzig weiterhin exzellente Leistungen bringen, mehr verlangte man nicht von mir. Im Gegenzug wurde meinen Eltern das Schulgeld erlassen. Deirdre brachte alles unter Dach und Fach, überredete Siobhan und ihren Mann Matthew, als eine Art Gastfamilie für mich da zu sein, damit ich an den Wochenenden nicht alleine war. Die Lewises willigten ein, hatten sie doch selbst zwei Kinder, die auf private Schulen gingen. Siobhan arbeitete in einer gehobenen Position bei der BBC, Matthew war im Vorstand einer Unternehmensberatung. Über etwaige Auslagen, die ich in England haben würde, musste erst gar nicht gesprochen werden. Die beiden sagten, sie würden nicht einmal merken, dass noch ein drittes Kind etwas Neues zum Anziehen wollte …

Großartig, wie sich meine Eltern, oder genauer gesagt Deirdre, so früh schon um meine Zukunft sorgten, könnte man denken. Vorbildlich, wie sie gleich zu Beginn die Weichen stellten. Aber so konnte ich es damals natürlich nicht sehen.

Mich hatte nämlich niemand gefragt.

Sie stellten mich vor vollendete Tatsachen, rissen mich

wie Unkraut mit den Wurzeln aus dem Mutterboden und warfen mich über das Meer in ein anderes Land, wo ich neue Wurzeln schlagen musste. Sie hatten nicht bedacht, dass es bei einer so jungen Pflanze nur zwei Möglichkeiten gab: Entweder sie ging sofort ein, oder sie schlug auf der Stelle neue Wurzeln. Mir gelang es, Fuß zu fassen und eine neue Heimat zu finden. Es ging so schnell, dass ich nach kurzer Zeit schon nichts mehr mit meinen Eltern teilte. Ich kam in den Schulferien immer seltener nach Irland, ich wechselte nicht mehr von meinem lupenreinen englischen Akzent in den südirischen Dialekt meiner Eltern und früheren Freundinnen, ich genoss nicht mehr atemlos den Blick aus dem Fenster von Emerald Cottage über die Ringabella Bay.

Deirdre hätte nur mit mir reden müssen, mir Erklärungen liefern, dann hätte ich nicht angefangen, meine eigene Mutter allmählich abzulehnen. Doch sie schwieg. So war ich davon überzeugt, dass sie mich einfach nicht mehr wollte. Ich war alt genug, um zu wissen, dass mein Vater Alkoholiker war. Er hatte schon lange keine Arbeit mehr. Früher einmal hatte er die Post ausgetragen, aber daran konnte ich mich nicht mehr erinnern. Meine Mutter arbeitete manchmal im Pub, manchmal in dem kleinen Laden in Myrtleville, der Postamt und Lebensmittelladen zugleich war. Sie war gelernte Krankenschwester. Warum sie nicht in einem Krankenhaus oder einer Praxis arbeitete, wusste ich nicht. Wenn ich sie danach fragte, sagte sie nur: »Das ist nicht so einfach, mein Kind. In Irland haben nun mal nicht alle Leute Arbeit.« Einmal sagte sie: »Ich muss für deinen Vater da sein, deshalb kann ich mich nicht um andere Leute kümmern, die krank sind.« Und so dachte ich, das gelte auch für mich: Sie könnte sich auch nicht um mich kümmern.

Doch ich war offenbar nicht nur Deirdre im Weg, sondern auch Colin. Als sie mich wegschickten, war ich überzeugt davon, dass mein Vater nur wegen mir so viel trank. Es war einfache kindliche Logik: Früher hatte er nicht getrunken, sondern gearbeitet. Seit es mich gab, war es umgekehrt. Ich musste also schuld sein. Und Mutter, die sich um ihn kümmerte, weil sie seine Krankenschwester war, sorgte dafür, dass es ihm wieder gut ging, indem sie mich aus seinem und ihrem Leben entfernte. Ich störte nur.

In London störte ich niemanden. Ganz im Gegenteil. Meine Verwandten nahmen mich herzlich auf. Meine Cousine hieß Sophie und mein Cousin William, und sie waren so typisch englisch wie ihre Namen, sodass ich anfangs oft kichern musste. Meine Freundinnen in Irland hießen Róisín, Caoimhe und Aisling, ihre Brüder Sean, Cathal und Liam, worüber Sophie und William kicherten. Mein Onkel Matthew revolutionierte mein gesamtes Männerbild: Er trug für Siobhan Einkaufstaschen, hielt ihr Türen auf und half ihr in den Mantel. Er ließ sie ausreden, wenn sie am Reden war, und nicht selten fragte er sie um Rat, den er dann auch annahm. Wenn er trank, dann nur etwas Wein zum Essen oder ganz selten mal einen Single Malt, wenn er Besuch hatte. Ich lernte schnell, dass Matthew allen Menschen gegenüber nett und zuvorkommend war. Überhaupt erschien mir meine ganze neue Verwandtschaft wie von einem anderen Stern, und ich nahm alles, was ich erlebte, in mir auf. Ich lebte mit einem Mal nicht mehr in einem winzigen Cottage, in dem man jedes Geräusch hören konnte, das im Zimmer nebenan gemacht wurde, sondern in einem riesigen Haus im nordwestlichen Londoner Stadtteil Harrow on the Hill. Die berühmte Harrow School war nicht weit entfernt. Auch wenn die Häuser sehr viel größer waren als in Myrtleville, auch wenn die Straßen so viel voller und lauter waren, hatte ich bald schon keine Angst mehr in der Großstadt. Hier gab es Bäume und Parks und natürlich einen Himmel, obwohl ich mich genau daran erinnerte, wie mein Vater einmal behauptet hatte, die Londoner könnten vor lauter Beton und Abgasen keinen Himmel mehr sehen. Ja, ich lebte mich rasch ein, aber die tiefe Traurigkeit über die verlorene Heimat trug ich weiter in mir.

Wir machten Ausflüge ins Umland, ich sah Oxford und Eton und Windsor Castle, wir fuhren nach Brighton, als ich Sehnsucht nach dem Meer bekam. Siobhan kleidete mich komplett neu ein und zeigte mir die Sehenswürdigkeiten von London. Da erst begriff ich, wie klein selbst Cork war, und da ich bisher nicht einmal Dublin gesehen hatte, dachte ich in den ersten Tagen noch, ich müsste verrückt werden, weil diese Stadt niemals endete. Ich sah zum ersten Mal eine Synagoge, und ich brauchte eine Weile, um zu verstehen, dass es auch liebenswerte Menschen gab, die keine Katholiken waren.

Mein neues Zimmer teilte ich mit Sophie, aber es war mindestens dreimal so groß wie mein altes in Emerald Cottage. Natürlich hatte ich in Harrow nicht diesen wunderbaren Blick auf die Keltische See, aber immerhin sah ich auf eine riesige Grünfläche, den Harrow Park. Das Haus hatte zwei Badezimmer, in der Küche glänzten moderne Elektrogeräte, in einem Wohnzimmer stand ein großer Fernseher, im anderen ein Flügel. Jeden Morgen kam eine Frau, die für die Familie einkaufte, sauber machte, Essen kochte. Ich fühlte mich an Charlotte Brontës Roman *Jane Eyre* erinnert, den ich mir in den Ferien in einer kindgerechten Adaption in der Bücherei ausgeliehen hatte. Damals dachte ich, so muss sich Jane gefühlt haben, als sie zum ersten Mal Thornfield Hall betrat.

Vier Wochen hatte ich Zeit, um mich an alles zu gewöhnen, dann musste ich in meine neue Schule. Längst hatte ich den englischen Akzent, den es zu sprechen galt, verinnerlicht. Längst kannte ich die Verhaltensregeln, die so wichtig für das Überleben im Internatsalltag waren: Sophie war ein Jahr älter als ich, sie hatte mir alles über Mode, Make-up und Musik erzählt, was eine Zwölfjährige wissen musste. Sie benahm sich wie eine ältere Schwester, und ich war ihr unendlich dankbar dafür. Sie hatte die exquisite Schönheit ihrer Mutter geerbt, bildete sich aber nichts darauf ein, weil Siobhan darauf achtete, aus Sophie kein oberflächliches Püppchen zu machen. Auch der fünfzehnjährige William war höflich und unprätentiös, ein seltenes Exemplar unter den Schülern eines Elite-Internats. Ich fürchtete mich nicht mehr vor der neuen Schule, ich freute mich darauf. Und prompt gewöhnte ich mich dort auch schnell ein. Anfangs noch war es wie ein Spiel, dann war es einfach nur noch mein Leben.

Wenn mich meine Klassenkameradinnen fragten, woher ich kam, sagte ich erst noch: »Aus Irland.« Sie staunten, weil meine Worte gar nicht mehr irisch klangen.

Und dann wollten sie alles über meine Heimat in Erfahrung bringen. Sie hatten seltsame Fragen, wollten wissen, ob jeden Tag Autos brannten oder Bomben in Geschäften explodierten. Ich versuchte, ihnen zu erklären, was ich über den Nordirlandkonflikt wusste und dass ich aus dem Süden kam, wo keine Autos brannten. Je mehr ich von Myrtleville erzählte, desto seltsamer fühlte es sich für mich an. Warum sollte ich über etwas reden, mit dem ich gar nichts mehr zu tun hatte? Im nächsten Schuljahr sagte ich dann auf die Frage, woher ich kam: »Meine Familie lebt in London.« Ich stutze bis heute, wenn mir diese Frage gestellt wird. Bei den sozialen Netzwerken im Internet wird oft zwischen Wohnort und Heimatort unterschieden, und ich frage mich beim Ausfüllen jedes Mal, was wohl mit »Heimat« genau gemeint ist.

Mein Eindruck von Siobhan war also falsch gewesen: Ja, sie war eine Fee, die mich geraubt und in ihre Welt gebracht hatte, aber sie war eine gute Fee, keine böse. Und wann immer ich daran dachte, schien es mir, dass ich von Anfang an in diese Welt gehört hätte. Hatten mich Deirdre und Colin nicht gewollt, weil sie gespürt hatten, dass ich anders war? Vielleicht war das die Antwort, nach der ich gesucht hatte. Und doch konnte ich meinen Eltern nicht verzeihen.

Vor zehn Jahren – ich war 22 Jahre alt und befand mich in Oxford gerade im ersten Jahr meiner Doktorarbeit – starb mein Vater. Deirdre hatte es nicht verhindern können. Er war nachts von der Pine Lodge in Myrtleville zu Fuß nach Hause gegangen. Ein Wagen hatte ihn erfasst und überfahren. Der Fahrer war ein Tourist aus den USA auf dem Weg vom Yachtclub zum Anwesen eines Freundes. Er war den Linksverkehr nicht gewöhnt, hatte noch nie ein Auto gefahren, das das Lenkrad auf der rechten Seite hatte. Und er hatte getrunken. Nicht so viel wie mein Vater, aber genug, um deutlich verlangsamt zu reagieren. Man sagte mir, mein Vater sei sofort tot gewesen.

Deirdre rief mich in Oxford an und nannte den Termin für die Seebestattung. Ich kam natürlich, aber ich konnte nicht weinen. Während seine Asche verstreut wurde, hatte ich nur Augen für meine Mutter. Ich versuchte zu erkennen, was der Tod ihres Mannes mit ihr gemacht hatte. Ich wollte wissen, ob sie sich nun mir gegenüber anders verhalten würde, ob sich die Distanz, die ich immer zwischen uns gespürt hatte, verringert hatte.

Am Abend, als die Trauergäste gegangen waren und wir im Cottage aufräumten, sprach ich sie auf Colins Trinkerei an.

»Er war ein guter Mann«, sagte sie nur.

»Warum hat er so viel getrunken?«

»Er hatte es nun mal nicht leicht«, sagte Deirdre.

»Warum nicht? Er war gesund, abgesehen von der Trinkerei. Er hatte ein Haus, eine Frau, eine Tochter. Was war mit ihm los?«

»Nichts. Manche Leute trinken nun mal.«

»Aber er hat doch nicht schon immer getrunken. Sonst hättest du ihn kaum geheiratet. Und er hatte mal eine Arbeit. Was ist passiert?«, hakte ich nach.

»Nichts.«

»Warum kann ich dir das nicht glauben?«

Sie schwieg.

»Gibt es etwas, das ich wissen muss?«, drängte ich sie.

»Er war … unglücklich. Ich habe versucht, ihm das Leben so leicht wie möglich zu machen, aber … Manche Menschen sind nun einmal unglücklich.«

»Weil er arbeitslos war?«

Sie schien erleichtert. »Ja, genau.«

»Mutter, das kannst du mir nicht erzählen. Er hat seine Arbeit verloren, weil er getrunken hat. Nicht umgekehrt.«

Sie lächelte nervös. »Es ging uns gut. Ich hatte ja immer Arbeit«, wich sie mir aus.

Deirdre hatte von dem wirtschaftlichen Aufschwung Irlands profitiert, genau wie die meisten anderen im County. Große Firmen hatten sich während der Neunzigerjahre in und um Cork niedergelassen, es waren so viele neue Arbeitsplätze entstanden wie nie zuvor in der Geschichte des Landes. Deirdre arbeitete damals als Sekretärin für den Leiter einer Pharmafirma. Aber Colin hatte nicht gearbeitet, obwohl es sicherlich Jobs für ihn gegeben hätte.

»Vielleicht hätte er gerne etwas anderes getan«, überlegte ich. »Hier boomt doch gerade alles. Er hätte …«

»Oh, nein«, unterbrach sie mich. »Er wollte seine Ruhe haben. Er war gerne für sich.«

Ich spürte, wie ich wütend wurde. »Was willst du mir damit sagen? Dass mein Vater lieber auf dem Sofa lag und trank, als sich um den Unterhalt seiner Familie zu kümmern, und du hast es auch noch unterstützt?«

»So war es nicht«, sagte sie.

»Aber wenn er mehr gearbeitet und weniger getrunken hätte, dann hättet ihr mich nicht weggeschickt, hab ich recht?« Vielleicht war es die Trauer, die mich das damals sagen ließ. Es war das erste Mal, dass ich ihr offen vorwarf, mich weggegeben zu haben. Sie war für einen kurzen Moment erschüttert.

»Das war doch alles zu deinem Besten«, sagte sie leise.

»Stimmt. Es geht mir auch viel besser, als es mir bei euch jemals hätte gehen können«, sagte ich und hoffte auf eine Reaktion, auf ein Wort, das mir verriet, ob sie mich nicht lieber bei sich behalten hätte. Ich wollte von ihr hören, wie schwer es ihr gefallen war, mich nach England zu schicken, wie sehr sie mich in den Jahren vermisst hatte. Schließlich war ich ihr einziges Kind. Ich wollte sie provozieren.

Aber sie sagte nur: »Dann ist es doch gut, dass alles so war, wie es war.«

Und damit war das Thema beendet.

Hinterher ärgerte ich mich, dass ich nicht einfach gesagt hatte: »Eure Entscheidung war richtig und gut, wahrscheinlich bin ich euch sogar dankbar dafür, aber wenn ihr es vorher mit mir besprochen hättet, dann hätte ich nicht angefangen, euch zu hassen.« Vielleicht hätte ich dann eine echte Reaktion von ihr bekommen. Aber wie so oft kam es einfach nicht dazu, und in Zukunft sollten wir noch seltener die Gelegenheit haben, darüber zu reden.

Nach der Beerdigung meines Vaters sah ich Deirdre nämlich nur noch dreimal wieder. Wir telefonierten hin und wieder, tauschten zu Weihnachten und Geburtstagen nichtssagende Kartengrüße aus, aber wir sahen uns so gut wie nie. Erst war sie es, die geplante Treffen absagte. Dann sagte ich immer häufiger ab.

Vor sieben Jahren hatte ich sie das letzte Mal in Irland besucht, um ihr zu sagen, dass Benjamin mich gebeten hatte, ihn zu heiraten. Ein knappes Jahr später kam sie nach London zu unserer Hochzeit. Anschließend brauchten wir drei Jahre, um uns wiederzusehen. Wir trafen uns beim 75. Geburtstag von Benjamins Vater in dessen Haus in den Cotswolds. Seither hatte eine Gelegenheit gefehlt, um sich wiederzutreffen. Anders ging es nicht, weil ich es sonst nicht schaffte, über ihre kühl-distanzierte Art hinwegzuschauen.

Mit Siobhan und Matthew war das anders, solange diese noch in London gelebt hatten. Sie riefen an, um zu fragen, ob sie am Wochenende auf ein Glas Wein hereinschneien durften. Wir riefen an, um mit ihnen abends essen zu gehen. Es war unkompliziert, es war herzlich, und es machte Spaß. Um meine Mutter zu treffen, brauchte es einen Anlass.

Ich hatte nicht gemerkt, wie die Zeit vergangen war. Deirdres Stimme, die mich zum Essen rief, ließ mich aufschrecken. Ich verließ eilig das Zimmer, lief die Treppe runter zur Küche, und als ich dort aus dem Fenster sah, wurde mir bewusst, dass der Himmel ein anderer geworden war. Der Wind hatte sich gelegt, der Regen hatte aufgehört, und ich konnte vom Meer her den Nebel heraufkriechen sehen.

Meine Mutter hatte extra für mich Dinge eingekauft, von denen sie glaubte, dass ich sie immer noch gerne aß: Lachs, Kartoffeln und Spinat.

»Oder hätte ich lieber Reis machen sollen?«, fragte sie unsicher.

»Kartoffeln sind gut«, sagte ich und überlegte, wann ich zuletzt welche gegessen hatte.

Beim Essen fragte ich Deirdre nach ihrem neuen Job. Vor drei Jahren hatte sie gekündigt, um in die Stadtverwaltung zu wechseln. »Das ist sicherer«, hatte sie damals gesagt und recht behalten: Nur vier Wochen später meldete der Pharmakonzern Konkurs an. Ich spürte, wie sehr sie bedauerte, dass diese Epoche vorüber war: die Zeit des Aufschwungs, des Optimismus, des »Keltischen Tigers«, wie Irland seit Mitte der Neunzigerjahre wegen des stetig wachsenden Bruttoinlandsprodukts häufig genannt wurde. Sie hatte die Jahre als Sekretärin in einer Vertrauensstellung genossen. Geblieben waren nun geregelte Tagesabläufe und finanzielle Sicherheit, aber die neuen Kollegen lagen ihr nicht, und sie langweilte sich meistens.

»Das ist ja nun auch bald vorbei«, sagte sie.

»Du bist nicht mal sechzig! Du hast doch noch sieben Jahre vor dir, wenn sie nicht noch schnell das Rentenalter raufsetzen.«

Sie lächelte auf diese ihr eigene, abwesende Art. Wer sie kennenlernte, musste denken, sie sei mit den Gedanken ganz woanders, aber sie lächelte einfach immer so. »So, nun erzähl von dir, Alannah. Du und Benjamin, ihr seid sehr erfolgreich, nicht? Macht dir die Arbeit denn auch Spaß?« Sie klang angestrengt fröhlich. Ich schob es darauf, dass wir uns so selten sahen, so lange schon nicht gesehen hatten. Und dass wir uns vorhin erst gestritten hatten. Also überging ich es und fing an, von meinen Fällen und Recherchen zu erzählen. Von dem Mann, dem man fristlos gekündigt hatte, weil er Firmengeheimnisse ausgeplaudert hatte, der jetzt aber unseren Mandanten auf Wiedereinstellung verklagte. Von komplizierten Verträgen, die wir aufsetzen mussten, weil eine kleine, aber finanzstarke Londoner Firma einen großen, aber insolventen US-amerikanischen Betrieb aufkaufen wollte. Von einem Modelabel, das sich im großen Stil ausschließlich über fair produzierte Kleidung aus Ökobaumwolle positionieren wollte. Aber dann sah ich an ihrem Blick, dass sie mir gar nicht richtig zuhörte. Diesmal war sie wirklich mit den Gedanken weit weg. Also brach ich ab und sagte lachend: »Entschuldige, ich langweile dich gerade zu Tode. Aber wie du siehst, macht mir meine Arbeit sehr viel Spaß, ich könnte stundenlang darüber reden.«

»So viel, dass du sogar an den Wochenenden und spätabends noch arbeiten musst? Und sogar jetzt hast du dir Arbeit mitgenommen.«

Ich zuckte die Schultern. »Das ist normal. Es gehört dazu, und solange mir der Job Spaß macht, macht es mir auch nichts aus. Außerdem bleibe ich bis Dienstag, ich muss also wirklich was tun.«

»Könntest du denn ein wenig kürzertreten, wenn du das wolltest?«

»Schon, aber … Warum sollte ich das wollen?«

»Eines Tages will eine Frau doch Kinder.« Deirdre lächelte. »Ich mein ja nur«, ergänzte sie eilig, als sie mein Gesicht sah.

Ich musste tief durchatmen und bis zehn zählen, um ruhig antworten zu können. »Hatten wir uns nicht darauf geeinigt, dass du mich mit diesem Thema in Ruhe lässt?«

»Aber das ist doch etwas, worüber man mit seiner Mutter offen reden kann, meinst du nicht?«

»Wenn ich eine Mutter hätte, mit der ich offen reden

könnte, dann vielleicht.« Ich hatte es wieder nicht geschafft, ruhig zu bleiben.

»Alannah, das ist Unsinn. Du kannst immer mit mir reden«, sagte Deirdre mit Nachdruck.

Ich stand vom Tisch auf, obwohl ich mit dem Essen noch nicht fertig war. »Vielleicht würde ich mit dir darüber reden, wenn du mit mir über meinen Vater reden würdest.«

Deirdre wich meinem Blick aus und wischte mit der linken Hand nicht vorhandene Krümel von der Tischdecke.

»Ich weiß nicht, warum du immer wieder davon anfängst.«

»Warum? Weil ich bis heute nicht weiß, warum mein Vater so viel getrunken hat und warum du das so hingenommen hast.«

»Ich habe nie …«, hob sie an, aber ich unterbrach sie.

»Du hast nie etwas dagegen unternommen, wolltest du sagen? Da hast du recht. Mich hast du weggeschickt, aber du bist geblieben, um auf ihn aufzupassen. Oder etwa nicht? Du hättest ihn verlassen müssen, damit er kapiert, dass er damit aufhören muss.«

»Er hätte nie aufgehört.«

»Das weißt du nicht.«

Sie schwieg.

»Warum hast du ihn nicht verlassen?«

Sie sagte immer noch nichts.

»Bitte, sprich doch mit mir. Sag mir, warum das alles so gelaufen ist.«

Keine Antwort.

Ich drehte mich um, stapfte die Treppe hinauf ins

Gästezimmer und knallte die Tür hinter mir zu. Es war alles beim Alten. Egal, wie alt ich auch wurde, ich blieb doch immer die zwölfjährige Tochter, sobald ich mit meiner Mutter zusammen war. Sie behandelte mich so, indem sie die schwierigen Themen ausklammerte, und ich benahm mich so, indem ich ungeduldig aufbrauste. Der Gedanke, dass ich gerade erst angekommen war und meinen Rückflug – offenbar in einem Anfall von grenzenlosem Optimismus – für den übernächsten Abend gebucht hatte, ließ mich erschöpft aufs Bett sinken. Ich schreckte auf, als mein Handy klingelte. Es war Benjamin. Sofort fühlte ich mich besser.

»Sag mir sofort, dass du ohne mich nicht leben kannst und ich deshalb auf der Stelle nach Hause kommen muss«, sagte ich ins Telefon, ohne eine Begrüßung abzuwarten.

Mein Mann stutzte, dann antwortete er: »Ehrlich gesagt rufe ich wirklich an, weil ich dich fragen wollte, ob du früher kommen kannst.«

Ich lachte. »Ich komme, so schnell es geht! Und jetzt sag mir warum.«

»Weil ich ohne dich nicht leben kann.«

»Und warum noch?«

»Tina fällt morgen aus. Ihr Vater ist krank geworden, und sie muss zu ihm nach Bristol. Wir haben mittags den Termin mit Simon Simm, und es würde einen besseren Eindruck machen, wenn wir zu zweit erscheinen.«

»Ich müsste mich einarbeiten …«, sagte ich, und meine Begeisterung klang mit Sicherheit bis London durch.

»Ich kann dir alles mailen.«

»Prima. Ich kümmere mich um einen Flug.«

»Warte«, hielt er mich auf. »Es reicht, wenn du morgen früh kommst. Ich vermute, ihr habt euch gestritten …« Er machte eine Pause, um mir Gelegenheit zu geben, darauf zu antworten.

Ich murrte.

»Okay, ihr habt euch gestritten, und ich finde, du solltest wenigstens heute noch dableiben, damit ihr versuchen könnt, wie erwachsene Menschen miteinander zu reden.«

»Sie hat angefangen, mich mit …«

»Sie hat angefangen?«, wiederholte er lachend. »Wie alt bist du, zwölf? Es ist doch egal, wer anfängt, ihr solltet nur nicht wieder im Streit auseinandergehen und dann jahrelang schmollen. Es ist nicht gut, auch wenn du immer so tust, als sei es dir egal.«

Er kannte mich gut. Ich musste gar nichts mehr dazu sagen.

»Bitte komm erst morgen früh«, sagte er sanft. »Dann kannst du dir heute die Unterlagen durchsehen, die ich dir maile.«

Benjamin hatte recht, wie so oft. Und trotzdem sagte ich: »Ich fliege sofort.«

Anderthalb Stunden später war ich immer noch in Myrtleville. Sie hatten alle Flüge gestrichen. Der plötzliche dichte Nebel hatte den gesamten Flugverkehr in Cork lahmgelegt, ich kam vorerst nicht weg. Ich hatte mir Deirdres Wagen genommen, um Geld abzuheben und in dem kleinen Lädchen im Ort vorbeizuschauen. Benjamin und ich hatten uns angewöhnt, dem anderen etwas mitzubringen, wenn wir alleine unterwegs waren. Das konnte alles sein, von kuriosen Kleinigkeiten bis hin zu seltenen Antiquitäten. Aber ich fand nichts, das mich ansprach. Ich verließ den Laden, ohne etwas zu kaufen, erntete dafür hochgezogene Augenbrauen und Getuschel und fuhr in Ermangelung eines besseren Plans im Schritttempo zum Pub. Man konnte kaum weiter als zehn Meter sehen, und ich kannte die Straßen nicht so gut, wie ich es vielleicht sollte.

Im Pub klappte ich immer noch schlecht gelaunt meinen Laptop auf. Ich buchte gleich den ersten Flug des nächsten Tages. Dann lud ich die Attachments runter, die mir Benjamin geschickt hatte, und fing an, sie nacheinander durchzugehen. Gerry, der Wirt, hatte jemanden losgeschickt, wie er mir erzählte, um Teebeutel zu besorgen. Ich war ehrlich gerührt.

Die Musiker waren immer noch da, ich erkannte den Alten mit der Flöte und den Fiddler wieder. Sie hatten mittlerweile Verstärkung bekommen, und immer wieder wurden neue Lieder angestimmt. Einem Plakat, das neben dem Durchgang zu den Toiletten hing, entnahm ich, dass der Sonntag so etwas wie die Open Stage für Folk Music war. Der alte Flötist nickte mir fröhlich zu, ich nickte zurück und widmete mich wieder meinem Laptop. Doch schon nach wenigen Minuten wurde es im Pub unruhig, und als ich aufsah, starrten mich lauter grinsende Männer an. Der Alte erklärte gerade zur Freude aller, er würde mir das Lied »The Star of the County Down« widmen, weil ich angeblich so aussah, wie er sich die besungene Rosie McCann immer vorgestellt hatte, eine Elfe mit nussbraunem Haar. Ich musste lachen, trotz allem. Mein Ärger darüber, dass ich es nach so vielen Jahren immer noch nicht schaffte, die Querelen mit meiner Mutter in den Griff zu bekommen, verflog für einen Moment, und meine Fußspitze wippte im Takt, während ich mich um meine Mails kümmerte.

Benjamin und ich waren auf Wirtschafts- und Steuerrecht spezialisiert. Zu unseren Mandanten zählten zahlreiche große Firmen. Wir hatten bei den Besten in der Branche gelernt. Vor drei Jahren hatte Benjamin, der immerhin zehn Jahre mehr Berufserfahrung hatte als ich, vorgeschlagen, dass wir uns selbstständig machen sollten. Es klappte besser, als ich zu träumen gewagt hätte. Mittlerweile hatten wir knapp zwanzig Mitarbeiter und rund um die Uhr zu tun. Benjamin beriet unsere Klienten beim Aufsetzen und Abschließen von Verträgen. Wann immer etwas vor Gericht ging, kam mein Auftritt.

Tina Carter, für die ich einspringen musste, kannte ich vom Studium. Danach hatten wir uns aus den Augen verloren. Aber als Benjamin und ich unsere eigene Kanzlei aufbauten, suchte ich nach ihr, fand sie und machte ihr ein Angebot, das sie hocherfreut annahm. Sie war fleißig, clever und kreativ. Und sie war extrem zuverlässig. Dass sie einmal ausfiel, war noch nie vorgekommen. Es musste etwas sehr Ernstes mit ihrem Vater sein. Tina sprach so selten über ihre Familie, ich hatte schon fast vergessen, dass sie überhaupt eine hatte. Andererseits sprach ich auch nie über meine Eltern. Ich schickte ihr eine SMS, in der ich ihr alles Gute und ihrem Vater gute Besserung wünschte. Dann schrieb ich noch eine SMS an Kate, meine beste Freundin: »Nicht lustig hier. Komme früher, aber nicht früh genug. Kuss.«

Benjamin schrieb ich eine Mail: »Alles angekommen,

danke. Und: KEINEN Dank für den Nebel und die gestrichenen Flüge, das war ja wohl alles deine Idee, damit ich hier festsitze bis morgen früh?!«

Er schrieb nur Sekunden später zurück: »Meine mentalen Fähigkeiten machen mir selbst manchmal Angst.«

Ich lachte, dann vertiefte ich mich in die Unterlagen. Nach ungefähr einer Viertelstunde hatte ich das Gefühl, jemand würde mich beobachten. Natürlich beobachten sie dich, dachte ich. Du sitzt hier mit deinem Laptop, während alle anderen ihren Sonntagabend mit Gesang und Guinness bestreiten. Es wäre komisch, wenn sie nicht schauen würden.

Trotzdem wanderte mein Blick über den Bildschirmrand. An meinem Tisch stand jemand. Ich sah hoch und schaute dem Mann direkt in die Augen, der vor wenigen Stunden mit seinem Defender das Pferd gejagt hatte. Er starrte mich wirklich an, anders als die restlichen Gäste, die bloß neugierig waren. Er stand einfach nur direkt vor mir und sah aus wie vom Donner gerührt, wie jemand, der einen anderen Menschen gerade erst wiedererkannt hatte. Dem in dieser Sekunde eingefallen war, wen er vor sich hatte.

Ich spürte, wie es mir kalt den Rücken hinunterlief. Was hatte ich da nur beobachtet? Pferdediebe, mit hoher Wahrscheinlichkeit. Tierquäler, wenn ich Pech hatte. Ich war die einzige Zeugin, die ihn und seinen Freund gesehen hatte. Und das konnte ihm wohl kaum gefallen.

Ich versuchte, nicht zu hektisch zu wirken, wie ich meine Sachen zusammenpackte, aber es half nichts. Erst fiel mir ein Kugelschreiber runter, und als ich ihn aufhob und in meine Handtasche werfen wollte, rutschte mir der Schlüssel aus der Manteltasche. Ich bückte mich ein zweites Mal unter den Tisch, und als ich wieder auftauchte, stand er ganz dicht vor mir.

»Sind Sie nicht Deirdres Tochter?«, sagte er.

Ich schluckte. »Spricht sich schnell rum«, antwortete ich möglichst gelassen.

»Wir hatten doch schon mal das Vergnügen.«

»Ich weiß. Und ich würde es nicht Vergnügen nennen.«

Er hob die Augenbrauen. »Ich erinnere mich eigentlich ganz gern daran.«

»Daran, dass ich im Matsch lag, oder daran, was das Pferd wohl durchgemacht hat?«, fragte ich spitz.

Er rieb sich das Kinn. Für eine Sekunde sah es so aus, als amüsierte er sich prächtig. »Sie waren das also wirklich heute Morgen.«

»Davon reden wir doch?«

»Nein«, sagte er, »davon reden wir nicht. Ich jedenfalls nicht. Ist aber auch nicht weiter wichtig.« Er nickte mir knapp zu. »Grüßen Sie Ihre Mutter.«

»Wenn ich dran denke.«

»Dann eben nicht.«

Schon war er in dem Gang verschwunden, der zu den Toiletten führte. Wer war er? Und warum konnte ich mich nicht erinnern? Er war mir absolut fremd, und gleichzeitig spürte ich etwas wie eine große Nähe zu ihm.

Verwirrt nahm ich meine Sachen und beeilte mich, aus dem Pub zu kommen.

30. Mai 1972

Liebste Deirdre,

ich habe mich sehr über deinen Brief gefreut. Danke.
Du fragst mich, warum es so ein schreckliches Jahr bisher für mich war? Dies wird kein schöner Brief werden... Lies nur weiter, wenn du sicher bist, dass du diese Dinge wissen willst...
Es fing alles an mit dem Blutsonntag in Derry. Die vielen Toten und Verletzten... Kurz darauf wurde mein Schwager Daniel verhaftet. Daniel lebt mit meiner Schwester Eileen seit sechs Jahren in Nordirland im County Armagh. Sie arbeiten beide als Lehrer an einer katholischen Schule und haben eine Tochter, Angela. Wir nennen sie Angie, sie ist jetzt zwölf Jahre alt. Daniel ist katholisch wie wir alle, und er verabscheut Gewalt wie wir alle. Er ist für ein geeintes Irland, aber er will einen friedlichen Weg. Er war nie Mitglied einer Partei, er hatte nie mit der IRA zu tun, schon gar nicht mit den Provos. Kann ich mir da sicher sein? Ja, Deirdre, ich kann. Ich weiß es. Sie haben ihn trotzdem wie so viele andere ohne Prozess inhaftiert, und wir wissen nicht, wie wir seine Unschuld beweisen sollen. Oder an welche Instanz wir uns wenden müssen.
Es gibt da noch meinen jüngeren Bruder Shane. Er ist jetzt fünfundzwanzig. Shane war immer der Kleine, immer mit den Gedanken woanders, nie bei der Sache. Er hat sich vor zwei Jahren für die Provos interessiert - das erste Mal in

seinem Leben, dass er wirklich für eine Sache gebrannt hat. Er besorgte Waffen, er wusste, wann Hausdurchsuchungen und Festnahmen geplant waren. Er hat Daniel sogar vor der Festnahme gewarnt, aber der wollte ihm nicht glauben. Daniel sagte: Ich habe nichts verbrochen, ich bin unschuldig, wovor soll ich mich fürchten? Und jetzt ist es zu spät. Shane ist mal wieder untergetaucht, wir wissen nicht, wo er ist. Und wie wir Daniel helfen können, weiß nur Gott.

Meiner Schwester und meiner Nichte geht es furchtbar schlecht. Ich kann nichts für die beiden tun. Deshalb ist es ein schreckliches Jahr, und deshalb bin ich so glücklich, dich getroffen zu haben. Du bist der einzige Lichtblick in meinem Leben. Es kommt mir vor, als hätte ich jahrzehntelang im Dunkeln gelebt.

Bitte, ich will dich wiedersehen.

M.

3.

»Eoin O'Connor«, sagte Deirdre und lächelte, diesmal ausnahmsweise gar nicht abwesend.

»Er hat das Pferd querfeldein gejagt, bis es zusammengebrochen ist. Und er hatte noch jemanden dabei, der ihm geholfen hat. Ich hörte einen Knall, vielleicht einen Schuss, bevor das Tier umfiel. Ich habe mir das Nummernschild gemerkt. Am besten rufe ich die Polizei an. Das hätte ich längst tun sollen.«

»Nein, so ein Unsinn. Das hast du missverstanden. Eoin tut keiner Fliege was zuleide.«

»Ich hab es doch selbst gesehen!«, beharrte ich. »Da war irgendwas nicht in Ordnung. Sie haben sich darüber unterhalten, wem das Pferd wohl gehören könnte. Und dass es sehr wertvoll ist.«

»Und ich freu mich, dass du doch noch nicht abreist«, sagte sie.

Wäre sie nicht schon immer so sprunghaft gewesen, ich wäre überzeugt davon, dass sie senil geworden war. Hörte sie mir denn nicht zu?

»Jetzt kannst du wenigstens deine Sachen mitnehmen, bis morgen früh sind sie trocken«, fuhr sie fort.

»Haben wir nicht gerade noch über ›Wie hieß er gleich‹ O'Connor gesprochen?«

»Tu doch nicht so, als wüsstest du nicht, wer Eoin ist«, sagte sie ungeduldig.

»Jemand, um den sich der Tierschutzverein dringend kümmern sollte?«, bot ich an.

Sie warf mir einen langen Blick zu, der mir mit Sicherheit etwas sagen sollte, aber ich verstand nicht was. »Vielleicht ist es besser, wenn ich jetzt schon mal nach deinen Sachen sehe«, sagte sie schließlich, drehte sich um und ließ mich allein in der Küche stehen.

Eoin O'Connor. Der Name sagte mir absolut nichts. Ich hatte keinen Eoin in der Schule gekannt, und ich hatte auch keine Schulfreundin mit dem Nachnamen O'Connor gehabt. Vielleicht war er ein Jahr älter oder jünger als ich, und ich hatte ihn nur vergessen? Aber hätte ich mich dann an ihn erinnert, wenn ich ihn als Kind gekannt und nun dem erwachsenen Mann gegenüberstand? Oder waren wir uns erst vor ein paar Jahren begegnet? Er war mir jedenfalls von Anfang an bekannt vorgekommen, gleich, als ich ihn im Defender sitzen sah. Ich ging gedanklich zurück in den Pub, um mir sein Erscheinungsbild genau in Erinnerung zu rufen: sehr kurzes, fast schwarzes Haar, müde blaue Augen, die von dunklen Schatten umgeben waren, das Kinn nicht gerade glatt rasiert. Ein schmales, kantiges Gesicht, trotz allem attraktiv, muskulöse, sehnige Arme. Eine lange Narbe am rechten Unterarm.

Die Narbe.

Ich versuchte, mir den Mann mit der Narbe am Arm vorzustellen, den ich vor sieben Jahren kennengelernt hatte. Dann versuchte ich, mir den Mann aus dem Defender mit fünf Kilo mehr vorzustellen. Ein paar Jahre jünger. Mit längeren Haaren. Ohne die Spuren, die die Jahre in seinem Gesicht hinterlassen hatten. Konnte es derselbe sein? Es ließ mir keine Ruhe. Gleichzeitig war es, als verweigerte sich mir die Erinnerung. Als hätte ich sie irgendwo eingeschlossen und den Schlüssel weggeworfen … Ich ging rauf ins Gästezimmer, um zu telefonieren. Aber ich rief nicht die Polizei an, sondern Kate. Sie kannte mich besser als jeder andere, und vielleicht könnte sie mir helfen.

»Na, wieder zurück?«, fragte sie als Erstes. »Das ging aber schnell. Es ist ja gerade erst acht Uhr abends!«

»Nein, ich bin noch in Irland. Ich komm bei dem Nebel nicht weg.«

»Du wolltest doch sowieso erst morgen kommen.«

»Übermorgen. Aber jetzt fliege ich morgen früh. Benjamin braucht mich bei …«

»Aha«, fiel sie mir ins Wort. »Du und deine Mutter, ihr habt euch gestritten.«

Ich konnte nur hoffen, dass ich vor Gericht nicht so durchschaubar war wie in Kates Gegenwart. »Erinnerst du dich noch daran, wie es war, als ich das letzte Mal hier war?« Damit wich ich ihr aus und kam gleichzeitig zum Grund meines Anrufs.

»Die Elfen hatten dich fest im Griff.«

»Feen.«

»Was ist der Unterschied?«

Ich wusste es auch nicht. »Wieso hatten mich die Feen fest im Griff?«

Kate lachte. »Du warst wie ausgewechselt. Vorher hattest du nur deine Doktorarbeit und den allseits begehrten Benjamin im Kopf, dann warst du ein Wochenende bei deiner Mutter, du bist nach Cork gefahren und auf einer Party versumpft, und da muss es wohl passiert sein.«

Ich konnte mich genau erinnern, aber ich wollte, dass sie mir davon erzählte. Dass sie mir ihren Eindruck schilderte, den sie von dieser Zeit hatte. »Sprich weiter.«

»Jemand hatte sich in den Kopf gesetzt, dich zum Tanzen zu bringen. Irgendwann hatte er dann auch Erfolg, und ihr saht euch ein paar Lieder lang tief in die Augen. Dann fiel dir wieder ein, dass dich gerade erst der schöne Dr. Benjamin Russell gefragt hatte, ob du ihn heiraten willst, und der Tänzer war vergessen.« Sie holte tief Luft. »Offiziell natürlich nur. In Wirklichkeit hast du dich noch ein paar Wochen rumgequält, ob du wirklich das Richtige tust. Dann hast du beschlossen, dass dich wohl einfach nur ein paar irische Elfen oder Feen verwirrt haben, und du hattest recht. Heute seid ihr glücklich verheiratet. Warum willst du das wissen? Hast du ihn wiedergesehen?« Sie kicherte.

»Ich weiß es nicht«, gestand ich ihr.

»Oh.« Das Kichern war weg. Kate klang ernst. »Warum weißt du es nicht?«

»Er sieht so anders aus. Älter.«

»Ich sag es nicht gerne, aber es könnte daran liegen, dass er älter geworden ist. Das war vor sieben Jahren. Und ich sag dir noch was: Du bist auch älter geworden.«

»Hab ich mich denn sehr verändert?« Was für eine Frage. Ich hatte die drei bis vier Kilo mehr, die man als Frau ab dreißig offenbar automatisch auf die Waage gelegt bekam, egal, wie sehr man aufs Essen achtete und sich beim Sport quälte. Ich hatte eine andere Frisur, ich kleidete mich anders, und ich brauchte deutlich mehr Make-up als noch vor sieben Jahren, um nach einer kurzen Nacht wieder frisch auszusehen. Natürlich hatte ich mich verändert.

»Innen wie außen«, sagte Kate, als hätte sie meinen Gedanken zugehört.

»Verdammt, innen auch?«

Jetzt lachte sie wieder. »Also, was ist? Ist er's oder ist er's nicht?«

»Ich hab ihn an einer Narbe am Arm wiedererkannt. Er sieht müde aus.«

»Vielleicht ist er müde.«

»Warum habe ich ihn nicht gleich erkannt?«

»Vielleicht wolltest du es nicht.«

»Er hat ein Pferd gejagt.« Ich erzählte ihr kurz, was ich gesehen hatte.

»War es sein Pferd?«

»Nein, ich hab ein paar Satzfetzen mit angehört. Das war definitiv nicht sein Pferd.«

»Und was hat er dann damit gemacht?«

»Wahrscheinlich mitgenommen.«

»Warst du bei der Polizei?«

»Nein. Ich habe meiner Mutter davon erzählt, und die meinte, er sei ein netter Kerl, und ich hätte was missverstanden.«

»Vielleicht hast du wirklich etwas missverstanden, und er wollte dem Pferd helfen, weil es krank war.«

»Er hat es gejagt«, sagte ich.

Kate schwieg einen Moment, dann holte sie tief Luft und sagte: »Wir reden hier von einem Mann, den du nie richtig kennengelernt hast. Kein Grund also, dass jetzt irgendwelche Weltbilder zusammenbrechen. Wer weiß, vielleicht hat er als Kind schon die Katze gepiesackt.«

»Kate, du sollst doch nicht von dir auf andere schließen«, zog ich sie auf. Dann ließ ich mir von ihrer neuen Kollektion erzählen, die sie für den Herbst plante (davon hatte sie mir schon mindestens fünfmal erzählt, aber das war für sie kein Hinderungsgrund, es noch einmal zu tun), von den akuten Problemen mit den Lieferanten (jede Woche dasselbe), von den zwei Mitarbeiterinnen, die gekündigt hatten – eine Näherin, weil sie in eine andere Stadt zog, eine Schneiderin, weil sie schwanger war und sich nur noch ihrer Familie widmen wollte – und für die sie so schnell keinen Ersatz fand (das war in der Tat eine Katastrophe). Kate hatte eine winzige Boutique in Notting Hill, in der sie ausschließlich Kleidung verkaufte, die sie selbst entworfen hatte und die unter ihrer Aufsicht hergestellt wurde. Sie wurde damit nicht reich, aber sie lebte ihren Traum.

Als wir uns verabschiedet hatten, ging ich ins Erdgeschoss. Ich hörte das Geklapper von Geschirr und wie der Wasserkessel aufgesetzt wurde. Noch auf der Treppe dachte ich darüber nach, was ich Versöhnliches zu meiner Mutter sagen könnte, aber als ich die Küche betrat, schrie ich vor Schreck auf: Eoin O'Connor stand dort und goss heißes Wasser in die Teekanne. Er machte ein Gesicht, als sei es das Normalste auf der ganzen Welt, in Deirdres Küche zu stehen und Tee zu kochen.

»Deirdre?«, rief ich, ohne ihn aus den Augen zu lassen. »Kann es sein, dass wir Besuch haben?«

Ihre Stimme kam von oben aus dem Bad. »Ist Eoin schon da? Ich hab ihn gar nicht kommen hören. Sag ihm, ich bin in fünf Minuten so weit!«

Eoin drehte sich zu mir und fragte: »Milch und Zucker?«

Ich schüttelte den Kopf. »Machen Sie das immer so? In fremde Häuser gehen und Tee kochen?«

»Nein. Normalerweise benutze ich immer erst das Bad und nehme anschließend den Fernseher mit, aber leider ist das Bad gerade besetzt. Ich dachte, ich mache mir erst mal einen Tee, bevor ich mit dem Fernseher abhaue … Sie wollen also keinen?«

Bevor ich etwas erwidern konnte, kam Deirdre überraschend flink zu uns geeilt. »Eoin, wie schön. Jetzt hat es doch keine fünf Minuten gedauert, ich habe mich extra beeilt. Setzen wir uns ins Wohnzimmer? Zu dritt ist es doch etwas eng in der Küche. Wie geht es Mel, hat Ryan sie heute ins Krankenhaus gebracht? Sie sieht schon seit zwei Wochen aus, als müsste das Kind jede Sekunde kommen!«

So plapperte sie munter drauflos, und ich wusste nicht, wann sich meine Mutter jemals so unbeschwert, so fröhlich und ungezwungen mit mir unterhalten hätte. Sie strahlte Eoin an. Er bekam nicht das abwesende Lächeln von ihr geschenkt, das sie sonst für den Rest der Welt bereithielt. Und ich muss zugeben, dass ich eifersüchtig war. Müsste sie nicht so zu mir sein? Sollte sie nicht auch mir von den Leuten aus dem Ort erzählen, den ganzen Klatsch und Tratsch und was sie darüber dachte? Könnte sie nicht mit mir so herzlich lachen, mich so unbefangen umarmen wie ihn? Die beiden wirkten wie sehr gute, alte Freunde. Ich fühlte mich überflüssig. Eine Weile saß ich mit ihnen im Wohnzimmer, trank Tee und beobachtete sie, bis ich verstand: Nein, hier war nicht mein Platz, schon lange nicht mehr. Und meine Mutter wusste das. Deshalb sprach sie mit mir nicht über das, was im Dorf geschah. Aber sie konnte auch nichts mit meiner Welt anfangen, weil sie sie nie kennengelernt hatte. Mittlerweile waren wir so weit voneinander entfernt, dass wir diese Kluft wohl nie mehr überwinden konnten. Konnte ich ihr deshalb böse sein, durfte ich Eoin gegenüber Eifersucht empfinden? Nein. Aber ich war traurig, weil ich einmal mehr begriff, dass dieser Ort hier für mich nichts mehr mit Heimat zu tun hatte.

Ich klinkte mich gedanklich aus. Eoin hatte die Ärmel hochgeschoben. Ich warf möglichst unauffällig einen Blick auf die Narbe an Eoins Arm. Keine Sekunde mehr zweifelte ich daran, wen ich vor mir hatte, auch wenn ich mich liebend gerne getäuscht hätte. Dann entschuldigte ich mich freundlich bei den beiden, sagte, ich müsste noch dringend arbeiten, und ging rauf in mein altes Zimmer.

Mir war siedend heiß geworden. Kein Wunder, dass sich die Erinnerungen an Eoin nicht sofort eingestellt hatten – Wochen und Monate hatte ich mit mir selbst gerungen und alles getan, um diesen Mann zu vergessen, und zwar für immer. Denn Eoin war tatsächlich der Mann, wegen dem ich Benjamin vor sieben Jahren fast nicht geheiratet hätte! Mit dem ich auf der Party in Cork versumpft war. Lange danach noch hatte mich die Begegnung mit ihm in quälende Ungewissheit gestürzt. Ich hatte ihn einfach nicht erkennen wollen.

Ich zwang mich, die Unterlagen für morgen konzentriert durchzugehen, weil ich nicht mehr über Eoin nachdenken wollte. Unser neuer Mandant war der Modedesigner Simon Simm, der dabei war, sich im großen Stil selbstständig zu machen. Jahrelang hatte er für namhafte Labels gearbeitet. Seine Kollektionen waren weltweit bekannt und begehrt. Jetzt plante er seine eigene Mode. Er wollte nur zertifizierte Ökostoffe verwenden und zu fairen Preisen teils in Europa, teils in Asien produzieren lassen. »Mode für das grüne Gewissen der gehobenen Mittelklasse«, hatte Benjamin es genannt. Simon Simm würde überwältigend viel PR bekommen. Er plante nicht einmal Werbung, weil er wusste, dass er sich auf Mundpropaganda verlassen konnte. »Bio ist die Zukunft!«, sagte Simm. »Nicht nur beim Essen.« Er wollte Flagshipstores in London, Manchester, Cardiff, Belfast, Edinburgh und vielleicht noch in Dublin aufziehen. Bis zum Tag der Eröffnung des ersten Stores unterlag alles der höchsten Geheimhaltungsstufe.

Mir gefiel, was ich über sein Konzept las, und ich freute mich sehr darauf, jemanden wie ihn als Mandanten zu bekommen. Was für eine schöne Abwechslung! Ich musste unbedingt Kate unauffällig über ihn ausfragen, sobald ich sie sah, natürlich ohne irgendetwas zu verraten. Sie kannte in der Modebranche fast jeden, der es wert war, gekannt zu werden, und sie würde mir vielleicht ein paar nette Anekdoten über ihn erzählen können.

Es klopfte an der Tür. Verwundert stand ich vom Bett auf, wo ich es mir mit meinem Laptop bequem gemacht hatte, und öffnete: Eoin.

»Wir essen jetzt zu Abend.«

»Danke, ich habe im Moment keinen Appetit. Ich mache mir vielleicht später einen Toast.«

Er nickte und sagte nichts.

»Ich muss wirklich noch eine Menge für morgen vorbereiten«, sagte ich entschuldigend.

»Ich könnte Sie morgen früh zum Flughafen bringen«, bot er mir an.

Ich schüttelte den Kopf. »Vielen Dank, aber Deirdre kann mich fahren.«

Er zog irritiert die Augenbrauen zusammen. »Wirklich? Haben Sie das mit ihr besprochen?«

Jetzt war es an mir, irritiert zu schauen. »Meine Mutter wird mich ja wohl noch zum Flughafen bringen können, nachdem sie schon vergessen hat, mich abzuholen.«

»Vergessen?«, fragte er.

»Na ja. Sie ist eingeschlafen.«

»Schon wieder«, murmelte er. Da sein Handy klingelte, konnte ich nicht nachhaken, was er damit gemeint hatte.

»Sie müssen mich wirklich nicht fahren«, sagte ich höflich, während er eine Taste auf seinem Telefon drückte. »Ich komm schon klar.« Ich schloss die Tür.

Hatte Deirdre ihn zu mir hochgeschickt? Offenbar wollte oder konnte sie mich nicht selbst zum Flughafen bringen. Aber hätte sie mir das nicht selbst sagen können? Ich seufzte, schnappte mir meinen Laptop und sah nach, wie ich zum Flughafen kam. Ich könnte zu Fuß nach Myrtleville und von dort einen Bus nehmen. Busse waren in Irland extrem unzuverlässig, besonders auf dem Land, aber wenn ich früh genug startete, würde es schon irgendwie klappen. Und wahrscheinlich war der Bus immer noch die bessere Wahl als ein Taxi, wie ich heute Morgen hatte erfahren müssen. Noch während ich die Buspläne studierte, hörte ich, wie meine Mutter ins Bad ging. Ich wartete darauf, dass sie an meine Tür klopfen und versuchen würde, mich zum Abendessen zu überreden, wenn sie im Bad fertig war. Aber nichts geschah. Ich hörte nichts mehr. Keine Schritte auf dem Flur, keine auf der Treppe. Leise schlich ich aus dem Zimmer, sah nach, ob sie noch im Bad war, aber das Bad war leer. Durch den Spalt unter ihrer Schlafzimmertür drang Licht. Ging sie jetzt schon ins Bett? Zaghaft klopfte ich an die Tür. Deirdre antwortete nicht. Schlief sie schon? Dabei war es noch nicht mal acht Uhr. Warum hatte sie nicht noch einmal bei mir hereingeschaut? Wahrscheinlich wollte sie mir auf diese Art mitteilen, dass sie beleidigt war. Wenn sie dadurch erreichen wollte, dass ich mich noch unwohler fühlte, dann hatte sie es geschafft.

Ich ging wieder zurück in mein Zimmer und suchte mir ein paar Berichte über Simon Simm aus der Klatschpresse heraus. Zwischendurch machte sich der Hunger bemerkbar, und ich holte mir etwas aus der Küche, als ich keine Lust mehr auf Simon Simms Ökobaumwolle hatte – Eoin war wohl längst gegangen, und als ich aus dem Fenster sah, bemerkte ich, wie stockdunkel es draußen war. Der Nebel war verschwunden, am Himmel waren Sterne zu sehen. Ich konnte nicht anders, ich musste raus.

Sicher lag es daran, dass ich müde und erschöpft war – der Streit mit meiner Mutter, die Sache mit dem Pferd, die unerwartete Begegnung mit Eoin, die Konfrontation mit der Vergangenheit – all das trug wohl dazu bei, dass die Zwölfjährige wieder die Führung in mir übernahm und impulsiv an die Luft drängte. Den Pfad runter ans Wasser, das wollte sie, und so fand ich mich wenig später am Strand wieder. Ich saß auf einem Felsen, betrachtete das schwarze Wasser unter den Sternen, roch das Salz und hörte den Wellen zu. Sie spülten mich sieben Jahre zurück – ziemlich genau sieben Jahre, denn auch damals war ich im Mai nach Irland gekommen.

4.

Ich war fünfundzwanzig, als Doktorandin in Oxford eingeschrieben, und hatte meine Arbeit so gut wie fertig, als Benjamin davon sprach, mich heiraten zu wollen.

Wir hatten uns zu Beginn des Studienjahres kennengelernt. Die Oxford Union Society, bei der ich seit meinem ersten Studienjahr Mitglied war, hatte ihn als Redner eingeladen. Die Union Society war ein Debattierclub, in dem man als Student der Universität für einen nicht unerheblichen Jahresbeitrag Mitglied werden konnte. Oft waren bekannte Persönlichkeiten aus Politik und Wirtschaft, aber auch dem Showbusiness eingeladen, um sich für oder gegen ein Thema auszusprechen. Es hatte etwas Absurdes, ein Gesicht aus der Klatschpresse in den viktorianischen Räumlichkeiten zu sehen, die Mitte des 19. Jahrhunderts von Alfred Waterhouse entworfen wurden: Die Diskussion fand auf ledernen Sitzbänken, vor rot gestrichenen Wänden und unter kirchenhoher, prunkvoller Kassettendecke statt.

Dr. Benjamin Russell, Oxford-Absolvent, früherer Präsident der Union Society und Gewinner zweier internationaler Debattierwettbewerbe, war zum Thema »Wirtschaftlichkeit des Terrors« eingeladen worden. Benjamin sprach oft davon, wie eigenartig er sich in den Jahren danach gefühlt hatte, da ihn diese Diskussion immer wieder einholte. Erst Madrid, dann London – er durfte gar nicht mehr darüber nachdenken, dass er damals für einige zynische Äußerungen, für die er sich mit jedem Anschlag auf dieser Welt mehr schämte, großen Applaus erhalten hatte. Es ging bei den Debatten oft genug gar nicht so sehr darum, eine wirkliche private Meinung zu vertreten, sondern lediglich um das Finden guter Argumente, um den Gegner rhetorisch auszuschalten. Benjamin beteiligte sich nie wieder an einer Debatte und nutzte seine Fähigkeiten nur noch als Anwalt.

Ich verpasste damals die Diskussion, weil ich noch eine halbe Ewigkeit in der Bibliothek der Union Society saß und an einem Aufsatz arbeitete. Ich hielt mich gerne in dieser alten Bibliothek auf und hoffte beim Anblick der präraffaelitischen Fresken auf Inspiration. An diesem Abend wollte ich es mir jedoch nicht nehmen lassen, noch in der Bar vorbeizuschauen. Dort wurde das Thema der Debatte oft noch hitzig fortgesetzt, und immer wurde dabei viel getrunken. Auch an diesem Tag ging es hoch her. Ich gesellte mich zu meinen Freunden, die mir aufgeregt zusammenfassten, wie die Debatte ausgegangen war. Sie zeigten mir die beiden Redner, und ich merkte, dass der Jüngere der beiden mich neugierig musterte. Er gehörte zweifellos zu den attraktivsten Männern der Runde. Und nicht nur der Runde, wenn ich es recht betrachtete. Wir flirteten eine Weile auf die Entfernung, und ein paar Minuten später hatte er endlich jemanden gefunden, der mich ihm vorstellte.

Wir verstanden uns auf Anhieb. Seine tadellosen Manieren, sein klarer Verstand, sein entwaffnender Charme, dazu noch sein Äußeres: das Haar eine Spur zu lang, wie es die ehemaligen Privatschüler gerne trugen, tiefbraune Augen, die immer zu lachen schienen, ein offenes, sympathisches Gesicht, eine sportliche Figur, ungefähr Mitte oder Ende dreißig. Kein Colin Firth, eher ein Hugh Grant – der aus den Filmen, nicht aus dem wahren Leben. Und das war es auch, was mich gleichzeitig anzog und abschreckte. Schöne Männer waren anstrengend. Schöne Männer waren gefährlich. Und schöne Männer hatte man nie für sich alleine, so viel war mir von Anfang an klar. Ich war nicht die einzige Frau, die ihn ansah, und ich würde es auch nie sein.

Wir trafen uns also immer öfter, wurden ein Paar. Benjamin folgte einer klaren Linie, wusste sehr genau, wo er stand und wo er hinwollte im Leben. Er war in der Lage, schnell und sicher Entscheidungen zu fällen. Gleichzeitig konnte er Fehler eingestehen, ohne dabei sein Gesicht zu verlieren. Und ich fühlte mich bei ihm ganz und gar aufgehoben und sicher. Wenn ich bei ihm war, glaubte ich, dass mir nichts Schlimmes auf der Welt passieren konnte. Wir hatten auch so viele gemeinsame Interessen, dass uns nie die Gesprächsthemen ausgingen. Wir regten uns über dieselben politischen Entscheidungen auf, wollten zu denselben Ausstellungen und Konzerten, liebten beide gutes Essen und gute Weine, und wann immer ich in seine dunklen Augen sah, glaubte ich, noch nie mit so viel Liebe angesehen worden zu sein. Ein halbes Jahr nach unserem Kennenlernen sprach er von Heirat.

Ich bekam keinen klassischen Heiratsantrag von ihm – er wusste wohl, dass das nicht meinem Stil entsprach. Also legte er mir vernünftig die Vorteile einer Ehe auseinander und erklärte mir anschließend sehr romantisch, dass er mich liebte und ich die einzige Frau sei, mit der er sich eine Ehe vorstellen konnte. Natürlich war ich geschmeichelt und gerührt, und auch seine nüchternen, praktischen Argumente gefielen mir gut. Kein Wunder, bei seinem Talent fürs Debattieren, dass ich in seinen Händen zu Wachs wurde.

Trotzdem verhandelte ich – typisch für Juristen. Wir einigten uns darauf, ein Jahr vergehen zu lassen. Benjamin fragte mich, ob dieses Jahr die offizielle Verlobungszeit sei, und ich bat ihn, mir auch dafür ein paar Tage Bedenkzeit zu geben.

»Ich bin mir nicht sicher, ob das zu mir passt … verlobt sein …«, sagte ich ehrlich.

»Dann denk darüber nach. Viel wichtiger ist, ob verheiratet sein zu dir passt.« Er grinste. Dann nahm er mich in den Arm und sagte ernst: »Wovor hast du Angst?«

»Dass ich mich mit fünfundzwanzig auf etwas einlasse, das ich später bereue.«

»Mich?«

Ich lachte. »Das Heiraten. Keine Ahnung, irgendwie denke ich, ich müsste erst noch so viel erreichen, bevor ich etwas so Großes angehen kann wie eine Ehe.«

»Du hast Angst, es könnte dich aufhalten?«

»Wahrscheinlich. Ja.«

»Es wird dich nicht aufhalten. Es wird dich beflügeln.« Er küsste mich leicht auf die Wange.

Wahrscheinlich hatte er recht. Ein Mann wie Benjamin würde kaum erwarten, dass seine Frau zu Hause saß und die Haushaltshilfe einwies. Trotzdem: Ein Jahr, um sich mit dem Gedanken anzufreunden und darin einzurichten, fand ich eine gute Idee, aber ein Jahr verlobt zu sein – dieser Gedanke schnürte mich ein.

»Denk in Ruhe darüber nach. Und egal, wie du dich entscheidest – Hauptsache, du heiratest mich am Ende«, sagte Benjamin.

Also flog ich nach Irland. Es war das erste Mal seit der Beerdigung meines Vaters, dass Deirdre und ich uns wiedersahen. Ich hatte die stille Hoffnung, unser Verhältnis könnte sich bessern. Deirdre musste sich nicht mehr um Colin kümmern, und sie hatte drei Jahre Zeit gehabt, ihr eigenes Leben aufzubauen.

Ich sehnte mich nach einem dieser Mutter-Tochter-Gespräche, von denen meine Freundinnen manchmal erzählten. Ich brauchte jemanden, der mir half, eine Entscheidung zu treffen, die richtig für mich war. Keine Frage, ich liebte Benjamin, aber fünfundzwanzig war für mich ein schreckliches Alter. Einerseits fühlte ich mich schon so unendlich alt und erfahren und erwachsen, ich glaubte, alles zu wissen und alles zu schaffen. Andererseits stieß ich immer wieder an emotionale Grenzen, als wäre ich der Pubertät noch gar nicht richtig entkommen. Einmal sprach ich mit meiner Tutorin darüber. Sie sagte mir, bei Nichtakademikern sei das anders, die stünden mit fünfundzwanzig schon seit einigen Jahren fest im Leben (und im Job) und fühlten sich deshalb auch emotional reifer, aber so richtig konnte ich das nicht glauben. Die Menschen werden immer älter, die Jugend zieht sich immer länger hin, Frauen bekommen immer später Kinder. So gesehen sind Fünfundzwanzigjährige wohl eher die Achtzehnjährigen der neuen Generation. Und das wiederum könnte erklären, warum die kleine Ally damals in mir erwachte und mich nach Irland dirigierte.

Unnötig zu erwähnen, dass nichts so kam, wie ich es gehofft hatte. Deirdre und ich schafften es keine fünf Minuten, uns normal miteinander zu unterhalten.

»Werde ich dann bald Großmutter?«, war ihre erste Reaktion, nachdem ich von Benjamins Antrag erzählt hatte.

»Von Kindern ist überhaupt keine Rede«, empörte ich mich. »Ich will es erst einmal beruflich zu etwas bringen, und ich frage mich, ob es in meinem Alter klug ist, mich fest an einen Mann zu binden. Was, wenn ich ins Ausland gehen will? Oder er in eine andere Stadt ziehen will als ich?«

»Und ihr habt noch gar nicht über Kinder gesprochen?«

Sie machte mich wahnsinnig. Als sie dann noch anfing, von den Kompromissen zu erzählen, die eine Partnerschaft mit sich brachte, hatte ich die Nase endgültig voll.

»Es war also ein Kompromiss, dass du dein Leben aufgegeben und deine Tochter weggegeben hast, um dich deinem Mann zu fügen?«, fragte ich scharf.

Ich bekam keine Antwort. Sie drehte mir nur den Rücken zu. Ich stiefelte wutschnaubend zur nächsten Bushaltestelle und sah zu, dass ich nach Cork kam.

Mit meinen Freundinnen von früher hatte ich kaum mehr Kontakt, einzig mit Róisín tauschte ich mich sporadisch aus. Ihr hatte ich eine E-Mail geschrieben, dass ich für ein paar Tage meine Mutter besuchen würde, und sie hatte mir tatsächlich eine Art Stundenplan geschickt, wann sie wo in welchen Pubs und Clubs zu finden sein würde. Róisín, meine Sitznachbarin aus der Grundschule, hatte in Cork Theaterwissenschaften studiert, und weil sie keine Lust hatte, von dort wegzugehen und sich Arbeit zu suchen, ließ sie sich von ihren Eltern die Doktorarbeit finanzieren. Anders als ich hatte Róisín sehr wohlhabende Eltern – wenn auch erst seit dem wirtschaftlichen Aufschwung: Ihr Vater hatte sehr viel Glück gehabt und war von einem kleinen Apotheker mit magerem Einkommen zum Manager bei einem der vielen Pharmakonzerne aufgestiegen, die sich in Irland breitmachten. So konnte er die Launen seiner einzigen Tochter problemlos finanzieren: Schauspielunterricht, Gesangsunterricht, Ballettstunden, und schließlich das Theaterwissenschaftenstudium. Seine Frau arbeitete als Lehrerin und hatte zwar kein hohes, aber ein regelmäßiges Einkommen. Róisín war nie – so wie ich – gezwungen, sich um Stipendien zu bemühen und über Nebenjobs nachzudenken. Cork hatte als zweitgrößte Stadt der Republik schon immer eine bunte Kunst-, Musik- und Theaterszene gehabt, und in Vorbereitung auf den Titel »Kulturhauptstadt Europas«, den es 2005 erhalten sollte, war noch einiges mehr los als sonst: Straßenmusiker aus aller Welt tummelten sich dort, Filmemacher zogen durch die Stadt, Theaterleute suchten Anschluss. Róisín, die ein Näschen für die besten Partys hatte, war mittendrin. Ich konnte gut verstehen, warum sie nicht wegwollte. Sie passte zu der Stadt, und die Stadt zu ihr.

Ich suchte also nach Róisín, die sich aufrichtig freute, mich nach so vielen Jahren des Brief-, Postkarten- und E-Mailschreibens endlich mal wieder leibhaftig vor sich zu sehen. Sie schleppte mich von Bar zu Bar, stellte mich unglaublich vielen Leuten vor, und ich amüsierte mich ausgezeichnet. Gegen Mitternacht hatte ich einen Zustand erreicht, in dem ich mich einfach nur noch treiben ließ. Róisín nahm mich schließlich mit zu einer Party bei einem schwulen Schauspielerpärchen. Jack und Joe, wie sie angeblich wirklich hießen, wohnten am Sullivan's Quay mit einem sehr hübschen Blick auf den River Lee.

Wir feierten die Nacht durch. Die Nachbarn beschwerten sich nicht, sie feierten mit. Und dort passierte es, dort traf ich auf den Mann, von dem ich sieben Jahre später erst den Namen erfahren sollte: Eoin O'Connor.

Es war keine große Begegnung – nicht so wie zwischen Benjamin und mir in der Bar der Oxford Union Society. Es sprühten keine Funken, als wir uns zum ersten Mal in die Augen sahen.

Ich hatte zwar an diesem Abend sehr viel Spaß, aber im Grunde waren die Partys, die Róisín so gerne feierte, nicht ganz nach meinem Geschmack. Ich fand es zwar spannend, neue Leute kennenzulernen und mich mit ihnen zu unterhalten, ich mochte die Musik, die lief, und ich war angenehm überrascht, dass Jack und Joe in der Küche ein paar ausgesprochen leckere Kleinigkeiten von Sushi bis Käsekuchen bereithielten, aber mich wie meine alte Freundin mitten ins Zimmer zu stellen und loszutanzen – das war ich nicht. Überhaupt war Tanzen nichts, was ich gerne tat.

Schon nach wenigen Takten folgten viele ihrem Beispiel, und die Wohnung der beiden Männer wurde zu einem Club. Auf diese Weise hatte ich meine Gesprächspartnerin verloren, eine Bühnenbildnerin aus Barcelona, die es sich in den Kopf gesetzt hatte, nach Irland auszuwandern. Ich saß alleine auf dem Sofa, nippte an einem

Glas Rotwein, und weil ich nichts anderes zu tun hatte, versuchte ich, mich an die Bands zu erinnern, die in der letzten halben Stunde von Jack oder Joe gespielt worden waren. Einer der beiden hatte seinen Laptop an die Boxen der Stereoanlage angeschlossen und klickte unermüdlich darauf herum, um geeignete Playlisten zu erstellen.

Es war ein Spiel mit mir selbst, eine Art Gedächtnistraining. Ich ging die Titel rückwärts durch und erinnerte mich an die wilde Abfolge von Tricky, Cardigans, Massive Attack, Catatonia, Tom Jones und Christina Aguilera. Róisín und ich waren eingetroffen, als die White Stripes gerade liefen, daran konnte ich mich genau erinnern. Mir gefiel die Musik, wie auch offensichtlich allen anderen.

Da setzte sich jemand zu mir aufs Sofa und prostete mir mit einem Whiskey zu. Ich prostete freundlich zurück, interessierte mich aber nicht weiter für den jungen Mann. Er war ungefähr in meinem Alter, höchstens aber drei, vier Jahre älter als ich, fiel also nicht in mein Beuteschema. Ich hatte schon in der Pubertät erkannt, dass ich eine Schwäche für Männer hatte, die deutlich älter waren als ich – zwischen Benjamin und mir lagen fast fünfzehn Jahre. Außerdem war mein neuer Sitznachbar nachlässig gekleidet und trug seine zerzausten Locken viel zu lang. Nein, er war gar nicht mein Typ. Mal ganz abgesehen davon, dass es Benjamin gab.

Er musste gemerkt haben, dass ich keinen Wert auf eine Unterhaltung mit ihm legte, und versuchte erst gar nicht, mit mir ins Gespräch zu kommen. Ich befürchtete, er würde es doch versuchen, würde vielleicht sogar mit mir flirten wollen. Vorsorglich stand ich auf und ging in die Küche, traf dort aber niemanden an, mit dem ich mich unterhalten könnte. Ich ging vor die Tür, um frische Luft zu schnappen und mich beim Anblick des Flusses zu entspannen. Wasser beruhigt mich. Ich kann stundenlang einfach nur aufs Wasser sehen, ohne dass mir langweilig wird.

Kaum war ich zurück in der Wohnung, packte mich jemand am Handgelenk und zerrte mich auf die improvisierte Tanzfläche: Róisín. Halb amüsiert, halb genervt ließ ich sie stehen und setzte mich wieder aufs Sofa, wo der junge Mann immer noch saß. Er reichte mir mein Weinglas, das ich neben dem Sofa hatte stehen lassen. Ich bedankte mich, er lächelte kurz und sah dann wieder weg. Sprach immer noch kein Wort mit mir. Zwei Songs später wusste ich nicht, ob ich enttäuscht oder erleichtert war, dass er mich in Ruhe ließ.

Róisín kam ausgelassen und verschwitzt auf mich zugestürmt und versuchte wieder, mich zum Tanzen zu bringen. Ich blieb standhaft. Als sie wieder abzog, spürte ich seinen Blick auf mir. Ich lächelte ihm kühl von der Seite zu und sagte: »Ich tanze nicht.«

Damit hatte ich ihm die Tür geöffnet.

»Warum nicht?«, fragte er, rückte aber nicht einen Millimeter näher zu mir. Im Gegenteil, er lehnte sich sogar noch zurück.

»Ich weiß nicht. Ich hab noch nie gerne getanzt.«

»Hast du überhaupt schon mal getanzt?«

Ich dachte nach und schüttelte den Kopf. »Nein, noch nie.«

»Aber jeder Mensch hat irgendwann mal in seinem Leben getanzt. Überleg mal: in der Schule? Im Kindergarten? Oder tanzen Engländerinnen nicht?«

»Ich bin keine Engländerin«, hörte ich mich sagen. Und staunte. Hatte ich das wirklich gerade gesagt?

»Nein? Wer so spricht wie du und dann noch nicht mal tanzt, muss aus England kommen.«

»Ich lebe ja auch dort. Aber ich bin hier in der Nähe aufgewachsen.«

»Ach? Wo genau?«

»Myrtleville«, sagte ich und plapperte schnell weiter, weil ich nicht nach meinen Eltern gefragt werden wollte. »Aber ich lebe schon ganz lange nicht mehr dort. Ich bin nur zu Besuch. Róisín und ich waren zusammen in der Grundschule.«

Er lächelte. »Schön.«

Da war es wieder, das alte Thema. Heimat. Und Herkunft. Und ich wusste wie üblich nicht recht, wie ich mich dabei fühlen sollte.

»Und du?«, sagte ich, um von mir abzulenken, aber er war noch nicht fertig mit mir.

»Eine Irin tanzt«, sagte er.

»Tja, dann bin ich wohl doch eine Engländerin.« Ich trank mein Glas aus.

»Stimmt, jetzt seh ich's auch. So schnell, wie du den Wein runterkippst …«

»Die Iren trinken ja zum Glück überhaupt nichts«, gab ich ironisch zurück.

»Wir können es aber genießen.«

Ich dachte an meinen Vater, spürte einen Schmerz in der Brust und wechselte schnell das Thema. »Hast du auch was mit Theater zu tun?«

Er lachte. »Ja, manchmal hab ich was mit Theater zu tun. Wenn ich reingehe, zum Beispiel.«

»Ich meine, arbeitest du dort?«

»Nein.«

»Sondern?«

»Das interessiert dich doch gar nicht. Du wechselst nur das Thema.«

»Welches Thema?«

»Du genießt nicht.«

»Quatsch.«

»Dann beweis es mir.«

Ich verdrehte die Augen. »Wie denn?!«

»Genieß deinen Wein.«

»Er ist nicht gut«, behauptete ich.

»Woher willst du das wissen, so wie du ihn in dich reingekippt hast?«

Ich stand auf und suchte nach einer Flasche Rotwein. Jack – oder war es Joe? Ich fand einfach nicht heraus, wer von den beiden wer war – stand in der Küchentür und sprach gut gelaunt mit einer älteren Frau, die aussah, als hätte sie gerade eine Blitzdiät hinter sich. Die weite schwarze Hose im Marlene-Stil schlackerte um ihre mageren Beine, und das riesige, formlose graue Strickoberteil sah aus, als würde es seine Besitzerin jeden Moment verschlucken. Sie präsentierte, was sie sagte, mit großen Gesten, fester, tiefer Stimme und französischem Akzent. (Seltsam, an was ich mich jetzt wieder alles erinnern konnte, da sich die Blockade gelöst hatte.) Ich zögerte, ob ich die beiden unterbrechen sollte. Aber das war gar nicht nötig, Jack oder Joe war ein perfekter Gastgeber und merkte sofort, dass ich auf der Suche nach etwas war.

»Bier? Whiskey? Cocktail?«

»Rotwein.«

Er klopfte sich mit dem Zeigefinger auf die Unterlippe, als helfe ihm das beim Nachdenken. Dann sagte er: »Richtig. Du hattest den Merlot. Bleibst du dabei? Oder warte, ich habe noch einen Südafrikaner, Pinotage. Oder lieber ganz klassisch einen Cabernet Sauvignon? Der ist allerdings, muss ich zugeben, ein bisschen langweilig. Ein totaler Fehlkauf.« Er beugte sich näher an mein Ohr. »Eignet sich aber hervorragend für Gäste, die schon zu betrunken sind, um zu merken, was sie trinken.«

Ich lachte. »Dann nehm ich den Pinotage.«

Er gab mir gleich die ganze Flasche mit. Ich studierte das Etikett auf dem Rückweg.

Der Platz auf dem Sofa war noch frei. Mein Gesprächspartner sah den Tänzern zu und hielt seinen Whiskey in der Hand. Er sah nicht aus, als würde er sich langweilen, ganz und gar nicht. Als ich mit der Weinflasche auftauchte und mich neben ihn setzte, brauchte er drei Sekunden, um seinen Blick von den hüpfenden Menschen loszureißen.

Ich goss mir Wein ein und hielt das gefüllte Glas hoch. »Sieh genau hin: Ich werde diesen Wein sehr genießen.« Ich schwenkte die rote Flüssigkeit, roch an dem Wein, schwenkte wieder, roch noch einmal, schwenkte, schloss die Augen, nippte, behielt den winzigen Schluck eine Weile im Mund, machte dazu ein Weinkennergesicht, schluckte runter, seufzte wohlig und verkündete: »Guter Tropfen. Pinotage. Südafrika. Stellenbosch.« Ich probierte noch einen winzigen Schluck. »2001«, sagte ich dramatisch. Dann trank ich das Glas in großen Schlucken aus.

Er lachte. »Du kannst es nicht.«

»Klar. Hast du doch gesehen.«

»Englische Borniertheit hab ich gesehen.«

»Und ich sehe irische Starrköpfigkeit.«

Er grinste. Ich grinste. Goss mir noch ein Glas ein. Jack oder Joe hatte bei diesem Tropfen nicht danebengegriffen.

»Vorsicht. Ihr vertragt doch nichts.«

»Ach nein?«

»So im Vergleich gesehen.«

Unser Wortgefecht ging noch eine Weile so weiter. England gegen Irland. Haarsträubende Vorurteile wurden hin-und hergefeuert, und irgendwie machte es mir Spaß, mein neues Leben gegen mein altes zu verteidigen. Dann ging mir auf, dass ich mittlerweile sogar schon länger in England gelebt hatte als in Irland. Und als ich das begriff, freute ich mich darüber.

»Ich weiß nicht, was es ist, aber gerade genießt du etwas«, sagte er.

Ich fühlte mich ertappt. »Siehst du, ich kann es doch«, sagte ich schnell und trank wieder meinen Wein in großen Schlucken aus, nur um ihn zu ärgern.

»Das müssen wir ausnutzen.« Er stand vom Sofa auf, nahm mir das leere Glas aus der Hand und zog mich hoch. »Tanzen.«

Ich wollte mich wehren, aber schon stand ich zwischen den anderen, die zu »Cherry Lips« von Garbage herumsprangen. Jack und Joe legten gemeinsam eine Show hin, die zu gut war, um improvisiert zu sein.

»Ich kann das nicht«, versuchte ich die Stimme der Sängerin Shirley Manson zu übertönen. Aber er schüttelte nur den Kopf, ließ mich nicht aus den Augen, wippte im Takt, die Hände in den Hosentaschen.

»Das reicht schon?«, fragte ich und hoffte, ihn damit zu provozieren.

Zu meinem Erstaunen nickte er. »Das reicht schon.«

Also schob ich ebenfalls meine Hände in die Hosentaschen und wippte mit, bis der Song zu Ende war. Ich ging zurück zum Sofa, merkte, dass ich zitterte, gestand mir ein, dass er es geschafft hatte, mich nervös zu machen, trank noch ein Glas Wein.

»Und die nächste Runde«, hörte ich seine Stimme direkt neben meinem linken Ohr. Ohne Druck führte er mich zurück in die Mitte des Raums.

Die Musik war elektronisch, gleichzeitig klang sie melodisch, dazu sang eine glockenreine, verführerische Frauenstimme. »Was ist das?«

»Goldfrapp.«

Unmöglich, hierzu nur zu wippen, mit den Händen in den Hosentaschen. Ich konnte gar nicht anders, als ein paar ungelenke Tanzschritte zu machen. Er tat es mir gleich, nur deutlich weniger ungelenk, und ließ mich wieder nicht aus den Augen. Beim nächsten Song hatte mich die Musik ganz gefangen, und ich tanzte seit sehr langer Zeit zum ersten Mal ausgelassen und mich selbst vergessend. Passenderweise hieß das Lied »Fun For Me«.

»Eine Irin«, sagte er zufrieden, als der Song zu Ende war.

»Wer, ich?«

»Auch. Die Sängerin ist Irin.«

»Wie heißt sie?«

»Wie deine Freundin: Róisín, ›kleine Rose‹. Und die Band heißt Moloko.«

Er streckte langsam seine Hand nach meinem Gesicht

aus, und dabei sah ich die Narbe auf seinem Unterarm. Ich hielt die Luft an, weil ich nicht wusste, was als Nächstes geschah.

Er strich mir eine verschwitzte Strähne aus der Stirn und sah mir dabei in die Augen. In dieser Sekunde verstand ich, was es bedeutete, in den Augen eines anderen zu versinken. Hineinzustürzen und sich im freien Fall zu befinden. Ich wollte, dass dieses Gefühl nie wieder aufhörte.

Doch drei oder vier durchtanzte Songs später hörte es auf. Ich war so außer Atem, dass ich für einen Moment nach draußen gehen musste, um Sauerstoff zu tanken.

Er stand schon auf der Straße, als hätte er auf mich gewartet, und sah auf den Fluss.

»Soll ich dich nach Hause bringen?«

»Das ist ein bisschen weit.«

»Myrtleville? Das schaff ich.«

»England.«

»Heute noch?«

»Ja, am liebsten.«

Er lachte leise. »Dann gute Reise. Und nimm dich in Acht vor den Púcas.«

»Keine Sorge, ich werde einen Bogen um Ponys machen und mich auch ganz bestimmt nicht ins Moor werfen lassen.«

In Irland glaubten manche Menschen immer noch an Púcas. Ließ man sich auf ihrem Rücken nieder, begann der Höllenritt, der, wenn man Glück hatte, mit einem Sturz in den Graben endete, während der Púca laut lachend davontrabte. Ich war mittlerweile zu der Überzeugung gelangt, dass Púcas eine Erfindung betrunkener irischer Ehemänner waren, damit sie ihren Frauen erklären konnten, warum sie die halbe Nacht komatös im Straßengraben oder im Gestrüpp gelegen hatten.

»Gute Nacht, irisches Mädchen.« Seine Lippen streiften ganz leicht die meinen. Ich hielt die Augen geschlossen, weil ich Angst hatte. Angst, das Gefühl könnte vorübergehen. Angst, mich ihm hinzugeben. Angst, es nicht zu tun.

Erst jetzt fiel mir auf, dass ich seinen Namen gar nicht wusste, so wie er meinen nicht kannte. Er hatte mir nicht einmal gesagt, was er arbeitete oder studierte. Nichts hatte er von sich erzählt. Andererseits hatte ich auch nicht wirklich etwas von mir preisgegeben.

»Warte«, rief ich und öffnete die Augen, aber er war schon weg. Er musste in die Seitenstraße abgebogen sein, ohne abzuwarten, dass ich ihm auf Wiedersehen sagte.

Ich war enttäuscht, dass er so leicht aufgegeben hatte. Nein, nicht enttäuscht – ich war sauer, beleidigt, verletzt. Und unerklärlicherweise tief unglücklich.

Ich sah auf die Uhr, dann in den Himmel. Die Sonne ging auf. Es fuhren schon Busse nach Myrtleville.

Nach dieser Nacht schlief ich sehr schlecht. Ich wälzte mich unruhig herum. Im Halbschlaf sah ich ihn immer wieder vor mir, wie er mich beim Tanzen nicht aus den Augen gelassen hatte. Wie er mich vor den Púcas gewarnt hatte. Ich sah ihn vor mir an Orten, an denen wir nie zusammen gewesen waren. Als ich endlich einschlief, träumte ich, wie ich Benjamin vorwarf, nie mit mir zu tanzen. Ich träumte von Púcas und Kobolden und Feen, wie ich mich ganz selbstverständlich unter ihnen bewegte, und wieder tanzte ich mit ihm zu Moloko. Ich fuhr vor Schreck hoch, als wir uns gerade küssen wollten.

Mein Herz raste, als wäre ich eben erst von der Tanzfläche gekommen. Ich musste mir wohl oder übel eingestehen, dass etwas Fürchterliches mit mir geschehen war. Fürchterlich und wunderbar zugleich: Ich hatte mein Herz an diesen Unbekannten verloren.

Deirdre hatte ich nie davon erzählt. Eoin musste ihr irgendwann einmal gesagt haben, dass er mich in Cork getroffen hatte. Er musste von Deirdres Tochter, die in England lebte, erfahren und eins und eins zusammengezählt haben. Sonst hätte er mich wohl kaum so problemlos wiedererkannt und zugeordnet.

Es war nichts passiert in dieser Nacht, und gleichzeitig war so viel passiert. Die Begegnung hatte mich in große Zweifel gestürzt, was mein Leben anging. Wie konnte es sein, dass die leichte Berührung eines Fremden so große Sehnsucht in mir auslöste, meine Gefühle für Benjamin in Frage stellte, mir fast das Herz brach? Oder lag es doch nur am Alkohol, dass ich so verwirrt war? Konnte es mit Benjamin und mir überhaupt weitergehen, wenn ich so leicht aus der Fassung zu bringen war?

Ich dachte am nächsten Tag lange nach und musste mir eingestehen, dass ich in dieser Nacht in Cork so viel Spaß gehabt hatte wie schon seit Jahren nicht mehr. Mit Benjamin in England war alles leiser, seriöser, zurückhaltender. Und ich musste mir gut überlegen, ob ich das wollte. Den gesamten Tag nach der Party verbrachte ich wie in Watte gepackt. Ich konnte nicht einmal etwas essen. Es fühlte sich an wie Liebeskummer, und irgendwie war es das ja auch.

Ich quälte mich noch Tage und Wochen danach und

sprach nur mit meiner Freundin Kate darüber. Sie riet mir, das vereinbarte Jahr mit Benjamin als das zu sehen, was es war: eine Probezeit, und zwar für beide.

»Keine überstürzten Entscheidungen«, sagte sie. »Wahrscheinlich hast du nur kalte Füße.«

Eine offizielle Verlobung lehnte ich deshalb vorerst ab, was Benjamin klaglos akzeptierte. Doch zwei Monate später schämte ich mich entsetzlich für meine Zweifel und war mir so sicher, wie ich mir nur sein konnte, dass ich genau das Leben führte, das ich mir immer gewünscht hatte. Ich beschloss, eine endgültige Entscheidung zu treffen. Es konnte schließlich nicht sein, dass mich ein Mann, den ich nicht einmal besonders attraktiv fand, über den ich nichts wusste, dessen Namen ich nicht einmal kannte, so aus der Bahn warf. Ich vermied es, mich bei Róisín nach seinem Namen zu erkundigen, ich fuhr nicht nach Cork, um auf eine zufällige Begegnung mit ihm zu hoffen. All das tat ich nicht, weil ich Angst davor hatte, mich zu verrennen. Mich ganz und gar zu verlieren.

Kate hatte sicher recht gehabt, ich hatte kalte Füße bekommen. Eine vorübergehende Verwirrung, sonst nichts. Vielleicht war es wirklich nur ein wenig mehr Unberechenbarkeit, die ich mir im Leben mit Benjamin wünschte, mehr Spontaneität, und ließ sich das nicht einrichten? Ich verlobte mich ganz offiziell mit Benjamin und sprach nie wieder mit Kate über diese Nacht in Cork.

Und nun, sieben Jahre später, saß ich unter dem sternklaren Himmel am Strand und lauschte dem Rhythmus der Wellen. Seit Jahren hatte ich zum ersten Mal wieder den

Moloko-Song im Kopf: »Fun For Me«. Ich stand auf und merkte, dass ich ziemlich durchgefroren war.

Der Aufstieg zum Cottage kurbelte meine Durchblutung wieder an. Leise schlich ich mich in mein Zimmer, um Deirdre nicht zu wecken. Mit offenen Augen lag ich im Bett und fragte mich, was wohl passiert wäre, wenn ich damals nach Eoin gesucht hätte. Ich schlief über diesen Gedanken ein, ruhte tief und fest, bis wenige Stunden später der Wecker klingelte und ich mich auf den Weg zum Flughafen machte.

Im Flieger nach London saß ich neben einem älteren, kahlköpfigen Mann, der mir bekannt vorkam. Ich lächelte ihn vorsorglich an.

»The Star of the County Down!«, erinnerte er mich an das Lied, das er für mich gespielt hatte, und ich sah, dass er nicht mehr alle Zähne hatte.

»Oh richtig, Sie sind der Flötist aus der Pine Lodge! Sie haben gestern dort gespielt! Das ist ja ein netter Zufall.«

Er nickte. »Der bin ich. Und Sie? Auf Geschäftsreise?«

»Nein, ich habe meine Mutter besucht.«

»Ah, Heimaturlaub«, sagte er und zwinkerte mir zu. »Tut gut, nicht wahr?«

Ich biss mir auf die Unterlippe. Sie zitterte. Der Steward rettete mich vor einer Antwort, als er fragte, was wir trinken wollten, und für den Rest des Flugs tat ich so, als würde ich schlafen, während der Mann leise das alte irische Lied, an das ich ihn so sehr erinnerte, vor sich hinsummte.

11. Mai 1973

Liebste,

ein Jahr ist vergangen, seit ich dich zum ersten Mal küsste. Ein ganzes Jahr auf den Tag genau. Ich feiere heute den ersten Geburtstag meines neuen Lebens.
Auch wenn es noch geheim bleiben muss, auch wenn wir uns nur so selten sehen - ich bin der glücklichste Mensch dieser Welt!

In tiefer Liebe, auf ewig,
Dein M.

5.

Wir waren mit Simon Simm zum Brunch in Marylebone verabredet gewesen, einem lebendigen und gehobenen Stadtteil Londons. Madonna hatte hier ein Haus, betonte Simm mehr als nur einmal. Benjamin und ich dachten jedes Mal daran, die Augenbrauen zu heben, um zu zeigen, dass wir beeindruckt waren. Simm hatte darauf bestanden, einen Tisch im Landmark Hotel zu reservieren, ein sündhaft teures Fünf-Sterne-Hotel. Zu Benjamins Leidwesen hatte Simm überhaupt keine Lust, über Verträge zu reden. Er fuhr lieber mit seinem Promiwissen auf, bis er auf die Uhr sah und seufzend erklärte: »Oh, ich muss leider weg. Zahnarzttermin.«

Als er fort war, mussten wir über das banale Ende seines illustren Auftritts lachen.

»Irgendwann muss er die Verträge lesen oder wenigstens unterschreiben«, sagte Benjamin. »Lassen wir ihn für heute. Allerdings habe ich den ganzen Tag für diesen Termin blockiert. Was machen wir jetzt? Du sagst jetzt hoffentlich nicht, dass du zurück ins Büro willst, nachdem wir uns ganze zwei lange Tage nicht gesehen haben?«

»Wie wär's mit einer Tasse Kaffee?«, schlug ich vor.

»Hier?«

Wir saßen an einem Tisch im Atrium des Hotels, dem sogenannten »Winter Garden Restaurant«. Ein Glasdach zog sich über die achtstöckigen Gebäude, die den Innenhof bildeten. Die Sonne schien hell hinein, Palmen standen zwischen den mit weißem Damast, feinem Porzellan und Silberbesteck gedeckten Tischen.

»Du meinst, an diesem Ort trinkt man besser Champagner?« Ich schüttelte amüsiert den Kopf. »Kaffee.«

Benjamin bestellte ihn für uns, dann sagte er: »Endlich sind wir mal alleine.«

»Alleine? Unter all den Leuten?« Ich machte schmunzelnd eine Handbewegung, die die vielen fremden Menschen im Restaurant einschloss.

»Ach, wenn wir uns küssen, vergisst du sie sofort.« Er beugte sich vor und küsste sanft meine Lippen. Ich schloss die Augen, genoss die Berührung. Und wirklich vergaß ich für einen Moment, dass wir nicht alleine waren.

»Vielleicht haben sie noch ein Zimmer frei«, flüsterte mir Benjamin ins Ohr. Ich lachte.

»Wir haben eine ganze Wohnung frei, die uns ungefähr so vertraut sein dürfte wie ein Hotelzimmer, so viel, wie wir immer unterwegs sind.«

»Viel zu unromantisch«, entschied er. »Ich frage an der Rezeption.«

»Nein, wirklich. Lass uns lieber nach Hause fahren.«

Benjamin sah mich lange und liebevoll an, dann nickte er. »Gut. Wir nehmen gleich ein Taxi. Aber lass uns noch eine Weile hier sitzen. Ich liebe dieses Hotel.«

»Du liebst alle Luxushotels auf dieser Welt«, zog ich ihn auf.

»Da könnte ein Körnchen Wahrheit drinstecken«, gab er zu. »Und jetzt erzähl.«

Natürlich wusste ich sofort, was er meinte. Ich schloss für einen Moment die Augen, nahm das Stimmgewirr auf, das sich in dem Innenhof fing, und versuchte, mich zu entspannen.

Das erste Bild, das sich bei mir einstellte, war Emerald Cottage. Ich öffnete schnell die Augen und seufzte.

»Na?«, hakte er nach. »Willst du doch nichts erzählen?«

»Wir sind nicht gerade freundschaftlich auseinandergegangen«, sagte ich.

»Das ist nichts Neues«, sagte Benjamin gut gelaunt und nippte an dem Kaffee, den man uns gerade hingestellt hatte. Er freute sich sichtlich über diesen Moment mit mir, wurde zusehends lockerer, und ich hasste mich dafür, dass ich ihm alles verderben würde. Kurz überlegte ich, ob ich einfach nichts sagen sollte. Aber das wäre auch nicht richtig. Irgendwann musste ich mit ihm darüber reden.

Er hatte in all den Jahren mit mir gelernt, das gestörte Verhältnis zwischen meiner Mutter und mir nicht mehr als große Tragik zu begreifen. Mittlerweile nahm er es mit einem gewissen Galgenhumor, was es mir auch leichter gemacht hatte. Er hatte mir meine kleinen Geheimnisse gelassen, die Dinge, die ich ihm nicht über meine Eltern, über meine Kindheit in Irland erzählen wollte, weil ich erst für mich Klarheit schaffen musste, und diese Dinge brauchten Zeit. Aber nun ging es um ein Thema, das uns beide betraf. Ich sah auf meine Kaffeetasse, rührte sie aber nicht an. Mir war die Lust darauf vergangen.

»Sie hat gefragt, wann sie Enkelkinder bekommt.«

Benjamin stellte seine Tasse ab und sah mich aufmerksam an. »Sie hat dich einfach so gefragt, wann sie mit Enkelkindern rechnen darf?«

»Gleich, nachdem ich angekommen war. Und dann noch einmal. Beim ersten Mal war ich einfach nur sauer auf sie. Aber beim zweiten Mal … Es war am Montagmorgen. Ich musste früh aufstehen, um den Flieger zu bekommen. Sie war schon in der Küche und machte Frühstück. Wir unterhielten uns über ganz allgemeine Dinge. Sie wollte wissen, wie ich geschlafen hatte. Und wie ich zum Flughafen kommen würde. Und dann, als ich schon auf dem Weg nach draußen war, fragte sie mich allen Ernstes: ›Was meinst du, werde ich es noch erleben, meine Enkelkinder kennenzulernen?‹«

»Und was hast du daraufhin gesagt?«

Ich zuckte die Schultern. »Was wohl, nichts! Im ersten Moment dachte ich, ich hätte mich verhört. Dann sagte sie noch: ›Ich frage doch nur wegen Emerald Cottage.‹«

»Was hat sie damit gemeint?«

Ich zuckte die Schulter. »Das habe ich sie auch gefragt. Aber sie wich mir aus und sagte: ›Ach, nichts, schon gut. Pass auf dich auf, und gute Reise.‹ Ich sagte etwas säuerlich ›auf Wiedersehen‹, und das war's.«

Er nickte und sah mich ruhig an. Ich wich diesem Blick aus und sah mich um: Eine indische Familie nahm gerade zu meiner Rechten zwei Tische entfernt Platz. Etwas weiter hinten entdeckte ich ein älteres Ehepaar, umringt von Kindern und Kindeskindern, die etwas zu feiern schienen. Links von mir saßen noch mehr kinderreiche Familien aller Kontinente. Sie mochten sich in Kleidung und Hautfarbe unterscheiden, aber eins hatten sie gemeinsam: Sie waren reich – sonst wären sie kaum hier –, und sie wirkten glücklich.

Ich ertappte mich bei dem Gedanken, ob es da einen Zusammenhang gab: Geld und Glück. Ständig wurde behauptet, das eine hätte mit dem anderen nichts zu tun. Im Gegenteil, Geld würde nur Ärger machen. Warum aber war es mir dann bei Siobhan und ihrem Mann so viel besser ergangen? Warum hatte ich mich dort wohler gefühlt? Und warum hätte mich meine Mutter wohl sonst weggegeben? Doch nur, damit es mir besser ging. Für die Schule hatte ich ein Stipendium, aber nicht für die Lebensumstände. Durch Siobhan und ihre Familie gelangte ich in die richtigen Kreise. Geld half im Leben weiter. Und im Laufe der Jahre war mir immer klarer geworden, dass es ein Segen gewesen war, aus der Enge des Emerald Cottage zu entfliehen. Trotzdem konnte ich meiner Mutter immer noch nicht verzeihen. Weil es vielleicht doch nichts mit Geld zu tun hatte, sondern einfach nur mit Zuwendung. Siobhan und ihr Mann waren liebevolle, herzliche, geduldige Menschen, sie nahmen sehr viel Rücksicht auf andere, und sie waren jederzeit da, wenn man sie brauchte. Deirdre und Colin hatten diese Wärme, diese Offenheit nie gehabt. Nein, mit Geld hatte es nichts zu tun. Siobhan hätte niemals diese Frage gestellt: »Werde ich es noch erleben, meine Enkelkinder kennenzulernen?«

»Du musst immer mit solchen Fragen rechnen. Und später, falls wir keine Kinder haben werden, wird man uns fragen, warum das so ist«, sagte Benjamin. »Wir wussten doch die ganze Zeit, dass irgendwann die Fragen wieder anfangen würden.«

»Ich weiß. Ich hätte drauf vorbereitet sein müssen. Und erst tat es auch nicht so weh. Aber … ich weiß nicht, was es war! Vielleicht hatte ich nicht gut geschlafen, vielleicht ist es einfach nicht gut, wenn ich Deirdre sehe, weil wir uns nicht verstehen und ich das nicht akzeptieren kann, vielleicht sind irgendwie alte Wunden aufgerissen … Ich habe keine Ahnung. Aber es war wie ein verzögerter Schock. Erst nach der Landung fing es so richtig an, in mir zu arbeiten, und jetzt …« Ich schluckte.

Benjamin nahm meine Hand und sagte: »Ally, wir haben den ganzen Nachmittag für uns, wenn du willst. Niemand erwartet uns in der Kanzlei. Wir sind erst abends mit Leslie und Beatrice verabredet. Was machen wir mit der ganzen freien Zeit?« Er versuchte es wie einen Witz klingen zu lassen, aber ich spürte, dass es ihm genauso davor graute wie mir, diesen Gedanken ausgeliefert zu sein, die meine Mutter ausgelöst hatte. Er wollte mir einen Gefallen tun und bot mir das an, worum wir monatelang einen Bogen gemacht hatten: offen über Kinder zu reden.

»Wir könnten eine Runde Tennis spielen. Oder ins Kino gehen«, schlug ich hilflos vor. »Wolltest du dir nicht einen neuen Anzug machen lassen? Was ist mit deinem Auto, du hast doch letztens noch davon gesprochen, es zu verkaufen und dir ein neues zu holen. Wir könnten eine Probefahrt machen … irgendwas …« Ich hielt inne, als ich sein Gesicht sah. Er hatte die Augen geschlossen und rieb sich mit einer Hand die Stirn.

»Du bist noch nicht so weit?«, fragte er leise.

Ich schwieg, Tränen in den Augen.

Er sagte: »Schon gut. Mir ist gerade eingefallen, dass

ich noch ein paar Unterlagen durchgehen muss. Ist das okay für dich?«

Natürlich war es das. Wir mussten jetzt beide allein sein. Jeder für sich.

Benjamin und ich hatten alles. Wir waren gesund, wir liebten uns, wir hatten Erfolg im Beruf und eine gesicherte Zukunft. Es gab keinen Grund, warum wir nicht auch Kinder haben sollten. Warum wir noch keine hatten, lag an mir.

Anderthalb Jahre zuvor hatte mir meine Frauenärztin mitgeteilt, dass ich schwanger war. Das Ausbleiben der Regel hatte ich auf Stress geschoben, schließlich nahm ich die Pille.

»Vielleicht hat der Stress bei Ihnen wirklich etwas im Hormonhaushalt durcheinandergebracht«, sagte die Ärztin. »Haben Sie die Pille nicht regelmäßig genommen? Vor lauter Terminen ab und zu vergessen?«

Ich zuckte die Schultern. »Nicht dass ich wüsste.« Zerstreut sah ich mich im Behandlungsraum um: Es war ein sehr großer, heller Raum voller technischer Geräte. Unter der Decke hing ein riesiger Monitor, auf dem die Patientinnen während der Ultraschalluntersuchungen alles mit ansehen konnten, wenn sie wollten. Trotz der ganzen Technik empfand ich die Atmosphäre nie als beklemmend und unpersönlich, sondern ganz im Gegenteil als vertrauenseinflößend und beruhigend. Die Umkleide war ähnlich nüchtern und sachlich und dabei keineswegs lieblos eingerichtet. Meine Ärztin hatte mir einmal erklärt, dass ihre Patientinnen diesen Stil zu schätzen wussten. Er vermittelte ihnen, dass es hier ganz kompetent und ohne Umwege um ihre Gesundheit ging. Klar und kompromisslos. So würde ich auch jederzeit die Ärztin beschreiben. Ich mochte sie sehr.

»Sie sehen nicht sehr glücklich aus. Wollen Sie keine Kinder?«, fragte sie mich.

»Doch!«, sagte ich schnell. »Natürlich will ich Kinder. Mein Mann auch. Ich habe nur nicht damit gerechnet.«

Ich versuchte ein überzeugendes Lächeln, auch wenn ich mir nicht sicher war, wen ich gerade mehr überzeugen wollte: sie oder mich.

Benjamin und ich hatten über Kinder gesprochen, aber noch nicht konkret. Es stand fest, dass wir welche wollten, irgendwann einmal, und ich hatte immer gedacht, dass wir noch viele Jahre Zeit hatten. Aber jetzt war ich schwanger. Jetzt war alles anders.

»Sie sind in der achten Woche«, sagte sie. Es klang nicht wertend. Es war lediglich eine Information.

Als ich nichts erwiderte, fuhr sie fort: »Vielleicht könnten Sie sich heute freinehmen und diese Nachricht sacken lassen. Reden Sie mit Ihrem Mann, horchen Sie beide in sich hinein, schlafen Sie eine Nacht darüber. Und ich bin sicher, morgen sieht alles ganz anders aus. Es ist völlig normal, dass Sie jetzt erst einmal sehr überrascht sind und nicht genau wissen, was Sie davon halten sollen.« Sie lächelte mich an, und ich lächelte zurück. Dann zog ich mich an, ließ mir Termine für Folgeuntersuchungen aufschreiben, steckte folgsam Informationsbroschüren ein und fuhr ins Büro.

Ich sagte Benjamin nichts davon. Ich behielt die Nachricht tagelang für mich. In dieser Zeit konzentrierte ich mich ganz auf die Arbeit, mehr als sonst, damit ich bloß nicht zum Nachdenken kam. Eines Morgens rannte ich zur nächsten Apotheke und kaufte mir einen Schwangerschaftstest. Bei Boots kaufte ich mir einen weiteren. Schließlich könnte sich die Ärztin geirrt haben. Was sagte denn ein Test allein schon aus? Erst, wenn auch der zweite und der dritte positiv waren, könnte ich mir sicher sein.

Ich versteckte die Tests in meinem Schreibtisch und benutzte sie den ganzen Tag nicht. Ich hatte Angst. Am nächsten Tag traute ich mich, und das Ergebnis war eindeutig: Ich war schwanger. Und mittlerweile in der neunten Woche. Ich schaffte es nicht, mit meiner besten Freundin Kate darüber zu reden. Ich schaffte es auch nicht, meine Tante Siobhan anzurufen, die mit ihrem Mann mittlerweile seit drei Jahren in Chicago lebte, während es Sophie und William nach New York verschlagen hatte. Siobhan war als meine Beraterin in allen Lebenslagen nach und nach in den Hintergrund getreten – Kate war an ihre Stelle gerückt. Aber diese Sache musste ich ganz allein mit mir ausmachen. Mit mir und endlich auch mit meinem Mann.

Es war an der Zeit, mit Benjamin darüber zu reden. Ich hatte gehofft, Klarheit zu erlangen, bevor ich mit ihm sprach, aber ich war vollkommen verwirrt. Wollte ich das Kind jetzt, oder war es zu früh? Wollte ich überhaupt Kinder? Würde ich eine gute Mutter sein, die für ein liebevolles Zuhause sorgte? Könnte ich damit leben, das Kind vielleicht doch nicht zur Welt zu bringen? Ich hatte immer noch auf keine einzige dieser Fragen eine Antwort.

Benjamin betrachtete gerade voller Stolz die alte Werkstattleuchte, die wir vor zwei Monaten bei einem Antiquitätenhändler in Berlin gefunden und für lächerliches Geld gekauft hatten. Benjamin hatte die Kabel erneuern lassen, und endlich schien er den richtigen Platz für sie gefunden zu haben: an der Decke mitten im Wohnzimmer.

»Hängt sie hier richtig? Oder ist sie doch viel zu groß?«

»Ich finde sie schön«, sagte ich. »Und gar nicht zu groß.«

»Aber schäbig. Ein schäbiges, altes Ding. Globig, klotzig. Oder?«

»Nein, sie ist toll!«

»Ein totaler Stilbruch!«

»Du liebst diese Lampe.«

»Richtig. Und alle, die uns besuchen, werden die Hände über dem Kopf zusammenschlagen.«

»Perfekt.«

Mit gespielt verzweifeltem Gesichtsausdruck ließ er sich auf einen Sessel fallen. »Du hast recht. Ich liebe diese Lampe! Ich lasse sie hängen. Sollen doch alle denken, was sie wollen.«

»Was meinst du, wann werden wir mit den anderen Zimmern fertig?«

Er stand auf und kam zu mir, legte den Arm um meine Hüften und bewunderte weiter die Leuchte. »Keine Ahnung. Wir sind doch erst vor einem Jahr eingezogen, wozu also die Eile?« Er lachte. »Vielleicht werden wir nie mit der Wohnung fertig. Wäre das schlimm?«

»Schlimm nicht, aber möglicherweise *sollten* wir bald mal fertig werden.«

»Wieso, steht was an?«

»Ich bin schwanger«, platzte ich endlich heraus.

Ohne zu zögern, rief er: »Das ist wunderbar!« Benjamin reagierte, wie ich es erwartet hatte. Er umarmte mich, bis ich fast keine Luft mehr bekam. »Wie weit bist du? Wann kommt es zur Welt? Warst du schon bei deiner Ärztin? Was sagt sie?«

»Alles ist in Ordnung«, sagte ich.

»Weiß man denn schon, ob es ein Mädchen oder ein Junge wird? Nein, das ist zu früh, oder? Oh, du musst mir alles genau erzählen! Darf ich das nächste Mal mitkommen, wenn du zur Ärztin gehst?«

Er war sich so sicher, er freute sich so unbändig, und in mir regte sich immer noch nichts. Natürlich merkte er es.

»Was ist los?«, fragte er.

»Ich glaube, ich habe Angst.«

»Wovor?«

»Ich weiß es nicht.«

»Dass du als Hausfrau und Mutter versauerst? Du weißt genau, dass das nicht passieren wird. Du wirst nach zwei Monaten wieder arbeiten. Wie ich dich kenne, wirst du noch aus dem Kreißsaal heraus Memos diktieren und beim Windelnwechseln über Vertragsentwürfe nachdenken.« Er griff nach meiner Hand und drückte sie. »Es wird wunderschön sein, ein Kind zu haben. Glaub mir. Ich verstehe, dass du Angst hast. Ein Kind verändert natürlich alles, aber das heißt doch nichts Schlechtes. Im Gegenteil.«

War es nicht genau das, was jede Frau von ihrem Mann hören wollte, wenn sie schwanger war?

»Du bist wundervoll«, sagte ich.

Er atmete tief durch und küsste meine Wange. »Dann geht's dir also besser?«

»Nein. Du bist mit Sicherheit der beste Ehemann auf der ganzen Welt. Aber ich habe trotzdem Angst, und ich weiß einfach nicht, ob ich mich auf das Kind freue.«

Benjamin ließ meine Hand los. »Du freust dich nicht?«

»Ich sagte, ich weiß es nicht.«

»Wir haben doch so oft darüber geredet. Dass wir Kinder wollen.«

»Ja, irgendwann mal.«

»Du hast nicht damit gerechnet, weil du verhütest. Aber jetzt ist es doch passiert. Vielleicht brauchst du einfach zwei, drei Tage, um dich an den Gedanken zu gewöhnen.«

»Ich weiß es schon seit einer Woche.«

Da spürte ich, wie in ihm etwas zerbrach. Eine Woche hatte ich es für mich behalten und meine Ängste und Zweifel nicht mit ihm geteilt. Eine Woche hatte ich ihn von dem vielleicht Wichtigsten, das in unserer Beziehung bisher geschehen war, ausgeschlossen.

Als er nichts sagte, fuhr ich fort: »Ich habe dir nichts gesagt, weil ich mir erst darüber im Klaren sein wollte, was es für mich bedeutet. Aber ich bin genauso weit wie an dem Tag, an dem ich es erfahren habe.«

»Du hättest gleich mit mir darüber reden müssen«, sagte er, und er klang, als sei er meilenweit von mir entfernt. »Du hättest es mir sagen *müssen*! Schließlich ist es auch mein Kind!«

»Es ist vor allen Dingen *mein* Körper«, entfuhr es mir, und ich bereute es sofort. Ich hatte ihn gerade auf die schlimmste, auf die falscheste Idee überhaupt gebracht.

»Willst du damit sagen, dass es vielleicht gar nicht mein Kind ist?«

»Unsinn!«

Er schwieg. Wir beide schwiegen. Dann sagte er: »Zweifelst du vielleicht daran, ob ich ein guter Vater bin?«

»Kein bisschen. Ich weiß nicht, ob ich eine gute Mutter wäre.«

»Natürlich wärst du das!«

Ich wartete darauf, dass er wieder meine Hand nahm. Stattdessen verschränkte er die Arme vor der Brust.

»Ist es nicht so, dass man in die Muster fällt, die man aus seiner eigenen Kindheit kennt?«, sagte ich.

»Deine Mutter hat dich doch nicht misshandelt, Ally! Irgendwas muss sie richtig gemacht haben. Sonst wärst du nicht die, die du heute bist.«

Ich hörte seine Worte, aber es war, als stünde eine Mauer zwischen Benjamin und mir. Ich streckte meine Hand nach ihm aus. Er sah nicht einmal danach, und ich zog sie wieder zurück.

»Aber was ist, wenn ich so werde wie sie? Wenn ich mein Kind nicht richtig lieben kann?«

»Deine Mutter liebt dich!«, sagte er zornig. »Sie kann es nur nicht zeigen!«

»Und wenn ich es auch nicht zeigen kann?«

»Du hast immer noch mich. Wir beide werden das Kind haben. Schon vergessen?«

Ich schwieg.

Fassungslos sah er mich an. »Du machst es ganz allein zu deiner Entscheidung, hab ich recht?«

»Nein, ich wollte nur …« Was wollte ich nur? Es ungeschehen machen? Nicht darüber nachdenken müssen, dass ein Kind unterwegs war?

»Du hast es tagelang für dich behalten. Du hast nur

daran gedacht, wie *du* mit einem Kind klarkommen würdest. Ich kam in deinen Gedankenspielen doch gar nicht vor! Sonst hättest du keine Angst. Sonst wüsstest du, dass ich dir den Rücken freihalten werde. Dass wir gemeinsam für unser Kind da sind! Dass wir eine funktionierende Familie sein werden!«

Als ich nichts darauf erwidern konnte, ging er aus dem Zimmer und schlug die Tür hinter sich zu.

28. Februar 1974

Mein Herz,

du hast ja recht - vielleicht ist es das Beste, wenn wir woanders hingehen. Aber zu den Briten? Das geht nicht. Ich habe mir geschworen, niemals freiwillig einen Fuß in dieses Land zu setzen. Nach allem, was sie meiner Familie angetan haben, was sie uns Iren angetan haben...
Du weißt es noch nicht, aber Daniel ist gestorben. Er hat sich von seiner Lungenentzündung nicht mehr erholt. Ich kann mir auch nicht vorstellen, dass die ärztliche Versorgung in Long Kesh besonders gut ist. Schon gar nicht für einen Katholiken, von dem man behauptet, er sei von den Provos. Sicher dachten sie, er spiele nur Theater und sei gar nicht krank. Bestimmt waren sie froh, dass er starb. Einer weniger.
Ich bin zerrissen, meine Liebste, ich weiß nicht mehr, was richtig ist. Ich liebe Irland, aber man macht es uns so schwer. Wenn wir bleiben, werden alle die Straßenseite wechseln, sobald sie uns begegnen. Ich kann mich nicht scheiden lassen, wir können keine Kinder haben - ich kann wohl kaum zulassen, dass du dein Leben »in Schande« verbringst. Die Leute würden dich nicht mehr in ihre Läden lassen. Wir müssten wegziehen, dort mit einer Lüge leben... Dann können wir auch gleich ganz fortgehen und alles hinter uns lassen, ja, da hast du recht.
Ich brauche noch etwas Zeit, um über alles nachzudenken.

Ich will für meine Kinder sorgen, sie sollen wenigstens finanziell abgesichert sein… Was hältst du von Amerika? Ich werde mich erkundigen, wie viel Geld wir brauchen würden, um dorthin zu kommen. Vielleicht bekomme ich Kontakt zu jemandem, bei dem wir die erste Zeit wohnen können… So viele Gedanken, die durch meinen Kopf schwirren… Aber eins steht fest: Ich will es. Ich will mit dir leben. Wir werden es schaffen, ich verspreche es dir. Gib mir noch die Zeit, um alles zu klären.

Bald sind wir endlich frei.
Ewig dein Naoise, liebste Deirdre.
M.

6.

Es war tatsächlich unser erster Streit. Wir waren alles andere als krisenerprobt. Streiten ist etwas, das man lernen muss, und wir wussten nicht, wie wir mit dieser Situation umgehen sollten. Zwei Tage lang sprachen wir kein einziges Wort in privaten Belangen miteinander. Benjamin schlief sogar im Gästezimmer.

Ich stand unter Schock. Das Kind in meinem Bauch fühlte sich an wie ein Fremdkörper, ich konnte nicht mehr richtig schlafen, ich verlor den Appetit. Mir war immer noch nicht klar, warum ich mich nicht einfach darüber freuen konnte, von Benjamin schwanger zu sein. War es mir einfach zu früh? Hatte ich Angst vor den Veränderungen? Oder glaubte ich wirklich, ich würde eine schlechte Mutter sein? Warum war ich nicht glücklich? Ein paarmal wollte ich zum Telefon greifen, um meine beste Freundin anzurufen, aber ich brachte es nicht fertig.

Am dritten Tag nach unserem Streit blieb ich einfach im Bett. Mein Körper schien den Schlaf nachholen zu wollen, den er in den vergangenen Nächten nicht bekommen hatte. Ich erwachte am späten Nachmittag, stand auf und setzte mich ans Fenster.

Wir wohnten direkt am Chelsea Embankment in einer wunderschönen alten Stadtvilla mit einer roten Backsteinfassade, weißen Sprossenfenstern und Wintergärten. Durch Zufall hatten wir erfahren, dass eine der Wohnungen zum Verkauf stand. Mit einem »Nur mal ansehen« hatte Benjamin mich dorthin gelockt. Schon bei der Besichtigung verliebte ich mich in die Räume. Die Decken waren mit Stuck verziert, einige Wände waren durchbrochen worden, um mehr Platz und Licht zu schaffen, aber dann war dem Bauherrn offenbar das Geld ausgegangen. Bäder und Küche mussten noch gemacht werden, die Holzböden brauchten dringend eine Schönheitskur, und manche Wände waren noch nicht richtig verputzt.

»Wir nehmen sie«, sagten Benjamin und ich gleichzeitig zu dem Makler.

Als wir die Wohnung schließlich gekauft und für eine Summe renoviert hatten, die uns heute noch schlaflose Nächte bereiten konnte, erfuhren wir von dem Vorbesitzer, dass zu der Wohnung noch die lebenslange Mitgliedschaft bei den »Friends of the Physic Garden« gehörte. »Schenke ich Ihnen«, sagte er. »Was soll ich noch damit?« Der Physic Garden, ein kleiner botanischer Garten, der von den Touristenmassen weitgehend verschont blieb, obwohl es sich immerhin um den zweitältesten von England handelte, war ein bezauberndes Fleckchen Grün nur wenige Schritte von uns entfernt. Ursprünglich war er im 17. Jahrhundert als Apothekergarten angelegt worden. Wir verbrachten dort viel zu selten unsere Freizeit.

Von den vorderen Räumen hatten wir einen großartigen Blick über die Themse. Ich hatte darauf bestanden, unser Schlafzimmer nach vorne zu verlegen. Benjamin hatte befürchtet, der Verkehr könnte uns wach halten, aber ich hatte mich durchgesetzt. Auf der anderen Flussseite lag der Battersea Park, das bunte Herbstlaub leuchtete über das Wasser, und zur Rechten konnte man die Albert Bridge sehen. Würden wir hier noch wohnen, wenn wir ein Kind hatten? Müssten wir dann nicht weiter rausziehen, wo es ruhiger war, wo wir einen Garten hätten? War ich mir etwa nur deshalb unsicher, weil ich Angst vor zu großen neuen Veränderungen hatte? Ich ließ mich mit der Stirn gegen das kühle Fensterglas sinken und schloss die Augen. Ich versuchte, in mich hineinzuhorchen, hoffte auf eine Antwort, auf eine Vision, wie meine Zukunft sein würde. Doch alles, was ich sah, war ausgerechnet Emerald Cottage. Auch wenn mir mein Verstand sagte, dass Benjamin und ich unserem Kind ein völlig anderes Zuhause bieten würden als meine Eltern mir, so konnte ich nicht anders. Ich weinte verzweifelt, bis ich selbst dazu keine Energie mehr hatte.

Abends rief Benjamin Kate an, erzählte ihr alles, und bat sie, sich um mich zu kümmern. Er klopfte an die Schlafzimmertür und wollte Kate schweigend an sich vorbeilassen. Aber Kate, meine wunderbare Freundin, ließ ihn nicht so einfach davonkommen.

»Du bleibst hier«, sagte sie in einem Ton, den er sich sonst bestenfalls von einem Richter gefallen ließ. »Ihr redet jetzt miteinander. Und ich bleibe hier sitzen und vermittle. Sonst wird das nie was. Wer fängt an? Benjamin?«

Er starrte Kate einen Moment lang an, sah aus, als stünde er kurz davor zu gehen, setzte sich dann aber auf die Bettkante, möglichst weit von mir entfernt. Kate machte es sich auf dem Fenstersims bequem, verschränkte die

Arme und sah uns beide abwechselnd mit strengem Blick an. »Also?«

Benjamin seufzte. »Ich verstehe nicht, warum sie sich nicht über unser Kind freuen kann.«

»Ally?«

»Ich verstehe es auch nicht«, sagte ich matt.

»Gut. Welche Gründe gibt es normalerweise, wenn sich eine Frau nicht auf ihr Kind freut? Falscher Mann, falscher Zeitpunkt, grundsätzliche Zweifel, ob sie überhaupt Kinder haben will.« Kate zählte das alles ganz nüchtern auf. »Was davon trifft zu?«

»Vielleicht ist es der falsche Zeitpunkt. Wir wollten ja immer Kinder haben.«

»Sie hat gesagt, sie hat Angst davor, wie ihre Mutter zu werden«, sagte Benjamin.

»Also grundsätzliche Zweifel. Das würde aber bedeuten, dass du nie bereit sein wirst für deinen Nachwuchs. Es sei denn …«

»Was?«, sagten Benjamin und ich gleichzeitig. Wir sahen uns an und mussten beide lächeln.

»Es sei denn, du, Ally, söhnst dich endlich mit deiner Mutter aus. Wenn dieser Graben überwunden ist, solltest du mit dir im Reinen sein. Noch Fragen?« Kate sprang vom Fenstersims, stemmte die Hände in die Hüften und sah uns mit hochgezogenen Augenbrauen an.

»Ich wünschte, es wäre so leicht«, seufzte ich. »Wie stellst du dir das vor? Soll ich nach Myrtleville fahren, mich zwei Wochen mit ihr einschließen und sie zwingen, mit mir zu reden?«

Sie hob die Schultern. »Wenn es hilft, warum nicht?«

»Weil es nicht geht! Ich habe es schon oft genug versucht!«, rief ich, und die Tränen waren wieder da. Normalerweise war mir nicht so schnell zum Weinen zumute, aber die Schwangerschaft wirbelte meine Hormone durcheinander. »Man kann mit ihr nicht reden. Sie will einfach nicht!«

Kate dachte einen Moment nach. Ich sah zu Benjamin, der sich mit beiden Händen die Schläfen rieb. Schließlich sagte Kate: »Dann musst du endlich mit dem Thema abschließen. Warte nicht mehr drauf, dass du und deine Mutter beste Freundinnen werdet. Lass es hinter dir. Du bist über dreißig, das ist ein gutes Alter dafür. Du bist erwachsen, hast jetzt deine eigene Familie.« Sie warf energisch den Kopf zurück. »Es ist nicht leicht, seine Eltern abzuschreiben, aber wenn es nicht anders geht, ist es wohl das Beste.«

Benjamin hörte auf, seine Schläfen zu bearbeiten, und sah mich an. Ich las Hoffnung in seinem Blick, die Wärme war zurückgekehrt. Er schien nur darauf zu warten, dass ich nickte und sagte: Kate, du hast recht, so wird's gemacht, und jetzt gehen wir los, Strampelanzüge kaufen.

Wie könnte ich diesem Mann das Herz brechen? Also nickte ich tapfer und murmelte: »Du hast recht. Danke.«

»Heißt das, wir behalten das Kind?«, fragte Benjamin vorsichtig.

Und ich nickte, wenn auch unter Tränen.

Kate und Benjamin stürzten sich jubelnd auf mich, drückten und küssten mich und redeten auf mich ein.

»Du musst dir keine Sorgen machen.«

»Du brauchst keine Angst mehr zu haben.«

»Ich bin immer für dich da, wir schaffen das!«

»Du weißt, dass du über alles mit mir reden kannst.«

Sie lotsten mich aus dem Schlafzimmer, machten mir etwas zu essen, feierten mich und mein ungeborenes Kind wie eine verloren geglaubte Tochter, die nach Jahren den Weg nach Hause gefunden hatte.

Als ich am nächsten Morgen viel zu früh aufwachte und Benjamins regelmäßigen tiefen Atemzügen lauschte, setzte ich mich wieder ans Fenster und sah auf das dunkle Wasser der Themse. Es war halb sechs, und im Osten wurde der schwarze Nachthimmel langsam blau. Die richtige Zeit, Bilanz zu ziehen. Es heißt, direkt nach dem Aufstehen sind die Gedanken am klarsten. Mir war klar: Die Zweifel der vergangenen Tage, die Unsicherheit, das alles hatte eine Ursache gehabt. Ich wollte das Kind nicht. Aber ich hatte es nicht gewagt, mir dies einzugestehen. Oder es vor jemand anderem zuzugeben. Ich wollte das Kind nicht, weil ich mich nicht in der Mutterrolle sah. Ich wollte nicht werden wie Deirdre, und ich wusste, ich würde nie so sein wie meine Tante Siobhan. Ich hatte panische Angst davor, Verantwortung für einen schutzlosen, verletzlichen kleinen Menschen zu übernehmen, und ich würde mir nie verzeihen, wenn ich einen Fehler machen würde. Es ging einfach nicht. Ich wollte das Kind nicht bekommen.

Aber ich würde es bekommen, um meine Ehe zu retten. Könnte ich denn ohne Benjamin glücklich sein? Ein Leben ohne ihn erschien mir noch grotesker als alles andere. Ich hatte im Grunde keine Wahl.

Sicher sind es einfach nur die Hormone, dass ich so unglücklich bin, dachte ich später unter der Dusche. Man hörte so viel über Schwangerschaftsdepressionen. Ich würde mit meiner Frauenärztin darüber reden, wenn ich meinen nächsten Termin hatte. Bis zum Frühstück hatte ich mich so weit im Griff, dass ich Benjamin anlächeln konnte. Aber es sollte noch ein paar weitere Tage dauern, bis ich mich mit meiner Schwangerschaft tatsächlich abgefunden und den Schock überwunden hatte.

Ein dumpfes Gefühl des Zweifels blieb. Ich erwachte jede Nacht gegen drei Uhr mit Albträumen. Sie endeten meist damit, dass ich durch Emerald Cottage ging. Das Haus war vollkommen leer, durch die zersprungenen Fensterscheiben sah ich in einen verwilderten Garten, und die Wände waren schwarz wie Ruß. Benjamin erzählte ich nichts davon.

Wir warteten ab, bis ich im vierten Monat war. Dann erzählten wir es unseren Freunden, Bekannten und Verwandten. Die Einzige, die nichts davon erfuhr, war meine Mutter. Ich bat Benjamin, mir ein wenig Zeit zu geben, um es ihr persönlich zu sagen.

»Das ist nichts fürs Telefon«, sagte ich und buchte einen Flug, ohne Deirdre etwas davon zu erzählen. Ich weiß bis heute nicht, warum ich ihr gegenüber so handelte. Zu Benjamin sagte ich, ich wolle sie überraschen, aber es war etwas anderes, das ich nicht benennen konnte. Vorsichtshalber buchte ich mir gleich noch ein Hotelzimmer in Cork und einen Mietwagen dazu. Ganz so, als besuchte ich eine entfernte Verwandte, der ich nicht zumuten konnte, mich in ihrem Haus aufzunehmen.

Kate fand meinen Plan gut. »Siehst du, das meine ich mit Distanz. Du brichst nicht alle Brücken ab, aber du machst die Fronten klar«, sagte sie zufrieden. Ich hoffte, dass sie damit richtiglag.

Benjamin wollte nicht, dass ich nach Irland flog. »Ist das nicht zu gefährlich?«, fragte er mindestens fünfmal am Tag.

»Im zweiten Drittel der Schwangerschaft ist Fliegen unbedenklich«, zitierte ich meine Frauenärztin. »Und das Risiko einer Fehlgeburt ist jetzt am niedrigsten. Die kritische Phase habe ich hinter mir. Mir geht es wirklich sehr gut.« Körperlich, fügte ich in Gedanken hinzu. »Mach dir keine Sorgen. Es ist nur ein kurzer Flug.«

Tatsächlich war ich voller Energie und Tatendrang. Am Tag vor meiner Abreise kaufte ich mir noch einen neuen Pyjama, und als ich das Geschäft verlassen wollte, kam ich an der Kindermodenabteilung vorbei. Ich blieb stehen und nahm einen Strampelanzug mit einem Bärchenmotiv in die Hand. Vorsichtig ließ ich meine Fingerspitzen über den weichen Stoff gleiten, und endlich durchflutete mich ein warmes Gefühl. Ich hielt den Strampler an meinen Bauch und lächelte.

»Wann ist es denn so weit?«, fragte mich eine Verkäuferin. Ich hatte sie gar nicht bemerkt, so sehr war ich in Gedanken versunken.

»Ende März«, sagte ich.

»Wissen Sie schon, was es wird?«

»Ein Junge. Wir wissen es seit einer Woche.«

»Und jetzt streiten Sie sich um den Namen, stimmt's?«

Ich musste lachen. »Wir wollten uns die Namensdiskussion noch etwas aufheben, aber das funktioniert nicht. Sobald wir die Zeitung aufschlagen oder uns sonst irgendwo männliche Vornamen begegnen, überlegen wir, ob er uns gefällt.«

»Als ich mit meiner Tochter schwanger war, haben wir

monatelang diskutiert und konnten uns nicht einigen. Dann waren wir im Kino, und eine Figur hieß Livia. Da wussten wir beide, das ist der richtige Name. Irgendwann weiß man es einfach.« Sie berührte mich leicht am Arm. »Aber kaufen Sie jetzt noch keine Kleidung. Es ist zu früh. Warten Sie, bis Sie Ihren Jungen besser kennengelernt haben.«

»Ich wollte nichts kaufen. Ich wollte mir nur die Sachen ansehen«, sagte ich.

Sie nickte und lächelte. »Alles Gute für Sie beide.«

Ich trat hinaus in die kühle, goldene Novembersonne und strahlte.

In dieser Nacht träumte ich davon, meinen kleinen Jungen im Arm zu halten. Er lächelte im Schlaf. Seine winzigen Finger umklammerten meinen Zeigefinger, und ich spürte in mir das tiefste Glück, das es auf der Welt gab. Benjamin umarmte uns beide und hatte Tränen in den Augen. Die Albträume waren vorbei.

Am nächsten Morgen fuhr ich mit dem Taxi zum Flughafen. Ich hatte nur leichtes Handgepäck für eine Übernachtung. Beschwingt von dem neuen Glücksgefühl, das mich durchströmte, stellte ich mich in die Warteschlange für den Security Check. Als ich endlich an der Reihe war, fingen die Schmerzen an. Ich versuchte, sie zu ignorieren. Hatte man nicht manchmal einfach so Bauchschmerzen? Sicher bedeutete es gar nichts. Eine Verdauungsstörung. Ich erinnerte mich, in den letzten Tagen manchmal ein Ziehen im Bauch gespürt zu haben, aber da es immer wieder schnell vorübergegangen war, hatte ich mir nichts dabei gedacht und das Ganze sofort wieder vergessen. So wie man vergisst, dass man sich gestoßen hat, und es einem erst wieder einfällt, wenn sich am nächsten Tag ein blauer Fleck bildet.

Ich war gerade durch die Kontrolle gekommen und kniete am Boden, um meine Schuhe wieder anzuziehen, als die Schmerzen so schlimm wurden, dass ich nicht mehr aufstehen konnte. Ich stöhnte laut auf und hielt instinktiv die Hände vor den Bauch. Ich fühlte, dass ich am ganzen Körper anfing zu schwitzen, und zwischen meinen Beinen wurde es warm und feucht.

»Sie blutet!«, schrie jemand.

Ein Mann rief nach einem Arzt und Sanitätern. Ich spürte Hände an meinen Schultern und wurde auf den Boden gelegt. Jemand schob etwas Weiches unter meinen Kopf.

»Sind Sie schwanger?«, fragte eine Frauenstimme neben mir.

Ich nickte, und dann wurde alles um mich herum schwarz.

Als ich wieder zu mir kam, saß Benjamin mit kalkweißem Gesicht an meinem Bett und hielt meine Hand fest umklammert. Nur war es nicht mein Bett. Ich war in einem Krankenhauszimmer, umgeben von Schläuchen und Geräten. Auf einem Computerbildschirm las ich: Dr. Alannah Russell. Mein erster klarer Gedanke war: Haben sie nichts Besseres zu tun, als meinen Doktortitel ins Krankenblatt aufzunehmen?

»Wie geht es dir?«, fragte Benjamin leise.

»Was ist passiert?«, fragte ich. »Warum bin ich ohnmächtig geworden?«

»Du hast so viel Blut verloren und ...«

»Was ist mit dem Kind? Geht's ihm gut?«

Ich hatte nie zuvor in meinem Leben so viel Schmerz und Trauer in einem Gesicht gesehen. Benjamin musste es nicht aussprechen, ich verstand ihn auch so. Er verbarg sein Gesicht in der Bettdecke und weinte. Ich strich ihm übers Haar und starrte an die Wand. Eine Ewigkeit verging, bis eine Krankenschwester leise ins Zimmer kam. Sie blieb in der Tür stehen, weil sie sah, dass sie störte. Als sie sich zurückziehen wollte, sagte ich zu ihr: »Er braucht einen Namen.«

Die Krankenschwester kam nicht näher. Sie starrte mich nur an, wunderte sich wohl, warum ich nicht weinte. Benjamin hob den Kopf und sah an mir vorbei.

»Das müssen wir nicht jetzt entscheiden. Du brauchst Ruhe und solltest …«

Ich unterbrach ihn. »Er hieß Alan«, sagte ich zu der Krankenschwester. »Alan. Nach seiner Mutter.«

Benjamin biss sich fest auf die Lippen. Er wusste, warum ich mich für diesen Namen entschieden hatte: Es war ein Teil von mir, für immer.

Jetzt konnte ich weinen.

24. April 1974

Mein Herz,
ich bin bereit. Wir gehen zusammen fort. Tickets nach Amerika werde ich nicht bekommen. Also lass uns tun, was du vorgeschlagen hast: erst nach Wales. Du hast Bekannte in Schottland, zu denen wir können. So machen wir es. Nur noch ein paar Tage … Anderthalb Wochen … Ich habe den 11. Mai, unseren Tag, ausgewählt. Bis dahin kann ich alles in die Wege leiten. Habe ich dir schon gesagt, wie sehr ich mich darauf freue? Wie sehr ich mich danach sehne, ganz bei dir zu sein? Mein altes Leben hinter mir zu lassen? Ich weiß erst durch dich, was Liebe ist, was Glück ist, und ich kann nicht glauben, dass ich bereit war, mein Leben ohne diese tiefe Liebe weiterzuleben. Aber ich kannte dieses Gefühl noch nicht, als ich heiratete. »Unter falschen Vorzeichen«, hast du gesagt, als ich dir davon erzählte, wie meine Frau mich in die Ehe lockte. Zu behaupten, sie sei schwanger, um dann erst zwei Jahre später ein Kind zu gebären … Ja, ich war jung und dumm, und ich kannte dich noch nicht, mein Herz. Ich wusste noch nichts von dem Feuer, das in mir brennt, wenn ich den Menschen berühre, den ich wirklich begehre. Ich wusste nichts von der Wärme, die sich im Herzen ausbreitet, wenn ich an den Menschen denke, den ich wirklich liebe. Um nichts in der Welt will ich das aufgeben.
Wir nehmen das erste Schiff am 11. Mai nach Cardiff. Ich

werde dort sein und auf dich warten. Nichts wird uns dann noch trennen können.

Ich liebe dich.
M.

7.

Ich bestand auf einer Untersuchung des Fetus. Benjamin war zunächst dagegen, aber ich machte ihm klar, dass ich Fakten brauchte.

»Ich muss wissen, warum Alan gestorben ist.« Ich nannte mein totes Kind in dieser Zeit immer beim Namen. »Vielleicht habe ich etwas falsch gemacht, und wenn dem so ist, will ich es wissen.« Ich sagte ihm nicht, dass ich Gewissheit brauchte, weil mich mein eigener Aberglaube fast zu Tode ängstigte: Hatte mein Unterbewusstsein etwa dafür gesorgt, dass mein Kind gestorben war? Weil ich es anfangs nicht hatte haben wollen?

»Außerdem muss geklärt werden, ob wir beide etwas weitervererben, wodurch wir keine gesunden Kinder bekommen können«, fuhr ich fort. Und Benjamin willigte angesichts so vieler logischer Gründe schließlich ein.

Der zuständige Arzt erklärte uns nach Abschluss der Untersuchung, dass Alan an einer schweren Form des Edwards-Syndroms gelitten hatte. Ich hatte noch nie davon gehört.

»Aber meine Frau ist doch untersucht worden«, sagte Benjamin. »Wie konnte das übersehen werden?«

Der Arzt sah mich an. »Sie sind noch relativ jung, die

Untersuchung auf Trisomie 18 wird nicht routinemäßig gemacht, weil sie sehr selten ist. Im Ultraschall ließ sich auch nichts Außergewöhnliches erkennen. Es kommt manchmal vor, dass zunächst nichts darauf hindeutet. Auch trifft es eher weibliche als männliche Feten. Aber wenn ich das so sagen darf: Ihnen und dem Kind ist so einiges erspart geblieben.«

Wir waren entsetzt über diese Äußerung des Arztes. Benjamin regte sich auf dem Nachhauseweg furchtbar über dessen unsensibles Verhalten auf. »Man merkt doch, dass diese Pathologen nichts mit lebendigen Menschen zu tun haben. Sollen sie doch einsam in ihren Labors vor sich hin werkeln und Gewebe untersuchen, ich will nichts mehr mit solchen Typen zu tun haben!«, schnaufte er.

Ich aber informierte mich im Internet über Trisomie 18 und konnte tagelang nicht mehr aufhören zu weinen.

Meine Mutter erfuhr nie etwas davon. Alle anderen riefen wir der Reihe nach an, oder wir schrieben ihnen. Ein winziges Lebewesen von nicht einmal 150 Gramm hatte es geschafft, unser Leben aus den Fugen zu heben. Ich konnte die nächsten Tage weder essen noch schlafen und verlor dramatisch an Gewicht, bis mich mein Hausarzt endlich überreden konnte, ein Medikament zu nehmen, das es mir wenigstens ermöglichte, nachts durchzuschlafen. Mit dem Schlaf kam auch der Appetit wieder zurück, aber die Traurigkeit blieb. Als zum ersten Mal, nachdem ich Alan verloren hatte, wieder meine Menstruation einsetzte, verfiel ich so stark in Panik, dass mich Benjamin in die Notaufnahme bringen musste. Man empfahl mir, die Pille eine Weile ohne die einwöchige Pause durchzunehmen, bis ich wieder stabil war. Natürlich hatten wir uns nicht zurückhalten können, ein paar Sachen für unser Kind zu kaufen. Es war noch nicht viel gewesen, wir hatten gerade erst damit angefangen, ihm ein Zimmer einzurichten. Wir verschenkten alles: das Bettchen, den bunten Teppich, die Spielsachen … Alles, was an unser Kind, das nie bei uns angekommen war, oder an meine Schwangerschaft erinnerte, räumten wir weg. Vielleicht war es rückblickend ein Fehler, denn dadurch schwiegen wir die Katastrophe tot, bis wir unfähig waren, miteinander wieder darüber zu reden. Aber damals fühlte es sich so an, als hätten wir keine andere Wahl, als könnten wir sonst nicht weiterleben.

Ich weigerte mich, Weihnachten mit Benjamins Eltern oder Freunden zu feiern, ich wollte allein sein. Benjamin blieb bei mir, und die meiste Zeit verbrachte ich weinend in seinen Armen. Den Jahreswechsel verschlief ich. Was konnte mir ein neues Jahr schon bringen? An eine Zukunft mochte ich nicht glauben. Und doch ging es kurz darauf ein klein wenig besser. Ich konnte arbeiten, ich traf Freunde, ich nahm wieder am Leben teil. Benjamin und ich hatten sogar wieder Sex miteinander, wenn auch ganz vorsichtig und behutsam und mit vielen Tränen.

Als der März kam, brach ich wieder zusammen. Ich musste daran denken, dass Alan erst jetzt zur Welt hätte kommen sollen – als gesundes, fröhliches Kind. Ich musste mich wieder aus der Kanzlei zurückziehen, weil ich nicht in der Lage war zu arbeiten. Benjamin mietete Kate und mich für drei Wochen in einem Hotel auf Madeira ein, damit ich mich in Ruhe erholen konnte. Es half tatsächlich. Nach einer Woche fühlte ich mich deutlich ruhiger, und als wir zurück nach London flogen, hatte ich das Gefühl, mit Alan Frieden geschlossen zu haben.

Benjamin und ich vermieden das Thema von da an endgültig. Wir sprachen nicht mehr über Alan. Oder über Kinder. Das letzte Mal, dass Benjamin über Alan sprach, war im Mai vor einem Jahr, kurz nachdem ich aus Madeira gekommen war. Er sagte: »Wir werden Alan nie vergessen, aber wir dürfen uns nicht damit quälen. Bestimmt hatte auch sein Tod einen Sinn.« Ich antwortete nichts darauf. Er wusste nicht, wie sehr er meinen Aberglauben, am Tod des Kindes schuld zu sein, mit diesen Worten befeuert hatte.

Die Frage meiner Mutter nach Enkeln und unsere Schwierigkeit damit umzugehen, zeigte uns, dass wir auch anderthalb Jahre später keinen Schritt weitergekommen waren. Über alles konnten wir reden, nur nicht über Alan. Oder über zukünftige Kinder. Wir wichen der Auseinandersetzung aus, zogen uns voreinander zurück, überließen den anderen sich selbst. Alan hätte jetzt ein Jahr und zwei Monate alt sein sollen, doch er war stattdessen vor einem Jahr und sechs Monaten gestorben. Und mit jedem Tag, den er nicht erlebt hatte, waren wir sprachloser geworden.

Nachdem wir das Winter Garden Restaurant des Landmark Hotels verlassen hatten, nahm Benjamin ein Taxi zum Büro. Ich wollte laufen. Es war ein herrlich sonniger Frühlingstag im Mai. Eine gute Stunde würde ich von Marylebone bis nach Hause brauchen: durch den Hyde Park, vorbei an Harrods, was ein kleiner, schöner Umweg war, durch die Straßen von Knightsbridge und Brompton, über die King's Road nach Chelsea, und dann war es nicht mehr weit bis zum Themseufer. Ich ging oft zu Fuß durch London. Ich liebte es, neue Wege und Seitenstraßen zu erkunden und kannte mich in vielen Gegenden besser aus als jeder Taxifahrer.

Aber an diesem Tag konnte ich die Stadt nicht genießen. Ich war blind für alles, was um mich herum geschah. Ich ging schnell und wurde immer schneller. Die King's Road überquerte ich im Laufschritt, und ich musste mich zwingen, langsamer zu gehen. Die Leute, die mir begegneten, mussten denken, ich sei auf der Flucht vor der Polizei, nachdem ich eine Bank ausgeraubt hatte. Ich bog gerade in den Paradise Walk ein – ich hatte mir im Laufe der Jahre, die wir nun schon in Chelsea wohnten, gewisse Lieblingsrouten angewöhnt –, als mir schwindelig wurde: Ich fühlte mich, als wäre ich noch nie hier gewesen. Gleichzeitig wusste ich, dass ich keine hundert Meter von meinem Zuhause entfernt war.

Du bist zu schnell gerannt, beruhigte ich mich. Es war eine anstrengende Woche, du brauchst Ruhe. Aber würde Ruhe nicht gleichzeitig bedeuten, dass ich Zeit zum Nachdenken hatte? Würden meine Gedanken dann nicht ununterbrochen um Alan kreisen? Ich war wütend auf meine Mutter, obwohl sie nichts dafür konnte. Sie wusste ja nichts von Alan, ihrem Enkelsohn, der nie gelebt hatte. Hätte ich ihr doch davon erzählen sollen?

Erschöpft bog ich in den Swan Walk ein. Die letzten Meter zu meinem Haus rannte ich wieder. Als ich angekommen war, rief ich Kate an.

»Keine Zeit«, sagte sie atemlos ins Telefon. »Aufregende Dinge werfen ihre Schatten auf mein kleines, tapferes Geschäft. Ich muss wirklich, wirklich arbeiten. Du solltest das doch am besten verstehen.«

»Und du betonst das so, weil ich dich schon oft genug versetzt habe, weil ich arbeiten musste?«

»Ganz genau«, lachte sie. »Freu dich für mich. Ich erzähl dir später alles. Heute Abend?«

»Sind wir verabredet.«

»Siehst du, du hast nie Zeit für mich.«

»Arbeite doch heute Abend und triff dich jetzt mit mir.«

»Geht absolut nicht.«

»Na gut. Melde dich.«

»Mach ich.«

Ich rief noch bei ein paar anderen Bekannten an, aber alle waren beschäftigt. Was hatte ich an einem Montagnachmittag auch erwartet? Dass sie zu Hause herumsaßen und auf meinen Anruf warteten? Zwischendurch erhielt ich eine SMS von dem Paar, mit dem wir abends verabredet waren: Sie konnten nicht. Ich leitete die Nachricht an Benjamin weiter und rief noch einmal bei Kate an, aber sie hatte ihr Handy ausgeschaltet. Normalerweise war ich diejenige, die Verabredungen verschob oder absagte. Ausgerechnet jetzt, da ich dringend Ablenkung brauchte, war es umgekehrt. Und ich konnte und wollte nicht mit meinen Gedanken allein sein.

Wieder fühlte ich einen leichten Schwindel. Ich setzte mich aufs Sofa, schloss die Augen und atmete tief durch. Dann versuchte ich es mit einem Buch. Mit Fernsehen. Mit Musik hören. Auf nichts konnte ich mich konzentrieren. Ich fühlte mich, als kämen die Mauern des Hauses auf mich zu und der Raum würde immer kleiner. Kamen die Angstattacken zurück, die ich nach Alans Tod hatte? Panisch griff ich nach meiner Handtasche und rettete mich an die Luft. Dann ging ich mit festem, schnellem Schritt am Themseufer entlang, überquerte die Albert Bridge und bog in den Battersea Park ein. Ziellos lief ich die verschlungenen Wege entlang, bis ich mich müde auf eine Parkbank fallen ließ.

Ich trug immer noch die eleganten Pumps, die ich zu dem Treffen mit Simon Simm angezogen hatte. Ich war in den hochhackigen Schuhen quer durch London gerannt und mir war nicht einmal aufgefallen, dass meine Füße angeschwollen waren und sich Blasen gebildet hatten. Was war los mit mir? Warum hatte ich die ganze Zeit nicht die Schmerzen an meinen Füßen bemerkt? Vorsichtig zog ich die Schuhe aus. Es war kein schöner Anblick. Die Blasen waren aufgescheuert, an einigen Stellen blutete ich. Mit einem Seufzer lehnte ich mich zurück und schloss die Augen.

»Soll ich dir Pflaster holen?«

Erschrocken drehte ich mich um: Benjamin stand hinter mir und lächelte mich halb traurig, halb amüsiert an.

»Was tust du hier?«

»Wie lange kennen wir uns schon?« Er ging um die Bank herum und setzte sich neben mich. »Ich weiß alles über deine Lieblingsplätze.«

»Niemals.«

»Ha. Das siehst du doch.« Er legte den Arm um mich. »Wir sind bescheuert.«

»Stimmt.«

»Weglaufen ist nicht einfacher. Man denkt immer nur, dass es das wäre.«

»Stimmt auch.«

»Setz ich dich unter Druck, was das Kinderkriegen angeht?«

»Quatsch.«

»Ich würde dich auch lieben, wenn wir nie welche bekommen.«

»Ehrlich?«

»Ehrlich.«

»Warum warst du dann …«

»Warum ich damals so enttäuscht von dir war? Weil du mein Kind zuerst nicht wolltest. Es fühlte sich an, als würdest du einen Teil von mir ablehnen.«

Ich legte meinen Kopf auf seine Schulter, sagte aber nichts.

»Gehen wir nach Hause?«

»Ich kann nie wieder auch nur einen Zentimeter laufen.«

»Wir könnten den Sonnenuntergang abwarten und uns dann ein Taxi nehmen, das uns über die Brücke hievt.«

»Trägst du mich ins Taxi?«

»Ich lasse dich hineinschweben.«

»Prima. Aber erst nach Sonnenuntergang.«

»Versprochen.«

Ich umarmte Benjamin und ließ ihn ganz lange nicht mehr los.

In den nächsten sechs Wochen arbeiteten wir rund um die Uhr. Besonders viel Aufmerksamkeit verlangte Simon Simm von mir. Ich hatte das Projekt mittlerweile vollständig übernommen, obwohl ursprünglich Tina dafür vorgesehen war. Aber sie war zu lange ausgefallen, weil sie sich um ihren Vater in Bristol hatte kümmern müssen. Kate machte weiter ein großes Geheimnis um etwas, das mit ihrem Laden zu tun hatte, und schien allerbester Laune zu sein. Der Juli kam, mit ihm der Sommer, und der war heißer als in den Jahren zuvor. Benjamin und ich planten unseren Urlaub für August, waren aber unschlüssig, wohin wir reisen wollten. Benjamin hatte Verwandte in Südafrika, die wir lange nicht mehr gesehen hatten, mich zog es nach Kanada, weil ich mir endlich einmal Montreal ansehen wollte. Benjamin gab nach und buchte drei Wochen Kanada. Ich freute mich wie ein Kind an Weihnachten.

In der letzten Juliwoche aber geschahen zwei Dinge, die alles in meinem Leben ändern sollten.

11. Mai 1974, 3 Uhr morgens

Deirdre,

mein Sohn ist schwer krank! Gestern Abend habe ich ihn ins Krankenhaus gebracht. Er hatte hohes Fieber ... Sein Bauch war dick geschwollen, und er schrie vor Schmerzen. Ich bin bei ihm geblieben, habe seine Hand gehalten. Sie haben ihm den Blinddarm rausgenommen, er war stark entzündet. Eine Stunde später, und sie hätten vielleicht nichts mehr für ihn tun können ... Als er operiert wurde, rannte ich durch die Gänge und suchte dich, aber niemand wusste, wo du warst.
Fahr nicht! Ich muss noch warten, bis es ihm besser geht. Ich kann unmöglich mein so krankes Kind im Stich lassen ... Er hat immer noch Fieber, immer noch Schmerzen, die Ärzte wissen nicht, warum es ihm noch nicht besser geht.

Kannst du noch warten?
M.

8.

»Du hast mich belogen!«, rief Kate.

Ich war noch nicht richtig in ihrer Wohnung, hatte sie noch nicht einmal begrüßt, als sie mich derart attackierte.

»Du hast mich hintergangen und belogen, und eigentlich wollte ich nie wieder mit dir reden. Aber du warst jahrelang meine beste Freundin, und deshalb sollst du die Chance haben, mir zu erklären, wieso du mir das antust!«

Ich sah sofort, dass sie geweint hatte. Sie warf sich auf ihr Sofa – ein von ihr mit blauweißem Möbelsamt neu bezogenes Originalteil aus der Regency-Zeit – und starrte mich trotzig an. Ich blieb in der Tür stehen und wusste nicht, wohin mit mir.

Was war mit ihr los? Gut, ich hatte in den letzten paar Wochen noch weniger Zeit als sonst für sie gehabt, weil wir rund um die Uhr mit den Vorbereitungen für Simon Simms Store-Eröffnung beschäftigt waren. Aber sie führte sich auf, als hätte ich ihr einen Mann ausgespannt oder ihre gesamten Ersparnisse gestohlen. Hastig überlegte ich, was ich falsch gemacht haben könnte, doch mir fiel nichts ein. Kate und ich hatten uns noch nie gestritten, in all den Jahren war kein ernsthaft böses Wort zwischen uns gefallen. Machte sie etwa nur Spaß? Aber das wäre nicht ihre Art. Kate trieb keine so grausamen Scherze.

»Was hab ich getan?«, fragte ich endlich, und ich sah ihr an, dass sie meine ehrliche Bestürzung berührte.

»Du hast keine Ahnung, wovon ich rede«, stellte sie fassungslos fest. »Du zerstörst mein Leben und merkst nicht einmal was davon.«

»Kate, sag mir bitte, was mit dir los ist«, bat ich sie. Ich stand immer noch hilflos im Türrahmen. Sie bat mich nicht ins Wohnzimmer. Sie hatte lediglich auf mein Klingeln hin den elektrischen Türöffner betätigt und die Wohnungstür angelehnt. Jetzt ließ sie mich im Flur stehen. Normalerweise wäre ich einfach reingegangen, aber ich konnte spüren, dass sie mich nicht näher an sich heranlassen wollte.

»Simon Simm«, sagte sie.

Ich hatte ihr nichts davon erzählt, weil es strenge Geheimhaltungsrichtlinien für das Projekt gab.

»Woher weißt du davon?«, fragte ich vorsichtig.

»Du gibst also zu, dass du es vor mir geheim halten wolltest?«

»Vor dir? Vor allen! Die Presseerklärung geht erst Ende dieser Woche raus, nächste Woche ist die Eröffnung in Kensington, und dann fliegen Benjamin und ich nach Kanada. Bist du ernsthaft sauer, dass ich mit dir nicht über meine Arbeit rede? Du weißt doch, dass das nicht geht.«

»In *diesem* Fall hättest du aber *sofort* mit mir reden müssen«, warf sie mir vor.

Ich schüttelte verwundert den Kopf. »Na ja. Erst dachte ich noch, ich könnte dich ein bisschen über Simm ausquetschen. Ob du ihn kennst, was er für ein Typ ist … Ich hatte ja noch nie mit jemandem aus dieser Branche zu tun. Aber dann hätte ich dir sagen müssen, warum ich nach ihm frage …«

»Ausquetschen, ja?«, giftete Kate.

»Du weißt doch, was ich meine. Ein bisschen Klatsch und Tratsch, etwas, das du als Insiderin weißt. Die Modebranche ist für uns Neuland, und gleichzeitig ist dieses Mandat eine wichtige Erweiterung unseres Geschäftsfelds. Benjamin erwartet weitere Aufträge aus diesem Bereich und hat schon neue Stellen für unsere Kanzlei ausgeschrieben. Er hat ja immer einen Riecher dafür, wie sich die Dinge entwickeln, und Simon Simm ist ein Mandant, der dafür sorgen wird, dass unsere kleine Kanzlei ganz groß rauskommt.« Ich wusste selbst nicht, warum ich das alles sagte. Ich war vollkommen verstört und plapperte einfach drauflos. Ich konnte mir beim besten Willen nicht erklären, was ich Schlimmes gemacht haben sollte.

»Ganz groß, ja?«

Ich schwieg. Offenbar hatte ich genau das Falsche gesagt.

»Auf meine Kosten kommt ihr also ganz groß raus.«

»Ich verstehe nicht, was du mir damit …«

»Du hättest mit mir reden müssen!«, unterbrach sie mich.

»Aber warum? Das ging doch gar nicht! Ich habe noch nie Geschäftsgeheimnisse mit dir …«

»Du hast mich betrogen!«, rief sie und fing an zu weinen. »Du hast mich einfach hintergangen. Genau wie alle anderen.«

»Sagst du mir jetzt bitte mal, was los ist?«

Aber Kate schluchzte in ihr Taschentuch, ohne mir zu antworten. Es brach mir das Herz zu sehen, wie sehr sie litt, wie groß ihr Schmerz war. Wie hatte ich auch nur eine Sekunde lang glauben können, sie würde einen schlechten Scherz mit mir treiben? Aber ich wusste nicht, was ich ihr getan hatte, und ich wusste nicht, wie ich ihr helfen sollte.

»Darf ich zu dir kommen?«, fragte ich leise.

»Nein!«

»Aber wenn du mir nicht sagst, was los ist, wie soll ich dann …«

»Du weißt es wirklich nicht«, flüsterte sie erschöpft.

Die Mauer, die sie um sich herum errichtet hatte, bekam Risse, und ich traute mich endlich, ihr Wohnzimmer zu betreten. Sachte ließ ich mich neben ihr aufs Sofa sinken. »Ich weiß wirklich nicht, was los ist. Und du solltest wissen, dass ich dir niemals wehtun würde.«

Jetzt weinte meine Freundin so bitterlich, dass ich sie in die Arme nahm. Ihre Mauer war vollständig gefallen. Ich wusste nicht, was ich sagen konnte, um sie zu trösten, und so hielt ich sie einfach ganz fest, bis sie sich etwas beruhigt hatte. Dann erzählte sie mir die ganze unglaubliche Geschichte. Es dauerte zwei Stunden, bis ich mir endlich ein Bild gemacht hatte, ein Bild, das ich mir in meinen kühnsten Träumen nicht hätte ausmalen können.

Kate arbeitete schon zu Studienzeiten als Designerin. Sie hatte zunächst nur für Freunde und Verwandte Kleidung umgeschneidert oder neu entworfen, aber schnell sprach sich ihr Talent herum, und die Nachfrage wurde so groß, dass sie sich Hilfe holte und einen kleinen Laden eröffnete, in dem sie neben dem üblichen Änderungsservice auch ihre eigene Kollektion anbot. Der Laden lief über die Jahre immer besser, und schließlich konnte sie von ihrer eigenen Kollektion so gut leben, dass sie den Änderungsservice ganz aufgab.

Gut leben bedeutete für Kate, was andere Leute als »über die Runden kommen« bezeichnen würden. Aber ihr reichte es, wenn sie ihre Miete zahlen und es sich ab und zu leisten konnte, auf dem Flohmarkt ein ausgefallenes Möbel zu erstehen, das sie dann meist selbst aufarbeitete. Ihre winzige Wohnung in Notting Hill hatte den bezaubernden Charme eines exquisiten Antiquitätenladens und war zugleich unglaublich gemütlich. Außerdem gab es ständig etwas Neues zu begutachten, immer wieder entdeckte man wundervolle Details in den Schnitzereien an einem Tisch oder einer Kommode, die einem noch nie aufgefallen waren.

Kates Eltern hatten sich scheiden lassen, als sie zehn gewesen war. Ihr Vater hatte auf einer Bohrinsel vor der schottischen Küste gearbeitet, ihre Mutter hatte irgendwann keine Lust mehr gehabt, wochenlang auf ihn zu warten. Kates Mutter hatte nie gearbeitet, weil ihr Mann mehr als gut verdient hatte. Doch noch während die Scheidung lief, hatte er einen Unfall und konnte nicht mehr arbeiten, folglich auch keinen Unterhalt für Exfrau und Kind zahlen. Eine Weile hielt Kates Mutter ihren gewohnten Lebensstil aufrecht, bis ihr die Bank alles abnahm, was sie besaß. Kate wuchs von nun an in einer Sozialwohnung im Londoner Süden auf. Mit sechzehn zog sie aus. Sie hatte beschlossen, ihren eigenen Weg zu gehen, keine Schulden zu machen und nie in irgendwelche Abhängigkeiten zu geraten.

So kam es, dass ihr materieller Reichtum nichts bedeutete. Frei und unabhängig leben zu können, empfand sie als den wahren Luxus. Deshalb hatte sie auch nie größere Ambitionen mit ihren Kollektionen gehabt. Kate hatte sich über ihren kleinen, aber treuen Kundenstamm gefreut, und damit genug.

Daher staunte ich nicht schlecht, als sie mir eröffnete, dass sie in den vergangenen Monaten eine neue Geschäftsidee entwickelt hatte. Nicht, um sich zu bereichern, fügte sie trotzig hinzu, sondern um die Welt ein bisschen besser zu machen. Sie hatte vorgehabt, ihre neue Kollektion, an der sie seit Monaten hart arbeitete, im großen Stil via Internet zu vertreiben. Die Sachen sollten auch weiterhin in England produziert werden, die Leute, die für sie arbeiteten, sollten wie bisher faire Löhne bekommen, sie wollte mit sozial benachteiligten Menschen arbeiten, die auf dem freien Markt keine Chance mehr hatten, die Materialien würden ökozertifiziert sein, und trotzdem wären die Sachen bezahlbar. Monatelang hatte sie geplant und gerechnet, hatte Entwürfe gemacht und wieder verworfen, hatte ihren geheimen Plan wie die Kronjuwelen gehütet – nicht aus Angst, jemand könnte ihr die Idee stehlen, daran hatte sie nie gedacht. Sie hatte nur niemanden einweihen wollen, weil sie abergläubisch gedacht hatte: Was, wenn jemand davon erfährt, und dann scheitere ich?

Deshalb hatte nicht einmal ich davon erfahren, bis jetzt. Kate erzählte mir, wie sie ein bestimmtes Stoffmuster europaweit hatte schützen lassen wollen. Es hatte ihr Erkennungszeichen werden sollen. Heute aber hatte man ihr mitgeteilt, dies sei nicht möglich, weil es so gut wie identisch mit einem bereits angemeldeten Stoffmuster war. Kate hatte nachgehakt, und der Name Simon Simm war gefallen. In ihrer direkten Art war sie schnurstracks zu Simms Atelier gegangen und hatte sich einen seiner Assistenten vorgeknöpft. Der hatte sie zunächst hochmütig abblitzen lassen wollen, doch als sie keine Ruhe gegeben hatte, war er damit herausgerückt, dass Simm in der kommenden Woche mit einer neuen Kollektion seinen ersten Store eröffnete und dass weitere folgen würden.

Sie sagte dem Assistenten, sie würde Simm verklagen, weil er ihr den Designentwurf für das Muster geklaut hatte. Der Assistent lachte sie aus. Simm habe es wohl kaum nötig, bei einer kleinen Kellerschneiderin irgendetwas zu klauen, und ab sofort solle sie sich doch bitte an Simms Anwälte wenden. Dann nannte er meinen und Benjamins Namen.

»Er hat mich bestohlen«, sagte Kate und wischte sich die Tränen aus dem Gesicht. Nun, da sie mit ihrer Erzählung fast am Ende war, wirkte sie viel ruhiger. »Er hat meinen Entwurf kopiert. Er sollte mein Markenzeichen werden, und nun wird er seins. Und nach allem, was ich von diesem Schnösel von Assistenten rausbekommen habe, hat er auch mein gesamtes Produktionskonzept geklaut. Nur, dass er natürlich noch sehr viel größer starten wird, als ich es jemals gekonnt hätte.«

Simon Simms Idee ging exakt in dieselbe Richtung wie die von Kate. Aber es war eine sehr naheliegende Idee, die im Trend lag. Viele große Marken hatten eine Textilserie aus Biobaumwolle. Und dass die Herstellung nicht mehr zu Niedrigstpreisen nach Asien ausgelagert wurde, sondern vor der Haustür stattfand, war ebenfalls keine Erfindung von Kate. Selbst wenn Simon Simm aus welchen Gründen auch immer tatsächlich Kates Konzept geklaut haben sollte – nachzuweisen wäre es ihm wohl kaum. Allerdings stolperte ich über das Stoffmuster.

»Erklär mir das bitte noch mal genau mit dem Stoffmuster«, bat ich sie. »Welchen Grund gibt es, so etwas zu klauen? Er hätte doch einfach sein eigenes nehmen können.«

Kate schüttelte energisch den Kopf. »Du erkennst doch einen Burberry-Schal sofort. Louis Vuitton. Den Chanel-Tweed. Ich wollte mein Markenzeichen nicht als Logo, sondern im Stoff und in der Verarbeitung haben.« Sie atmete tief durch. »Ich weiß, wie das klingen muss. Warum sollte ein großer Designer wie Simon Simm von mir etwas stehlen? Selbst wenn ihm mal die Ideen ausgehen, hat er doch genug angestellte Designer, die ihm zuarbeiten. Ehrlich gesagt verstehe ich es auch nicht ganz. Deshalb vermute ich ja, dass mehr dahintersteckt.«

»Dass er auch dein Geschäftsmodell abgekupfert hat.«

Sie nickte. »Aber natürlich hast du recht. Das ist keine so originelle Idee, die ich da hatte, sondern einfach nur Zeitgeist.«

»Kannst du mir deinen Entwurf zeigen?«

Kate zog eine Mappe unter dem Sofa hervor und schlug sie auf. Sie musste gar nichts weiter sagen. Ich erkannte das Muster sofort. Und ich erkannte noch mehr: die Schnitte, die Details, das Design für eine außergewöhnliche Taschenkollektion. Es war von zeitloser Schlichtheit, kombiniert mit schrägen Ideen. Mode für Individualisten mit Stil. In jedes Stück würden Teile des Stoffmusters eingearbeitet sein, oder sie waren komplett daraus geschneidert.

»Was ist?«, fragte Kate. »Gefällt es dir nicht? Du siehst ein bisschen … entsetzt aus.«

Sie hatte keine Ahnung, wie viel man ihr wirklich gestohlen hatte.

»Wer hatte Zugang zu deinen Entwürfen?«, fragte ich endlich.

Kate schüttelte den Kopf. »Niemand. Ich schwöre dir, ich habe niemandem etwas erzählt oder gezeigt. Ich kann es mir nicht erklären.«

»Und wie kommst du dann darauf, dass er bei dir geklaut haben soll, wenn er unmöglich an die Entwürfe rangekommen sein kann?« Gerade sprach die Anwältin in mir, aber ich musste diese Stimme zulassen, um meiner Freundin wirklich helfen zu können.

»Natürlich könnte sich jemand Zugang verschafft haben. Ich besitze ja keinen Tresor«, überlegte Kate.

»Aber wer sollte so etwas tun? Ich kann mir nicht vorstellen, dass Simon Simm persönlich bei dir hereinschneit, nach den Sachen sucht und sie kopiert. Wie soll das abgelaufen sein? Hat er einen Mitarbeiter geschickt? Lagen deine Entwürfe irgendwann mal an einem anderen Ort und du dachtest, du hättest sie verlegt? Warst du mal ein paar Tage weg und hast nicht richtig abgeschlossen? Fällt dir irgendwas ein?«

Neue Tränen glänzten in ihren Augen. »Ich *weiß* es nicht!«

»Kate«, sagte ich, und diesmal war ich es, die tief durchatmen musste. »Ich weiß auch nicht, wer es getan hat, oder wie es passiert sein kann. Aber so ziemlich alles, was du da gezeichnet hast, ist bereits produziert worden und hängt demnächst in Simms Store.«

»Manchmal gibt es die erstaunlichsten Zufälle«, sagte Benjamin, als ich ihm davon erzählte. »Gewisse Dinge liegen einfach in der Luft. Es gibt den Begriff des kollektiven Bewusstseins, oder auch Massenbewusstseins. Dadurch kann es kommen, dass an zwei ganz unterschiedlichen Orten auf der Welt an nahezu identischen Erfindungen gearbeitet wird. Das Radio zum Beispiel ...«

Ich unterbrach Benjamins Referat über Zufälle und rief: »Es geht um eine gesamte Kollektion! *Und* es geht hier um Kate! *Unsere* Kate! Was sollen wir denn jetzt tun?«

Benjamin zuckte die Schultern. »Simm hat sein Geschmacksmuster angemeldet, es ist geschützt, da gibt es nichts zu tun. Kate ist in der Beweispflicht. Solange sie nicht hieb- und stichfest erläutern kann, wie Simm an ihre Entwürfe gekommen sein soll oder auch nur, dass ihre Entwürfe zeitlich erkennbar vor denen Simms entstanden sind, steht sie auf verlorenem Posten.«

»Das weiß ich alles selbst, vielen Dank auch, Herr Anwalt. Aber Kate ist unsere Freundin«, sagte ich ungeduldig.

»Und Simm ist unser Mandant. Dazu noch kein unwichtiger.«

»Das kann nicht dein Ernst sein.«

»Natürlich ist das mein Ernst. Und ich weiß auch, dass du schon genau dasselbe gedacht hast.«

Er hatte natürlich recht. Wir kannten uns gut genug, um zu wissen, wie wir tickten.

»Trotzdem, wir müssen doch etwas tun!«

»Ich wüsste nur nicht, was das sein soll.«

»Können wir nicht mit Simm reden?«, schlug ich vor.

Benjamin zog die Augenbrauen zusammen. »Und was sollen wir zu ihm sagen? ›Simon, hör zu, unsere Freundin Kate hat so einen kleinen Klamottenladen, und sie hat zufällig dasselbe Stoffmuster entworfen, mit dem du nächste Woche auf den Markt kommst. Das findet sie eigenartig. Und wir finden noch sehr viel eigenartiger, dass deine gesamte Kollektion bis ins letzte Detail so aussieht wie ihre Entwürfe. Hast du bei ihr geklaut?‹ Das geht nicht!«

»Nein, das geht nicht.«

»Eben.«

»Können wir denn gar nichts tun?«

»Offiziell? Nein. Das wäre ein Interessenskonflikt. Inoffiziell? Ich würde es nicht empfehlen.«

»Sie ist meine beste Freundin!«

»Und deshalb können wir ihr nur einen zuverlässigen Kollegen empfehlen, der sich der Sache annimmt.« Benjamin schrieb etwas auf einen Zettel und gab ihn mir. »Er ist auf solche Fälle spezialisiert. Ein alter Hase. Glaub mir, er ist der Beste.«

Ich lächelte erleichtert. »Ich dachte schon, du lässt Kate hängen und verlangst von mir, dass ich dasselbe tue.«

»Unsinn. Aber sie hat nur eine Chance, wenn alles korrekt abläuft. Wenn wir als Simms Anwälte sie beraten, gibt es eine Katastrophe.«

Ich umarmte meinen Mann und küsste ihn. »Danke. Ich ruf sie sofort an.«

Zehn Minuten später fühlte ich mich schon wieder viel besser. Ich hatte mich nach dem Kollegen erkundigt, den Benjamin empfohlen hatte, und er war wirklich die erste Adresse, wenn es um Urheberrechtsstreitigkeiten ging. Kate gegenüber hatte ich angedeutet, sie solle sich wegen des vermutlich exorbitanten Honorars keine Sorgen machen, ich würde sie unterstützen. Meine einzige Sorge war nun, wie ich unserem Mandanten gegenübertreten sollte. Dass ich als Anwältin nicht nur mit gesetzestreuen, unbescholtenen Bürgern zu tun haben würde, war mir natürlich immer klar gewesen. Aber hier ging es um jemanden, der möglicherweise meine beste Freundin hintergangen hatte. Möglicherweise … Die Anwältin in mir ließ es nicht zu, jemanden zu beschuldigen, bevor eindeutige Beweise vorlagen. Die Frage, wie Simm an Kates Mappe gekommen sein sollte, war noch lange nicht beantwortet. Auch wenn klar war, dass sich hier etwas nicht mit rechten Dingen zugetragen haben konnte. Aber die Freundin in mir schrie: »Wie kannst du an Kate zweifeln? Und wie kannst du weiter für diesen Betrüger arbeiten?«

Ein Klopfen an meiner Bürotür unterbrach diese Gedanken. Benjamin trat ein. »Bist du dir ganz sicher, dass Kate die Wahrheit sagt?«, fragte er mit ernstem Gesicht.

»Natürlich! Zweifelst du etwa daran?«, fragte ich entrüstet.

Er wich meinem Blick aus. »Es ist nur …«

»Was?« Ich stand auf, ging zu ihm und nahm seine Hand. »Wir reden hier von Kate!«

»Ja, genau. Kate, die nie etwas anderes wollte als ihren kleinen Laden in Notting Hill. Kate, die nie berühmt werden wollte. Die nie Wert darauf legte, viel Geld zu verdienen. Diese Kate?«

»Was soll das?« Ich ließ seine Hand los.

»Ich habe gerade mit Simon Simm telefoniert und ihn gefragt, ob er eine Kate Winslow kennt. Der Name kam ihm in der Tat bekannt vor, also sah er im Computer nach und stellte fest, dass sich unsere Freundin Kate vor gut einem Jahr bei ihm als Assistentin beworben hatte. Damals war er bereits auf dem Sprung in die Selbstständigkeit, arbeitete aber noch für eines dieser Haute Couture-Label. Er lehnte sie ab, weil ihm ihre Entwürfe nicht gefielen.«

»Davon weiß ich nichts«, sagte ich leise. »Kann es eine Verwechslung sein? Kate hat sich doch noch nie für Haute Couture interessiert.«

»Warte, ich bin noch nicht fertig. Er sagte, diese Ms Winslow sei nach seiner, wie er selbst zugibt, doch recht arroganten Absage bei ihm persönlich aufgetaucht und hätte ihn wild beschimpft. Diese Begegnung hat ihn so erschüttert, dass er ihre Unterlagen aufgehoben hat mit einem Vermerk für seine Mitarbeiter, künftige Bewerbungen dieser Frau sofort abzusagen und sie auf keinen Fall ins Haus zu lassen.«

Ich musste mich setzen. »Und du glaubst jetzt, Kate wolle sich nur an ihm rächen? Nach einem Jahr?«

Benjamin schob die Hände in die Hosentaschen. »Rache serviert man am besten kalt.«

»Unmöglich!«

»Frag sie.«

»Ich kann das nicht glauben. Was ist mit den Entwürfen? Solche Zufälle kann es nicht geben! Ich habe sie doch mit eigenen Augen gesehen. Ihre Kollektion war absolut identisch mit der von Simm!«

Mein Mann sah mich immer noch nicht an. »Wer sagt, dass er von ihr geklaut hat und nicht umgekehrt?«

Bevor ich etwas erwidern konnte, klingelte mein Telefon. »Jetzt nicht«, sagte ich, aber unsere Sekretärin ließ sich nicht abwimmeln.

»Es ist sehr wichtig, Dr. Russell. Es geht um Ihre Mutter.«

Ich seufzte. »Stellen Sie durch.« Zu Benjamin sagte ich: »Entschuldige. Meine Mutter.«

»Seit wann ruft sie im Büro an?«, wunderte er sich.

»Seit wann ruft sie überhaupt an?«, murmelte ich und wusste, wie ungerecht es war.

Aber es war nicht meine Mutter, die sich meldete, sondern eine fremde Frauenstimme. »Mein Name ist Dr. Irene Murphy, ich bin die Anwältin Ihrer Mutter.«

»Was ist passiert?«, fragte ich und spürte, wie mir der Blutdruck absackte.

»Es tut mir sehr leid, Ihre Mutter musste nach Cork in die Klinik. Sie hatte einen Herzinfarkt und liegt jetzt auf der Intensivstation.«

Mein Mund war ganz trocken. Ich konnte kaum sprechen. »Aber sie lebt? Sie wird versorgt, und es geht ihr wieder besser, nicht wahr?«, krächzte ich.

»Leider nein. Sie liegt im Koma. Ich denke, es wäre eine gute Idee, wenn Sie so schnell wie möglich kommen könnten.«

Mein Blick flog zu Benjamin, der mich besorgt anstarrte. Ich nickte, dann fiel mir ein, dass die Frau mein Nicken wohl kaum sehen konnte. »Ja, sicher, ich komme. Aber

sagen Sie mir noch … Was meinen die Ärzte? Wird sie …«
Ich wagte nicht, es auszusprechen.

»Bitte, Dr. Russell, kommen Sie so schnell wie möglich.«

Aus dem Augenwinkel sah ich, dass Benjamin bereits sein Handy am Ohr hatte, um unseren Flug zu organisieren.

Liebe Deirdre,

natürlich antwortest du mir nicht mehr auf meine Briefe. Ich schreibe dir trotzdem weiter, da ich hoffe, dass du mich irgendwann verstehen wirst. Und vielleicht kannst du mir sogar verzeihen. Oder ist es zu viel verlangt?
Glaub mir, ich bin nicht glücklich. Ich habe mich gezwungen, die Liebe meines Lebens für meine Familie aufzugeben. Aber was hätte ich tun sollen? Ich trage doch die Verantwortung für meine Kinder. Es war ein Zeichen, dass mein Sohn just in der Nacht vor unserer Flucht so lebensbedrohlich krank wurde. Ein Zeichen für mich, wo mein Platz ist, wo mein Platz zu sein hat.
Ja, es war ein Zeichen für mich, dass mein Sohn krank geworden ist. Und für meine Schwester war es ein Zeichen, dass unser Land krank ist. Denk mal drei Monate zurück, an den Mai, in dem unser neues Leben beginnen sollte - wie hofften wir alle auf ein neues Irland! Aber das Abkommen von Sunningdale scheiterte. Meine Schwester hat sich längst den Provos angeschlossen. Sie sagt: »Sie haben meinen Mann für etwas ins Gefängnis geworfen, das er nicht getan hat. Jetzt werde ich an seiner Stelle kämpfen, damit sein Tod nicht sinnlos war.« Sie kämpft für ihn und für Irland, sagt sie, und ich habe Angst um sie. Ich habe sie gebeten, in den Süden zurückzukommen, weg aus Nordirland. Aber sie will bleiben. »Wir haben es gut hier, es ist ruhig, es ist gut für deine Tochter«, sagte ich. Und

sie antwortete: »Es ist meine Bestimmung, hier zu kämpfen. Ob es mir passt oder nicht.«
Und meine Bestimmung ist es, mich um meine Familie zu kümmern. Ob es mir passt oder nicht.
Ich versuche, meiner Frau ein guter Ehemann zu sein.
Jeden Morgen sehe ich in den Spiegel und erkenne den Mann nicht wieder, der mich ansieht, aber trotzdem weiß ich, was ich zu tun habe.
Ich werde dich niemals vergessen. Wenn es doch nur einen Weg gäbe … zurück zu dir … Wenn ich doch nur wüsste, wie es dir geht …

Schreib mir!
M.

9.

»Alles ist möglich«, sagte die Ärztin zu uns. »Das Gehirn schafft manchmal unglaubliche Dinge. Beispielsweise hatten wir einen Fall ...«

Ich nickte zerstreut und hörte nicht mehr richtig zu. Ich sah durch die Glasscheibe auf meine Mutter, die zwischen all den Schläuchen und Geräten wie ein Fremdkörper wirkte. Seltsam, nicht die Technik schien falsch in diesem Raum, nur meine Mutter unter der glatt gestrichenen weißen Bettdecke.

Sie war nie krank gewesen, keinen einzigen Tag. Hätte mein Vater dort gelegen, es hätte nicht falsch ausgesehen. Aber Deirdre hatte nichts in einem Krankenhaus zu suchen. Ich versuchte mich zu erinnern, ob sie jemals über Kopfschmerzen geklagt hatte. Oder über Magendrücken. Sie musste doch wenigstens mal einen Schnupfen gehabt haben? Es wollte mir nichts einfallen. Aber ich war seit meinem dreizehnten Lebensjahr immer nur in den Ferien bei meinen Eltern gewesen. Vielleicht hatte sie mir einfach nur nichts davon erzählt, wenn sie Beschwerden gehabt hatte.

Ich erinnerte mich, dass sie einmal zu mir gesagt hatte: »Du wirst nie krank! Von wem du das wohl hast ...« Daraufhin hatte ich geantwortet: »Doch wohl von dir?«

Hatte sie daraufhin denn nicht gelächelt? Aber gesagt hatte sie nichts. Hatte sie damit etwa gemeint, dass ich meine stabile Gesundheit eben *nicht* von ihr geerbt haben konnte?

Bei jeder Vorsorgeuntersuchung waren die Ärzte begeistert von meinen vorbildlichen Werten. Ich hatte mir nie Sorgen um meinen Körper gemacht – bis zu Alans Tod. Ich hatte mir auch nie Gedanken um Deirdres Gesundheit gemacht. Ich hatte mich darauf verlassen, dass wir beide im hohen Alter an Langeweile sterben würden. Und nun bekam sie einfach so einen Herzinfarkt? Aus heiterem Himmel?

Benjamin sagte etwas zu mir und riss mich damit aus meinen Gedanken. Ich konzentrierte mich auf ihn und die Ärztin. »Entschuldige. Was hast du gesagt?«

»Ob es eine Vorgeschichte gibt«, sagte Benjamin.

Ich schüttelte den Kopf. »Meine Mutter war immer kerngesund«, sagte ich.

»Das bezweifle ich«, sagte die Ärztin. Auf ihrem Kittel stand der Name Henderson. »Sie hat einen angeborenen Herzklappenfehler. Damit war sie in ärztlicher Behandlung. Sie hatte alle notwendigen Medikamente in ihrer Handtasche.«

»Davon weiß ich nichts«, sagte ich verblüfft.

»Sie hat nie darüber gesprochen?«

»Nein, ich verstehe das nicht …«

»Offenbar haben ihre Beschwerden in letzter Zeit zugenommen. Ihre Dosis ist erhöht worden, wir haben ein neues Rezept gefunden. Aber warten wir, bis wir den behandelnden Arzt erreichen. Der kann uns mehr sagen.« Dr. Henderson deutete meine Verwirrung richtig, denn sie fügte hinzu: »Sicher wollte Ihre Mutter Sie nicht beunruhigen und hat Ihnen deshalb nie etwas erzählt.«

Ich nickte, war jedoch kaum getröstet. »Darf ich zu ihr?«

»Unbedingt.«

»Wird sie spüren, dass ich da bin?«

»Ich weiß es nicht mit Sicherheit. Aber ich glaube schon. Halten Sie ihre Hand. Reden Sie mit ihr. Manche Angehörigen von Komapatienten lesen auch etwas vor oder bringen Musik mit.«

Ich sah hilflos zu Benjamin.

»Ich kann etwas besorgen«, sagte er und drückte beruhigend meine Hand. »Welche Musik mag sie? Oder welche Bücher?«

Ich wusste keine Antwort. Die Ärztin nutzte meine Sprachlosigkeit, um sich zu verabschieden und zum nächsten Patienten zu eilen.

»Verdammt, ich weiß es nicht. Ich kenne meine Mutter offenbar gar nicht«, sagte ich, als sie fort war, und kämpfte mit den Tränen. »Ist das nicht armselig? Weder weiß ich, welche Musik sie mag, noch kann ich mich erinnern, was sie gerne gelesen hat. Die Ärztin muss denken, dass ich eine ganz schlechte Tochter bin. Und damit hat sie recht.«

Benjamin umarmte mich. »Unsinn«, sagte er sanft in mein Ohr. »Es ist, wie es ist. Ich könnte ins Cottage fahren und mich ein bisschen umsehen, wozu haben wir einen Leihwagen? Ich könnte CDs und Bücher mitbringen. Vielleicht ein paar Gegenstände, einen Schal oder einen Pullover, etwas zum Anfassen, das du ihr in die Hand legen kannst. Ihr Parfum. Wir sollten alle Sinne ansprechen. Was hältst du davon?«

»Tollster Mann der Welt«, sagte ich und zog ihn noch fester an mich. »Findest du den Weg?«

»Mein unbeugsamer Begleiter, der kleine Navigationsgnom auf dem Armaturenbrett, wird mich leiten.«

Trotz allem musste ich lachen. »Danke. Und pass auf, dass aus dem Gnom kein Púca wird.«

»Kein was?«

»Erklär ich dir später. Wirst du zurechtkommen? Du warst ja noch nie dort.«

»Natürlich. Mach dir um mich keine Gedanken.«

Benjamin küsste sanft meine Lippen, nahm meinen Schlüssel für das Cottage und ging dann eilig den langen Krankenhausflur entlang zur Tür, die die Intensivstation vom Rest des Gebäudes trennte.

Ich ging zurück zu meiner Mutter, setzte mich neben ihr Bett und tastete nach ihrer Hand. Sie fühlte sich schlaff, trocken und kalt an.

»Ich bin's, Ally«, sagte ich. Es klang unbeholfen. Ich musste mich räuspern. »Benjamin ist auch da. Er fährt nur schnell ins Cottage, um ein paar Sachen für dich zu holen. Wir sind sofort gekommen, als wir die Nachricht bekommen haben.« Ich geriet ins Stocken. »Ich hoffe, du wirst ganz schnell wieder gesund. Ich … mache mir natürlich Sorgen um dich.«

Dann fiel mir nichts mehr ein, was ich zu ihr hätte sagen können. Worüber sollte ich sprechen? Es war nicht mal sicher, dass sie mich hören konnte. Die Ärztin steckte den Kopf zur Tür herein.

»Alles in Ordnung?«, fragte sie.

Ich nickte. »Ich weiß nur nicht, was ich sagen soll.«

»Das geht den meisten so. Deshalb ist es am einfachsten, mit Vorlesen anzufangen. Irgendwann gewöhnen Sie sich daran, dass sie keine Antwort bekommen, und plappern einfach drauflos. Viele singen sogar etwas vor.«

»Wirklich?«

»Glauben Sie mir. Ich arbeite seit Jahren mit Komapatienten.« Sie schenkte mir ein aufmunterndes Lächeln und verschwand.

Unschlüssig sah ich auf meine Mutter, die unverändert dalag. Ich studierte ihr Gesicht und suchte nach Ähnlichkeiten mit mir, erkannte mich aber nicht. Ich versuchte, mich an schöne Momente von früher zu erinnern, um ihr davon zu erzählen, aber mir wollten keine einfallen.

Mein Kopf blieb leer.

Und dann formulierte sich eine Frage in meinem Kopf, die ich ihr unbedingt stellen wollte, aber unmöglich stellen konnte: Was geschah wirklich an dem Tag, an dem mein Vater starb?

Ich stand hastig auf und floh aus dem Zimmer. Ich brauchte Bewegung und eine Aufgabe. Also suchte ich die Cafeteria, um mir etwas zu trinken zu holen. Ich hoffte, die Zeit damit herumzubringen, bis Benjamin endlich zurückkam. Es kam mir vor, als seien bereits Stunden vergangen. Aber ein Blick auf die Uhr sagte mir, dass er noch keine zwanzig Minuten unterwegs war. Er würde frühestens in einer Stunde wieder bei mir sein. Wenn er sich sehr beeilte und alles sofort fand. Erschöpft setzte ich mich an einen freien Tisch und starrte auf die Flasche Wasser, die ich mir gekauft hatte.

Die Umstände, die zum Tod meines Vaters geführt hatten, waren auf den ersten Blick klar. Die Polizei hatte den Unfall untersucht, und es gab keinen Grund für mich, an irgendetwas zu zweifeln. Einzig, wie Deirdre damit umging, hatte schon am Tag der Bestattung in mir eine Stimme wachgerufen, die sich immer wieder meldete, die immer wieder rief: »Da stimmt etwas nicht. Sie hat dir nicht alles gesagt.« Diese Stimme war über die Jahre lauter geworden, und heute dröhnte sie durch meinen Kopf. Was genau war es in Deirdres Verhalten, das diese nagenden Zweifel hervorgerufen hatte? Ihr ausweichender Blick, wann immer es um Vater ging? Ihre rasanten Themenwechsel? Oder einfach, dass sie sich über einen Tag Zeit gelassen hatte, mir zu sagen, dass er tot war? Aber was konnte es sein, das sie mir verschwieg?

Jahrelang hatten wir es nicht geschafft, über die wirklich wichtigen Dinge zu reden. Und nun – war es nun zu spät? Würde ich nie wieder die Chance haben, mit ihr über meinen Vater zu sprechen? Was, wenn sie einfach nicht mehr aufwachte? War uns die Zeit weggelaufen, ohne dass wir es bemerkt hatten? Wie oft hatte ich gedacht, Deirdre sei noch jung, wie lange hatte ich geglaubt, es gäbe keinen Grund zur Eile. Wie falsch hatte ich gelegen.

»Es ist gut, dass du da bist«, sagte eine Stimme hinter mir und riss mich aus meinen Gedanken. Erschrocken fuhr ich herum und sah in Eoins Augen. »Darf ich mich zu dir setzen?«

Ich nickte, auch wenn mir nicht wohl dabei war. Wie stand ich überhaupt zu Eoin? Einst faszinierte er mich, nun schien er ein Tierquäler zu sein. Und doch hatte sich meine Mutter besser mit ihm verstanden als mit mir. Wer war er eigentlich?

»Ich darf nicht zu ihr, weil ich kein Angehöriger bin.

Aber eine Schwester sagte mir, du seiest aus London gekommen. Sie schickte mich hierher, als wir dich auf der Station nicht finden konnten.«

»Oh, das ist …«, begann ich, wusste aber nicht, wie ich den Satz zu Ende bringen sollte. Ich wollte nicht offen unhöflich sein. Nicht in dieser Situation.

»Wie geht es ihr?«, fragte Eoin.

»Sie liegt immer noch im Koma.« Ich atmete tief durch, um mich besser konzentrieren zu können. »Ich weiß gar nicht, wie lange schon. Ich muss noch mal in Ruhe mit der Ärztin reden, sie hatte nicht sehr viel Zeit, als wir ankamen.«

»Deirdre war nicht sehr viel länger als zehn Minuten ohne Versorgung. Trotzdem fiel sie ins Koma. Es geschah heute Morgen gegen halb neun.«

Ich sah ihn verwundert an, und all meine gemischten Gefühle ihm gegenüber waren vergessen. Es ging nur noch um Deirdre. »*Du* hast sie gefunden?«

Er nickte. »Ich ging um kurz nach acht bei ihr vorbei, um zu fragen, ob ich etwas für sie einkaufen sollte. Wir kamen ins Plaudern. Wir unterhielten uns über das Wetter, über die gestiegenen Lebensmittelpreise, alles Mögliche.«

»Wie war sie da? Hatte sie Schmerzen? War ihr schlecht?«

Eoin schloss kurz die Augen. »Sie hat nichts gesagt. Sie lächelte und war freundlich, wie immer. Sie wirkte nur etwas matt und abgespannt. In letzter Zeit war sie häufiger müde, bat mich aber, mir keine Sorgen zu machen, sie hätte sich von ihrem Hausarzt gründlich untersuchen lassen.«

»Du wusstest von ihrem Herzfehler?«

»Ja.«

Wieder dieser Stich, dieses Gefühl der Eifersucht, das ich hatte, als ich die beiden in Deirdres Cottage beim Teetrinken beobachtet hatte. Warum stand Eoin meiner Mutter so viel näher, als ich es je getan hatte? Warum wusste er mehr über sie als ich? Es konnte doch nicht einfach nur daran liegen, dass er zufällig in der Nähe wohnte. Oder plauderte sie mit all ihren Nachbarn über ihre Gesundheit, nur nicht mit ihrer Tochter?

»Ist sie … hatte sie den Infarkt, als du bei ihr warst?«, fragte ich, um Fassung bemüht. Ausgerechnet dieser Mann hatte meiner Mutter wahrscheinlich das Leben gerettet. Wenn er sie nicht gefunden hätte, wäre sie mit ziemlicher Sicherheit tot. Würde so jemand fähig sein, Tiere brutal zu quälen? Aber jetzt war kaum der Zeitpunkt, ihn darauf anzusprechen. Im Gegenteil. Ich musste ihm dankbar sein.

»Nein«, antwortete er mir. »Wir verabschiedeten uns, ich ging zu meinem Wagen, und dann fiel mir ein, dass ich ganz vergessen hatte, sie zu fragen, ob ich ihr etwas aus dem Dorf mitbringen soll. Also ging ich zurück. Sie reagierte nicht, als ich nach ihr rief. Ich suchte sie und fand sie zusammengesunken in einem Sessel. Dann rief ich den Krankenwagen und ihren Hausarzt. Er war als Erster zur Stelle und kümmerte sich um sie.«

Erst jetzt betrachtete ich Eoin ganz bewusst: Er trug eine graue kurze Lederjacke, darunter ein schwarzes Shirt. Da er die Ärmel etwas zurückgeschoben hatte, konnte ich den Ansatz seiner Narbe sehen. Die dunkle Jeans sah ganz nach einem Lieblingsstück aus: ausgebeult, abgewetzt und verwaschen. Sie stand ihm hervorragend. Dazu trug er schwarze Bikerboots. Er hätte auch irgendein Typ aus einem Londoner Pub sein können. Sie kleiden sich hier wie überall, sie hören dieselbe Musik und sehen dieselben Filme, warum wundere ich mich?, ermahnte ich mich. Und sofort ärgerte ich mich darüber, diese albernen Gedanken zu haben, während meine Mutter auf der Intensivstation um ihr Leben kämpfte.

Nein, ich war wirklich keine gute Tochter.

»Danke«, sagte ich zu Eoin.

»Dafür, dass ich den Notarzt gerufen habe?«, fragte er verwundert.

»Ja. Und dass du nach ihr siehst. Jetzt. Jeden Tag. All die Jahre.«

Er lächelte. »Ist dir eigentlich eingefallen, woher wir uns kennen?«

Ich spürte, dass ich rot wurde. »Ja«, gab ich zu. »Tut mir leid, dass ich es vergessen hatte.« Was für eine Lüge! Warum sagte ich nicht, wie es war: »Tut mir leid, dass ich dich nicht wiedererkannt habe, aber du hast dich so verändert«? Vielleicht, weil ich dann zugegeben hätte, dass ich ihn eben nie vergessen hatte.

»Kein Problem«, sagte er. »Du hast seitdem natürlich viel mehr um die Ohren gehabt als ich. Viel mehr Leute getroffen, bist viel mehr rumgekommen.«

»Na ja«, wiegelte ich ab.

»Doch, doch«, lachte er. »Wenn du wüsstest, was ich alles von dir weiß. Man findet dich im Internet!«

Ein Kloß bildete sich in meinem Hals. »Du hast nach mir gesucht?«

»Ich sollte doch Deirdre unbedingt zeigen, was für eine fleißige Tochter sie hat. Sie ist fast geplatzt vor Stolz.«

Mir blieb für einen Moment die Luft weg. »Was?«, keuchte ich.

»Natürlich! Sie hat sich alles von mir ausdrucken lassen.«

Mich hatte sie nie nach meiner Arbeit gefragt. Ich hatte gedacht, sie wüsste nicht einmal, was ich tat. Dabei war sie immer über alles informiert gewesen. Oder wenigstens über die großen Fälle, die durch die Presse gingen, und über das, was wir auf unserer Homepage schrieben.

»Wie lange schon?«, fragte ich.

»Das geht ein paar Jahre so, genau kann ich es dir gar nicht sagen. Soll ich nachsehen?«

»Nachsehen?«

Er lachte wieder. »Du solltest mal in den Spiegel schauen. Du machst ein Gesicht, als hätte dir jemand gesagt, dass du mit drei Elefantenbabys schwanger bist.«

Ich ignorierte diese Bemerkung. »Wo willst du nachsehen?«, hakte ich nach.

»Sie hat ein Album angelegt und alles, was ich ihr ausgedruckt hatte, eingeklebt. Wenn du dir das Datum vom ersten Eintrag ansiehst, wirst du wissen, wie lange es her ist, seit dich deine Mutter via Internet stalken lässt.« Er lächelte mich an. Aber dann schien ihm etwas einzufallen, und er wurde mit einem Schlag ernst. »Warum habt ihr nie geredet?«

»Das ist kompliziert.« Nervös wich ich seinem Blick aus. Er erwiderte nichts, schien stattdessen zu warten, dass ich weitersprach. Aber ich sagte nichts mehr. Ich starrte auf meine Wasserflasche. Dann sah ich auf die Uhr. Noch mindestens eine Dreiviertelstunde, bis Benjamin zurückkam.

»Gehen wir zu ihr?«, fragte ich.

»Wenn ich mitkommen darf?« Er stand auf und sah mich forschend an.

»Das wäre gut«, sagte ich und meinte es auch so. »Aber eine Sache muss ich noch wissen.«

»Was?« Eoin kam einen Schritt näher auf mich zu.

»Warum wurde als Erstes Deirdres Anwältin verständigt und nicht ich?«

Ich erwartete, dass er meinen Blick meiden würde, aber das tat er nicht. Er legte den Kopf etwas zur Seite, musterte mich, als sähe er mich zum ersten Mal, und sagte dann: »Deirdre wusste, dass sie eines Tages Probleme bekommen könnte, und sie wollte nicht, dass man dich unnötig damit belastet. Sie sagte immer: ›Ally hat so viel zu tun, sie kann es nicht auch noch gebrauchen, dass ich ihr Ärger mache. Sie soll ihr Leben leben, ganz frei und unbeschwert.‹ Ihre Anwältin hatte die Anweisung, sich nur dann bei dir zu melden, wenn es wirklich schlimm um sie stand. Und … wenn Handlungsbedarf war.«

Ich schüttelte den Kopf. »Moment, ich verstehe das alles nicht. Heißt das, sie war schon öfter im Krankenhaus, und ich weiß nichts davon?«

Er nickte. »Es war nie lebensbedrohlich.«

Fassungslos schlug ich die Hände vors Gesicht. »Hast du deshalb jeden Tag nach ihr gesehen?«

Er nickte wieder. »Wir da draußen achten aufeinander. Das müssen wir. Die einzelnen Häuser liegen weit auseinander. Es geht nicht anders.«

»Und was meintest du mit Handlungsbedarf?«

Diesmal wich er meinem Blick aus. »Da musst du mit

der Anwältin reden.« Er wandte sich um und wollte die Cafeteria verlassen, aber ich hielt ihn am Arm fest.

»Moment, was gibt es denn noch alles, wovon ich nichts weiß?«

Abwehrend hob er die Hände. »Ally, bitte, sprich mit Deirdres Anwältin, ich kann doch dazu nichts sagen.«

»Warum stehst du ihr näher als ich?«, fragte ich ihn verzweifelt.

Er sah mich an, dann legte er seine Arme um mich und drückte mich an sich. »Das stimmt doch gar nicht«, flüsterte er. Ich war so überrascht von dieser Geste, dass ich mich nicht wehrte.

Er war es, der die Umarmung mit einem Ruck löste. »Lass uns zu ihr gehen und ihr etwas erzählen«, sagte er mit fester Stimme. »Hast du ihr schon was erzählt?«

Ich wich verwirrt einen Schritt zurück und schüttelte den Kopf. »Mir ist nichts eingefallen.«

Er drehte sich um und ging entschlossen den Flur runter, so schnell, dass ich Mühe hatte, ihm zu folgen. »Oh, aber mir fällt eine ganze Menge ein.«

Eoin saß noch nicht richtig am Krankenbett meiner Mutter, als er schon loslegte. »Deirdre, ich bin's, Eoin. Ich soll dich von Ryan und Mel grüßen. Der kleine Frank hält die beiden schwer auf Trab. Die ersten Tage hat er ja fast nur geschlafen, und sie dachten wohl, es ginge immer so weiter. Aber jetzt quält er sie Tag und Nacht mit seinem Geschrei.« Er lachte. »Ich soll dir sagen, dass sie jeden Tag ein Foto von ihm machen und es mir mailen, damit du nichts verpasst.«

Ich spürte Tränen in mir aufsteigen. Diese Leute, von

denen ich nichts wusste als die Vornamen, gingen mit ihr um, als sei sie die Großmutter ihres Sohnes.

»Und weißt du, wer seit heute wieder im Lande ist? Cathal. Er war ein paar Wochen in England und hat neue Songs aufgenommen. Er war sogar bei der BBC. Sie haben ihn interviewt, und er hat ein paar Stücke live eingespielt. Es wird übermorgen gesendet. Soll ich es dir aufnehmen? Dumme Frage. Natürlich soll ich es dir aufnehmen. Meine Güte, da hab ich ja alle Hände voll zu tun in der nächsten Zeit! Und du ruhst dich hier mal schön aus. So, jetzt ist aber Ally dran.« Er sah zu mir rüber und nickte mir aufmunternd zu. »Ally? Was hast du heute so gemacht?«

Ich wollte etwas sagen, aber ich schaffte nur ein tränenersticktes Krächzen.

»Oh. Ally hat sich ein bisschen erkältet«, sagte Eoin und zwinkerte mir zu. »Sie ist extra von London hergeflogen, weißt du. Ihr war sowieso langweilig in der großen grauen Stadt. Immer nur dieser Autolärm und dieser Gestank. Sie freut sich sehr über die irische Landluft, nicht wahr, Ally?«

»Ja«, brachte ich heraus.

»Ally sieht heute übrigens ganz hervorragend aus. Nicht so blass wie auf den Fotos im Internet. Die frische Luft tut ihr gut! Aber sie hat die Haare hochgesteckt, so wie du es nicht magst. Keine Sorge, ich rede mit ihr. Morgen, wenn sie wiederkommt, trägt sie die Haare offen.« Wieder zwinkerte er mir zu, und ich musste lachen.

»Sie mag es nicht, wenn ich die Haare hochstecke?«

»Sprich mit ihr«, sagte er. »Sie kann uns bestimmt hören.«

Ich zog die Augenbrauen zusammen und schüttelte den Kopf.

»Doch, glaub mir. Natürlich kann sie uns hören. Also?«

Es fiel mir immer noch schwer, und ich beneidete Eoin um seine Fähigkeit, so unbefangen drauflos reden zu können. Mit einem Menschen, der nicht antwortete. Nicht reagierte. Mit hoher Wahrscheinlichkeit nichts hörte oder fühlte. Denn ich glaubte nicht an die Geschichten, die man sich über Komapatienten erzählte. Für mich hatte immer festgestanden, dass diese Behauptungen nur zur Beruhigung der Angehörigen in die Welt gesetzt worden waren.

Ich sah auf die Uhr. Benjamin müsste bald zurückkommen. Sehr lange konnte es nicht mehr dauern. »Mutter«, sagte ich unsicher. »Ich ...«

»Weiter«, flüsterte Eoin. »Sag irgendwas!«

Ich machte eine verzweifelte Geste und flüsterte: »Aber was?«

Er verdrehte die Augen. »Deirdre, ich lass euch zweimal allein. Ich hab dich schon lange genug vollgequatscht. Ally will dich jetzt ganz für sich haben. Wir sehen uns!«

Er ging zur Tür und nickte mir zu.

»Warte«, rief ich. »Ich kann das nicht!«

»Ally, tu's einfach«, sagte er und zog die Tür hinter sich zu.

Ich sah zu Deirdre, die immer noch genauso dalag wie vor einer Stunde.

»Hallo«, sagte ich. Dann holte ich tief Luft und fuhr stockend fort: »Du wirst nicht glauben, was am Flughafen in London los war ...«

Liebe Deirdre,

du sollst es von mir erfahren: Meine Frau bekam vor drei Stunden unser viertes gemeinsames Kind. Es ist ein Junge, wir nennen ihn Eoin nach einem Onkel meines Vaters, der nach Australien auswanderte, dort sein Glück fand und seine Familie in Irland nie vergaß. Ohne ihn hätten meine Großeltern nicht überleben können. Eoin floh nach dem Scheitern des Osteraufstands 1916, wo er an vorderster Front gekämpft hatte, um dem Kriegsgericht - der Erschießung durch die Engländer - zu entgehen. Er kehrte nach ein paar Jahren als reicher Mann zurück und konnte nicht nur meine Großeltern, sondern auch de Valera und seine Partei finanziell unterstützen. Natürlich hoffe ich, dass aus dem kleinen Eoin auch mal ein tapferer Mann wird, der genau weiß, was er vom Leben erwartet und unbeirrt für sein Glück kämpft.
So, jetzt weißt du es.

Ich denke immer noch jeden Tag, jede Stunde an dich.
M.

10.

»… und das ist die Patientenverfügung.« Die Anwältin, Dr. Irene Murphy, schob mir die entsprechenden Papiere über den Wohnzimmertisch. Ich gab sie gleich an Benjamin weiter. Dr. Murphy hatte vorgeschlagen, uns um elf Uhr mit ihr in Emerald Cottage zu treffen. Es fühlte sich seltsam leer an ohne meine Mutter, und es wirkte noch fremder auf mich als bei meinem letzten Besuch vor wenigen Monaten. Wie ein altes Haus, das schon seit Monaten nicht mehr bewohnt wurde. Dabei war sie erst gestern ins Krankenhaus gekommen.

»Darüber müssen wir wohl im Moment nicht nachdenken, oder?«, sagte ich hastig.

»Ich will nicht, dass sie stirbt«, hatte ich als Erstes zu Benjamin gesagt, als er endlich wieder im Krankenhaus aufgetaucht war. In einer Stofftasche hatte er drei Taschenbücher, den Covern nach zu urteilen Krimis, und ein paar CDs. Irgendwo hatte er unterwegs noch einen kleinen tragbaren Player aufgetrieben. Ich sah mir die CDs an: traditionelle irische Musik. Die meisten Titel waren auf Gälisch. Nur wenige auf Englisch. Aber einen Titel erkannte ich: »The Star of the County Down«. Als ich die nächste CD in die Hand nahm und umdrehte, fand ich dort ein Foto von den Musikern. Einer von ihnen war der alte Mann, den ich im Pub von Myrtleville gesehen und später im Flugzeug getroffen hatte.

»Alles in Ordnung?«, fragte Benjamin. Er hatte eine Krankenschwester aufgetrieben, die ihm half, den CD-Player richtig anzuschließen.

»Wir wollen ja nicht, dass Sie die falschen Stecker rausziehen«, sagte sie jovial.

»Bist du okay?«, fragte Benjamin noch einmal, weil ich immer noch nachdenklich auf die CD-Hülle sah.

»Manchmal gibt es komische Zufälle«, murmelte ich. »Aber ja, ja, ich bin okay, danke.«

Wir hatten noch eine Stunde an ihrem Bett gesessen und Musik laufen lassen, dann hatte ich ein paar Seiten aus einem der Bücher vorgelesen. Es war schon spät, als ein Arzt, den ich bisher noch nicht gesehen hatte, zu uns reinschaute und uns bat, selbst ein wenig Ruhe zu finden.

»Ich will nicht, dass sie stirbt«, sagte ich wieder, als wir im Mietwagen saßen und zum Hotel fuhren.

»Sie wird nicht sterben«, sagte Benjamin.

Aber natürlich hatte ich die ganze Nacht wach gelegen und an nichts anderes gedacht. Ich bereute jeden Streit, jedes böse Wort, das zwischen uns gefallen war. Ich bereute die Sprachlosigkeit, die Vorwürfe, die ich ihr gemacht hatte, nachdem mein Vater gestorben war. Am frühen Morgen, als die Sonne schon wieder aufging, war ich schließlich so weit, mich für alles zu hassen, was geschehen war. Alles würde ich tun, damit meine Mutter nur überlebte, schwor ich mir, auch wenn ich wusste, wie sinnlos dieser Schwur war.

Denn es gab absolut nichts, was ich tun könnte, um sie zu retten.

Dr. Murphy sah mich lange an, bevor sie weitersprach. Sie war ungefähr fünfzig Jahre alt, hatte kurzes braunes, grau meliertes Haar und leuchtend grüne Augen. Anders als ich bei meinen Terminen trug sie keine Businesskleidung, sondern eine braune, ausgebeulte Stoffhose zu flachen, praktischen Schuhen und eine schwarze, nicht ganz vorteilhaft geschnittene Bluse. »Es gibt da noch eine Sache. Ihre Mutter hat mich gebeten, gewisse Schritte einzuleiten, wenn sich abzeichnen sollte, dass sie sich nicht mehr selbst versorgen kann.«

Ich protestierte. »Aber das ist doch noch gar nicht gesagt. Sie kann jeden Moment aufwachen, und dann …«

»Dr. Russell, ich verstehe, wie Sie sich fühlen«, unterbrach mich die Anwältin. »Aber bedenken Sie, dass ich im Interesse Ihrer Mutter handele.«

Benjamin nahm meine Hand und nickte mir zu.

»Entschuldigung«, sagte ich.

»Ihre Mutter möchte das Cottage verkaufen.«

Ich dachte erst, ich hätte mich verhört. »Sie meinen, nach ihrem … Tod soll es verkauft werden? Aber darüber müssen wir doch nicht heute sprechen.«

Sie hob den linken Zeigefinger leicht an, eine dezente Geste, um mich zum Schweigen zu bringen. »Deirdre hat sich schon seit einiger Zeit mit dem Gedanken getragen. Ihr liegt ein sehr gutes Angebot vor. Ich habe ihr geraten, es anzunehmen, aber sie war sich unschlüssig. Wir haben lange darüber geredet, und sie hat sich wie folgt entschieden.« Dr. Murphy nahm ein weiteres Dokument aus ihrer Aktenmappe und gab es mir. Ich las:

»Sollte ich zum Pflegefall werden oder mich aus anderen Gründen nicht mehr selbst versorgen können, möchte ich, dass mein Cottage sowie das dazugehörige Land verkauft wird. Um meine Pferde kümmert sich weiterhin Eoin O'Connor …«

Ich sah auf. »Welche Pferde?«

Die Anwältin zog die Augenbrauen hoch, antwortete aber nicht. Ich las weiter: Deirdre wollte, dass Eoin einen stattlichen Teil des Erlöses aus dem Verkauf des Cottage bekam, um sich um ihre Pferde kümmern zu können. Der Rest des Geldes sollte von der Anwältin in Absprache mit mir verwaltet werden, um damit die Pflege meiner Mutter zu finanzieren. Dann gab es noch zwei Listen: Möbel und Wertgegenstände, die zusammen mit dem Cottage verkauft, andere Dinge, die bis zu ihrem Tod aufgehoben werden sollten.

»Was mit denen geschehen soll, hat sie in ihrem Testament genau festgelegt«, erklärte Deirdres Anwältin.

Ich schüttelte energisch den Kopf. »Ich weiß, ich wiederhole mich, aber ich sehe überhaupt keinen Grund, warum Emerald Cottage jetzt verkauft werden soll. Es ist noch überhaupt nicht abzusehen, was mit ihr wird. Vielleicht wacht sie morgen auf! Und heute schon über ihren Tod zu sprechen, ist wirklich geschmacklos.«

Diesmal hob Dr. Murphy nicht nur den Zeigefinger, sondern gleich die ganze Hand. Sie wirkte auf mich wie ein lebendiges Stoppschild. »Ich kann mich gerne wiederholen: Ich handle nur gemäß dem Wunsch und Auftrag Ihrer Mutter.«

»Meine Mutter hat offenbar diese Dinge beschlossen, ohne zu wissen, was sie da tat«, sagte ich grimmig.

»Sie meinen, sie war nicht zurechnungsfähig? Das ist nicht Ihr Ernst.«

»Nein, ich meine, dass sie nur nicht umfassend informiert war. Eoin O'Connor zum Beispiel wäre der letzte Mensch auf der Erde, dem ich ein Tier anvertrauen würde. Ganz egal, wie rührend er sich um Deirdre gekümmert haben mag, mit Tieren hat er es nicht so. Ich habe mit eigenen Augen gesehen, wie er vor ein paar Wochen ein Pferd gejagt und gequält hat. Als ich meine Mutter darauf ansprach, wollte sie nichts davon wissen, aber ich weiß natürlich, was ich gesehen habe. Wenn sie über den Mann schon schlecht informiert ist, dem sie ihre Pferde überlässt, wer sagt mir dann, dass sie sich alles andere wirklich gut überlegt hat?«

»Über Eoin O'Connor weiß ich in der Tat nichts, nur, dass Ihre Mutter ihm vertraut hat.«

»Er kann sehr überzeugend charmant sein, aber je länger ich über das alles hier nachdenke – ist er auch im Testament bedacht? Ist das vielleicht der Grund, warum er ständig bei ihr vor der Tür steht? Ich meine, er führt sich teilweise auf, als würde er hier *wohnen*!«

»Er hat Ihre Mutter gefunden und dafür gesorgt, dass sie rechtzeitig ins Krankenhaus kommt«, warf Dr. Murphy ein.

Ich holte tief Luft. »Ja, ich weiß, aber ich habe meine Zweifel, was ihn betrifft.« Im Krankenhaus noch hatte ich mich ihm ganz nah, ganz verbunden gefühlt. Ich war ihm zutiefst dankbar gewesen, weil er Deirdre gerettet hatte, und weil er mir gezeigt hatte, wie ich mit ihr »reden« konnte, während sie schlief. Aber dann war die Erinnerung an den gehetzten Braunen wiedergekommen, als die Anwältin von Deirdres Pferden gesprochen hatte. Immer noch hatte ich kein klares Bild von Eoin, im Gegenteil, es wurde immer widersprüchlicher. Und gerade sagte mir mein Verstand, dass alles auf einen sehr geschickten Erbschleicher hinzuweisen schien. Du meine Güte, zum ersten Mal konnte ich Frauen verstehen, die einem Heiratsschwindler auf den Leim gingen. Wenn die genauso geschickt waren wie Eoin, musste man sich nicht wundern, dass selbst intelligente Frauen Unstimmigkeiten im Verhalten ignorierten und Warnungen von Freunden in den Wind schlugen. War meine Mutter einem Betrüger ins Netz gegangen? Oder war ich einfach nur krankhaft misstrauisch? Passte der Eoin, der ein Pferd mit einem Geländewagen hetzte, zu dem Eoin, der an Deirdres Krankenbett saß und zauberhaft drauflosplaudern konnte?

»Mag sein, dass Sie Zweifel an ihm haben, aber Mr. O'Connor ist gerade nicht unser Thema. Ihre Mutter will, dass das Cottage verkauft wird, und wir beide sollen uns darum kümmern.«

»Nein«, sagte ich energisch und schlug mit der Hand auf den Tisch. Benjamin und die Frau sahen mich erstaunt an. Ich war mindestens ebenso erstaunt über meinen Ausbruch. »Nein«, wiederholte ich etwas ruhiger. »Ich werde das Cottage nicht verkaufen. Sie liegt erst seit gestern im Krankenhaus! Ich bin einfach nicht bereit, jetzt schon diese Schritte einzuleiten. Wenn es um Kosten geht, die anfallen, übernehme ich die selbstverständlich.« Ich sah in die Runde.

»Du glaubst, du gibst sie auf, wenn du ihr Haus verkaufst?«, sagte Benjamin leise.

Ich schluckte Tränen herunter und nickte. »Ja. Ganz genau. Und sie gibt sich damit auch selbst auf. Das kann ich nicht zulassen.«

»Sie wollte nur sichergehen, dass sie im Notfall versorgt ist.«

»*Wir* können für sie sorgen!«

Er nickte beruhigend und streichelte sanft meine Schulter. »Welches Angebot liegt denn vor?«, fragte er die Anwältin, und ich schnappte entrüstet nach Luft.

»Ein britischer Investor«, antwortete Irene Murphy. »Er hat auch bereits einige der umliegenden Grundstücke erworben. Geplant ist eine Art Ferien- und Wellnessressort, was sich schlimmer anhört, als es ist. Er hat Deirdre seine Pläne ausführlich präsentiert: Es wird kleine Ferienhäuser geben, keine großen Hotels. Alles wird im historischen Stil, der zur Gegend passt, gebaut. Die gewachsene Dorfstruktur von Myrtleville soll genutzt und so weit es geht integriert werden, die Infrastruktur verbessert. Die Arbeitsplätze, die für die Region geschaffen werden, sind nicht zu unterschätzen. Vielleicht sollten Sie sich mit dem Mann einmal treffen.«

»Wenigstens keine Lachsfarm«, sagte ich. »Und das wollte Deirdre wirklich?«

Die Anwältin nickte.

Mir fielen mit einem Mal die komischen Andeutungen ein, die sie vor wenigen Wochen gemacht hatte. Nur hatte ich sie damals nicht verstanden. Auf ihren neuen Kühlschrank angesprochen, hatte sie gesagt: »Wenn ich hier ausziehe, nehme ich ihn mit.« Und als sie mich nach Kindern gefragt hatte: »Ich frage doch nur wegen Emerald Cottage.« Jetzt erst verstand ich sie. Jetzt erst verstand ich auch ihre Frage nach Enkelkindern. Sie hatte bei meinem Besuch bereits gedacht, sie würde bald sterben. Darüber hatte sie also mit mir reden wollen! Aber wie üblich hatten wir es nicht geschafft. Wie musste sie sich nur gefühlt haben mit dieser Angst, bald nicht mehr am Leben zu sein, ohne darüber reden zu können? Und nun war ihr tatsächlich etwas zugestoßen.

»Ich weiß, es ist alles etwas viel auf einmal, aber das Cottage zu verkaufen bedeutet nicht gleichzeitig, dass du deine Mutter aufgibst. Lass uns in Ruhe nachdenken, okay?«, sagte Benjamin, der Vernünftige.

Ich nickte. »Ja, du hast recht. Ich brauche etwas Zeit. Ist das in Ordnung?«, richtete ich mich an Dr. Murphy.

Sie nickte und legte mir weitere Unterlagen hin. »Sehen Sie sich das alles in Ruhe an, und melden Sie sich, wenn Sie Fragen haben. Jederzeit.«

Nachdem sie gegangen war, erschien mir das Haus nicht mehr so fremd und leer wie vorher. Es war ihre Anwesenheit, die mich gestört hatte. Nicht, dass mir die Frau unsympathisch gewesen wäre, und bei näherer Betrachtung hatte sie sehr vernünftig und lediglich im Interesse ihrer Mandantin gehandelt. Das konnte ich ihr kaum zum Vorwurf machen. Dass sie mich aber wie einen Eindringling, einen Fremdkörper betrachtet und dementsprechend auch behandelt hatte, ganz so, als hätte ich mit Deirdre überhaupt nichts zu tun, das hatte mich tief verletzt. Der unausgesprochene Vorwurf, ich hätte mich nicht genug für meine Mutter interessiert, hatte die ganze Zeit im Raum gestanden. Dass ich weder über ihre Verkaufspläne informiert war noch wusste, dass sie Pferde besaß, hatte ihr Bild von mir als der nachlässigen Tochter nicht gerade revidiert.

Benjamin studierte die Papiere. »Das Neubebauungskonzept liest sich sehr gut.« Erst als er aufsah, bemerkte er die Tränen in meinen Augen. Er stand auf und nahm mich in die Arme. »Wollen wir an die Luft? Das Wetter ist wundervoll, und ich würde mir gerne die Gegend von dir zeigen lassen, in der du aufgewachsen bist. Bisher hast du dich immer erfolgreich davor gedrückt.«

Ich musste lächeln, trotz der Tränen. »Ich könnte dir meinen Lieblingsplatz zeigen.«

Deidre, Liebste,
komm zurück zu mir! Verzeih mir. Es war dumm und falsch, was ich getan habe.
Natürlich muss ich mich um meine Kinder kümmern, natürlich muss ich für sie da sein, aber um diesen Preis? Können sie jemals glücklich sein, wenn ich es nicht bin? Sie wachsen auf mit Eltern, die entweder streiten oder nicht miteinander reden. Ich habe kaum Kraft, mich auf sie einzulassen, mit ihnen zu spielen, ich kann mich nicht auf die Geschichten konzentrieren, die ich ihnen erzählen soll, ich habe sogar den Geburtstag der Zwillinge vergessen. Sieht so ein guter Vater aus? Aber ich kann einfach nicht mehr. Ich schaffe es einfach nicht, ein fröhliches Gesicht zu machen, wenn ich doch am liebsten …
Sie würden ihren Vater nicht verlieren. Es wäre nur alles etwas anders - aber deshalb doch nicht schlechter als jetzt. Ich würde sie seltener sehen, aber ich wäre ein glücklicherer Mensch, ein besserer Vater. Sie verdienen einen besseren Vater.
Ich wache morgens auf und sehne mich nach dir. Ich quäle mich durch den Tag und sehne mich nach dir. Ich warte auf die Nacht, in der ich endlich von dir träumen kann.
Immer öfter träume ich auch tagsüber von dir. Ich sehe dich vor mir, wenn ich die Augen schließe. Die Tage sind dumpf und leer, die Nächte mein wahres Leben, weil ich mich zu dir träumen kann.
Bitte, schreib mir. Schick mir ein Lebenszeichen.
Dein M.

11.

Wir kletterten zu der kleinen Bucht am Fuße der Steilküste, in der ich bei meinem letzten Besuch in Emerald Cottage einige verwirrende nächtliche Stunden mit Nachdenken verbracht hatte. Der Ort hatte auch bei Tag etwas Magisches. An ihm stand die Zeit still, oder nein: Hier war es möglich, in der Zeit zu reisen. Nichts deutete darauf hin, in welchem Jahr, in welcher Epoche wir lebten. Ich erwartete jedes Mal, gleich eins der Schiffe an mir vorbeifahren zu sehen, die im 19. und frühen 20. Jahrhundert Millionen irische Auswanderer auf der Flucht vor der Hungersnot nach Nordamerika und Australien gebracht hatten.

Der freie Blick auf das Meer ließ mein Herz ruhiger schlagen. Heute war die Bucht komplett windstill, die Mittagssonne schien so heiß auf uns herab, dass wir uns einen Platz im Schatten suchen mussten. Ich atmete tief die reine, salzige Seeluft ein. Und mit der Seeluft kamen die Erinnerungen an Eoin. Die Party in Cork. Wie er mit Deirdre an ihrem Krankenbett gesprochen hatte. Das getriebene Pferd. Hatte dieser Mann zwei Gesichter? Oder war er einfach nur ein guter Schauspieler? Ich schämte mich, wegen ihm jemals Zweifel an meiner Beziehung mit Benjamin gehabt zu haben. Und doch sah ich uns zusammen tanzen und hörte die Musik von damals so klar, als liefe sie gerade neben mir im Radio.

Ich riss mich von den Gedanken los und wandte mich meinem Mann zu. »Gefällt es dir hier?«

»Genau so habe ich es mir immer vorgestellt«, seufzte er zufrieden. »Die Idee, diesen wunderbaren Flecken Erde zugänglicher für Touristen zu machen, kann ich nur voll und ganz unterstützen. Schade, dass ich nicht länger bleiben kann. Am liebsten würde ich jeden Tag hier mit dir rausfahren und für ein paar Stunden alles vergessen.«

Ich ließ meinen Kopf auf seine Schulter sinken. »Tina kann mich vertreten, nicht wahr? Simon Simm war sowieso eigentlich ihr Projekt.«

»Jetzt vertretet ihr euch gegenseitig, und jedes Mal ist es wegen kranker Eltern«, sagte Benjamin nachdenklich. »Na, irgendwann ist man wohl an der Reihe, das zurückzugeben, was sie einem in der Kindheit gegeben haben.«

Ich biss mir auf die Lippen, weil ich nicht sagen wollte: »Was haben mir meine denn schon gegeben?« Nicht jetzt, nicht heute. Auch wenn ich immer noch gekränkt war wegen vielem, so wollte ich doch für Deirdre da sein. Ich hatte mir jahrelang vielleicht einreden können, dass es mir nicht mehr wichtig war, was sie von mir dachte, aber angesichts dieser Katastrophe, angesichts der Möglichkeit, dass sie einfach sterben könnte, ohne dass wir uns ausgesprochen und voneinander verabschiedet hatten, musste ich einsehen, wie sehr ich sie letzten Endes doch brauchte.

Benjamin hatte für heute Nachmittag einen Flug nach London gebucht. »Was ist mit unserem Kanadaurlaub? Soll ich canceln?«

Ich nickte. Aber dann durchzuckte mich ein Gedanke: Gab ich sie auf, wenn ich den Urlaub absagte? Rechnete ich denn damit, dass sie in einer Woche immer noch im Koma liegen würde? »Nein«, sagte ich deshalb. »Noch nicht. Bestimmt wird sie ganz bald wach, und dann …« Ich sah ihn mit tränennassen Augen an. »Sie wird doch wieder aufwachen, oder?«

Benjamin nahm mich in den Arm. »Natürlich wird sie wieder aufwachen. Und dann will sie, dass du ganz oft bei ihr bist. Denkst du nicht?«

Er hatte recht. Ich musste bleiben. Und es wäre ganz sicher kein schlechtes Omen, Kanada abzusagen. »Okay«, sagte ich leise. »Wir verschieben die Reise.«

Nachdem ich Benjamin zum Flughafen gefahren hatte, verbrachte ich wieder viele Stunden an Deirdres Bett. Ich las ihr aus einem Buch vor, träufelte etwas von dem Parfum, das Benjamin aus dem Cottage mitgebracht hatte, auf ihr Kissen, spielte ihr leise Musik vor. Nach Mitternacht weckte mich die Nachtschwester. Ich kehrte ins Hotel zurück, schlief nur wenige Stunden und saß am nächsten Morgen wieder in ihrem Zimmer. Diesmal schickten sie mich schon am frühen Abend weg. Sie hatten Angst, dass ich zu wenig Ruhe bekam, und als ich auf der Krankenhaustoilette mein bleiches, schmales Gesicht mit den dunklen Schatten unter den Augen im Spiegel sah, konnte ich sie verstehen. Der Gedanke, allein in meinem Hotelzimmer zu sitzen, erschreckte mich. Ich beschloss, zum Cottage rauszufahren und nach dem Rechten zu sehen. Vielleicht würde ich noch etwas finden, das ich Deirdre mit ins Krankenhaus bringen konnte. Vielleicht würde ich sogar etwas finden, das mich Deirdre näherbrachte.

Als ich in langsamem Tempo auf das Cottage zufuhr, erkannte ich Eoins Defender, der hinter einem anderen Auto auf der Straße geparkt stand. Ich holte tief Luft. Auf diese Begegnung war ich nicht gefasst. Gerade als ich überlegte, ob ich umdrehen und später zurückkehren sollte, sah ich Eoin und einen zweiten Mann, der heftig auf ihn einredete. Eoin drehte ihm den Rücken zu und ging mit schnellen Schritten zu seinem Wagen, dann fuhr er mit aufheulendem Motor fort. Der fremde Mann blieb unschlüssig vor Emerald Cottage stehen. Ich ließ meinen Leihwagen an die Stelle rollen, wo Eoin bis gerade eben geparkt hatte, und stieg aus.

»Kann ich Ihnen helfen?«, fragte ich.

»Oliver Jenkins«, sagte der Mann und streckte mir zur Begrüßung die Hand entgegen. »Dr. Alannah Russell, hoffe ich?« Er war eine attraktive Erscheinung: Mitte fünfzig, graues, gut geschnittenes dichtes Haar, schlank und hochgewachsen. Jenkins trug trotz des sehr warmen Wetters einen maßgeschneiderten Anzug und schien dabei kein bisschen zu schwitzen. Seine Stimme klang nach einer Schulzeit in Eton, seine Krawattennadel verriet, dass er am King's College in Cambridge seine Studienzeit verbracht hatte. Am rechten Handgelenk blitzte eine geschmackvoll-dezente Cartieruhr auf. Es stand außer Frage, wem ich gegenüberstand.

»Und Sie wollen mein Elternhaus kaufen?« Ich lächelte schwach und schüttelte seine Hand. »Meine Mutter hat leider nie mit mir darüber gesprochen. Ich weiß erst seit gestern davon und konnte mir noch keine Meinung bilden.«

»Deshalb bin ich hier«, sagte Jenkins.

»Um mich zu überreden?«

»Um Ihre Fragen zu beantworten, damit Sie genau wissen, worüber Sie nachdenken.«

Ich musste lachen. Dass dieser Mann mit seinem Charme die Investoren reihenweise um den Finger wickelte, war mir klar. Aber die vielen Jahre im Debating Club hatten mich auf jede Art verbalen Schlagabtausch vorbereitet, und spätestens in der Berufspraxis als Anwältin hatte ich gelernt, rechtzeitig zu erkennen, wann ich manipuliert werden sollte. Hätte ich diese Fähigkeiten doch auch, wenn es um Gefühle geht, dachte ich unvermittelt und sah in die Richtung, in die Eoin verschwunden war.

Ich bat Oliver Jenkins ins Cottage. Es kam mir merkwürdig vor, die Hausherrin zu geben. Bei dem Treffen am Vortag mit Dr. Murphy hatte ich mich gar nicht in dieser Rolle gesehen, da sie sehr dominant die Gesprächsführung übernommen und sich im Haus bewegt hatte, als ginge sie dort ein und aus. Aber nun war die Situation anders. Der Mann war ein Fremder, er war mein Gast, ich könnte ihn auch einfach wieder wegschicken.

Das Gespräch jedoch verlief sehr angenehm. Jenkins stellte sein Projekt fast schon bescheiden vor, zeigte mögliche Einwände bereits auf, bevor ich sie selbst formuliert hatte, gab mir Zeit, auf Gedankenspiele einzugehen und verlangte am Ende keine Entscheidung. Nur darüber nachdenken, mehr sollte ich gar nicht tun. Wir verabschiedeten uns nach zwei Stunden freundlich voneinander, und ich musste zugeben, dass er mich tatsächlich zum Nachdenken gebracht hatte. Wenn es wirklich Deirdres Wunsch war, das Cottage zu verkaufen, warum sollte ich es nicht tun? Wenn sie sich wohler fühlte in einem kleinen Apartment in Cork, wo die Wege nicht so weit waren und im Notfall viel schneller Hilfe kam – war das nicht im Gegenteil eine sehr vernünftige Entscheidung, die ich als Tochter zu unterstützen hatte? Sicher hatte ich mich im ersten Moment gegen den Verkauf gesträubt, weil es um mein Elternhaus ging und damit um meine Kindheit. Ich hatte mit so vielem noch nicht abgeschlossen, und irgendwie dachte ich wohl, dass mir Emerald Cottage helfen könnte, innerlich Frieden zu finden. Das war natürlich Unsinn. Hier ging es nur um ein Haus. Der Verkauf würde außerdem nicht nur meiner Mutter guttun, sondern auch dem ganzen Dorf. Jenkins' Konzept galt es noch zu überprüfen, aber auf den ersten Blick wirkte es sowohl seriös als auch sinnvoll. Es würde den Menschen der Region, die durch die Krise zum großen Teil wieder ohne Jobs dastanden, neue Möglichkeiten eröffnen. Nein, es gab überhaupt keinen Grund, mich dieser Sache in den Weg zu stellen. Diese Gedanken gaben mir Ruhe und Energie, aber ich war froh, mich noch nicht sofort entscheiden zu müssen.

Ich sah auf die Uhr: Es war noch nicht sehr spät, und ich wusste, dass ich vor Mitternacht sicher nicht schlafen konnte. Also besann ich mich auf den ursprünglichen Grund meines Kommens und durchforstete das Haus nach Dingen, die ich Deirdre ins Krankenhaus mitnehmen konnte.

Langsam streifte ich durch die Räume, und das Kind in mir streckte die Hand aus, wann immer es etwas von früher entdeckte: Die selbst gehäkelten bunten Topflappen in der Küche, die Deirdre immer noch benutzte. Die

Tischlampe mit dem grünen Glasschirm, die schon ihrer Großmutter gehört hatte und die, seit ich mich erinnern konnte, auf dem Kühlschrank stand. Der silberne Kerzenständer auf dem Esstisch, der bei keiner Mahlzeit fehlen durfte, selbst wenn die Sonne den Raum flutete. Die Kerben im Esstisch. Der Stoff der Sessel. Das Muster im Teppich.

Sie hatte kaum etwas verändert in den vergangenen zwanzig Jahren, und trotzdem wirkte die Einrichtung nicht schäbig und abgenutzt. Ich dachte an die kleine Bucht unten am Meer, in der sich die Zeit aufhob. Vielleicht wirkte dieser seltsame Effekt bis hoch zum Cottage. Merkwürdig, dass mir bei meinen Besuchen nie aufgefallen war, wie wenig alles gealtert war. Ich hatte es wie selbstverständlich hingenommen, dass alles einfach aussah wie immer.

Mir war, als hörte ich ein Geräusch, ein Knarren der Tür. Ich drehte mich um und glaubte, meine Mutter dort stehen zu sehen. Das Trugbild verschwand, aber der Eindruck, dass auch Deirdre sich kaum verändert hatte, entstand in meinem Kopf. Ich stellte sie mir vor, wie sie mit geschlossenen Augen regungslos im Krankenbett lag, das Gesicht glatt und ohne Alter.

»Sie haben aber eine junge Mutter«, hatte ein Arzt gestern im Vorbeigehen zu mir gesagt. Und eine der Krankenschwestern hatte gedacht, sie hätten Deirdres Geburtsdatum falsch notiert. »Hoffentlich haben Sie diese Gene von ihr geerbt«, hatte sie gesagt, als ich ihr versicherte, dass mit dem Datum alles in Ordnung sei.

Ich stieg die Treppe hinauf und betrat zum ersten Mal seit zwanzig Jahren ihr Schlafzimmer. Das Elternschlafzimmer war irgendwann für mich tabu gewesen. Niemand hatte mir verboten, es zu betreten, aber seit sie mich nach London geschickt hatten, war die kindliche Unbefangenheit gewichen, mit der ich früher in dieses Zimmer geplatzt war, um aufs Bett meiner Eltern zu springen. Das Leben in London bei Siobhan und ihrer Familie wie auch das Leben im Internat hatten mich erst richtig gelehrt, was Privatsphäre bedeutete. Die Distanz zu meinen Eltern wuchs.

Ich blieb erst einmal stehen und ließ den Raum auf mich wirken. Es war das einzige Zimmer, das Deirdre renoviert und neu eingerichtet hatte. Statt des alten, massiven Doppelbetts, in dem sich meine Eltern auseinandergelebt hatten, stand dort ein schlankes weißes Bett mit einer hellen Tagesdecke. Der große dunkle Kleiderschrank war einem ebenfalls weißen zierlichen Schränkchen gewichen. Daneben fand sich eine Kommode mit einem großen Spiegel. Am Bett stand ein zu den anderen Möbeln passender Nachttisch. Darauf fand sich ein moderner Radiowecker, ein aufgeschlagenes Buch lag daneben. An der Wand hatte sie eine Leselampe mit einer Messingfassung angebracht, und auch die Hängelampe hatte sie ausgetauscht: Das mit Stoff bezogene, beigefarbene Ungetüm von Lampenschirm war einer weißen Glaskugel gewichen. Ganz zuletzt bemerkte ich erst den Teppichboden: ebenfalls neu, ebenfalls anders. Nicht mehr grau, sondern leuchtend rot.

Wann hatte sie das Schlafzimmer neu machen lassen? Nach dem Tod meines Vaters? War es nötig gewesen, damit sie schneller über den Schmerz hinwegkam? Behutsam, so als könnte ich jemanden stören, der hier gerade schlief, ging ich zum Fenster und sah hinaus. Diese Seite des Cottage lag direkt an der Steilküste. Man sah nichts weiter als das Meer. Als Kind hatte ich mich immer ein wenig davor gefürchtet, mich hier ans Fenster zu stellen, wenn es offen war, weil ich dachte, der Wind könnte mich heraustragen und direkt ins Meer schleudern. Ich wandte mich zum Nachttisch und nahm das aufgeschlagene Buch in die Hand: ein Gedichtband von Sylvia Plath. Und ich las ihr im Krankenhaus Kriminalromane vor! Ich ging zu der Kommode und zog die Schubladen auf: Unterwäsche in der obersten, Socken und Strümpfe in der mittleren, Fotoalben und Schuhkartons in der unteren.

Fotoalben?

Neugierig kniete ich mich auf den Boden, zog die Schublade weiter auf und nahm eines der Alben in die Hand, als ich wieder ein Türknarren vernahm. Diesmal wusste ich gleich, dass es eine Illusion war, und reagierte nicht. Ich schlug das erste Album auf. Es enthielt das, von dem Eoin gesprochen hatte: Ausdrucke aus dem Internet. Die Homepage unserer Kanzlei. Zeitungsmeldungen über unsere großen Fälle. Eoin hatte sogar alte Bilder aus Oxforder Studentenzeiten ausgegraben, von deren Existenz im Internet nicht einmal ich etwas gewusst hatte. Mir tat das Herz weh, als ich das alles sah. Schnell schlug ich das Album zu und nahm das nächste.

Es begann mit Bildern von 1981, als ich zwei Jahre alt war. Mit heiligem Ernst schaute ich in die Kamera und hielt die Hand meiner Mutter ganz fest. Als ich umblätterte, fiel mir ein Zeitungsausschnitt entgegen. Es ging um den Hungerstreik der IRA-Gefangenen, um den Tod von Bobby Sands. Gerade als ich anfangen wollte zu lesen, hörte ich Schritte. Diesmal war es keine Einbildung. Ich sprang auf und fuhr herum. Eoin stand in der Tür.

»Ich wollte dich nicht erschrecken«, sagte er schnell. »Ich hatte nur Licht gesehen und dachte, vielleicht hat es jemand aus Versehen angelassen.«

»Dass mein Wagen vor der Tür steht, hat dich nicht weiter interessiert?«, fragte ich kühl.

Er zuckte die Schultern. »Sah nach einem Mietwagen aus.«

Ich klappte das Album zu und verstaute es wieder in der Schublade. »Wie bist du hier reingekommen?«

Er hielt einen Schlüssel hoch.

»Mir wäre es lieber, wenn du den Schlüssel zurückgeben würdest.« Ich streckte die Hand danach aus.

Eoin zögerte. »Deirdre hat ihn mir schon vor Jahren gegeben. Und einer muss doch nach dem Haus sehen, solange sie im Krankenhaus ist.«

»Ja. Ich.« Ich hielt immer noch die Hand auf.

»Du wohnst nicht mal hier. Du wohnst im Hotel«, gab er zu bedenken.

»Es muss wohl kaum jemand rund um die Uhr hier sein. Außerdem soll das Cottage verkauft werden.« Jetzt entriss ich ihm einfach den Schlüssel und steckte ihn in die Hosentasche.

Eoin schnappte nach Luft. »Du willst das Cottage verkaufen?«

Ich hob die Schultern. »Meine Mutter will es so.«

»Deirdre wollte an Oliver Jenkins verkaufen?«

Ich nickte. »Ihre Anwältin hat mit mir gesprochen.«

Er sah mich lange an, dann sagte er: »Komm mit, ich muss dir was zeigen.«

Wir gingen ein paar Minuten schweigend die Küstenstraße entlang, bis er mitten auf der Strecke stehen blieb. Ich sah mich um. Kein Haus war in der Nähe, kein Licht war zu sehen.

»Hier ist es mir etwas zu einsam«, sagte ich scharf.

»Pscht«, machte Eoin. »Hörst du das?«

Ich zuckte die Schultern. »Nein. Was? Außer dem Meer kann ich nichts hören.«

»Ganz genau. Und ist dir aufgefallen, dass du hier viel mehr Sterne siehst als in London?«

Ich sah in den sternklaren Himmel. Er hatte recht. Je länger ich nach oben sah, desto mehr kleine strahlende Punkte konnte ich ausmachen. Ich erinnerte mich daran, dass ich, nachdem ich als Kind nach London gezogen war, die vielen Sterne vermisst hatte. Immer seltener hatte ich in den Himmel geschaut, und irgendwann hatte ich mich gar nicht mehr dafür interessiert. Wie hatte ich so lange vergessen können, wie sehr mir der irische Sternenhimmel gefehlt hatte?

Die Milchstraße trat so klar hervor, wie ich sie schon viel zu lange nicht mehr gesehen hatte. Ich versuchte, mich an die Namen der Sternbilder zu erinnern, die ich als Kind gewusst hatte. Und dann fiel eine Sternschnuppe. Ich konnte nicht anders, ich stieß einen verzückten Schrei aus, schloss die Augen und wünschte mir etwas. Natürlich wünschte ich mir, dass Deirdre wieder gesund wurde. Als ich die Augen öffnete, stand Eoin direkt vor mir.

»Noch haben wir hier keine Lichtverschmutzung wie in den größeren Städten. Noch haben wir klare Luft und vor allem Ruhe. Aber wenn es nach Oliver Jenkins geht, ist es damit vorbei«, sagte er.

Der Zauber war so schnell gebrochen, wie er gekommen war. »Findest du nicht, dass du übertreibst? Jenkins baut eine überschaubare Ferienhaussiedlung, keinen Industriepark. Er hat ein sehr vernünftiges Konzept, das er mir ausführlich vorgestellt hat. Es ist auch unter ökologischen Gesichtspunkten vertretbar. Außerdem wird er Arbeitsplätze schaffen. Und Arbeit ist doch etwas, das den Leuten hier guttäte, nicht wahr?«

Eoin setzte sich auf eine kleine Steinmauer, die verhindern sollte, dass Fußgänger und Autofahrer der Steilküste zu nah kamen. Er drehte mir den Rücken zu. »Jenkins hat dir nicht alles gesagt. Seine Pläne zerstören die gewachsenen dörflichen Strukturen, nicht nur von Myrtleville, sondern auch von allen anderen umliegenden Ortschaften. Es wird ein Einkaufszentrum geben, das allen lokalen Geschäften die Existenzgrundlage nimmt. Es wird große Restaurants geben, die mit unseren traditionellen Pubs nichts mehr zu tun haben. Betreiber dieser Geschäfte sind Jenkins' Investoren. Die Leute, die hier leben, werden vielleicht als schlecht bezahlte Aushilfen dort Jobs bekommen. Die Touristen werden in diesen Läden ihr Geld lassen, nicht bei uns. Er wird neue Straßen bauen, neue Leitungen verlegen lassen …«

»Eine verbesserte Infrastruktur, bessere Versorgung, oh ja, langsam verstehe ich, was du dagegen hast«, spottete ich.

»Die Leute hier haben, was sie brauchen. Vor allem haben sie noch eine intakte Umwelt!«

Ich schwieg und dachte nach. Meine Augen hatten sich an die Dunkelheit gewöhnt, und ich versuchte, mir die Landschaft vorzustellen mit einem Ferienpark, mit Supermärkten und Familienpubs, mit Bars und Clubs. Die Küstenstraße wäre viel befahrener. Am Strand würden sich Jugendliche und junge Paare bis in die frühen Morgenstunden vergnügen. Tagsüber wären Scharen von Radfahrern und Wanderern unterwegs.

Wäre das wirklich so schlimm? Würden die lokalen Geschäfte tatsächlich sterben? Ich konnte mir nicht vorstellen, dass das in Jenkins' Sinn wäre. Er hatte die Einbindung der gewachsenen Strukturen stark in den Vordergrund gestellt. Außerdem lagen solche Bebauungspläne vorher bei den Ämtern aus und waren öffentlich einzusehen. War ich gerade dabei, einer von Eoins Lügen aufzusitzen? Andererseits hatte er recht, es würde mehr Licht und mehr Lärm geben, mehr Müll und mehr Abgase. Ich sah wieder in den Sternenhimmel, und wieder fiel eine Sternschnuppe.

Eoin hatte sie ebenfalls bemerkt. »Jetzt im Juli gibt es schon einige«, sagte er. »Aber Anfang August sieht man die meisten.«

Ich atmete die Seeluft ein. »Meine Mutter war bereit zu verkaufen«, sagte ich. »Sie hat es schriftlich fixiert und mit ihrer Anwältin durchgesprochen. Warum soll ich nicht ihrem Wunsch entsprechen?«

Er drehte sich heftig um, packte mich an der Schulter und schüttelte mich. »Sie wollte eben *nicht* verkaufen! Tief in ihrem Innersten will sie für immer hierbleiben! Sie dachte, sie tut *dir* damit einen Gefallen!«, rief er aufgebracht.

Ich wich ärgerlich zurück. »Wieso sollte sie mir damit einen Gefallen tun? Ich brauche ihr Geld nicht. Wahrscheinlich will sie sich nicht mehr mit einem einsamen, arbeitsintensiven Cottage belasten, bei dem in absehbarer Zeit so einige Reparaturen und Renovierungsarbeiten anstehen.«

Er schüttelte ungeduldig den Kopf. »Reparieren und Renovieren ist *meine* Aufgabe. Nein, sie wollte nicht, dass sie eines Tages zum Pflegefall wird, nicht genügend Geld da ist und man dich fragen muss, ob du deine kranke, alte Mutter durchfütterst. Jenkins' Angebot kam da wohl gerade recht und war sicherlich hoch genug, um ihr diese Sorge zu nehmen. Ich hatte wirklich gehofft, sie überlegt es sich anders.«

Ich begriff nicht, was er mir damit sagen wollte. »Aber ich könnte doch problemlos für alle Kosten aufkommen! Das wusste sie doch!«

»Vielleicht *wollte* sie dich nicht fragen?«

»Ich bin ihre Tochter, das ist doch selbstverständlich!«

Ich spürte trotz der Dunkelheit seinen Blick auf mir. »Was ist noch alles selbstverständlich in einer Familie? Dass man miteinander Weihnachten verbringt? Die Geburtstage zusammen feiert? Sich öfter als alle drei Jahre sieht?«

»Das geht dich nichts an«, sagte ich wütend, drehte mich um und ging die Küstenstraße hinunter in Richtung Emerald Cottage. Aber ich kam nicht weit. Schon nach wenigen Metern hörte ich seine schnellen Schritte hinter mir.

»Wie gut kennst du eigentlich deine Mutter?«, fragte er, als er mich eingeholt hatte.

Unbehaglich dachte ich an die Situation an Deirdres Krankenbett. An die Begegnung mit der Anwältin. Aber was ging ihn das alles an? »Ich kenne sie schon mein Leben lang, was soll das?«, schoss ich zurück.

Er stellte sich mir in den Weg. »Weißt du, was ihr Name bedeutet?«

Verwundert blieb ich stehen. Was für eine seltsame Frage. »Deirdre? Soweit ich weiß, ist es ein recht gebräuchlicher irischer Frauenname.«

Ich ging weiter.

»Deirdre, die Traurige«, hörte ich ihn sagen. »Der Legende nach die schönste Frau Irlands.«

Gegen meinen Willen war ich neugierig und blieb stehen.

Er sprach weiter. »Noch bevor sie geboren wurde, sagte ein Druide voraus, dass sie von einer Schönheit sein würde, die noch niemand zuvor gesehen hatte. Aber die größten Männer des Landes würden wegen ihr Kriege anfangen und Blut vergießen. Man überlegte sogar, das Kind zu töten. Aber ein König war neugierig auf ihre Schönheit und wollte sie später heiraten. Sie wuchs in Abgeschiedenheit auf – und verliebte sich in einen jungen, schönen Krieger. Um es kurz zu machen: Die beiden türmten. Der König spürte sie auf, Deirdres Geliebter wurde getötet, und sie musste den König heiraten. Als sie ihm nach einem Jahr immer noch die kalte Schulter zeigte, zwang er sie, den Mörder ihres Geliebten zu heiraten. Um diesem Schicksal zu entgehen, brachte sie sich um. Deshalb Deirdre, die Traurige.«

»Und das erzählst du mir, weil ...?«

Er seufzte. »Deirdre, schön und traurig. Wie deine Mutter. Ach, vergiss es. Du verstehst einfach nicht, was dieses Land ausmacht. Was die Menschen ausmacht. Du hast keinen Bezug zu den Geschichten und Mythen, zu den Liedern und Traditionen.«

Ich verschränkte kampfeslustig die Arme. »Ihr Iren seid schon seltsam. Jahrelang feiert ihr euren wirtschaftlichen Aufschwung. Der Fortschritt kann euch nicht schnell genug gehen, ihr ladet halb Europa ein, bei euch zu arbeiten. Und jetzt, wo die Party vorbei ist, geht es wieder nur um die alten Traditionen und Geschichten von Elfen und Königen. Alles soll bleiben, wie es ist, und es sollen bloß keine Fremden ins Land kommen. Das kann man nicht ganz ernst nehmen, findest du nicht auch?«

Jetzt war es Eoin, der sich umdrehte und davonging, und ich folgte ihm.

»Warum willst du nicht, dass Deirdres Cottage verkauft wird?«, rief ich.

»Weil sie es nicht wirklich will«, sagte er wütend.

»Unsinn. Sie hat es doch aufgeschrieben.«

»Ich habe ihr immer gesagt, sie muss sich keine Sorgen machen, ich werde mich um sie kümmern. Und jetzt das!«

Aha – kamen wir nun endlich zum wahren Grund für Eoins Verhalten? Hatte er ihr angeboten, sie zu pflegen, um schließlich das ganze Haus von ihr zu erben? Seine Andeutungen, ich kenne meine Mutter nicht gut genug, ich sei eine nachlässige Tochter – sprach er ihr gegenüber genauso von mir?

War Eoin also doch ein ganz gerissener Erbschleicher? Ich würde es schon herausfinden.

»Keine Angst«, sagte ich betont gelassen, als wir das Cottage schon fast wieder erreicht hatten. »Sie hat auch dafür gesorgt, dass du genügend Geld bekommst.«

»Bitte was?«

Oh ja, er war in der Tat ein guter Schauspieler. »Tu

doch nicht so. Du hast sie wahrscheinlich lange genug bearbeitet, damit was für dich abfällt. Und bestimmt stehst du auch in ihrem Testament. Mir ist egal, was sie mit ihrem Geld macht, aber ich muss schon sagen, ich finde es dreist, wie du dich in ihr Leben geschlichen hast. Auf ihre Pferde sollst du auch aufpassen. Natürlich hat sie keinen blassen Schimmer, was für ein Tierquäler du bist.«

Eoin war kreidebleich geworden, das konnte ich sogar in der Dunkelheit erkennen. Er bewegte seine Lippen, aber es kam sekundenlang kein Ton. Dann endlich flüsterte er: »Du hältst mich für einen Erbschleicher und einen Tierquäler? Ist das dein Ernst?«

»Liegt es denn nicht auf der Hand? Außerdem weiß ich, was ich gesehen habe. Wie du bei meinem letzten Besuch dieses arme Pferd mit deinem Wagen gejagt hast und wie es dann vor Panik und Erschöpfung zusammengebrochen ist.«

Ich wartete auf eine Rechtfertigung, auf Ausreden, wirre Erklärungen. Aber nichts kam. Er strich sich nur mit der Hand übers Gesicht, dann schüttelte er heftig den Kopf, ohne mich anzusehen. Schließlich drehte er sich um und ging eilig weiter auf das Cottage zu. Bei seinem Defender, den er hinter meinem Mietwagen geparkt hatte, blieb er kurz stehen, drehte sich noch einmal um und sagte: »Du weißt gar nichts.« Dann stieg er in seinen Wagen, knallte die Tür zu und fuhr davon.

Mein Herz,

ich kann nicht länger ohne dich sein. Ich werde vor deiner Tür warten, bis du mich reinlässt. Alles andere bringt mich um.

M.

12.

Die Auseinandersetzung mit Eoin hatte mich wieder einmal vollkommen aufgewühlt. Ich war froh, ihm endlich meine Meinung gesagt zu haben, und da ich ihm den Schlüssel abgenommen hatte, konnte ich auch sicher sein, dass er sich nicht mehr einfach ins Cottage schlich. Auch war es für mich eine Erleichterung, endlich Klarheit über meine Gefühle zu haben. Eoin stand eindeutig auf der falschen Seite.

Ich griff zum Telefon, um Kate anzurufen. Es war ein Ritual, in solchen Momenten meiner besten Freundin haarklein zu erzählen, was geschehen war. Aber dann fiel mir wieder alles ein: ihre Vorwürfe gegen mich und Simon Simm, Benjamins Zweifel an ihrer Rechtschaffenheit… Ich hatte in der Sorge um meine Mutter tatsächlich für eine Weile vergessen, in welchen Problemen sie steckte.

Offenbar war ich nicht nur eine schlechte Tochter, sondern auch eine grauenhafte Freundin.

Kate wusste gar nicht, was bei mir los war. Sie würde denken, ich wollte einfach nicht mit ihr reden. Ich wählte ihre Nummer, aber sie antwortete nicht. Nicht einmal die Mailbox war eingeschaltet. Also schrieb ich ihr eine SMS, in die ich das Wichtigste hineinzupacken versuchte:

»Deirdre nach Herzinfarkt im Koma!!! Bin bei ihr. Kümmere mich so schnell es geht um Simm. Sorry, war abgetaucht. Kuss!«

Es war mittlerweile schon spät, aber ich war noch lange nicht müde. Ich beschloss, meine Inspektion des Cottage weiterzuführen und ging zurück in Deirdres Schlafzimmer, zurück zu den Fotoalben. In London hatte ich kein einziges Familienfoto. Ich war nicht der Typ dazu, und auch Benjamin legte keinen Wert darauf, die lächelnden Gesichter seiner Eltern im Flur hängen zu haben. Es standen keine Fotos auf Kommoden, und es hingen keine an den Wänden. Wir hatten nicht einmal unser Hochzeitsfoto gerahmt. Natürlich hatten wir Bilder von Urlauben, Ausflügen oder Partys, aber die waren auf unseren Computern oder in den Handys gespeichert.

Dabei hatte ich es als Kind geliebt, Bilder zu machen. Meine Eltern hatten eine Kodak Pocket Instamatic, die sie mir manchmal unter strenger Aufsicht überließen. Die Bildqualität war nicht sehr gut gewesen, hatte aber ihren Zweck erfüllt. Mir fiel wieder ein, dass vor allem meine Mutter fotografiert hatte. Daran, dass mein Vater jemals zur Kamera gegriffen hatte, konnte ich mich nicht erinnern. Ich wusste noch, dass wir ganz oft Passanten gefragt hatten, ob sie ein Bild von uns machen könnten.

Ich sah Fotos von mir, wie ich in unserem kleinen Garten spielte, wie ich am Strand buddelte, wie ich meine Lieblingsstofftiere mit mir herumschleppte. Fotos von mir und meinen Eltern bei unseren wenigen Urlauben, die uns immer in die Gegend von Galway oder Limerick geführt hatten. Die letzten Fotos, die ich fand, waren von 1991. Mein 12. Geburtstag war festgehalten, ein paar

Schnappschüsse aus den folgenden Monaten – ich war bereits ein kamerascheues, pubertierendes Wesen geworden –, und dann folgten nur noch leere Seiten.

Zwei Dinge waren mir aufgefallen: In all den Jahren war außer uns dreien nie jemand anderes auf den Fotos zu sehen gewesen. Und wann immer wir zu dritt fotografiert wurden, stand ich näher an meiner Mutter als an meinem Vater. Mein Vater sah eigentlich immer so aus, als hätte man ihn gezwungen, sich zu uns zu stellen. Meistens machte er ein ernstes Gesicht, oft wirkte er sogar etwas überrascht, als verstünde er nicht ganz, was gerade geschah. Deirdre und ich lächelten wenigstens. Nur auf den Fotos, die ich gemacht hatte, stand mein Vater ganz nah bei meiner Mutter. Manchmal hatte er sogar den Arm um sie gelegt.

Von den Zeitungsausschnitten, die Deirdre zwischen die Seiten gelegt hatte, überflog ich zunächst nur die Überschriften. Es ging immer um den Nordirlandkonflikt, um Häftlinge im Maze Prison, um den Hungerstreik. Ich hatte nicht gewusst, dass meine Mutter politisch interessiert gewesen war. Innerhalb der Familie war Politik nie ein Thema gewesen. Ganz im Gegenteil: Wann immer ich während der Fernsehnachrichten Fragen hatte, wurden diese von meinem Vater mit einem eindeutigen »Frag in der Schule nach« beantwortet, und meine Mutter schwieg, ihr abwesendes Lächeln auf den Lippen. Ich legte die Ausschnitte zurück in die Fotoalben und nahm mir einen der Schuhkartons vor. Darin fand ich sieben getrocknete Rosen, die durch meine Berührung auseinanderfielen. Zwischen den mürben Blütenblättern blitzte ein Schmuckstück auf: eine silberne Kette mit einem großen grünen, herzförmigen Stein. Ich nahm sie vorsichtig heraus und sah sie mir genauer an. Wenn mich nicht alles täuschte, handelte es sich bei dem Stein um einen Smaragd. Er hatte einen Durchmesser von ungefähr fünf Zentimetern. Gehalten wurde er von einer aufwändigen Fassung in Form eines Baums: Die Wurzeln hielten das Herz, an der Baumkrone war die Kette befestigt. Ich war keine Expertin auf dem Gebiet, wusste aber, dass eines der wichtigsten keltischen Symbole der Baum des Lebens war und den Kosmos symbolisierte. Während seine Wurzeln tief in die Erde drangen, reichten seine Äste bis in den Himmel, um beides zu verbinden. Er stand für die ewige Kraft des Lebens.

Ich hatte diese Kette noch nie gesehen. War sie neu? Sie passte überhaupt nicht zu Deirdre. Meine Mutter trug keinen Schmuck. Nicht einmal eine Armbanduhr. Vielleicht ein Geschenk meines Vaters, das sie liebevoll aufbewahrt hatte? Ich hatte immer gedacht, dass das Landhaus Emerald Cottage hieß, weil Irland ja auch Emerald Isle – Smaragdinsel – genannt wurde. Aber vielleicht hatte der Smaragd für meine Eltern eine besondere Bedeutung? Vielleicht hieß das Cottage gar nicht schon immer so, sondern erst, seit wir hier eingezogen waren? Ich hoffte inständig, meine Mutter würde bald aufwachen. Ich hatte so viele Fragen. Wir hatten uns doch noch so vieles zu sagen …

Gerade wollte ich den Schuhkarton schließen und zurück in die Schublade stellen, als mir ein gefaltetes Blatt unter den getrockneten Blättern auffiel. Ich nahm es heraus und strich es glatt. Darauf stand in einer klaren Männerhandschrift:

Meine Liebe,
der Smaragd ist das Symbol der Hoffnung, und er ist der heilige Stein der Venus, denn er erhält die Liebe. Er beruhigt das Herz, und er lässt die Liebenden treu sein. Trägst du ihn im Frühling, ist seine Kraft am stärksten. Wie gut, dass der Mai unser Monat ist! Nimm auch diese Rose als Erinnerung an unseren Tag vor einem Jahr.
Auf ewig,
Naoise

Naoise? Was war das für ein Name? Hatten sich meine Eltern Kosenamen gegeben? Es würde zu dem romantischen Brief passen. Mich durchströmte ein warmes Gefühl bei dem Gedanken, wie sehr sich meine Eltern einmal geliebt hatten, auch wenn der Preis für mich gewesen war, dass Deirdre Colin mir vorgezogen hatte, statt ihre Liebe auf uns beide zu verteilen. Sie hatte sich lieber mit aller Kraft um ihn gekümmert, als der Alkohol ihn immer mehr zerstörte.

Ich las den kurzen Brief noch einmal durch. Erst dann kamen die Zweifel. Die Erinnerungen an meinen Vater waren geprägt von seiner Trunksucht und den Depressionen. Je älter ich geworden war, desto weniger hatte ich mit ihm zu tun gehabt. Auch hatte er nie meine Nähe gesucht. Bestenfalls hatte Deirdre mir seine Grüße ausgerichtet und umgekehrt. Mein Vater war weder aggressiv noch gewalttätig gewesen. Aber eben auch nicht herzlich, liebevoll und aufgeschlossen.

Als Kind nimmt man so etwas hin, weil man es nicht anders kennt. Mein Vater war einfach immer jemand gewesen, der irgendwie auch im Haus wohnte und manchmal etwas sagte. Aber Mutter war diejenige, die entschied und bestimmte, die die Dinge regelte und organisierte. Sie kümmerte sich um meine Schulsachen, meine Wäsche, meine vielen Fragen nach der Welt, mein Essen, einfach alles. Und sie war es auch, die mich wegschickte, die sich nur noch um meinen Vater kümmerte, als es mit ihm immer schlimmer wurde. Die mir bis heute nicht erzählt hatte, was sich wirklich in der Nacht zugetragen hatte, als er gestorben war, warum er so schrecklich viel getrunken hatte.

Mein Vater war sicherlich nicht sein ganzes Leben so gewesen, wie ich ihn in Erinnerung hatte. Trotzdem konnte ich ihn mir nicht als romantischen Helden, der Briefe schrieb, Smaragdherzen schenkte und Rosen brachte, vorstellen. Aber die Liebe machte die verrücktesten Dinge mit den Menschen … Sicherlich waren Deirdre und Colin, als sie sich kennenlernten, so kopflos und versponnen wie alle frisch Verliebten gewesen. Trotzdem, ich schaffte es nicht, meinen Vater mit den Dingen in diesem Schuhkarton zusammenzubringen. War das überhaupt seine Schrift?, fragte ich mich mit einem Mal. Noch einmal sah ich mir den Brief an, und da erst fiel mein Blick auf das Datum: Mai 1973.

Eine Rose? Zum Jahrestag? Hier waren sieben Rosen. Meine Eltern hatten sich erst 1977 kennengelernt, zwei Jahre vor meiner Geburt. Nein, hier stimmte etwas nicht.

Ich wusste nicht, wo ich eine Schriftprobe von meinem Vater herbekommen sollte. Irgendwo mussten doch noch Sachen von ihm sein, oder hatte meine Mutter nichts von ihm aufbewahrt? Das Cottage hatte weder einen Keller noch einen Speicher. Also durchforstete ich akribisch alle Schränke im Haus, schüttelte Bücher aus, tastete Schubladen bis in die hintersten Ecken ab.

Morgens um zwei saß ich wieder vor der Kommode im Schlafzimmer meiner Mutter. Ich war fündig geworden, und zugleich umso ratloser: In einer Hand hielt ich ein Bündel Briefe, das ich in einem anderen Schuhkarton entdeckt hatte, den sie unter die Kommode geschoben hatte. Sie waren in derselben Handschrift wie der Brief, den ich bei den Rosen und dem Smaragdherz gefunden hatte. In der anderen Hand hielt ich den Pass meines Vaters, den Deirdre als Einziges von ihm aufgehoben hatte. Ein Blick auf seine Unterschrift reichte, um zu wissen, dass die Briefe nicht von ihm waren. Dazu brauchte ich keinen Graphologen. Ich nahm die Sachen mit in mein altes Zimmer. Das Bett war frisch gemacht, als hätte Deirdre mich erwartet. Der Mond war heute erst sehr spät aufgegangen, und gerade trat er in mein Schlafzimmerfenster. Ich löschte das Licht, ging ans Fenster und sah in den Himmel.

Sollte ich wirklich diese Briefe lesen? Wie würde ich mich fühlen, wenn jemand alte Liebesbriefe, die nur für meine Augen gedacht waren, lesen würde? War ich nicht hergekommen, um nach Dingen zu suchen, die ich mit ins Krankenhaus nehmen konnte, Dinge, die ihr guttaten, die vielleicht dabei halfen, dass sie wieder aufwachte? Nein, die Briefe gingen mich genauso wenig an wie ein altes Tagebuch. Sie waren Deirdres Privatsache.

Gleichzeitig wusste ich, dass ich die Briefe lesen würde. Jeden einzelnen von ihnen. Ich öffnete das Fenster, ließ die kühle Nachtluft in das kleine Zimmer und atmete tief ein.

Liebste,

die ganze Nacht liege ich schon wach und kann nur an dich denken, an dich und unser Kind, das du in dir trägst - was für eine Nachricht, was für eine unglaubliche Nachricht! Es muss Gottes Wille gewesen sein, dass du schwanger geworden bist. Oder ist die Pille, die dir deine Kollegin heimlich aus England mitbringt, doch nicht so sicher? Wie auch immer, ich freue mich - ich kann nicht anders, als darüber nachzudenken, wie unser Kind wohl werden wird... Ich hoffe, es wird so schön, so verwegen, so stark sein wie du!
Deirdre, mein Herz, ich bewundere deinen Mut. Zu sagen, dass du das Kind unter allen Umständen zur Welt bringen wirst, ganz egal, wie ich dazu stehe, erfordert mehr Kraft, als ich offensichtlich bisher in der Lage war aufzubringen. Aber jetzt habe ich die Kraft dank unseres Kindes. Jetzt kann ich nicht anders. Ich werde den entscheidenden Schritt tun.
Meine wunderbare, mutige, einzigartige geliebte Deirdre! Unser gemeinsames Leben liegt direkt vor uns. So viel, was noch auf uns wartet.

In Liebe,
M.

13.

»Geht es ihr schon besser? Sag ihr alles Liebe von mir. Vielleicht kann sie dich hören. Ich denk an euch.«

Kates SMS weckte mich um halb sieben. Ich war irgendwann eingenickt. Das letzte Mal hatte ich um zwanzig nach vier auf die Uhr gesehen.

»Sie liegt IMMER noch im Koma!!! So viel passiert, MÜSSEN reden! Leider nichts Neues wg. Simm …«, schrieb ich ihr zurück. Darum würde ich mich auch noch kümmern. Erst musste ich mir alte Melderegister des Countys besorgen, danach ins Krankenhaus, und dann hierher zurückfahren, um die Briefe zu Ende zu lesen. Zuallererst aber musste ich unter die Dusche, um einen klaren Kopf zu bekommen. Ich hatte wirklich das Gefühl, mein Gehirn würde jeden Augenblick explodieren, so aufgewühlt war ich. Unter dem heißen Wasserstrahl setzte ich das, was ich gelesen hatte, noch einmal zusammen, und meine Phantasie füllte die Lücken aus.

Die Briefe erzählten, so weit ich sie gelesen hatte, eine Liebesgeschichte, die sieben Jahre vor meiner Geburt begonnen hatte. Wie ein Märchen klang diese Geschichte. Sie handelte von einem jungen Mädchen Anfang zwanzig, das als Krankenschwester in einem Krankenhaus in Cork arbeitete. Dort verliebte sich einer der Patienten in sie, ein junger Mann, der einen komplizierten Beinbruch erlitten hatte und deshalb sehr lange auf ihrer Station liegen musste. Das Mädchen war bei allen beliebt, weil sie freundlich und hilfsbereit war. Ihre fröhliche Art half den Patienten beim Gesundwerden, und ihre Kolleginnen mochten sie, weil sie immer zur Stelle und nie um ein freundliches Wort verlegen war. Und weil sie so schön war wie kaum eine andere, waren die Ärzte reihenweise in sie verliebt. Die Ärzte, die Patienten, und ganz besonders dieser Patient mit dem gebrochenen Bein. Auch sie verliebte sich schnell in ihn.

Er nannte sich Naoise, wie eine irische Sagengestalt. Sie kannte natürlich seinen richtigen Namen, und sie wusste auch, dass er verheiratet war und drei Kinder hatte, einen Jungen und zwei Mädchen. Naoise war acht Jahre älter als sie. Er lebte auf dem Land und züchtete Rennpferde. Damit war schon sein Vater zu einem wohlhabenden Mann geworden. Naoises Frau war in seinem Alter. Die beiden kannten sich bereits aus Schultagen. Sie war das erste Mädchen, das er küsste, das erste Mädchen, das er liebte, und da sich ihre Eltern gut verstanden, einigte man sich bald darauf, dass die beiden heiraten müssten. Damals war Naoise gerade zwanzig Jahre alt gewesen. Seine Liebe zu dem Mädchen war längst nicht mehr so stark wie am Anfang. Er sehnte sich danach, die Welt zu sehen, Abenteuer zu erleben, etwas anderes kennenzulernen als den County Cork, die Pferde, dieses Mädchen. Als er versuchte, es seinem Vater zu sagen, wurde dieser wütend. Als seine Mutter von seinen Plänen erfuhr, legte sie sich ins Bett und stand zwei Wochen lang nicht mehr auf. Das Mädchen spürte, dass sie dabei war, ihn zu verlieren, also sagte sie, sie sei schwanger. Naoise musste heiraten. Er war nämlich katholisch, wie alle Iren. Erst nach der Hochzeit merkte er, dass sie ihn angelogen hatte. Ihr erstes Kind kam über ein Jahr später. Ein zweites folgte und starb kurz nach der Geburt. Die Zwillinge, die dann kamen, überlebten. Danach brachte Naoise es nicht mehr über sich, mit seiner Frau zu schlafen. Nichts davon verheimlichte er seiner schönen Krankenschwester.

Die Liebe der beiden durfte nicht sein. Zu dieser Zeit konnte man sich nicht einfach scheiden lassen. Die irische Verfassung ließ das nicht zu, die Katholische Kirche sowieso nicht. Aber die schöne Krankenschwester war noch jung und ungestüm. Sie liebte ihn mit Leib und Seele, und auch sein Feuer war nicht mehr zu löschen. Eines Tages schickte er einen Jungen los, der seinen Großvater im Krankenhaus besuchte, damit er ihm eine Rose besorgte. Die Rose schenkte er der jungen Frau, und an diesem Tag küssten sie sich zum ersten Mal. Es war der 11. Mai 1972.

Kaum war er wieder gesund, trafen sie sich heimlich. Sie konnten sich nur selten sehen, aber das erhöhte noch den Reiz. Er schrieb ihr Briefe, schickte kleine Geschenke, und ein Jahr, nachdem sie sich im Krankenhaus kennengelernt hatten, schickte er ihr wieder eine Rose. Und ein Smaragdherz an einer silbernen Kette. Sie würde diese Kette niemals in der Öffentlichkeit tragen können, denn man würde ihr Fragen stellen, die sie nicht beantworten konnte. Aber er erfuhr, dass sie sie trug, wenn sie in ihrem Zimmer war, nachts, wenn alle im Wohnheim schliefen.

Naoise und seine heimliche Geliebte schmiedeten Pläne. Sie wollten das Land verlassen. Irgendwohin, wo er seine Ehe annullieren lassen und seine Krankenschwester heiraten konnte. England, schlug sie vor. Oder Schottland. Sie war sich sicher, dass sie ohne Probleme Arbeit finden würde, und auch er würde zurechtkommen. Sie brauchten ja nicht viel, sie hatten sich. Schließlich vereinbarten sie ein Datum, und weil er der größere Romantiker war, setzte er den 11. Mai 1974 für die Flucht fest – exakt zwei Jahre nach ihrem ersten Kuss. Er bat sie, den größten Teil der Vorbereitungen zu treffen, weil er Angst hatte, seine Familie könnte ihm auf die Schliche kommen. Sie sparte auch das Geld für die Schiffsreise zusammen und kaufte die Tickets. Wenn sie sich sahen, schwor er ihr seine immerwährende Liebe und versicherte ihr, wie sehr er sich auf ihr gemeinsames Leben freute. In England oder Schottland oder Wales, ganz egal wo. Hauptsache, sie waren zusammen. Noch nie, sagte er, hatte er jemanden so sehr geliebt wie sie. Nicht einmal seine Eltern oder seine Kinder. Sie versicherte ihn ebenfalls ihrer Liebe. Und er war überzeugt, dass sie nicht log, wenn sie sagte, dass sie solche Gefühle nie für möglich gehalten hätte.

Die Flucht war bis ins kleinste Detail geplant. Die schöne Krankenschwester ging auch zur verabredeten Zeit an Bord. Nur er tauchte nicht auf. Sie erzählte ihm hinterher, wie es für sie gewesen war, und er hielt dies alles in seinen Briefen fest: Eine Woche lang wartete sie auf ihn in einer billigen Pension im walisischen Swansea. Jeden Tag ging sie zum Hafen, wenn die Fähre von Cork anlegte. Als sie kaum noch Geld hatte, fuhr sie wieder zurück, erzählte im Krankenhaus etwas von einem familiären Notfall, der sie gezwungen hatte, nach Wales zu fahren, und als sie ihr Zimmerchen im Wohnheim betrat, fand sie Briefe von ihm. Er schrieb ihr, dass sein Sohn in der Nacht vor ihrer Flucht lebensbedrohlich erkrankt sei. Er hatte sich um den Jungen kümmern und ihn ins Krankenhaus bringen müssen. In ihr Krankenhaus. Der nächste Brief war noch um einiges panischer, denn da hatte er verstanden, dass sie ohne ihn gefahren war. In der irren Hoffnung, sie würde irgendwie doch noch seine Zeilen lesen, bat er sie, sofort zurückzukommen, ihm ein Lebenszeichen zu schicken, irgendetwas, das ihm zeigte, dass sie ihm nicht böse war, ihn verstand. Er suchte das gesamte Krankenhaus nach ihr ab, wann immer er seinen Sohn besuchte, und immer wieder schrieb er ihr, wie sehr er sie liebte, beschwor sie, sich bei ihm zu melden.

Tatsächlich ging sie zur Kinderstation, um zu sehen, ob er dort war. Sein Junge wurde an dem Tag entlassen, und Naoise konnte nicht mit ihr sprechen. Aber sie sahen sich für einen kurzen Moment in die Augen, ihre Hände berührten sich wie zufällig, ohne dass es jemand bemerkte, und das Feuer loderte wie eh und je. Wie könnte sie ihm auch vorwerfen, dass er sich um sein Kind kümmerte, wenn es in Lebensgefahr schwebte? Was wäre er für ein Mensch, wenn er es nicht täte?

Dann bekam er Zweifel. Nicht etwa an seiner Liebe zu der schönen jungen Frau, sondern daran, ob das alles sein sollte, ja, sein durfte. Er sprach sogar davon, dass die akute Krankheit seines Sohns just in der Nacht vor ihrer geplanten Flucht ein Zeichen gewesen sein könnte. Ein Zeichen einer höheren Macht, die verhindern wollte, dass er etwas Falsches tat.

Zunächst versuchte sie, seine Bedenken zu zerstreuen. Je drängender ihr Bitten wurde, er möge sich nicht von solchem Aberglauben leiten lassen, desto mehr verkroch er sich. Als sie anfing, sich von ihm zurückzuziehen, kam er wieder aus der Deckung. Nun bettelte er um Verständnis, um ihre Liebe, um etwas mehr Zeit. Sie trafen sich wieder öfter, und sie gab sich ihm ganz hin, versprach ihm sogar, so lange auf ihn zu warten, bis er bereit war, diesen Schritt mit ihr zu wagen, ganz egal, wann das sein würde.

Die Briefe, die dann folgten, waren nicht mehr datiert. Ich versuchte, sie zu sortieren, schlief aber darüber ein. Was ich jedoch zuletzt gelesen hatte, brachte meine Gedanken zum Rasen: Die schöne Krankenschwester war schwanger von Naoise. Natürlich war sie niemand anderes als Deirdre. Deirdre, die Traurige, die der Sage nach mit dem schönen jungen Krieger Naoise durchbrannte, statt den König zu heiraten. So stand es in einem Brief, und so hatte es mir Eoin in der Nacht zuvor erzählt. Deshalb also hatte sich der Mann mit dem gebrochenen Bein Naoise genannt.

Alles, was ich über Naoise bisher wusste, war, dass er eine Pferdezucht hatte, außerdem bis 1974 drei Kinder. Ich kannte sein Alter und wusste ungefähr, wann er geheiratet haben musste, und dass er meist mit M. unterschrieb. Es ließ mir keine Ruhe. Ich suchte den gesamten Morgen in der Bibliothek und den Stadtarchiven zusammen, was ich brauchte, und noch vor Mittag stand nur ein möglicher Name auf meiner Liste, um wen es sich bei Naoise gehandelt haben konnte: Martin O'Connor.

Es gab viele O'Connors. Aber wie viele O'Connors hatten 1975 Söhne mit Namen Eoin bekommen? War Deirdre tatsächlich die Geliebte von Eoins Vater gewesen?

Und war ich das Kind, das sie von Martin erwartet hatte? Dann wäre ich Eoins Halbschwester. Oh Mutter, dachte ich, du musst endlich aufwachen, sonst werde ich noch verrückt!

Geliebte Deirdre,

Frohe Weihnachten! Schade, dass wir erst im neuen Jahr miteinander feiern werden - aber das nächste Weihnachten wird zu dritt sein! Ich kann es kaum erwarten.
Dieses letzte Mal bin ich bei meinen vier Kindern und deren Mutter - ich bringe es nicht mehr fertig, sie »meine Frau« zu nennen. Sie wissen noch nicht, dass wir zum letzten Mal alle zusammen feiern, aber gleich an Neujahr sage ich es ihnen. So wie wir es besprochen haben.
Du hattest natürlich recht. Ich konnte meinen Kindern unmöglich vor den Feiertagen die Wahrheit sagen. Ich sehe in ihre strahlenden Gesichter, ich spüre, dass sie mich lieben - was hätte ich ihnen nur angetan, wenn ich in dem Moment gegangen wäre, als ich hörte, dass wir beide ein Kind erwarten? Du bist in solchen Dingen einfach viel klüger als ich, aber das habe ich schon immer gesagt und immer gewusst.
Deirdre, mein Herz, es wird nicht leicht werden, aber das ist mir egal. Wir werden für unsere Freiheit kämpfen, so zu leben, wie es unsere Liebe befiehlt.
Es weiß noch niemand, nur meiner Schwester habe ich davon erzählt. Sie freut sich für mich. Wirklich! Erst dachte ich, die strenge Katholikin in ihr wäre entsetzt, aber sie sagte mir: »Die Liebe fordert Opfer, und wir verstehen nicht immer ihren Sinn. Aber du kämpfst nun schon so viele Jahre mit dir, und du bist so unglücklich, ich denke, du

machst genau das Richtige.« Kannst du das glauben? Die vorlaute kleine Angie (klein? Sie ist schon sechzehn!) hatte natürlich an der Tür gelauscht. Sie kam rein, schaute mich kritisch an und sagte: »Warum hast du damals überhaupt geheiratet? Niemand muss heute noch heiraten, nur weil Kinder unterwegs sind. Du heiratest Deirdre ja auch nicht, oder doch?« Ich sagte: »Ich kann sie nicht heiraten, aber ich würde es sofort tun, wenn es das Gesetz erlauben würde.« Angie sagte: »Was sind das für Gesetze, die den Menschen vorschreiben, wen sie lieben sollen?« Dafür handelte sie sich von ihrer Mutter eine schallende Ohrfeige ein, gefolgt von einem Vortrag über die Iren und die katholische Kirche und Moral und Anstand. Ich musste ehrlich gesagt lachen, liebe Deirdre, denn Angie hat ja recht, und natürlich weiß auch Eileen, dass sie recht hat, aber sie glaubt, ihren »erzieherischen Aufgaben« nachkommen zu müssen. Ich freue mich so sehr, dass es die beiden in meinem Leben gibt und dass sie voll und ganz hinter mir stehen. Bald wirst du sie auch kennenlernen. Ich bin wirklich glücklich und erleichtert, dass wir bei ihnen wohnen können. »Dafür ist die Familie doch da«, sagte Eileen, aber wir wissen ja beide, dass gerade die Familie sich mit Ausreißern wie uns besonders schwertut… Egal, lass uns keine dunklen Gedanken wälzen, schauen wir nach vorne.
Ich wünsche dir also eine gesegnete Weihnachtszeit und alles Gute für das Neue Jahr. Es wird unser Jahr. Deirdre, ich bin für immer dein Naoise.

In Liebe,
M.

14.

»Gut, dass Sie da sind«, rief die Ärztin, kaum, dass sie mich sah. Sie rannte mir auf dem Krankenhausflur entgegen. »Ich wollte Sie gerade anrufen. Der Zustand Ihrer Mutter hat sich verschlechtert. Wir müssen noch einmal operieren.«

Mir wurde schwindelig. Schlechte Nachrichten und zu wenig Schlaf vertrugen sich nicht, schon gar nicht mit meiner Aufregung um Naoise. Die Ärztin fing mich auf, bevor ich auf den Boden schlug, und half mir ins nächste Behandlungszimmer, wo ich mich hinlegen konnte.

»Bleiben Sie hier, ich schicke Ihnen eine Schwester mit einer Tasse süßem Tee vorbei. Sie können jetzt sowieso nichts tun außer warten.« Und schon war sie wieder verschwunden. Zitternd vor Angst richtete ich mich auf. Ich wollte ihr nachgehen, sie fragen, was passieren würde. Ich musste doch wissen, wer Deirdre operierte und wo, wie lange es dauern würde und was genau man mit ihr machte. Aber kaum hatte ich mich aufgesetzt, wurde mir wieder schwarz vor Augen.

Das Nächste, was ich mitbekam, war eine Krankenschwester, die mir die Wange tätschelte und sagte: »Aufwachen, Liebes, der Tee wird sonst kalt.« Sie hatte keine Ähnlichkeit mit der schönen Krankenschwester aus den

Briefen. Sie war groß und sehr dick und jenseits der fünfzig. Um Mund und Augen hatte sie dunkle Schatten und tausend kleine Falten. Ihre Hände rochen nach Nikotin und Desinfektionsmittel. Als sie mir ein Kissen unter den Kopf geschoben hatte und ich mich etwas aufrichten konnte, hielt sie mir den Tee hin.

»Er schmeckt fürchterlich. Er hat viel zu lange gezogen. Und ich habe mehr Zucker reingetan, als so eine Bohnenstange wie Sie in einer Woche zu sich nimmt. Aber es ist genau das, was Sie jetzt brauchen.« Sie zwinkerte mir zu und tätschelte mir noch einmal die Wange.

»Danke«, sagte ich. »Wissen Sie, wie es meiner Mutter geht?«

»Wenn Sie mir verraten, wer Ihre Mutter ist? Mir hat man nur gesagt: ›Trish, weiblicher Kreislauf in der Fünf, starker Tee mit Zucker‹.«

Ich musste lächeln. »Weiblicher Herzinfarkt, Koma, Intensivstation?«

»Tja, Herzchen, da müssen Sie leider abwarten. Sie hatte einen weiteren Infarkt, so etwas passiert. Sie ist sofort in den OP geschoben worden, und ich bin mir sicher, die Ärzte tun, was sie können. Mehr kann ich Ihnen auch nicht sagen, außer vielleicht noch: Sehen Sie zu, dass Sie was zu essen bekommen. Sonst behalten wir Sie auch gleich hier. Essen, trinken und schlafen. Damit helfen Sie Ihrer Mutter jetzt am meisten. Dann sind Sie nämlich fit, wenn sie Sie braucht. Alles klar?«

Ich nickte gehorsam und trank den Tee. Er schmeckte wirklich widerlich. Aber ich spürte auch, wie gut er mir tat. »Soll ich nicht hierbleiben, falls …« Ich wusste nicht, wie ich den Satz beenden sollte und sah Schwester Trish hilflos an.

»Kindchen, die haben gerade erst angefangen zu operieren. Und wenn Sie nicht gelernte OP-Schwester oder Herzchirurgin sind, können die Sie dabei nicht gebrauchen. So eine OP kann Stunden dauern, und dann kommt Ihre Mama wieder auf die Intensivstation und wird beobachtet. Da können die Sie auch absolut nicht gebrauchen. Das heißt, wenn Sie jetzt schön nach Hause gehen und sich ein anständiges Mittagessen machen oder noch mal eine Runde schlafen – so, wie Sie aussehen, haben Sie schon länger nicht mehr geschlafen –, haben wir alle was davon. Okay?«

»Und was ist, wenn … etwas schiefgeht?«, fragte ich leise.

Etwas wie Mitleid trat für eine Sekunde in ihren Blick. »Dann kommt's auf die zehn Minuten, die Sie länger hierher brauchen, auch nicht mehr an.«

Ich schluckte.

»Es wird schon gut gehen«, sagte sie und drückte meine Schulter. Ich wusste, dass sie das allen Angehörigen sagte, aber es tat trotzdem gut, es zu hören.

»Ich kann jetzt nicht gehen«, sagte ich.

»Aber Sie können hier wirklich nichts tun.«

»Ich weiß. Aber ich kann nicht gehen. Ich will einfach in ihrer Nähe sein.«

Schwester Trish rollte mit den Augen, aber ich konnte spüren, dass sie es nicht so meinte. Es gehörte einfach zu der Rolle, die sie für sich in diesem Krankenhaus angenommen hatte: die joviale, handfeste Schwester mit Galgenhumor. »Na gut, Schätzchen. Gehen Sie in die

Cafeteria. Essen Sie was, versprechen Sie mir das? Und dann schieben Sie von mir aus ein paar Stühle zusammen und legen sich hin. Ich weiß ja dann, wo wir Sie finden. Ist das ein Kompromiss?«

»Danke.«

»Können Sie schon wieder aufstehen, ohne den sterbenden Schwan zu machen?«

Ich konnte. Meine Knie fühlten sich zwar noch an wie aus Gummi, aber mir wurde nicht mehr schwarz vor Augen. Ich schaffte es auch ohne weitere Zwischenfälle in die Cafeteria, wo ich mich zwang, ein trockenes, geschmackloses Sandwich zu essen, das ich mit mehreren Tassen Kaffee runterspülen musste. Im Vergleich dazu war der Tee eine Offenbarung gewesen. Wie ich die Zeit herumbrachte, war mir ein Rätsel, aber irgendwann holte mich eine Schwester ab und brachte mich zu dem Arzt, der meine Mutter operiert hatte. Es war bereits sechs Uhr am Abend.

Der Arzt wollte mir im Detail erklären, wie die Operation verlaufen war, aber ich unterbrach ihn.

»Ist sie jetzt wach?«, fragte ich voller Hoffnung.

»Nein.« Er wirkte gereizt. Dass er unterbrochen wurde, passierte ihm wohl nicht oft.

»Aber sie *wird* wieder aufwachen?«

»Keine Ahnung.«

Ich hoffte inständig, dass er besser operierte, als er mit Angehörigen umging.

»Und wie wahrscheinlich ist es, dass wieder so etwas passiert?«

»Wir tun alles, um einen weiteren Infarkt zu verhindern«, sagte er und sah auf die Uhr. Ich war gut genug erzogen, um zu wissen, was das bedeutete. Aber ich ließ mich nicht so schnell abwimmeln. Ich sagte ihm, dass ich zu ihr wollte, was ihm offenbar nicht passte, und wir einigten uns schließlich darauf, dass ich sie wenigstens kurz sehen durfte.

Diesmal lag sie in einem anderen Raum. Deirdre wirkte noch dünner, noch zerbrechlicher, noch verlorener in den weißen Kissen und Decken, unter den Schläuchen und Kabeln als am Tag zuvor. Die vielen Geräte, die um sie herumstanden, füllten den Raum fast vollständig aus. Jedenfalls kam es mir so vor. Ist das nur noch ihre Hülle?, dachte ich und erschrak vor meinen eigenen Gedanken. Die Patientenverfügung schlich sich in mein Bewusstsein, die Formulierungen der Anwältin, »wenn sie nicht mehr selbst für sich sorgen kann«. War es schon so weit? Würde Deirdre nicht mehr für sich sorgen können, wenn sie aufwachte? Würde sie jemals aufwachen? Wie lange würde es dauern? Ich dachte daran, dass ich von Menschen gelesen hatte, die nach zwei Jahren aufgewacht waren. Oder die seit zehn Jahren im Koma lagen. Wie konnte das ein Körper aushalten? Was geschah in der Zeit mit dem Geist? Und wie lange konnte ich es aushalten, meine Mutter so zu sehen? War das überhaupt noch meine Mutter?

Ja!, rief eine Stimme in mir. Sie ist noch da, irgendwo in diesem Körper, den die Maschinen zusammenhalten! Und je länger ich sie ansah, desto deutlicher konnte ich es spüren: Sie würde es schaffen! Ich musste nur fest genug daran glauben.

In diesem Moment fasste ich einen Entschluss. Wenn

sie aufwachte, würde alles so sein, wie sie es sich immer gewünscht hatte. Nicht so, wie sie dachte, es wäre für alle das Beste. Nein, dazwischen lagen Welten! Meine Aufgabe war es ab sofort, herauszufinden, was das Richtige war. Es war das Einzige, das ich wirklich für meine Mutter tun konnte.

Mit wehem Herzen und unter Tränen verließ ich das Krankenhaus. Ich checkte aus dem Hotel aus, kaufte Lebensmittel ein, gab den Mietwagen zurück und bezog Emerald Cottage. Dann rief ich in meinem Büro an und bat die Assistentin, alles über Oliver Jenkins an Material zu sammeln, was sie finden konnte, und es mir zu mailen. Als Nächstes machte ich mir etwas zu essen, ging online und suchte auf der Seite des Bauamts nach einem öffentlichen Bauantrag von Jenkins. Noch während ich mich durch die Homepage der Stadtverwaltung klickte, erreichte mich auch schon die Mail meiner Assistentin. Sie enthielt eine ganze Reihe Links zu Onlineartikeln über Jenkins sowie den Hinweis, sie würde sich noch auf anderem Wege über den Mann erkundigen.

Es war bereits dunkel, als ich alles durchgearbeitet hatte. Ich hatte nichts überflogen, sondern war gewissenhaft jeden Eintrag Wort für Wort durchgegangen. Ich hatte Informationen im Internet überprüft, hatte eigene Nachforschungen angestellt, und als ich endlich fertig war, war ich keinen Schritt weiter als zuvor.

Dem Bauamt lag kein Antrag vor. Jenkins musste damit natürlich warten, bis er Deirdres Grundstück gekauft hatte. Dem Plan, den er mir mitsamt den Unterlagen zu seinem Bauvorhaben ausgehändigt hatte, war zu entnehmen, dass das Land um Emerald Cottage der wichtigste Bauplatz war. An keiner anderen Stelle war der Blick über Ringabella Bay so spektakulär. Außerdem lag das Grundstück im Herzen der Anlage. Wahrscheinlich würde Jenkins aber mit oder ohne Emerald Cottage bauen. Es war nicht so, dass alles von diesem Flecken abhing. Aber wer würde noch im Cottage wohnen wollen, wenn ringsum eine Feriensiedlung entstanden war? Ich fragte mich, warum Jenkins nicht wenigstens schon einen Antrag für das angrenzende Gebiet gestellt hatte. Offenbar konnten seine Investoren noch warten.

Im Netz gab es nichts wirklich Negatives über ihn. Die Anlagen, die er baute, waren nicht jedermanns Geschmack, und immer wieder gab es Bedenken, dass die gewachsenen Ortschaften dadurch kaputtgingen, da in der Nähe immer auch gleich neue Einkaufszentren entstanden, was Eoin auch befürchtete. Darüber konnte man streiten: Lohnte es sich, den Einzelhandel zu stützen? Oder stellte man sich dadurch dem Fortschritt in den Weg? Natürlich verstand ich Eoins Bedenken, konnte aber gleichzeitig nicht so vehement gegen das Projekt sein, wie er es war.

Viel wichtiger erschien mir, was Eoin über Deirdre gesagt hatte: dass sie nur hatte verkaufen wollen, um mich nicht zu belasten. Das hieße doch nur, dass sie in Wirklichkeit gar nicht aus Emerald Cottage herauswollte. Andererseits wäre es aber wirklich vernünftiger, wenn sie sich eine Wohnung in der Stadt nahm, wo sie keine weiten Wege hatte und schnelle medizinische Versorgung gewährleistet war. Vorausgesetzt, sie würde wirklich als gebrechliche Frau aus dem Krankenhaus zurückkommen.

Davon, dass sie ein Pflegefall sein würde, wollte ich aber nicht ausgehen. Noch nicht.

Das Problem bestand nun darin: Sollte ich wirklich verkaufen, wenn die Chance bestand, dass Deirdre eines Tages hierhin zurückkehren würde? War diese Chance mit der Operation heute gestiegen oder gesunken? Und wenn ich nicht verkaufte und Jenkins hier trotzdem baute, dann wäre Emerald Cottage nicht mehr dasselbe, und ich würde keinen guten Preis mehr dafür bekommen. Immerhin ging es um das Geld meiner Mutter, und ich hatte die Aufgabe, es verantwortungsvoll zu verwalten. Dafür würde auch schon Deirdres Anwältin sorgen, so weit es in ihrer Macht stand.

Ich ging unruhig im Wohnzimmer auf und ab, wo ich mich mit meinen Unterlagen und dem Laptop breitgemacht hatte. Gab es überhaupt eine richtige Wahl? Wie sollte ich entscheiden, wenn ich nicht wusste, was mit Deirdre sein würde? Wie würde sich Deirdre entscheiden?

Es war diese typische Frage, die man sich stellte, wenn jemand gestorben war. Was würde der Verstorbene wohl in dieser Situation tun? Und zugleich war es die Universalversicherung für alles, die beste Ausrede, die es gab: »Dein verstorbener Ehemann würde nicht wollen, dass du …« Oder: »Dein Vater hat sich immer gewünscht, dass du …« Ob es stimmte oder nicht, man konnte sich auf diese Weise vieles schönreden, sich über manches hinwegtrösten. Aber Deirdre war nicht tot. Wenn sie aufwachte, sollte alles in ihrem Sinne geschehen sein. Und damit war ich wieder zurück bei der Frage: Was würde sie tun? Ich wusste es nicht. Ich hatte keine Ahnung, wie meine Mutter dachte und empfand. Eoin war vielleicht kein ehrlicher Mensch, aber mit einem hatte er recht gehabt: Ich kannte meine Mutter nicht.

Müde massierte ich mir den Nacken, streckte mich und beschloss, einen Spaziergang zu machen, um meine Nerven zu beruhigen. Es war wieder eine warme, sternklare Nacht wie gestern. Der Mond würde erst sehr viel später aufgehen, aber meine Augen gewöhnten sich schnell an die Dunkelheit. Ich ging in dieselbe Richtung, die ich mit Eoin eingeschlagen hatte, und ich hoffte, wieder eine Sternschnuppe zu sehen. Ich sehnte mich auch nach dieser alles umgebenden Dunkelheit und der tiefen Stille, die an diesem Punkt geherrscht hatte. Irgendwie glaubte ich, dort zu einer Erkenntnis zu gelangen, endlich zu verstehen, was ich zu tun hatte. Es war ein absurder Gedanke, aber ich war zu erschöpft und zugleich zu aufgedreht, um ihn infrage zu stellen.

Als ich die Stelle erreicht hatte, setzte ich mich auf die Steinmauer neben der Straße und sah aufs Meer. Weiter die Küste hinab waren kleine Lichter zu erkennen, die sich auf der Wasseroberfläche spiegelten. Sie wirkten wie Sterne, die auf die Erde gefallen waren. Die Wellen schlugen sanft gegen die Felsen der Steilküste, das schönste Geräusch, das ich mir vorstellen konnte. Ich hob den Blick in den Himmel und wartete auf eine Sternschnuppe, aber es wollte keine fallen.

»Ich hab Zeit«, sagte ich zu den Sternen und legte mich auf den Rücken, um besser nach oben sehen zu können.

Wäre es nicht schade, wenn es diesen Flecken Erde bald in dieser Form nicht mehr gäbe? Natürlich wäre es das. Aber die Welt drehte sich weiter, ständig wurde irgendwo neu gebaut. Es würde immer Orte wie diesen geben, irgendwo …

Ich musste eingeschlafen sein. Als ich das Klappern von Pferdehufen hörte, schreckte ich hoch und wusste im ersten Moment nicht, wo ich war. Dann sah ich zum ersten Mal in meinem Leben einen Pùca. Er hatte die Gestalt eines skelettartigen weißen Pferdes angenommen und raste unaufhaltsam in meine Richtung. Ich träume, dachte ich noch, und sprang von der niedrigen Mauer, auf der ich lag. Ich wollte mich hinter der Mauer vor dem Pferd verstecken. Aber ich strauchelte, kaum nachdem ich gelandet war, und dann dauerte es viel zu lange, bis ich wieder Boden unter meinen Füßen spürte. Für eine Sekunde fühlte ich mich im freien Fall und wunderte mich, warum ich nicht spätestens jetzt aufwachte.

Ich träumte nämlich gar nicht. Ich schlug hart auf dem Boden auf und knickte dabei mit dem linken Fuß um. Erst jetzt sah ich, dass ich nur knapp einer Katastrophe entgangen war: Ich musste auf dem schmalen Grasstreifen hinter der Mauer ausgerutscht sein und war dann zwei Meter gefallen. Jetzt befand ich mich auf einem Felsvorsprung unterhalb der Mauer. Und einen halben Meter vor mir ging es steil bergab. Ich hatte unbeschreibliches Glück gehabt, nicht noch sehr viel tiefer gefallen zu sein.

Mühsam kletterte ich den steilen Hang hoch und spähte über die Mauer. Das weiße Pferd war stehen geblieben. Ich konnte sogar auf die Entfernung sehen, wie es vor Erschöpfung zitterte.

Das Motorengeräusch kam aus dem Nichts. Von einer Sekunde zur nächsten war es einfach da, ohne dass ich sagen konnte, aus welcher Richtung es kam. Ich starrte auf das Pferd, und das Pferd starrte mich an. Es zitterte immer noch, schnaubte nervös. Dann stand Eoins Defender zwischen uns, und die Jagd begann. Das Pferd rannte mit letzter Kraft los, der Wagen folgte ihm querfeldein. Sie kamen beide auf mich zu. Diesmal aber würde ich nicht zulassen, dass dem Tier etwas passierte. Ich hievte mich über die Mauer und rannte direkt auf den Defender zu – Eoin würde keinen Menschen überfahren. Vielleicht ein Pferd, aber keinen Menschen. Ich warf mich in den Lichtkegel seiner Scheinwerfer und blieb mit ausgebreiteten Armen stehen. Mein Herz konnte ich im Hals schlagen spüren, und ich schmeckte meine Angst auf der Zunge. Das Licht wurde immer heller, bis ich die Augen schließen musste. Hatte ich mich getäuscht? War er doch kaltblütig genug, mich zu überfahren? Es würde einige Probleme für ihn lösen, schoss mir durch den Kopf. Er hätte Deirdre für sich alleine … Ich erwartete den Aufprall, aber er kam nicht. Es wurde einfach still. Dann hörte ich eine Autotür schlagen, und jemand schrie: »Bist du jetzt komplett durchgedreht?«

Ich öffnete die Augen. Das Scheinwerferlicht blendete immer noch, ich musste einen Schritt zur Seite gehen, um etwas sehen zu können. »Dachtest du, ich lasse zu, dass du noch ein Tier zu Tode quälst?«, schrie ich zurück.

Eoin hörte mir nicht zu. Er tippte auf seinem Handy herum, hielt es sich ans Ohr und sagte: »Ich hab es nicht erwischt. Ihr müsst weitersuchen. Es ist in Richtung Kilmichael East gelaufen. Ja, aber ich muss erst noch was erledigen. Ich hatte … einen kleinen Unfall. Nein, alles okay. Dauert nur fünf Minuten.« Eoin beendete das Gespräch und sah mich wütend an. »Ich hätte es fast gehabt.«

»Ja, genau. Deshalb bin ich dazwischengegangen. Aber offenbar hast du ja noch genügend Freunde auf Abruf, die ähnlich pervers drauf sind wie du. Macht ihr eigentlich Filmchen davon und stellt sie ins Internet, damit die anderen Tierquäler-Freaks, die so sind wie ihr, auch was davon haben?«

»Es stirbt, wenn wir es nicht fangen«, sagte Eoin schlicht.

Ich verstand nicht, was das sollte. »Bitte?«

»Du hast mich gehört.«

»Du willst doch jetzt nur ablenken und mich einwickeln. Vergiss es. Ich rufe die Polizei.« Ich zog mein Handy aus der Hosentasche und wählte die Notrufnummer. Eoin stürmte auf mich zu und packte mich am Handgelenk. Das Telefon fiel zu Boden, der Akku flog raus. Ich schrie auf.

»Hör mir doch einfach mal zu! Reicht es dir nicht, dass du dich selbst fast umgebracht hast? Mir einfach vors Auto zu springen, mitten in der Dunkelheit! Wenn wir die Aktion abblasen, ist das Pferd tot! Außerdem weiß die Polizei, was wir machen.«

Ich stieß ihn von mir und rieb mein schmerzendes Handgelenk. »Was weiß die Polizei?«

»Wir sind ordnungsgemäß angemeldet. Wir haben sogar eine Homepage.« War das ein Lächeln in seinen Augen? Wovon sprach dieser Typ?

»Erzähl das jemand anderem«, sagte ich sauer. Ich wollte mich umdrehen und gehen, knickte aber sofort vor Schmerz weg. Das Adrenalin hatte mich meinen angeknacksten Knöchel eine Weile vergessen lassen, aber jetzt waren die Schmerzen dafür umso schlimmer.

»Lass mich mal sehen. Hast du dir den Fuß verstaucht?« Eoin kniete sich neben mich ins Gras.

»Finger weg«, zischte ich ihn an.

Er verdrehte die Augen und kramte ein Blatt Papier aus seiner Hosentasche. Es war ein Flyer mit der Aufschrift:

COUNTY CORK PFERDESCHÜTZER

HELFEN SIE UNS, DEN AUSGESETZTEN TIEREN
WIEDER EINE HEIMAT ZU GEBEN!

Darunter ein kleiner gedruckter Informationstext, den ich gar nicht mehr durchlas. Dafür schämte ich mich viel zu sehr. »Oh nein«, seufzte ich.

»Ich bin einer von den Guten, weißt du?«, sagte Eoin.

»Bei uns in England schießen die Guten so selten Pferde ab«, murmelte ich zerknirscht.

»Das war ein Betäubungsschuss. Und der Mann, der ihn damals abgegeben hat, war ein Tierarzt, der genau wusste, was er tat. Mit dem habe ich auch gerade telefoniert.«

»Tja, wie gesagt, englische Tierärzte tragen weiße Kittel und bleiben brav in ihrer Praxis. Glaube ich zumindest. Ich sehe nämlich so selten welche. Wahrscheinlich weil sie eben brav in ihrer Praxis bleiben.«

»Hättest du Tiere, würdest du öfter welche sehen.«

»Irgendwie hab ich jetzt ein bisschen Angst vor Tierärzten. Am Ende gerate ich noch aus Versehen an einen Iren.«

Wir schwiegen eine Weile, dann lachten wir beide

gleichzeitig los. Nur dass sich mein Lachen in Weinen verwandelte. Eoin legte den Arm um mich und drückte mich sanft an sich, bis ich mich wieder beruhigt hatte.

»Was ist los?«, fragte er leise. »Ist es wegen Deirdre?«

»Ja. Nein. Also, auch wegen Deirdre, natürlich. Aber jetzt gerade eher wegen dir, weil ich so dumm war. Und weil das arme Pferd da draußen herumläuft und vielleicht stirbt. Wieso stirbt es eigentlich? Hier ist doch überall Gras und Wasser?« Ich schniefte.

»Es ist ein Zuchtpferd und hat einmal sehr viel Geld gekostet. Es kennt sich in der freien Natur nicht aus, weil es daran gewöhnt ist, dass es gefüttert wird. Jemand muss ihm die Hufe auskratzen, sonst entzünden sie sich. Es braucht das gewohnte Futter, sonst bekommt es eine Kolik. Und so weiter. Es ist ein bisschen, wie wenn man eine Londonerin in die irische Wildnis setzt. Mit Stöckelschuhen und Laptop. Sie wird überall nach einer Steckdose suchen und keine finden, und sie wird Blasen an den Füßen vom vielen Herumlaufen in der hügeligen Landschaft bekommen.«

Ich kicherte trotz allem ein bisschen. »Ich trage keine Absätze. Ich habe mir den Fuß einfach so verknackst.«

»Du weißt, was ich meine.«

»Was ist mit dem Besitzer?«

Eoin schüttelte den Kopf. »Als die Leute während des Aufschwungs viel Geld gemacht haben, kauften sie sich alles, was für sie Status ausmachte. Unter anderem auch edle Reitpferde, Zuchtpferde, Rennpferde. Und jetzt nach der Krise haben sie kein Geld mehr, für sie zu sorgen. Sie setzen sie einfach aus.«

»Siehst du, dein Vergleich hinkt. Londonerinnen würde niemand einfach so aussetzen.«

»Da wäre ich mir mal nicht so sicher an deiner Stelle.«

Ich stellte ihm tausend Fragen, weil ich mehr über die Pferde wissen wollte. Er erzählte mir, dass der Tierschutzbund schon tat, was in seiner Macht stand, aber es waren einfach zu viele Pferde. Tausende irrten durch Irland. Sie verhungerten oder verdursteten, weil sie sich nicht selbst versorgen konnten, oder sie wurden von Autos erwischt, weil sie erschöpft und desorientiert waren. Sie verletzten sich und gingen an den Entzündungen zugrunde. Eoin und seine Freunde hatten einen kleinen Verband gegründet, der die Pferde im County einsammelte, aufpäppelte und dann weitervermittelte. Eoin stellte die Ställe und Futter zur Verfügung. Ein Tierarzt war mit von der Partie, drei weitere kümmerten sich in erster Linie um ein neues Zuhause, indem sie Anzeigen schalteten, die Homepage pflegten, Flyer verteilten und auf alle erdenkliche Arten nach neuen Besitzern für die Tiere suchten.

»Ein teures Hobby«, sagte ich nachdenklich.

»Ja«, sagte Eoin.

Ich versuchte zu verbergen, wie beeindruckt ich von ihm war. »Genug geredet«, sagte ich brüsk. »Wir müssen los.« Ich ließ mir von ihm aufhelfen und wandte mein Gesicht ab, damit er nicht sah, wie ich es vor Schmerz verzog.

»Soll ich dich ins Krankenhaus fahren?« Er öffnete die Beifahrertür, damit ich auf den Sitz klettern konnte.

»Quatsch. Wir suchen das Pferd, was denn sonst?«

D.,

bald schon…

M.

15.

»Das Pferd kann nicht weit gekommen sein«, sagte Eoin. »Dazu war es viel zu schwach und erschöpft. Aber die Dunkelheit macht es uns nicht gerade einfach.«

»Entschuldigung«, murmelte ich und spähte durch die Windschutzscheibe. Wir fuhren langsam die Küstenstraße entlang, vorbei an einsamen Cottages und Höfen. Ich verfluchte gerade innerlich meinen Tatendrang. Nie hätte ich zu ihm ins Auto steigen sollen! Als hätte ich nicht schon genug Probleme. Dieser Mann war eine emotionale Achterbahnfahrt. Erst faszinierte er mich so sehr, dass ich kurz vor meiner Hochzeit an meiner Beziehung zweifelte. Dann wurde er Jahre später unerwartet vom Erbschleicher zum netten Kerl, vom Tierquäler zum Tierschützer. Und jetzt musste ich mich fragen, ob wir denselben Vater hatten, weil Martin O'Connor in den Siebzigerjahren mit meiner Mutter fremdgegangen war. War ich wirklich Eoins Halbschwester? Was bedeutete das für mich – und für ihn? Der Schmerz in meinem Fuß war schlimm, aber nicht schlimm genug, um diese verwirrenden Gedanken zu vertreiben. Ich wollte ihn in ein Gespräch über die Pferde verwickeln, um an etwas anderes denken zu können.

»Warum tust du das eigentlich?«

Eoin bog auf einen Feldweg ab. »Ich mag Pferde. Ich mag alle Tiere, aber Pferde ganz besonders. Ich bin mit ihnen aufgewachsen. Mein Vater hatte eine Pferdezucht, wie schon mein Großvater.«

Dieser Themenwechsel war mir offensichtlich misslungen. Ich biss mir auf die Lippen, wappnete mich und fragte dann: »Und was macht dein Vater jetzt?«

»Er ist tot«, sagte Eoin. Das Fernlicht tauchte die Landschaft in gespenstisches Weiß.

»Das tut mir leid.« Ich würde also nie den Liebhaber meiner Mutter kennenlernen können. Den Mann, dessen Briefe ich las, dessen zärtliche Worte ich kannte. Der vielleicht mein Vater war.

»Nein, schon in Ordnung. Das ist lange her«, sagte Eoin.

»Und deine Mutter?«

»Verstorben.«

»Oh. Langsam komm ich in Schwung mit den Fettnäpfen.«

»Kannst du ja nicht wissen.«

Normalerweise hätte ich jetzt pietätvoll aufgehört, über seine Eltern zu reden, aber ich musste einfach mehr wissen, ich brannte darauf, so viel wie möglich zu erfahren. »Kannten deine Eltern Deirdre?« Ich beobachtete ihn genau, um herauszufinden, wie er reagierte.

Die Frage schien ihn nicht besonders zu berühren. »Ich glaube, sie hatten nicht viel miteinander zu tun. Ich habe Deirdre erst richtig kennengelernt, als ich schon Anfang zwanzig war. Meine Mutter und sie hatten keinen besonderen Draht zueinander, und mein Vater war längst tot.«

Er wusste also von nichts. Natürlich nicht, sonst hätte er ganz anders reagiert. Mit klopfendem Herzen fragte ich weiter: »Und was ist mit dem Rest deiner Familie?«

»Meine Geschwister sind alle im Ausland: Toronto, Auckland und Johannesburg. Unsere Eltern haben für jeden von uns Geld zurückgelegt, um unsere Ausbildung zu finanzieren. Mein Vater soll immer gesagt haben: ›Uns Iren zieht es entweder ganz weit weg ohne Wiederkehr, oder wir hängen an unserem Stück Land, bis wir tot umfallen‹.

Leider hat er nicht mehr erlebt, dass wir alle studieren und immerhin drei seiner Kinder in die Welt hinausgehen. Na ja, und ich habe dann die Pferde übernommen.«

Wenn er mein Halbbruder ist, dachte ich, dann sind das ebenfalls meine Halbgeschwister! Es war fast nicht zum Aushalten. Wie sahen sie wohl aus? Wie waren sie? Würden sie mich akzeptieren? Dann bremste ich mich wieder: Warte, Ally, du weißt noch gar nichts ... Warte ...

Eoin erwähnte nicht, wie sein Vater gestorben war. Er sprach nur davon, dass er eines Tages nicht mehr da war. Eine merkwürdige Formulierung, wie ich fand, aber ich wagte nicht, genauer nachzufragen. Eoin hatte neben dem Studium seiner Mutter mit dem Gestüt geholfen, und als er fertig gewesen war, hatte er sich ganz um alles gekümmert. Seine Geschwister hatten auf jegliche Beteiligungen an dem Betrieb verzichtet. Sie hielten die Verbindung nach Irland aufrecht, trafen sich sogar mindestens zweimal im Jahr, aber sie brauchten kein Land, kein Eigentum in Irland. »Eoin macht das schon«, hieß es, und Eoin machte es tatsächlich. Er erwirtschaftete während des Aufschwungs einen stattlichen Gewinn – er kaufte von dem Geld ein paar umliegende Ländereien und modernisierte den Betrieb.

»Irgendwann waren wir sozusagen ausverkauft«, sagte er und lachte. »Die Nachfrage war so riesig, dass ich keine Pferde mehr hatte, die wir verkaufen konnten. Es gibt unter Züchtern eine Faustregel: Ein Hengst sollte nicht mehr als vierzig Stuten decken, sonst leidet die Qualität der Zucht. Viele der Züchter haben sich nicht mehr daran gehalten, weil das Geschäft zu gut lief. Aber ich wollte das nicht. Ich sah diese Entwicklung als Zeichen. Die Zucht hatte mir nie sehr gelegen. Und dieser Boom war mir zuwider. Nein, das ist nicht das richtige Wort. Er war mir unheimlich.«

Also überlegte er sich, den Betrieb umzuwandeln. Er wollte einen klassischen Reiterhof aus dem Gestüt machen. Gutmütige Pferde, auf denen Kinder und Erwachsene reiten lernen konnten. Er nahm auch therapeutisches Reiten ins Programm auf. Kaum hatte er die Verträge mit diversen Kliniken und Therapeuten unter Dach und Fach, kam die Wirtschaftskrise, und kein Mensch gab mehr Geld für etwas anderes aus als für das Nötigste. Viele mussten ihre Häuser und Grundstücke verkaufen und hatten nun keine Wiesen und Weiden mehr für die Tiere, von Ställen ganz zu schweigen. Hätte Eoin weiter auf die Zucht gesetzt, wäre er längst bankrott. Mit Luxusartikeln war in Krisenzeiten kein Geld zu machen, und die Pferde waren nichts anderes als Luxusartikel gewesen. Wie Uhren oder Antiquitäten. Nur dass diese keine laufenden Kosten produzierten.

»Und deshalb haben alle ihre Pferde ausgesetzt?«, fragte ich.

Eoin nickte. »Ich habe jeden Einzelnen angerufen, der ein Pferd bei mir gekauft hatte. Ich wollte den Leuten anbieten, die Tiere bei mir günstig unterzubringen. Der Unterhalt geht richtig ins Geld: Futter, Tierarztrechnungen, Pflege ... Ich schrieb Briefe, schaltete Anzeigen, aber nur ein Einziger meldete sich. Bei fast allen anderen muss ich davon ausgehen, dass sie die Pferde entweder auf dem Schwarzmarkt gegen Handys oder eine Playstation getauscht haben oder dass sie sie bei illegalen Rennen so lange laufen lassen, bis sie tot umfallen. Oder die Tiere sind ausgesetzt worden und von den Klippen gestürzt, von Autos überfahren, verhungert, was weiß ich.«

Bei aller Neugier auf seine Familie war ich froh, dass wir wieder ein neutrales Thema hatten. »Wenn die Pferde nun so günstig zu haben sind, müssten sich da nicht Interessenten finden?«, fragte ich.

»Irland hat zu viele Pferde. Die Züchter werden ihren Nachwuchs nicht mehr los. Sie haben keinen Platz für die Tiere. Die besten werden ins Ausland verkauft, aber es sind immer noch zu viele übrig. Sobald ein Pferd zu alt ist, wird es erschossen. Wenn es Glück hat, findet sich jemand, der ihm das Gnadenbrot gibt. Aber wie schon gesagt, Irland hat zu viele Pferde.«

»Und die Tierschutzorganisationen ...«

»... sind überfordert. Jeden Tag ruft jemand an und meldet ein herrenloses Tier, das vor Erschöpfung nicht mehr laufen kann, oder den Nachbarn, der sein Pferd misshandelt. Lauter gut meinende Menschen, die sich aber selbst nicht um die Tiere kümmern wollen oder können. Sie geben die Verantwortung an Behörden und Organisationen weiter. Ich fand, dass das nicht reichte.

Deshalb tat ich mich mit ein paar Freunden zusammen und gründete meine eigene Organisation. Wir sind nur ein ganz kleines Team und haben nicht sehr viele Kapazitäten, aber wir tun, was wir können. Wir fangen die Pferde ein, versorgen sie medizinisch, pflegen sie auf meinem Gestüt, zeigen die Besitzer an, sofern wir sie ausfindig machen können. Das bringt zwar nichts, aber wir tun es trotzdem.«

»Wie viele Pferde sind denn bisher ausgesetzt worden?«

»Das weiß keiner so genau. In der Presse war etwas von zwanzigtausend Tieren zu lesen. Vielleicht stimmt das sogar«, sagte er.

Wir fuhren immer weiter ins Landesinnere. Eoins Freunde suchten, wie er mir erklärte, die Küstenstraße ab. Sie waren ein eingespieltes Team und mittlerweile wahre Profis, wenn es darum ging, ängstliche herrenlose Pferde einzufangen.

»Wo sind wir?«, fragte ich, als wir nach einsamer Fahrt endlich wieder an einem Haus vorbeikamen. »Fountainstown?«

»Da sind wir längst dran vorbei. Das hier ist Ballinvarosig. Carrigaline ist nicht mehr weit. Da müssen wir aber erst gar nicht suchen. Es hat viel zu große Angst, um in ein bewohntes Gebiet zu laufen.«

»Ich hab ihm noch mehr Angst gemacht, stimmt's?«

»Denk nicht drüber nach. Das ist jetzt nicht wichtig.«

Ich hatte mich schon die ganze Zeit wie ein Idiot gefühlt. Jetzt war mir richtig elend zumute. Wie hatte ich diesen Mann so vollkommen falsch einschätzen können? Ich wollte mich ein weiteres Mal für mein dummes Verhalten entschuldigen, als Eoin die Scheinwerfer ausschaltete und sagte: »Da ist es.«

Der Schimmel stand regungslos im aufgehenden Mondlicht. Im ersten Moment dachte ich: Das ist das Schönste, was ich jemals gesehen habe. Als wir näher an ihn heranrollten, konnte ich deutlich seine Rippen erkennen, und mir fiel wieder ein, wie erschöpft er sein musste. So erschöpft, dass er nicht die Flucht ergriff, obwohl wir immer näher kamen.

»Er wird weglaufen, wenn wir ganz dicht sind, oder?«, fragte ich.

Eoin sagte nichts. Er fixierte den Schimmel mit seinem Blick, dann löste er den Gurt, drehte sich langsam um und holte etwas von der Rückbank.

»Wie willst du ihn einfangen? Betäubst du ihn?« Mittlerweile sprach ich mit gesenkter Stimme, als hätte ich Angst, das bittersüße Bild des mageren Pferds im Mondlicht zu zerstören.

»Die Tiere werden nur dann betäubt, wenn es gar nicht anders geht«, sagte Eoin. »Das Risiko ist hoch, dass sie nicht mehr aufwachen. Die nötige Dosis kann nur geschätzt werden, und das Pferd ist zuvor nicht untersucht worden.«

»Und jetzt?«

»Mal sehen.« Er nahm sein Handy und tippte mit bewundernswerter Schnelligkeit eine SMS.

»Wie, ich dachte, du machst so was dauernd?«

Eoin grinste. »Meistens stehen die Tiere auch einfach auf einer Wiese und lassen sich halbwegs problemlos in den nächsten Anhänger schieben. Nicht alle drehen durch. Du hast da einen etwas einseitigen Eindruck bekommen.« Er wandte sich mir zu. »Ally, ich habe gerade den anderen Bescheid gesagt. Sie sind unterwegs hierher, aber sie brauchen noch ein paar Minuten. Du passt auf das Handy auf, falls sie sich melden. Egal, was passiert: Du bleibst im Wagen. Eine Verletzung reicht für diese Nacht.«

Das musste er mir kein zweites Mal sagen. Die Schmerzen in meinem Knöchel brachten mich schon bei der kleinsten Bewegung fast um, und ich spürte, wie er immer dicker anschwoll. Aber was hatte Eoin vor? Ich kam nicht mehr dazu, ihn zu fragen. Er war bereits ausgestiegen und hatte die Wagentür leise hinter sich zugedrückt.

»Pass auf dich auf«, sagte ich, auch wenn er mich nicht hören konnte.

Im hellen Mondlicht sah ich, wie er langsam auf das Pferd zuging. Der Schimmel bewegte sich nicht. Eoin blieb stehen, sagte etwas, das ich nicht verstand. Das Tier hob den Kopf und sah zu ihm herüber. Eoin sprach weiter mit ihm und kam ihm kaum merklich immer näher. Mir war, als würde es Stunden dauern. Die Anspannung zerrte an meinen Nerven. Ich hatte Angst, der Schimmel könnte jeden Moment weglaufen. Aber er tat es nicht. Er blieb stehen, hielt seinen Kopf gedreht, um nach Eoin zu sehen, schnaubte ein wenig, schüttelte seine Mähne.

Ich erschrak, als Eoins Telefon in meiner Hand vibrierte. »Ja?«, flüsterte ich heiser.

Eine Frauenstimme antwortete: »Eoin?«

»Nein, hier ist Ally …« Was sollte ich sagen, wer ich war? Eine Freundin? Wohl kaum. Eine Bekannte? Ich setzte darauf, dass in dieser Gegend so ziemlich jeder jeden kannte oder zumindest schon mal von jedem gehört hatte. »Ich bin die Tochter von Deirdre Sullivan, Eoins … Nachbarin.«

»Und wo ist Eoin?«, fragte sie gereizt. »Wir sind mit dem Anhänger in der Nähe vom Treffpunkt, sehen aber noch nichts.«

»Er hat die Autoscheinwerfer ausgeschaltet.«

»Prima. Und kann ich ihn jetzt *vielleicht* mal sprechen?«

»Ich fürchte, das wäre gerade kein so guter Zeitpunkt. Er ist ausgestiegen und beruhigt das Pferd … denke ich.«

Es raschelte. Offenbar hielt sie das Mikrophon zu. Nach ein paar Sekunden meldete sie sich wieder. »Okay. Seid ihr noch weitergefahren, nachdem er uns die SMS geschrieben hat?«

»Nein.«

»Dann warten wir, wo wir sind, und wenn er alles im Griff hat, soll er sich melden.« Die Verbindung wurde unterbrochen.

»Und ich dachte immer, Tierschützer seien nette, sympathische Menschen«, murmelte ich vor mich hin.

Eoin sprach immer noch auf das Tier ein, das nun doch nervös zu werden schien. Und trotzdem rührte es sich nicht von der Stelle. Er machte einen letzten Schritt und war jetzt dem Schimmel so nahe, dass er die Mähne berühren konnte. Mit einer ruhigen Bewegung streckte er die Hand aus und begann, ihm sanft den Hals zu streicheln. Der Schimmel schnaubte und fing an herumzutänzeln. Eoin ließ sich nicht beirren. Er streichelte weiter den Hals des Pferdes, bis es wieder ganz ruhig dastand. Da erst erkannte ich, was er in der anderen Hand hielt: Zaumzeug. Das also hatte er von der Rückbank genommen. Er legte es in einer fließenden, ruhigen Bewegung dem Schimmel an, drehte sich zu mir und gab mir ein Daumen-hoch-Zeichen.

Ich verstand ihn und suchte in der Rufliste die Nummer heraus, die zuletzt angerufen hatte. Er hatte sie unter »Keera« gespeichert.

»Hallo?«, meldete sich die Frauenstimme, diesmal so freundlich und warm, wie ich es von einer engagierten Tierschützerin mit einem großen Herzen für alle Lebewesen auf diesem Planeten erwartet hätte.

»Hier ist noch mal Ally. Eoin hat den Schimmel eingefangen.«

»Wir kommen.« Ein großes Herz für alle, außer für mich. Ihr stimmliches Repertoire war offenbar auf zwei Tonlagen beschränkt, und für mich war die eisige Variante reserviert. Ich ließ das Fenster ein Stück herunter und sagte gerade laut genug, dass Eoin mich hören konnte: »Sie sind unterwegs. Keera, richtig?«

»Sehr gut, danke«, sagte er und lächelte. »Wie geht es deinem Fuß? Kannst du herkommen? Es ist ein ganz wunderbares Tier. Vielleicht möchtest du ihm Guten Tag sagen?« Er führte den Schimmel zum Auto.

Ich öffnete die Tür und hievte mich vorsichtig vom Sitz. In die klare, kühle Nachtluft mischte sich der Geruch des Pferdes. Als ich auftreten wollte, bekam ich vor Schmerz keine Luft mehr. Der Schimmel bäumte sich wiehernd auf.

»Ruhig!«, sagte Eoin, und ich wusste nicht, ob er mich oder den Schimmel meinte. Wahrscheinlich uns beide. »Ally, bleib sitzen. Er hat deinen Schreck und deinen Schmerz bemerkt, und davon hat er Angst bekommen.« Eoin keuchte, während er versuchte, das Pferd wieder unter Kontrolle zu bringen. »Alles in Ordnung. Ruhig, mein Guter. Alles gut.« Pferde waren eindeutig nicht meine Domäne. Irgendwie missverstand ich alles, was mit ihnen zu tun hatte. Oder missverstand ich einfach nur alles, was mit Eoin zu tun hatte?

»Die anderen kommen«, sagte er, als er den Schimmel wieder im Griff hatte.

Sie kamen in einem Jeep mit Pferdeanhänger, und ich erkannte, dass eine Frau hinter dem Steuer saß. Das musste Keera sein. Sie parkte hinter Eoins Defender, sprang heraus und machte sich an dem Anhänger zu schaffen. Aus der Beifahrertür kletterte ein Mann mit einer schwarzen Arzttasche. Vermutlich der Tierarzt, von dem Eoin gesprochen hatte. Vermutlich der, den ich versehentlich auch zum Tierquäler abgestempelt hatte.

»Das ist also unser Patient«, sagte er und nickte mir zu.

Eoin lachte, während er den Schimmel fest im Zaum hielt, damit dieser nicht wieder scheute. »Zwei Patienten sogar. Sie hat sich den Fuß verknackst. Ally, das ist Patrick.«

Ich nickte ihm ebenfalls zu.

»Haben wir uns nicht schon mal irgendwo gesehen?« Patrick strich sich nachdenklich über das Kinn. »Ah, ich weiß es wieder. Ich hätte dich fast nicht erkannt in trockener Kleidung.«

Ich lachte. »Geht mir umgekehrt genauso.«

»Wie ist das mit dem Fuß passiert?«, fragte er. Patrick war in Eoins Alter, etwas kleiner als dieser und mit einer Statur, als hätte er lange Jahre Rugby gespielt. Sein Auftreten hatte verdächtig viel von einer englischen Privatschule, auch wenn er mit einer deutlichen irischen Färbung sprach. Erst hatte er sich wohl seinen Heimatakzent abtrainiert, und jetzt trainierte er ihn sich wieder an. Nur war es schwer, die Dinge loszuwerden, die man sich im Kindesalter so hart erarbeitet hat. Ich wusste genau, wovon ich sprach. Würde ich heute versuchen, wieder so zu sprechen wie die Menschen, die hier lebten, ich würde mich wie eine schlechte Parodie anhören.

»Ally wollte mir helfen, den Schimmel einzufangen«, sagte Eoin, bevor ich Patrick antworten konnte. Ich warf Eoin einen erstaunten Blick zu, und er zwinkerte mir gut gelaunt zu.

»Wie geht's dem Pferd?«, fragte ich.

»Das weiß ich noch nicht«, sagte Patrick. »Wenn wir es in den Stall gebracht haben, sehe ich es mir in Ruhe an.«

»Keera kennst du ja schon vom Telefon. Sie taucht sicher auch gleich auf.«

»Bringt ihn mir«, tönte Keeras Stimme aus dem Anhänger. Die beiden Männer verschwanden mit dem Pferd. Ich fühlte mich reichlich überflüssig, weil ich nichts tun konnte. Andererseits waren die drei ein eingespieltes Team. Sie brauchten mich nicht. Also schloss ich die Augen und wartete.

Das sind also seine Freunde, dachte ich. Er muss ein wirklich netter Kerl sein, wenn er so gute Freunde hat. Wieder wunderte ich mich darüber, wie meine Meinung über Eoin von einem Extrem ins andere schlug. Doch am meisten beschäftigte mich immer noch unsere Begegnung vor sieben Jahren. Was, wenn er wirklich mein Halbbruder war? Wir hatten uns fast geküsst …

Eoin kam zurück und stieg in den Wagen. »Sie fahren

das Pferd zu meinem Gestüt. Hältst du noch durch, oder soll ich dich zu einem Arzt bringen?«

»Also wirklich, wenn ich schon zum ersten Mal in meinem Leben ein Pferd rette, will ich auch wissen, was weiter mit ihm passiert. Ich fahre mit!«

16.

Patrick trug mich in Eoins Haus. »Ich bin Tierarzt. Du glaubst gar nicht, was ich schon alles tragen musste.«

»Kühe, Schweine, Pferde …«, zählte ich kichernd auf.

»Wohl eher Kätzchen, Hamster und Meerschweinchen«, sagte Keera. Sie hatte etwas im Haus geholt und beeilte sich, an uns vorbei wieder in den Stall zu kommen.

»Ist sie immer so?«, fragte ich Patrick, nachdem er mich im Wohnzimmer in einen grünen Clubsessel aus den Fünfzigerjahren gesetzt hatte, für den Eoin über die einschlägigen Internetauktionshäuser viel Geld bekommen könnte. Die gesamte Einrichtung schien noch von seinen Großeltern zu sein, war aber in hervorragendem Zustand. Entweder wurde hier alles sehr gut gepflegt, oder die Familie nutzte das Wohnzimmer schon seit Jahrzehnten nur zu besonderen Anlässen. Ich fühlte mich wie in einem Museum für Designklassiker der Nachkriegszeit, Abteilung 1950-1959. Ich liebte es sofort.

»Sie verträgt keine schönen Frauen in Eoins Nähe«, grinste Patrick. Er hatte Eiswürfel und ein Geschirrtuch aus der Küche geholt. »Ich habe es übrigens auch lieber, wenn die schönen Frauen in *meiner* Nähe sind.«

Ich lief rot an, etwas, das mir in letzter Zeit scheinbar

öfter passierte. Sogar meine Ohren wurden ganz heiß. »Aber Eoin und ich, wir … äh … kennen uns doch fast gar nicht. Er kennt meine Mutter«, stammelte ich.

»Ich weiß das. Aber Keera …« Er winkte ab, kniete sich vor mich und sah sich meinen Knöchel an.

»Du kannst froh sein, dass du kein Pferd bist.«

»Das bin ich jeden Tag«, behauptete ich. »Warum?«

»Weil wir dich sonst erschießen müssten.« Er berührte leicht den Knöchel, und ich schrie vor Schmerz. »Aha.«

Ich rang um Atem. »Bevor du das noch mal machst, möchte ich doch lieber erschossen werden«, keuchte ich.

»Du musst ins Krankenhaus. Du hast dir nicht den Knöchel verstaucht – oder nicht *nur*, muss man wohl sagen –, du hast dir möglicherweise noch ein Band angerissen.«

»Angerissen? Hast du Röntgenaugen?«

»Nein, aber Erfahrung mit kaputten Knochen, Muskeln und Bändern bei Patienten, die nicht meine Sprache sprechen. Da lernt man, mit den Händen zu sehen. Aber um sicherzugehen, musst du eben in die Klinik. Da können wir auch nicht helfen. Wir können nur Tiere.«

»Wir? Ist Keera auch Tierärztin?«

Patrick bastelte aus den Geschirrtüchern eine Bandage, in die er die Eiswürfel füllte. Die Kälte tat zugleich schrecklich weh und wunderbar gut. »Ihr kennt euch wirklich noch nicht sehr lange, was? Ich meine nicht Keera. Sie hat ein Antiquariat in Cork, ganz in der Nähe der Uni. Eoin ist der Tiermediziner.«

»Ich dachte die ganze Zeit, er hätte irgendwas mit Theater zu tun«, murmelte ich.

»Theater?« Er lachte. »Wie kommst du denn darauf?«

»Keine Ahnung«, behauptete ich und dachte an die Party vor sieben Jahren, bei der ich Eoin kennengelernt hatte. Richtig, er war damals meinen Fragen, ob er etwas mit Theater zu tun hatte, ausgewichen. Aber ich hatte ihn so eingeordnet, weil die meisten anderen auf der Party am Theater gearbeitet hatten: als Schauspieler, Bühnenbildner, Tänzer, Techniker ... Damit, dass er Tiermediziner war, hatte ich gar nicht gerechnet. Obwohl es das Naheliegendste war.

Mir fiel noch etwas anderes ein: »Sag mal, sind hier eigentlich auch die Pferde meiner Mutter untergebracht?«

»Alle zehn, ja. Aber die zeigen wir dir, wenn du wieder aufrecht gehen kannst.« Patrick legte mir eine Decke in den Schoß.

»Zehn Pferde!«, wiederholte ich beeindruckt. »Wow.«

»Sie hat viele der armen Biester adoptiert, die wir einsammeln. Gute Frau, deine Mutter. Bestimmt geht's ihr bald wieder gut.« Er lächelte mich aufmunternd an. Dankbar breitete ich die Decke über meine Beine und lächelte zurück. Er war noch nicht richtig zur Tür hinaus, als ich schon tief und fest schlief.

»Wie geht es dem Schimmel?«, war das Erste, was ich fragte, als Patrick mich wieder weckte.

»Hervorragend. Besser als je zuvor. Das Schlimme ist, wir kennen das Tier.«

»Ach, ist es eins von Eoins Pferden?« Das würde erklären, warum das Tier so schnell Vertrauen zu ihm hatte.

»Nein, ich habe es vor einiger Zeit behandelt. Es gehörte einem Immobilienmakler. Er hatte sich ein riesiges

Anwesen etwas außerhalb von Cork unter den Nagel gerissen. Er kaufte sich Pferde, ausschließlich Schimmel. Irgendwie war das so ein Tick von ihm. Dann kam die Krise, er musste alles verkaufen und in eine kleine Wohnung ziehen. Tja. Die Tiere ist er nicht losgeworden. Die meisten ließ er einfach laufen, ein paar verschenkte er, und eins nahm er mit in seine Wohnung.«

»Wie bitte?«

»Er stellte es auf dem Balkon ab. Die Nachbarn alarmierten den Tierschutz, aber er brachte das Pferd aus der Wohnung, bevor sie ihm einen Besuch abstatten konnten.« Er zuckte die Schultern. »Erst zahlen sie jeden Preis, um die schönsten Tiere zu bekommen, und dann, wenn es hart auf hart kommt, sind sie nur noch lästig. Da werden sie vom Lebewesen, ja vom besten Freund, plötzlich zu einem störenden, sperrigen Gegenstand, der unnötig Geld kostet.«

»Und dann kommt ihr ins Spiel?«

»Wir versuchen es«, klang Keeras Stimme durch den Raum. Hart und kalt wie ein Messer. »Paddy, wir sind fertig. Lohnt sich fast nicht mehr, schlafen zu gehen. Die Sonne ist schon vor zwei Stunden aufgegangen.« Sie ließ sich auf das Sofa fallen und strich sich eine verschwitzte Strähne aus dem Gesicht. Ich betrachtete sie: kohlschwarzes Haar, helle, makellose Haut, stahlblaue Augen. Sie war beneidenswert schön, die Idealbesetzung für jedes Schneewittchen.

Eoin kam herein. »Kümmern wir uns um den letzten Patient der Nacht«, sagte er und zeigte auf mich.

»Ich muss los«, sagte Patrick mit einem Blick auf seine Armbanduhr. »Hab ein paar kranke Kühe, die der Bauer bei mir untergestellt hat. Die müssen noch gemolken werden.«

»Keera? Was ist mit dir? Du musst doch auch nach Cork.«

Keera hob die Augenbrauen. »Darling, ich brauche eine Dusche und ein Frühstück. Du kannst sie ja absetzen und dann bei mir vorbeikommen.« Sie stand vom Sofa auf, ging zu Eoin, umarmte ihn eine Spur zu intensiv, als dass es noch als freundschaftlich durchgehen konnte, und gab ihm einen sanften Kuss.

»Ich ruf dich an«, sagte Eoin und lächelte sie an.

Sie winkte zum Abschied in den Raum, aber es war mehr an Patrick gerichtet als an mich. Mir galt wohl eher der triumphierend-bedeutungsvolle Blick.

Dann verabschiedete sich Patrick. Er sprach im Flur noch eine Weile mit Eoin, und ich hatte Zeit, mir darüber klar zu werden, was gerade in mir vor sich ging. Aus irgendeinem Grund hatte ich gedacht, Eoin sei Single. Seine Freundin zu sehen hatte mich vollkommen verwirrt. Er ist vielleicht dein Halbbruder, ermahnte ich mich, und aus irgendeinem Grund fühlte sich wieder alles ganz falsch an.

Ich beschloss, meinen Mann anzurufen. Was Benjamin betraf, war alles klar und eindeutig, da gab es keine Achterbahnfahrten, keine Zweifel, keine Ungewissheiten. Es war sechs Uhr, eigentlich noch zu früh. Normalerweise stand er erst um sieben auf, aber er würde es mir sicher nicht übel nehmen, wenn ich ihn weckte.

Nur dass ich ihn gar nicht weckte.

»Ich bin schon in der Kanzlei«, sagte er und klang deutlich frischer als ich. »Unser neuer Mandant, Mr

Simm, macht mehr Arbeit, als abzusehen war. Tina und ich sind gestern erst nach Mitternacht nach Hause und heute schon wieder seit fünf auf den Beinen.«

»Ich wollte nur hören, wie es dir geht«, sagte ich mit gedämpfter Stimme, weil ich nicht wollte, dass Eoin und Patrick mich hörten.

»Gut, sehr gut«, sagte Benjamin. »Es gibt nur ein paar Dinge, die ... schiefgelaufen sind, aber die bekommen wir in den Griff. Es ist gut, dass du dich nicht damit belasten musst, glaub mir. Und bei dir?«

»Ich habe mir den Fuß verletzt.«

»Oh nein! Du Arme. Ist es schlimm? Was sagt der Arzt?«

»Ich muss gleich ins Krankenhaus. Es ist heute Nacht passiert ...«

»Heute Nacht? Bist du schlafgewandelt?« Im Hintergrund hörte ich Tinas Stimme. Sie sagte etwas zu Benjamin.

Ich sagte: »Es war sehr viel aufregender. Wir haben ein Pferd gerettet, weißt du, und dabei bin ich übel umgeknickt. Weißt du, eigentlich ...«

»Du erlebst ja spannende Sachen, kaum dass man dich mal alleine lässt!«, fiel er mir lachend ins Wort. »Das musst du mir alles genau erzählen. Entschuldige mich mal eine Sekunde ...« Er hielt das Telefon zu, aber ich hörte trotzdem Tina im Hintergrund etwas sagen. Dann sprach Benjamin wieder mit mir: »Ally, es tut mir so leid, aber ich muss wirklich los.«

»Kein Problem«, sagte ich matt.

»Ich melde mich später, ja?«, sagte er gut gelaunt. »Wir haben schon um sieben den ersten Termin, hier ist wirklich die Hölle los.«

Er hatte gar nicht gefragt, warum ich so früh bei ihm anrief. Oder wie es mir ging. Oder Deirdre. Er musste wirklich im Stress sein. Ich versuchte, mir keine Sorgen zu machen und hielt mir stattdessen vor Augen, dass ich mit meiner Ehe, meinem Leben sehr viel Glück gehabt hatte. Aber als Eoin zu mir kam, den Arm um mich legte und mir zum Auto half, spürte ich etwas, das sich wie Nadelstiche am ganzen Körper anfühlte. Verzweifelt kämpfte ich gegen die Tränen. Wie konnte ich mich nach einem anderen Mann sehnen, wenn ich doch so glücklich verheiratet war? Und wie konnte ich jemanden so schrecklich anziehend finden, der vielleicht sogar mein Halbbruder war?

»Alles okay mit dir? Patrick hat gesagt, dass es vielleicht doch mehr ist als nur eine Verstauchung, und normalerweise hat er immer recht. Er hat Röntgenhände.« Eoin lächelte und startete den Wagen, aber der Blick, den er mir zuwarf, war besorgt.

»Alles okay.« Ich wischte schnell verstohlen eine Träne weg, bevor er sie sah. »Alles gut. Nur ein bisschen müde.«

17.

Wir fuhren durch das pudrige Morgenlicht die Küstenstraße entlang. Die See war nicht mehr so ruhig wie noch am Tag zuvor, aber der Himmel war strahlend blau und klar, ohne das kleinste Wölkchen. Die meisten Menschen schliefen noch, nur vereinzelt begegneten wir jemandem, der die frühe Stunde nutzte. Dann winkte Eoin oder hupte kurz, und derjenige winkte zurück. Schafe grasten auf den hügeligen Weiden und ließen sich von den schreienden Seevögeln, die über ihnen ihre Kreise zogen, nicht aus der Ruhe bringen.

Ich musste eingenickt sein, denn das Bild einer besonders schönen Möwe, die stolz im Wind über der Steilküste schwebte, war das Letzte, an das ich mich erinnerte, als ich die Augen öffnete und mich auf dem Krankenhausparkplatz wiederfand.

»Ich will erst zu Deirdre«, sagte ich, aber Eoin ließ sich nicht erweichen. Er brachte mich in die Notaufnahme. Dort wurden Röntgenaufnahmen gemacht, dann bekam ich eine leichte Betäubung, damit ich die Schmerzen der nächsten Untersuchungen nicht spürte. Am frühen Nachmittag stand die Diagnose endlich fest: Eines der Außenbänder war angerissen, das Gelenk dadurch nicht mehr ganz stabil.

»Das darf nicht wahr sein«, stöhnte ich. »Ausgerechnet jetzt. Ich muss mich doch um so vieles kümmern!«

»Das können Sie auch«, sagte die Ärztin, die mich untersucht hatte. »Falls es mit Bewegung verbunden ist, wird es nur eben etwas länger dauern. Den wenigsten Leuten schadet es übrigens, wenn sie ein bisschen langsamer machen.« Sie warf noch einen prüfenden Blick auf ihre Unterlagen, dann wandte sie sich einer Schwester zu und besprach mit ihr, wie mein Fuß zu fixieren war.

Während der ganzen Zeit wartete Eoin geduldig. Er sah nicht auf die Uhr, er kontrollierte nicht, ob er Nachrichten auf dem Handy verpasst hatte, er saß einfach nur da und wartete. Ich hatte ihm mehr als einmal die Möglichkeit gegeben, sich zurückzuziehen, indem ich fragte, ob er sich nicht um die Pferde kümmern (er hatte offenbar Mitarbeiter, wie ich erfuhr) oder anderen Pflichten nachgehen müsste. Eoin blieb, ließ sich von der Schwester den Stützverband erklären und half mir bei meinen ersten Versuchen mit den Krücken umzugehen.

»Irgendwie fühle ich mich für deinen Unfall verantwortlich«, sagte er zu meinem Erstaunen, als er mir in den Aufzug half. Wir fuhren zur Intensivstation, wo Deirdre lag.

»Das ist wirklich Unsinn! Wie kommst du denn darauf? Ich könnte es verstehen, wenn du mich über den Haufen gefahren hättest, aber ich bin ganz allein von der Mauer gesprungen, ohne darüber nachzudenken, dass direkt dahinter die Steilküste beginnt. Dabei hätte ich es besser wissen müssen. Schließlich bin ich hier aufgewachsen.«

»Tja, aber du lässt offenbar keine Gelegenheit aus, es

so aussehen zu lassen, als wäre Irland für dich ein bislang unentdeckter Planet.« Eoins Bemerkung tat weh, und er schien es sofort zu spüren. »Okay, ich hab schon bessere Witze gemacht«, fügte er zerknirscht hinzu. »Liegt wohl daran, dass ich heute noch nichts gegessen habe.«

Schuldbewusst stützte ich mich auf meine Krücken. »Dann lass uns erst etwas essen.«

Er schüttelte den Kopf. »Erst Deirdre.«

»Sicher?«

Er nickte und lächelte. Ich humpelte weiter.

»Jetzt weiß ich immer noch nicht, warum du dich für meine eigene Dummheit verantwortlich fühlst«, bohrte ich.

Er überlegte einen Moment, bevor er antwortete. »Weil ich das Gefühl habe, dass wir einen schlechten Start hatten. Ich wusste von Anfang an eine ganze Menge über dich, und du gar nichts über mich. Ich hätte mich einfach vernünftig vorstellen sollen. So musstest du ja einen völlig falschen Eindruck von mir bekommen.« Er sah mir direkt in die Augen. »Ich hatte wohl gehofft, du würdest dich *sofort* an mich erinnern. Nicht erst Wochen später.«

Ich musste lachen, aber es war mehr, um meine Verlegenheit zu überspielen. Lass ihn nicht zu nah an dich rankommen, dachte ich, du weißt immer noch nicht, wie ihr zueinander steht. »Und du dachtest, nur weil wir vor Jahren ein bisschen zusammen getanzt haben, weiß ich hundertprozentig, dass du ein guter Kerl bist?«

Er öffnete den Mund, um etwas zu sagen, überlegte es sich dann aber anders. Da war etwas in seinem Blick, in seinem Gesicht, das mich zusammenzucken ließ. Es war nur für einen kurzen Moment sichtbar, aber es war so intensiv, dass ich endlich verstand: Für ihn war es damals mehr gewesen als nur ein wenig tanzen. Hatte nicht nur ich anschließend schlaflose Nächte gehabt, sondern auch er? Wie musste es für ihn gewesen sein zu erfahren, dass ich geheiratet hatte? Oder war ich ihm zu diesem Zeitpunkt schon wieder egal gewesen? Warum sah er mich dann so an, dass ich die Spannung zwischen uns mit Händen greifen konnte? Er weiß absolut nichts über Deirdre und seinen Vater, dachte ich. Aber sollte ich es ihm sagen? Sollte ich nicht abwarten, bis ich wirklich alles darüber wusste?

Trish, die resolute Krankenschwester, kam gerade rechtzeitig, um uns beide nicht weiter in Verlegenheit zu bringen. Sie begleitete uns zu meiner Mutter, wo wir mit gezwungener Fröhlichkeit drauflos plapperten.

Aber meine Gedanken kreisten um Eoin, um die Briefe. Ich musste sie unbedingt weiterlesen, um herauszufinden, wer mein Vater war. Wer ich war.

»Jetzt muss ich aber wirklich was essen«, sagte Eoin. Er hatte der schlafenden Deirdre von so ziemlich jedem im Dorf minutiös berichtet, und mein Herz zog sich vor Schmerz zusammen, sie so regungslos dort liegen zu sehen. »Kommst du mit, Ally?«

Ich schüttelte den Kopf, obwohl ich vor Hunger fast umkam. Aber ich brauchte Abstand von ihm, vielleicht mehr, als ich eigentlich wollte. »Bitte, geh essen. Und dann fahr nach Hause. Ich bleibe hier ganz sicher noch sehr viel länger.«

»Soll ich dich später abholen?«, fragte er und blieb zögerlich stehen.

Ich schüttelte energisch den Kopf. »Ich nehme ein Taxi.«

»Aber dein Fuß …«

»Ich pass auf.«

»Es macht mir nichts aus, weißt du.«

»Wirklich, du hast schon mehr als genug für mich getan«, beharrte ich. »Hab ich mich schon dafür bedankt?« Ich saß auf einem ziemlich unbequemen Besucherstuhl aus Plastik, den mir Eoin an Deirdres Bett gestellt hatte. Meine Krücken waren gegen das Fußende des Betts gelehnt. Ich beugte mich vor, um sie einen Zentimeter zu verrücken, was vollkommen unnötig war. Aber irgendwie wollte ich meine Verlegenheit überspielen. Es konnte und durfte nicht sein, dass ich in der Gegenwart dieses Mannes immer so nervös wurde.

Eoin schob seine Hände in die Hosentaschen. »Vielleicht mal ein Glas Wein?«, fragte er.

»Klar«, sagte ich leichthin und konzentrierte mich auf Deirdre. Ich zupfte ihre Bettdecke zurecht, beugte mich vor, um ihr eine nicht vorhandene Strähne von der Stirn zu streichen, warf einen prüfenden Blick auf die blinkenden und piependen Geräte, versuchte zu verstehen, welcher Schlauch welche Funktion hatte. Wäre sie einverstanden mit dieser Behandlung? Bestimmt, sagte eine energische Stimme in meinem Kopf. Ihr Zustand war noch lange nicht hoffnungslos. Sie atmete selbstständig, EKG und EEG waren den Umständen entsprechend in Ordnung. Sie würde es schaffen. Sie musste. Ich hatte doch noch so viele Fragen, ich musste wissen, was damals …

Eoin sagte etwas.

»Bitte?« Ich tauchte aus meinen Gedanken auf.

»Wann du mich auf ein Glas Wein einlädst?« Er kam

ein paar Schritte auf mich zu, bis er direkt neben mir stand und ich die Wärme seines Körpers spüren konnte.

»Wenn ich wieder laufen kann?« Ich lachte etwas zu laut auf und mied seinen Blick. Ein Glas Wein! Und ich hatte ohne Zögern »Ja« gesagt. Natürlich musste ich daran denken, wie er mir vor sieben Jahren auf der Party vorgeworfen hatte, ich könnte nicht genießen, weil ich meinen Wein zu schnell getrunken hatte. Ausgerechnet ein Glas Wein wollte er mit mir trinken, wusste er denn nicht, was er damit bei mir auslöste? Oder war es genau das, was er erreichen wollte – die starke Erinnerung an diesen Abend, diese Nacht, in der nichts passiert war, und doch so viel? In all den Jahren, die seither vergangen waren, hatte ich mich oft gefragt, ob er nicht recht damit gehabt hatte. Besonders, wenn ich etwas mit Kate unternahm. Sie konnte genießen, bedingungslos. Sie blieb stehen, wenn sie etwas entdeckte, das sie schön fand, auch wenn sie es noch so eilig hatte. Sie unterbrach Telefonate, weil ein Lied, das sie mochte, im Radio lief. Sie schloss beim Essen die Augen, wenn es ihr besonders gut schmeckte. Sie hatte in ihrer Wohnung nur Dinge, die sie liebte, und nichts aus rein pragmatischen Gründen. Ich könnte viel von ihr lernen, würde ich mich nur darauf einlassen …

»Das dauert mir zu lang«, sagte Eoin leise. »So ein Bänderriss kann schon mal ein, zwei Monate dauern, bis er ganz ausgeheilt ist, hat die Krankenschwester gesagt.« Er hockte sich vor mich, legte seine Hände auf meine Knie und sah mir in die Augen.

Ich hielt die Luft an und versuchte, ganz fest an Benjamin zu denken. Glücklich verheiratet, sagte ich im Kopf wie ein Mantra auf. Glücklich verheiratet, toller Mann, alles traumhaft.

»Lass mich dich nachher abholen. Ruf mich einfach an.«

Ich wich seinem Blick aus. »Nein, wirklich nicht«, protestierte ich und lehnte mich mit aller Willenskraft so weit zurück, wie es die Stuhllehne zuließ. »Es ist auch so schon viel zu …« Kompliziert, hatte ich sagen wollen, aber ich fing mich rechtzeitig: »… viel zu viel, was du für mich – und für Deirdre natürlich – tust!«

»Ist es nicht«, sagte Eoin, beugte sich vor und küsste sanft meine Lippen. Der Kuss durchströmte meinen ganzen Körper. Ich war überrascht, schockiert – und ganz in einem wunderschönen Gefühl gefangen. Als Eoin aufstand, um zu gehen, hatte ich die Augen immer noch geschlossen. Ich hörte, wie er die Tür hinter sich schloss, erst da wagte ich, mich wieder zu bewegen. Mit den Fingerspitzen berührte ich meine zitternden Lippen und zwang mich, langsam und tief zu atmen.

Ich dachte an Benjamin. Ich dachte an Keera. Ich dachte an Deirdre und Eoins Vater. Es durfte nicht sein …

Aber weit stärker als alle meine Gedanken war ein einziges Gefühl: Ich war schon wieder dabei, mich rettungslos in ihn zu verlieben. Gegen alle Vernunft.

18.

»Sie haben Besuch, wie's aussieht«, sagte der Taxifahrer, als wir vor dem Cottage hielten. »Bisschen spät, was? Oder hat da nur jemand die Schlüssel vergessen?«

Ich spähte durch die Dunkelheit, konnte aber kaum die dunkle Gestalt ausmachen, die vor der Haustür kauerte. In der Einfahrt stand ein kleiner schwarzer Smart. »Ich erwarte ehrlich gesagt niemanden.«

»Oh. Dann geh ich besser mal nachsehen.« Bevor ich ihn aufhalten konnte, stieg er aus und ging auf die Haustür zu. Ich konnte nicht hören, was gesprochen wurde. Es dauerte nicht lang, bis er zurückkam und sich auf den Fahrersitz schwang. »Ist 'ne Frau«, erklärte er mir. »Sieht harmlos aus.«

Keera, dachte ich erschrocken. Von wegen harmlos! Ihr wollte ich nun wirklich nicht im Dunkeln begegnen. Nicht, nachdem ihr Freund mich geküsst hatte, auch wenn man mit viel gutem Willen diesen Kuss als freundschaftliche Geste bezeichnen könnte. Mit sehr viel gutem Willen.

»Sie sagt, sie hätte zwar immer noch vor, nie wieder mit Ihnen zu reden, aber bei sich zu Hause hält sie's auch nicht aus, und sie wusste nicht, wohin sie sonst gehen sollte. Engländerin, wie Sie. Können Sie damit was anfangen?«

Ich strahlte. »Aber sicher!« Nachdem ich gezahlt hatte, half er mir aus dem Wagen und wollte mich sogar noch zur Tür bringen, aber ich überzeugte ihn davon, dass mir ein bisschen Übung mit den Krücken nicht schaden würde.

»Was hast du angestellt?«, rief Kate entsetzt, als sie mich sah.

»Sturz von den Klippen«, sagte ich. »Na ja, fast. Halb so schlimm. Mensch, was tust du hier? Ich freu mich so, dich zu sehen!« Umständlich umarmte ich sie, verlor dabei fast das Gleichgewicht und musste mich an ihr festhalten. Wir lachten, was die Anspannung zwischen uns für einen Moment vertrieb. Ich gab ihr den Schlüssel, damit sie aufschließen konnte, und führte sie in die Küche. Wir setzten uns an den alten, vernarbten Küchentisch. Kate sprang allerdings sofort wieder auf, um für uns beide Tee zu machen.

»Ich musste dich sehen. Wie geht es Deirdre?«, fragte sie, als sie das Wasser aufsetzte.

»Sie mussten sie noch einmal operieren, weil sie einen zweiten Infarkt hatte. Ich hab mir so gewünscht, dass sie danach wieder aufwachen würde, aber …« Ich schluckte.

»Es tut mir so leid.« Kate hatte ebenfalls Tränen in den Augen. Sie kannte meine Mutter nicht, aber sie fühlte mit mir. »Wie geht es weiter?«

Ich zuckte die Schultern. »Wenn ich das wüsste. Sie hat eine Anwältin beauftragt, sich um alles zu kümmern, falls sie selbst dazu nicht in der Lage ist. Und diese Anwältin sagt nun, dass wir das Cottage verkaufen sollten, weil es in Deirdres Sinn wäre.«

»Und was sagst du?« Sie stand auf und durchsuchte die Schränke nach Tassen.

»Oben links«, dirigierte ich sie. »Ich sage: Abwarten, was in den nächsten Tagen passiert. Alles ist möglich. Das hoffe ich jedenfalls.«

»Hört sich vernünftig an.« Sie stellte zwei große Becher auf den Tisch und warf Teebeutel hinein.

»Ja. Nur gibt es einen Interessenten für das Grundstück, der gerne hätte, dass ich mich sehr bald entscheide. Die Anwältin liegt mir außerdem damit in den Ohren, dass es unverantwortlich wäre, das Angebot auszuschlagen, weil wir nie wieder so viel hierfür bekommen würden.«

Kate goss den Tee auf und warf mir kurz einen Blick über ihre Schulter zu. »Und warum willst du nicht verkaufen, wenn Deirdre es will, wie die Anwältin sagt?«

Und schon waren wir bei dem schwierigen Teil des Gesprächs. »Eoin ist der Meinung …«

»Eoin?«

»Ja. Er wurde auch gefragt, ob er sein Grundstück verkaufen will, aber er weigert sich. Er sagt, dass dann die Dörfer kaputtgehen. Und die Landschaft. Der Interessent will nämlich einen Ferienpark bauen.«

»Pfui«, sagte Kate, stellte einen Becher vor mich und setzte sich mir gegenüber. »Dein Eoin hat recht.«

»Er ist nicht *mein* Eoin.« Ich reagierte zu heftig, als dass sie es einfach übergehen konnte.

»Aha? Er ist vergeben? Du bist verheiratet? Nein, ich kenne dich, es ist noch etwas anderes.«

»Meine Mutter hatte ein Verhältnis mit seinem Vater«, gestand ich ihr.

Kate hob die Augenbrauen.

»Und war von ihm schwanger.«

»Oh.«

»Mehr weiß ich auch nicht.«

»Aber woher weißt du *das*?«

»Briefe. Ich habe noch nicht alle gelesen.«

»Das solltest du aber mal ganz schnell tun«, sagte Kate, die ihre Augenbrauen immer noch hochgezogen hatte.

»Du bekommst davon Falten«, sagte ich und deutete auf ihre Stirn. Sie entspannte ihr Gesicht, und ich erzählte ihr, was ich in den Briefen gelesen hatte.

»Und jetzt?«, fragte Kate, nachdem ich fertig war.

»Jetzt muss ich mich durch alle anderen Briefe graben, um mehr herauszufinden. Eoins Vater ist schon sehr lange tot, und Deirdre kann ich auch nicht fragen. Nicht danach, und auch nicht nach dem Cottage. Aber weißt du, vielleicht sollte ich es wirklich verkaufen? Ich meine, wenn Deirdre nun lieber in eine kleine hübsche Wohnung in der Stadt ziehen würde.«

»Sagt das Eoin?«

Ich schüttelte resigniert den Kopf. »Der sagt, sie wolle nur verkaufen, um mir nicht auf der Tasche zu liegen, falls mal was sein sollte. So wie jetzt.«

Kates Stimmung änderte sich. Sie starrte in ihren Tee und nickte. »Kann ich verstehen.«

»Wie bitte?«

»Ich sagte: Kann ich verstehen. Unabhängig sein ist manchen Menschen eben wichtiger als alles andere. Und oft genug wird man ja auch von denen im Stich gelassen, von denen man es nicht erwarten würde.« Sie hob den Blick und sah mich scharf an.

»Kann es sein, dass wir gerade von etwas ganz anderem reden?«, fragte ich misstrauisch.

Sie nickte. »Dein Mann verklagt mich.«

»Das ist jetzt kein guter Zeitpunkt für Scherze, Kate.«

»Ich wünschte, es wäre einer.« Eisige Kälte breitete sich zwischen uns aus, und ich erkannte meine Freundin kaum wieder. Kate nahm ihren Becher in die Hand, stand auf und ging langsam in der Küche herum, wie um sich jedes Detail einzuprägen. Vor der Tür, die in den Garten führte, blieb sie stehen und drehte sich mit fragendem Blick zu mir. Ich nickte und begleitete sie nach draußen, wo ich mich auf die vom Wetter gezeichnete Holzbank fallen ließ, die Deirdre in jedem Frühling wieder neu anstrich, weil sie das leuchtende Blau so mochte. Sie hatte sie selbst gebaut, als ich gerade eingeschult worden war.

Kate setzte sich nicht zu mir, sondern blieb stehen. Sie stellte den Tee auf die Fensterbank und zog ein Zehnerpäckchen Zigaretten aus ihrer Rocktasche.

»Du hast wieder angefangen?«, fragte ich, während sie sich eine anzündete.

Sie nickte und zog tief den Rauch ein. »Heute. In diesem Moment. Und ich werde auch wieder aufhören, sobald dieser Albtraum vorbei ist.«

Bebend vor Aufregung wartete ich darauf, dass sie weitersprach, aber sie legte den Kopf in den Nacken und sah in den sternklaren Himmel. Der Wind von heute Morgen hatte sich dagegen entschieden, in einen Sturm umzuschlagen und hatte sich schon am Mittag wieder gelegt. Vom Meer war nur ein sanftes, kühles Rauschen zu hören, ab und zu ein leises Plätschern, wenn eine kleine Welle gegen die Felsen der Steilküste schlug.

»Ich wäre auch sauer auf meine Eltern gewesen, wenn

sie mich hier weggeschickt hätten«, sagte Kate nachdenklich. »Es ist paradiesisch.«

»Solange nichts passiert«, gab ich zu bedenken. »Feuerwehr und Krankenwagen brauchen ewig hierher. Die nächsten Nachbarn sind nicht gerade in Rufweite. Man ist ziemlich auf sich selbst gestellt. Wenn das Auto kaputtgeht, hast du ein echtes Problem. Du hast als Kind keine Spielkameraden, die um die Ecke wohnen. Und wenn du beim Einkaufen was vergessen hast, kommt dir der Weg zurück zum Laden vor wie eine halbe Weltreise.«

»Verkauf mir das Cottage«, sagte Kate grimmig. »Nein, *das* war jetzt ein Spaß. Ich werde nämlich mit ein bisschen Pech nie wieder im Leben Geld für irgendetwas übrig haben.« Sie zog heftig an ihrer Zigarette und blies verächtlich schnaubend den Rauch aus.

»Kate, sag mir endlich, was los ist«, flehte ich. »Was sollte das eben mit Benjamin?«

»Simon Simm hat Klage gegen mich eingereicht. Und dein Mann vertritt ihn.« Sie schnippte die Zigarette auf den Boden und trat die Glut mit dem Absatz ihrer Sandale aus. Dann sah sie mich herausfordernd an und verschränkte die Arme. »Du wusstest nichts davon?«

Ich musste nichts antworten. Sie sah mir an, wie entsetzt ich war.

»Du kannst es auch nicht glauben, hab ich recht? Aber es stimmt. Ich habe den Brief dabei. Willst du ihn sehen?« Sie zog ein unachtsam zusammengefaltetes und ziemlich zerknittertes Blatt Papier aus der Rocktasche, in die sie auch ihre Zigarettenschachtel gestopft hatte. »Hier, lies es in Ruhe durch. Es ist eine Verleumdungsklage. Simon

Simm behauptet, ich würde Lügen über ihn erzählen. Dabei hat *er* mir meine Entwürfe gestohlen.«

Ich überflog das Schreiben. Es war tatsächlich von Benjamin unterschrieben worden. Heute Morgen am Telefon hatte er gesagt, etwas sei »schiefgelaufen«. Hatte er Kate damit gemeint? War es das, womit ich mich nicht belasten sollte? Kein Wort hatte er darüber verloren, nur allgemeine Andeutungen gemacht, die alles und nichts bedeuten konnten. Dabei wusste er, wie wichtig mir Kate war.

»Ich ruf ihn sofort an.«

Kate legte mir ihre Hand auf den Arm, bevor ich nach meinem Handy greifen konnte.

»Lass es. Es ist zu spät. Die Presse hat längst Wind von der Sache bekommen. Du hast auch davon wahrscheinlich nichts mitbekommen?«

Ich schüttelte den Kopf.

»Natürlich nicht. Du hast ganz andere Probleme. Deirdre. Das Cottage. Dein Knöchel. Und dann komme ich auch noch an und …« Sie brach ab, biss sich auf die Lippen und drehte sich von mir weg. Mühsam drückte ich mich von der Bank hoch und hangelte mich zu ihr, um sie in die Arme zu nehmen. Ich dachte, sie würde weinen, aber sie stand nur da, wich meinem Blick aus und schwieg. Nach einer Weile setzten wir uns wieder auf die Bank. Ihr Kopf lehnte an meiner Schulter. Ich hatte immer noch den Arm um sie gelegt.

»Es ging einmal quer durchs Internet. Vielleicht wird es diese Meldung sogar in die Printausgaben schaffen. Ganz egal, wie es ausgeht, ich bin geliefert. Meine kleine, bescheidene Karriere ist vorbei. Ich werde hingestellt als rachsüchtiges, frustriertes Weib und er als das arme, unschuldige Opfer von Neid und Missgunst.«

»Benjamin hat gesagt, du hättest dich mal bei Simon Simm beworben. Davon hast du mir nie etwas erzählt. Du wolltest doch nie für ein großes Label arbeiten. Schon gar nicht für ein Luxuslabel wie das, bei dem Simm damals war.«

Sie setzte sich aufrecht hin und straffte die Schultern. »Das war, nachdem es in meinem Laden gebrannt hatte, weil diese Verrückte aus dem dritten Stock in den Keller gegangen war und gezündelt hatte. Dasselbe Jahr, in dem meine Mutter starb. Ich dachte, ich könnte nie wieder weitermachen. Dir ging es immer noch so schlecht wegen ...« Sie stockte.

»Wegen Alan«, half ich ihr weiter. »Sag es ruhig.«

»Ja. Wegen Alan. Ich hörte, dass Simm einen Designassistenten suchte. Also schickte ich ihm meine Unterlagen. Ich kannte ihn bis dahin nur dem Namen nach, aber dann sah ich mir Interviews mit ihm an und recherchierte im Netz. Und da wurde mir schnell klar: Selbst, wenn ich eine Zusage bekommen würde, ich würde nie für ihn arbeiten wollen. Mir war selten jemand so unsympathisch.«

»Simm?«, wunderte ich mich. »Ich finde, er ist ein bisschen überdreht, aber nicht wirklich unsympathisch.«

»Ach, ihn habe ich nie persönlich kennengelernt, mir reichten seine albernen Interviews. Ich hörte eine ganze Weile nichts mehr, nachdem ich mich beworben hatte. In der Zeit rappelte ich mich auf und entschied mich, weiter für meinen Laden zu kämpfen und unabhängig zu bleiben. Ich habe dir nichts davon erzählt, weil es für mich einfach nur ein Brief war, den ich rausgeschickt und gleich wieder vergessen hatte.«

»Die Brandschutzversicherung zahlte ja auch«, erinnerte ich mich.

»Ja, und die Bank gab mir einen günstigen Kredit. Wochen später bekam ich einen erwartungsgemäß arroganten Brief von Simm, in dem er mir absagte, aber das war mir längst egal.«

Ich erinnerte mich daran, was mir Benjamin über sein Gespräch mit Simon Simm erzählt hatte. »Du hast Simon Simm wirklich nie persönlich getroffen?«

»Nein. Nur letztens einen seiner fiesen Assistenten, das hab ich dir doch erzählt.«

Ich sah auf und dachte nach. Sollte ich wirklich ganz offen mit ihr reden? Oder meinem Mann gegenüber loyal sein? Eine Sternschnuppe fiel. Und ich hatte immer geglaubt, Sternschnuppen seien reserviert für die romantischen Momente im Leben. Schnell schloss ich die Augen und dachte: Alles wird gut. Dann sah ich Kate an, traf eine Entscheidung und sagte: »Simm behauptet etwas anderes. Er sagt, du hättest eine Szene gemacht, nachdem du die Absage bekommen hast. Deshalb hätte er dir so etwas wie Hausverbot erteilt und einen Vermerk gemacht, damit auch zukünftige Assistenten von ihm wissen, dass sie dich nicht in seine Nähe lassen dürfen.«

Kate lachte bitter auf. »Davon ist kein Wort wahr! Oder hast du das etwa geglaubt?«

»Benjamin glaubt es.«

»Und jetzt?«

Der fehlende Schlaf der letzten Nacht und die Medikamente, die man mir gegeben hatte, machten mich müde.

Gleichzeitig war ich so aufgeregt, dass ich am liebsten losgerannt wäre, um Adrenalin abzubauen. Allein der Gedanke, dass ich mich in der nächsten Zeit nur langsam bewegen können würde, machte mich schrecklich nervös und wütend zugleich. »Es wird nach so langer Zeit niemand mehr beweisen können, ob du wirklich da warst oder nicht. Nun steht Aussage gegen Aussage.«

»Weil man eher einem bekannten Modedesigner, der sein grünes Gewissen entdeckt hat, glauben wird als einer armen kleinen Schneiderin, die seit Jahren in einem winzigen Laden im Souterrain hockt?«

Ich versuchte mich zu konzentrieren. Im Krankenhaus hatte man mir Tabletten gegen die Schmerzen im Knöchel gegeben. Ihre Wirkung musste schon vor einiger Zeit nachgelassen haben, und gerade jetzt wurde der Schmerz unerträglich. Ich bat Kate, mir aus der Küche ein Glas Wasser zu holen. Die Tabletten steckten noch in meiner Hosentasche.

Als sie zurück war und ich etwas eingenommen hatte, fragte ich: »Du hast dich doch damals mit eigenen Entwürfen vorgestellt. Das waren aber nicht die, die er jetzt verwendet?«

»Nein.«

»Und du hast immer noch keine Idee, wie er da rangekommen sein könnte?«

»Absolut keine.«

»Was ist mit Simms Assistenten, könnte einer von denen bei dir eingebrochen sein?«

Kate verdrehte die Augen. »Ich hab nie etwas von einem Einbruch bemerkt. Aber möglich ist alles, nicht wahr?«

»Ich fürchte, es sieht schlecht aus«, sagte ich.

»Ich weiß.«

»Hast du einen Anwalt kontaktiert? Benjamin hatte doch jemanden für dich rausgesucht. Einen Experten, sagte er.«

Kate schnaubte. »Der Herr Experte hat mich wieder weggeschickt mit den Worten: ›Kindchen, das wird ein Kampf gegen Windmühlen, da kann Ihnen keiner helfen. Ohne den geringsten Beweis, dass diese Entwürfe von Ihnen stammen, kommen wir keinen Schritt weiter.‹«

»Das hat er gesagt?«

Sie nickte.

»Hast du denn keine Vorentwürfe? Irgendwas auf dem Computer gespeichert? Fotos gemacht?«

»Doch. Aber er sagte, das könnte alles nachträglich manipuliert worden sein, und unsere Chancen wären gleich null, weil eidesstattliche Erklärungen von Simms Mitarbeitern vorliegen. Diese Leute behaupten, sie hätten den Entwicklungsprozess verfolgt und seien sogar teilweise noch mit daran beteiligt gewesen. Es gibt Fotos und Dateien und alles, was man sich wünschen kann. Genau wie bei mir. Nur dass ich keine Zeugen habe.«

»Das ist schlecht«, bestätigte ich.

»Und jetzt verklagt er mich noch«, sagte Kate düster und sah starr auf die schwarze See. »Glaubst du mir denn wenigstens?«

»Ich *will* dir glauben, weil ich dich kenne. Ja.«

»Damit stellst du dich gegen deinen Mann.« Sie nahm ihre Augen nicht vom Meer, als sie das sagte.

Ich folgte ihrem Blick zu dem schwarzen Horizont, an dem sich die Grenze zwischen Wasser und Himmel aufgelöst hatte, sodass die Sterne genauso gut im Meer schwimmen konnten. Ich dachte darüber nach, was sie gerade gesagt hatte, und es schmerzte sehr, dass ich mich zwischen zwei der wichtigsten Menschen in meinem Leben entscheiden musste. Würde Benjamin mir verzeihen, wenn ich mich auf die Seite meiner besten Freundin stellte? Würde er es verstehen? Er sagte immer: »Es geht in unserem Beruf nicht darum, recht zu haben, sondern recht zu bekommen.« Sein Mandant war Simon Simm, und er sah sich verpflichtet, dessen Interessen zu vertreten. War das der Benjamin, den ich kannte? Wir waren nie in der Situation gewesen, dass wir uns beruflich gegen einen engen Freund stellen mussten, und ich hatte auch nie geglaubt, dass so etwas einmal passieren würde. Vielleicht hätte Benjamin Simm als Mandanten gar nicht angenommen, wenn von vorneherein klar gewesen wäre, dass Kate Schaden nehmen würde. Aber darüber zu spekulieren, war nun müßig. Benjamin war ein verständnisvoller, liebenswerter Mensch. Hatte er einen Plan B für Kate? Würde er ihr auf inoffiziellem Weg aus der Klemme helfen? Rechnete er am Ende sogar damit, dass ich ihr half?

Nein, Benjamin ging immer den direkten Weg und war damit so erfolgreich geworden. Es brachte nichts, mir hier den Kopf zu zerbrechen. Ich musste mich wirklich entscheiden, und ich fühlte, dass ich keine Wahl hatte. Deshalb sagte ich nur zu Kate: »Ich weiß.«

19.

»Du weißt nicht alles«, sagte Benjamin und klang erschöpft. »Du hast nur ihr Wort, aber wir haben hier Beweise vorliegen. Ich weiß, dass sie deine Freundin ist …«

Noch vor Kurzem hätte er von *unserer* Freundin gesprochen. Ich schnappte erbost nach Luft. »Oh ja, das ist sie, und nicht nur deshalb frage ich mich, warum man über ihre Beweise sagt, sie seien nichts wert, sie könnten manipuliert sein, wenn die Gegenseite mit exakt derselben Art von Beweisen daherkommen kann!«

Benjamin hasste nichts mehr als schwierige Telefonate. Besonders zu so später Stunde. Es war ein Uhr nachts und ich hatte mich in mein Zimmer zurückgezogen, weil ich nicht wollte, dass Kate von diesem Gespräch etwas mitbekam.

Ich hörte, wie Benjamin am anderen Ende der Leitung unruhig auf und ab ging. »Theoretisch könnten auch die Beweise unseres Mandanten gefälscht sein. Natürlich. Da gebe ich dir recht. Es ist kein Hexenwerk, die Datumsanzeige einer Digitalkamera falsch einzustellen oder Dateien mit einem früheren Datum abzuspeichern. Aber unser Mandant hat Zeugen, die beschwören können, dass er der Urheber dieser Muster ist.«

»*Unser* Mandant«, höhnte ich. »Ich sag dir was, *mein*

Mandant ist Simon Simm ganz sicher nicht mehr. Und wenn dir irgendetwas an mir liegt, dann ziehst du dich ebenfalls zurück!«

»Ich soll unsere Kanzlei ruinieren?«, fragte Benjamin ungläubig.

»Wir haben genügend andere Mandanten. Jahrelang sind wir wunderbar ohne Simm ausgekommen.«

»Aber das ist eine große Chance für uns! Wir haben dadurch Aufträge von anderen Firmen aus der Modebranche. Ich habe neue Mitarbeiter eingestellt. Wir vergrößern uns gerade!«

»Schön. Aber *ich* glaube ihr. Für mich sind Simms sogenannte Zeugen keinen Penny wert. Sie sind von ihm abhängig. Sie hoffen, dass sie durch ihn ganz groß als Designer rauskommen. Außerdem scheint er sie finanziell beteiligen zu wollen, da er seine tollen Zeugen als Miturheber benennt. Das stinkt doch zum Himmel!«

»Juristisch gesehen ist Simm definitiv in der besseren Position. Ach, was sage ich da: Die Sache ist eindeutig! Und vor allem gibt es keine schlüssige Erklärung dafür, wie er an Kates Entwürfe gekommen sein soll. Nicht einmal Kate konnte dir das erklären, richtig?«

Ich schwieg. Kate hatte mir die Treppen hinaufgeholfen, damit ich es in mein altes Zimmer schaffte. Dort lag ich nun auf dem Bett, hielt das Handy ans Ohr gepresst und hoffte, dass es Kate unten auf dem Sofa halbwegs bequem hatte. Wir waren beide davor zurückgescheut, Deirdres Zimmer zu beziehen. Aber ich hatte ihr erlaubt, Naoises Briefe zu lesen, nicht zuletzt in der Hoffnung, ihr würde etwas auffallen, das mir entgangen war. Und natürlich auch, um sie abzulenken von dem Horror, in den ihr Leben umgeschlagen war. Kate hatte schon so viele Tiefschläge gemeistert, aber jetzt sah es so aus, als würde ihre Existenzgrundlage, ihr Lebenstraum vollständig zerstört werden.

»Ich werde mich neu erfinden«, hatte sie gesagt, aber ich wusste, dass sie nie wieder dieselbe sein würde, nie wieder so glücklich werden könnte wie mit ihren eigenen Kollektionen. Deshalb sagte ich zu Benjamin:

»Nur weil sie es sich nicht erklären kann, heißt es nicht, dass es unmöglich ist. Außerdem gilt auch umgekehrt: Wie soll sie denn an seinen Entwurf gekommen sein? Dafür gibt es noch weniger eine Erklärung. Sie hat nicht mal einen Safe. Er hingegen arbeitet in der reinsten Festung! Alles ist elektronisch gesichert, das Bürogebäude ist Tag und Nacht bewacht, und da soll Kate einfach mal eben reinspaziert und mit geheimen Entwürfen wieder rausgekommen sein? Benjamin, wir müssen herausfinden, wie er an ihre Arbeiten gekommen sein kann und …«

»Nein, Ally«, unterbrach mich mein Mann. »Wir arbeiten für Simm!«

»Ich nicht. Ich bin raus aus der Sache.«

»Aber nicht die Kanzlei! Du kannst nicht einfach aus der Kanzlei aussteigen! Ich hatte Kate doch einen Kollegen empfohlen, warum kümmert der sich nicht darum?«

»Er sagte, es sei aussichtslos.«

»Da hörst du's.«

»Benjamin! Nach allem, was sie mir erzählt hat, kam es mir nicht so vor, als hätte sich dieser Kollege sehr viel Mühe gegeben.«

Er schwieg.

»Hast du mit ihm geredet?«

»Wie meinst du das?«

»Hast du ihm gesagt, er soll ihr – ich formuliere es mal vorsichtig – keine falschen Hoffnungen machen?«

»Ich kenne ihn seit Jahren, natürlich reden wir auch mal miteinander, wenn wir uns irgendwo zufällig über den Weg laufen«, wich er aus.

»Das ist nicht dein Ernst.« Ich war entsetzt. Hatte ich mich gerade verhört? Sprach da wirklich mein Mann?

»Ally, bitte, es geht hier um unsere Zukunft. Und außerdem solltest du dich wirklich mehr mit dem vertraut machen, was Simm zu der ganzen Sache sagt. Ich bin mir nicht sicher, ob es eine gute Idee ist, Kate allzu viel Vertrauen zu schenken. Es gibt da noch etwas, das du nicht weißt und das sie dir garantiert nicht erzählt hat.«

Unten im Haus konnte ich Kates Schritte hören. Sie ging gerade in die Küche, drehte das Wasser an, setzte den Kessel auf. Die Geräusche waren mir so vertraut, wie es nur Geräusche aus der Kindheit sein können. Sie erzeugten ein warmes, wohliges Gefühl in meinem Körper, und für ein paar Sekunden war ich ein unbeschwertes kleines Mädchen, das darauf wartete, von seiner Mutter zum Tee gerufen zu werden.

»Sie ist einfach nicht glaubwürdig«, hörte ich Benjamin sagen.

»Was meinst du?«, fragte ich.

»Kates Anwalt tut ihr einen riesigen Gefallen damit, dass er sie nicht mit der Sache vor Gericht gehen lässt. Er hat uns, als es noch um einen Vergleich ging, ihre Unterlagen vorgelegt. Wir haben sie geprüft. Sie sind wirklich gefälscht, und nicht mal besonders gut.«

»Gefälscht?«, stammelte ich.

»Ich schick dir gerne das Gutachten.«

»Aber wieso soll sie denn …«

»Frag sie, nicht mich«, sagte Benjamin nur und legte auf.

Ich fragte Kate nicht nach irgendwelchen gefälschten Beweisen. Dazu wusste ich zu genau, wie Anwälte vorgingen, wie sie Fakten verdrehen und Beweise zerreden konnten. Ich beschloss, endlich zu schlafen und morgen bei Tag in Ruhe über alles nachzudenken. Vielleicht würde ich mich dann ja anders entscheiden und Kate ins Kreuzverhör nehmen.

Ich träumte in dieser Nacht von Schimmeln, die mich entführen wollten, von Kate, die mir eröffnete, dass Simon Simm und sie in Wirklichkeit ein und dieselbe Person waren, und von Eoin, der mich küssen wollte. Er war kurz davor, meine Lippen zu berühren, als ich schweißnass erwachte. Es war acht Uhr. Ich beschloss aufzustehen.

Umständlich humpelte ich mit meinen Krücken ins Bad. Ich fiel bei dem Versuch, zu duschen und Zähne zu putzen, mehrmals fast um. Dann zog ich ein luftiges buntes Sommerkleid über, da der Tag wieder sonnig und warm zu werden versprach. Außerdem kam ich mit meinem Verband in keine Hose. Ich rief nach Kate, als ich fertig war, aber sie antwortete nicht. Stufe für Stufe arbeitete ich mich die Treppe hinunter. Im Wohnzimmer fand ich Kate schlafend auf dem Boden liegen. Sie hatte sich ein Sofakissen unter den Kopf geschoben und eine leichte Decke übergeworfen, aber wirklich bequem konnte sie nicht liegen. Trotzdem war sie kaum wach zu kriegen.

»Oh, ich hab's dann wohl doch nicht mehr aufs Sofa geschafft«, murmelte sie verschlafen.

»Warum um alles in der Welt liegst du überhaupt auf dem Boden?« Ich hatte die Frage noch nicht richtig gestellt, da sah ich die Antwort selbst: Kate hatte die ganze Nacht damit zugebracht, Naoises Briefe an meine Mutter zu sortieren. Sieben unterschiedlich lange Reihen lagen vor dem Fenster. Sie folgte meinem Blick.

»Ja. Deshalb. Ich bin drüber eingeschlafen. Für jedes Jahr habe ich zunächst einen Stapel gemacht, und dann habe ich sie innerhalb des Jahres noch chronologisch geordnet.« In ihr abgespanntes Gesicht kroch eine Spur von kindlichem Stolz. Diesen Ausdruck mochte ich sehr an ihr.

»Wie hast du das geschafft?«, staunte ich. »Die Briefe waren doch längst nicht alle datiert.«

»Das nicht, aber es gibt genügend Anspielungen auf das Zeitgeschehen, besonders im Zusammenhang mit der IRA. Und was dieses hübsche kleine Buch nicht wusste« – sie deutete auf einen dicken Wälzer, dessen Cover mir mitteilte, dass es auf weit über tausend Seiten um die Geschichte der IRA ging –, »das wusste das Internet. Und irgendwie musste ich mich ja ablenken.«

Ich ließ mich aufs Sofa fallen und legte die Krücken auf den Boden. »Wie lange hast du denn geschlafen?«

Sie klopfte das Sofakissen in Form, legte es auf den Boden und setzte sich drauf. »Es war schon hell, als ich eingeschlafen bin. Aber das ist in Ordnung. Ich darf im Moment einfach nicht zum Nachdenken kommen, sonst werde ich verrückt.«

Ich dachte an mein Gespräch mit Benjamin. Wie gerne

hätte ich ihr jetzt etwas Tröstendes gesagt, sie aufgebaut, ihr geholfen. Aber dass mir mein Mann gesagt hatte, Kate hätte Beweise gefälscht, nagte an mir. Schnell wechselte ich das Thema. »Gehört dieses Buch Deirdre? Ich habe es noch nie gesehen. In ihren Fotoalben liegen lauter Zeitungsausschnitte, ebenfalls über Anschläge der IRA oder Berichte über die Gefangenenstreiks. Ich wusste nicht, dass sie sich dafür so sehr interessierte.«

»Du hast ja auch noch längst nicht alle Schuhkartons durchstöbert.« Sie lächelte mich an. »Deine Mutter muss eine bemerkenswerte Frau gewesen sein. Dass jemand sie mit solcher Leidenschaft liebte, kann nur für sie sprechen. Ihr reges Interesse an der IRA hat wohl in erster Linie mit Naoise zu tun.«

»Martin O'Connor, Eoins Vater«, sagte ich. »War er Mitglied?«

»Seine Schwester, sein Bruder, sein Schwager, seine Nichte … Der Bruder ist verschwunden, der Schwager tot, die Nichte im Gefängnis. Und das Letzte, was ich über die Schwester gelesen habe, klang auch nicht wirklich friedlich.«

»Aber er …«

»Was aus ihm geworden ist, weiß ich nicht, darüber habe ich nichts finden können. Hat Eoin nicht mal von seinem Vater erzählt?«

Ich schüttelte den Kopf. »Nur dass er tot ist. Ich hatte den Eindruck, er wollte nicht darüber reden, also habe ich nicht weiter nachgefragt. Er hat vier nahe Verwandte im Nordirlandkonflikt verloren?«

»Du musst die Briefe selbst lesen. Sie sind eine wahre Zeitreise. Manche sind wunderschön, andere sind furchtbar traurig. Aber vor allen anderen musst du diesen hier lesen.« Sie rollte sich auf die Seite und zog zielsicher ein Blatt aus den vielen Briefen hervor. »Ich denke, dieser Brief ist im Moment für dich der wichtigste.« Ihr Blick wurde ernst. »Lies ihn erst, wenn du dich stark genug dafür fühlst.«

Ungeduldig wollte ich danach greifen, aber sie hielt ihn zu weit von mir weg.

»Dir wird es danach eine Weile nicht sehr gut gehen«, warnte sie mich.

»Umso schneller sollte ich ihn lesen.« Ich streckte die Hand aus und wartete. Kate zögerte noch einige Momente, aber dann gab sie ihn mir endlich mit einem Seufzer.

»Dann hol ich uns mal besser was zur Beruhigung. Versteckt deine Mutter irgendwo Alkohol?«

»Wir sind gerade erst aufgestanden«, sagte ich kopfschüttelnd. Meine Hand fing an zu zittern, und mein Herz klopfte laut und schnell vor Aufregung.

»Glaub mir«, sagte meine Freundin, »du wirst ihn brauchen.«

Deirdre,

wie geht es dir?
Was für eine dumme Frage. Mein Schmerz ist schon kaum mehr zu ertragen, wie soll es dir da gehen? Ich habe das Gefühl, unter Wasser zu leben. Wenn ich atme, muss ich sterben, wenn ich nicht atme, muss ich auch sterben. Trotzdem weiß ich, dass ich mir nicht mal annähernd vorstellen kann, wie es dir geht.
Es wird wohl kein Grab für unser Kind geben. Jedenfalls kein geweihtes. Es darf keins geben, weil es unser Kind nicht geben durfte. Ich werde einen Platz suchen, der nur uns gehört, uns und unserem Jungen. Alan ist ein schöner Name, du hast ihn gut gewählt.
»Wie können wir weiterleben?«, hast du mich gefragt.
Ich weiß es nicht.
Aber ich bin bald bei dir und werde bleiben.

Dein
M.

20.

Die Erleichterung darüber, doch die Tochter meines Vaters Colin zu sein, hielt nur kurz an. Deirdre hatte ein Kind verloren – und es hätte Alan heißen sollen, wie mein Kind. Ich hielt es kaum aus. Es kamen alle Gefühle aus der Zeit meiner Schwangerschaft und nach der Fehlgeburt hoch. Die Zerrissenheit, die Schuldgefühle, die Verzweiflung über den Tod meines Kindes, das ich nie hatte kennenlernen dürfen. Kate hatte recht gehabt: Ich brauchte jetzt dringend einen Schluck Whiskey, obwohl ich normalerweise nie welchen trank. Aber ich glaubte, sonst verrückt werden zu müssen, wenn ich mich nicht irgendwie betäubte.

Warum hatte ich damals nicht mit meiner Mutter gesprochen? Sie hätte gewusst, was ich durchmachte. Sie hätte vielleicht meinen Schmerz lindern können. Aber Deirdre war nun einmal nie die Mutter gewesen, der man sich anvertraute, mit der man über alles redete, was einen bewegte. Nie hatte sie über sich gesprochen, sich offenbart, nie hatte sie mich wirklich an sich herangelassen oder sich mir genähert. Immer auf Distanz, immer mit einer offenen Hintertür, bereit zur Flucht, falls man ihr zu nah kam. Naoise aber hatte sie ganz nah an sich herangelassen. War sie früher ein anderer Mensch gewesen?

Hatte Naoise sie verändert? Oder war er die große Ausnahme gewesen, für die sie ihr Schneckenhaus verlassen hatte, um dann wieder dorthin zurückzukehren? Wenn ich es nur wüsste … Ob Eoin wusste, wie recht er damit hatte, wenn er sagte, dass ich meine Mutter nicht kannte? In der Tat kannte ich sie immer weniger, je mehr ich über sie erfuhr. Einfach, weil sich das Bild der Frau aus den Briefen so sehr von dem, das ich von meiner Mutter hatte, unterschied.

Diese Frau, diese andere Deirdre, war fröhlich, leidenschaftlich, spontan und ungestüm gewesen. Sie hatte diesen Mann mit Haut und Haaren geliebt und war bereit gewesen, alles für ihn aufs Spiel zu setzen. Sie hätte sein uneheliches Kind bekommen und alle Konsequenzen auf sich genommen, nur um einen Teil von ihm in ihrer Nähe zu haben. Nein, diese Frau hatte nichts mit der immer etwas abwesend lächelnden, unverbindlichen, zurückgenommenen Deirdre gemein.

Ich dachte darüber nach, was ich über die Ehe meiner Eltern wusste. Nicht das, was ich darüber angenommen hatte – nämlich, dass meine Mutter meinem Vater treu ergeben war und sich aufopfernd um ihn gekümmert hatte. Erinnerte ich mich, wie sie sich geküsst, umarmt, liebkost hatten? Inniges Händchenhalten? Eine beiläufige, zarte Berührung? Ein Kosewort? Nicht zum ersten Mal wurde mir bewusst, dass ich nie gesehen hatte, wie meine Eltern Zärtlichkeiten ausgetauscht hatten. Ich hatte es darauf geschoben, dass sie einer Generation angehörten, die so intime Gefühle niemals in der Öffentlichkeit zur Schau stellen würde. Aber je mehr Briefe ich las, desto klarer wurde mir, dass das nicht der Grund gewesen sein konnte. Deirdre und Naoise mussten zwar aufpassen, keinen Bekannten in die Arme zu laufen, aber sie scheuten sich nicht davor, sich auf der Straße zu küssen und zu umarmen. Es passte nicht in mein Bild, dass meine Mutter mit einem verheirateten Mann und Familienvater ein Verhältnis gehabt hatte, meine irisch-katholische Mutter, von der ich dachte, es hätte nie einen anderen Mann als meinen Vater gegeben. So sehr konnte man sich täuschen.

Hatte sie meinen Vater jemals geliebt? Oder hatte sie ihn erhört, um Naoise zu verletzen? War sie nur bei ihm geblieben, weil eine Scheidung in Irland damals nicht erlaubt gewesen war? Oder war es aus Pflichtgefühl gewesen? Aus schlechtem Gewissen? Was hatte eigentlich mein Vater von alledem gewusst?

Die Erleichterung darüber, dass Eoin nicht mein Halbbruder war, erreichte mich kaum. Mir schwirrte der Kopf, weil es mir vorkam, dass mein ganzes Leben nur auf Lügen aufgebaut war. Lügen und Unausgesprochenem, und wer weiß, vielleicht noch aus so einigem Unaussprechlichen. Bevor der Whiskey ganze Arbeit leistete und meine Gedanken endlich in andere Bahnen lenkte, stahl sich die perfide Frage in meinen Kopf: Ob sie das Kind von Naoise mehr geliebt hätte als mich? Vielleicht war es die Angst vor der Antwort, die ich zu kennen glaubte, die mich dazu trieb, das Telefon zu nehmen und Eoin anzurufen.

»Ich bin betrunken«, eröffnete ich das Gespräch.

»Und das, bevor die Pubs geöffnet haben«, sagte er und klang fast schon beeindruckt. »Ich bin nüchtern, aber voller Pferdemist, falls es dich interessiert.«

»Das ist schön. Sag mal, wusstest du, dass dein Vater mit meiner Mutter ein Verhältnis hatte?«

Eoin lachte laut. »Ist heute der 1. April? Meine Güte, du bist ja wirklich betrunken!« Er lachte immer noch.

»Ja, aber ich mein's ernst. Die beiden hatten jahrelang ein Verhältnis. Ich hab die Briefe von deinem Vater gefunden. Und jetzt will ich von dir wissen, was dein Vater für ein Mensch war.«

Es war still in der Leitung.

»Hallo? Eoin?« Ich schüttelte das Handy. »Ist der Empfang so schlecht oder was?« Meine Zunge gehorchte mir nur noch sehr widerwillig.

»Ich komm vorbei«, sagte Eoin. Danach war die Leitung wirklich tot.

Kate hatte sich nach diesem Telefonat zum Schlafen in mein Bett gelegt, und Eoin überredete mich zu einem Ausflug an den Strand von Ringabella Bay. Die frische Seeluft tat mir gut und half mir, wieder klarer zu denken. Das seltsam schwebende Gefühl, das ich vom Alkohol bekommen hatte, hielt aber noch eine Weile an. Mir war gleichzeitig zu warm von der Sonne, die am späten Vormittag schon ihre volle Kraft zu haben schien, und zu kalt vom Wind. Die glitzernden weißen Kreise, die das Sonnenlicht auf die Meeresoberfläche zauberte, erschienen mir wie eine endlose Straße aus Diamanten und Perlen, die zum Horizont führte. Ich erinnerte mich, dass ich als Kind an den Schatz geglaubt hatte, der am Ende des Regenbogens vergraben war, und ich hatte immer gedacht: Wenn es diesen Schatz wirklich gibt, dann ist er hier auf dem Meer. So wie diese Diamantenstraße stellte ich mir den Schatz am Ende des Regenbogens vor.

Die wütenden Schreie der Möwen, die sich um eine weggeworfene Tüte Fish & Chips stritten, holten mich zurück in die Gegenwart. Eoin ging schweigend neben mir her. Manchmal hob er einen Stein auf und warf ihn ins Wasser, einmal steckte er sich eine schöne Muschel in die Tasche. Er schien so versunken, er merkte nicht, wie beschwerlich es für mich war, mich im Sand fortzubewegen. Die Krücken gruben sich tief ein, und ich wusste, ich würde morgen in den Armen Muskelkater haben wie noch nie in meinem Leben. Der Wind zerzauste mein Haar, und als ich es zurückstrich, fühlte ich, wie verknotet manche Strähnen waren. Ich widerstand dem Impuls, ein Haargummi zu suchen und mir einen Pferdeschwanz zu machen. Schon lange hatte ich nicht mehr mit vom Seewind verknoteten Haarsträhnen zu kämpfen gehabt, und gerade genoss ich es genauso sehr wie den Geschmack von Salz auf meinen Lippen und das Gefühl von Sand in meinen Schuhen.

Eoin kletterte über ein paar mit Algen bewachsene Steine und setzte sich schließlich auf eine größere, flache Stelle, die vollkommen sauber war. Da erst fiel ihm auf, dass ich ihm gar nicht folgen konnte. Er entschuldigte sich hastig, kam zurück zu mir und hob mich hoch. Meine Krücken fielen in den Sand. Erschrocken hielt ich seine Schultern fest umklammert, während er mit mir über die Steine balancierte. Ich hoffte, dass er meinen schnellen Herzschlag nicht bemerkte. Aber ich fühlte seinen, und auch die Wärme seines Körpers, den Geruch seiner Haut …

Auf dem flachen Felsen setzte er mich vorsichtig ab, nahm neben mir Platz, umschlang seine Knie mit den Armen und starrte aufs Meer. Ich folgte seinem Blick und entdeckte am Horizont ein großes weißes Passagierschiff. Es sah aus, als würde es direkt die Diamantenstraße entlang auf uns zufahren.

Als Eoin immer noch nichts sagte, lehnte ich mich zurück und schloss die Augen. Meine Mutter und sein Vater, was für eine seltsame Vorstellung. Andererseits auch wieder nicht so seltsam. Eoin und ich waren jetzt ein paar Jahre älter als die beiden damals während ihrer Beziehung, und sie waren sicherlich genauso leidenschaftlich und ungestüm gewesen wie die meisten in dem Alter. Abgesehen davon, dass ich Deirdre nur allzu gut verstehen konnte – sollte Eoin auch nur ein wenig nach seinem Vater kommen, dann war Martin O'Connor zweifelsohne ein attraktiver, charmanter und humorvoller Mann gewesen, in den sich eine junge, unternehmungslustige Frau leicht verlieben konnte. Aber die Tiefe der Gefühle war es, die mich nachdenklich stimmte. Warum war sie später mit meinem Vater hierhergezogen? Vorher hatte sie in Cork gewohnt. Hatte sie Martins Nähe gesucht? War die Beziehung auch nach ihrer Hochzeit weitergegangen? Gab es also doch noch eine Möglichkeit, dass ich Martins Kind, Eoins Halbschwester war? In einer Sache konnte ich mir wohl jetzt schon sicher sein: Meinen Vater Colin hatte sie nie so sehr geliebt wie Martin. Es fühlte sich wie Verrat an, mit Eltern aufgewachsen zu sein, die sich nicht so liebten, wie man es sich als Kind wünschte. Oder vielmehr: erwartete. Waren die zwölf Jahre Kindheit in Emerald Cottage wirklich nur auf Lügen und Geheimnissen aufgebaut?

Vielleicht war es wirklich das Beste, Emerald Cottage zu verkaufen. Vielleicht war es wirklich Deirdres Wunsch, alles hinter sich zu lassen und in die Stadt zu ziehen, wo sie gelebt hatte, als sie noch jung und unabhängig war. Vielleicht war Emerald Cottage für sie so eine Art »Wuthering Heights«, ein magischer, düsterer Ort, von dem sie nicht loskam, der ihr aber kein Glück gebracht hatte. Ich konnte sie nicht fragen, und vielleicht würde ich nie erfahren, was meine Mutter in ihrem Inneren bewegte. Wenn sie also verfügt hatte, dass das Cottage verkauft werden sollte – wer war ich, mich ihr in den Weg zu stellen? Was hatte ich schon mit dem Cottage zu tun?

»Erzähl mir von deinem Vater«, hörte ich mich zu Eoin sagen.

Erst dachte ich, er würde nie antworten. Oder hatte der Wind meine Worte weggetragen, bevor sie zu ihm drangen? Aber endlich drehte er den Kopf zu mir und sah mich traurig an.

»Er ging, als ich vier Jahre alt war«, sagte er. »Ich kann mich also kaum an ihn erinnern. Alles, was ich über ihn weiß, habe ich von meiner Mutter und meinen Geschwistern, und bei den meisten Erinnerungen kann ich mir nicht sicher sein, ob sie real sind oder ob ich sie mir nachträglich erträumt habe, zusammengetragen aus dem, was man mir von ihm erzählt hatte.«

»Woran ist er denn gestorben? Hatte er einen Unfall?«, fragte ich.

Eoin schüttelte den Kopf. »Mutter sagte uns: Euer Vater kommt nicht mehr wieder. Wir saßen zusammen im Wohnzimmer, sie betete mit uns, dann weinte sie – weinten wir! Einen Tag später ging sie mit uns in die Kirche und zündete Kerzen für unseren Vater an. Es gab keine Beerdigung, und wir gingen zu keinem Grab. Es dauerte eine Weile, bis mein älterer Bruder Séamus danach fragte. Da sagte Mutter: Es gibt kein Grab, er ist viel zu weit weg dafür. Wir wollten es verstehen, aber es war sinnlos. Aus ihr war nichts herauszubekommen. Aber dann, zwei Jahre später, gab es eine Beerdigung und ein Grab. Daran erinnere ich mich genau: Unser Haus war voll mit Leuten, die ich noch nie gesehen hatte. Alle trugen sie Schwarz und sprachen leise. Oben im Schlafzimmer stand ein Sarg. Erst wollte Mutter nicht, dass wir in das Zimmer gingen, aber Séamus, zu der Zeit gerade in der Pubertät, erklärte ihr lautstark, dass er sich von so einer gemeinen Lügnerin wie ihr nichts mehr verbieten ließe. Er ist jahrelang nicht darüber hinweggekommen, dass sie uns angelogen hat. Ich habe sie verstanden, als sie sagte, dass Martin für sie gestorben war. Aber Séamus hat unseren Vater sehr geliebt, er kannte ihn von uns allen am besten. Jedenfalls packte mich mein Bruder am Arm und schleppte mich die Treppe rauf zum Schlafzimmer, und da lag er dann, bleich und steif und gar nicht wie der Mann, an den ich mich erinnern wollte.«

Ich schluckte. »Wie ist er gestorben?«, fragte ich wieder.

»Ich weiß es bis heute nicht. Meine Mutter sagte immer nur, er hätte einen Unfall gehabt. Sein Leichnam war bis zum Hals mit einem Tuch zugedeckt, obwohl am Hals der Kragen eines Anzugs herauslugte. Wir erfuhren, dass er in der Zeit, in der wir ihn bereits für tot hielten, bei seiner Schwester in Nordirland war.«

»Und deine Mutter wusste das?«

Eoin nickte.

»Warum hat sie nichts gesagt?«

Er hob die Schultern. »Es war für uns Kinder unerträglich. Wir wollten natürlich Antworten, aber wir sahen auch, wie sehr unsere Mutter litt. Wir verstanden allmählich, dass sie nicht darüber sprechen *konnte*. Sie brachte es einfach nicht über sich. Und schließlich hörten wir auf, Fragen zu stellen. Meine Geschwister gingen alle früh ins Ausland, nur ich blieb. Mutter starb, als ich zwanzig war. Ich übernahm das Gestüt. Ende der Geschichte.«

Ich wusste, dass wir noch lange nicht mit dieser Geschichte fertig waren. Sie fing wahrscheinlich gerade erst an.

»Seit wann bist du mit Deirdre befreundet?«, wollte ich wissen, obwohl ich die Antwort bereits ahnte.

»Meine Mutter war schon ein gutes Jahr tot, als sie auf dem Hof auftauchte und fragte, ob ich ihr helfen könnte. Sie hatte ein paar alte Pferde in Pflege genommen, ehemalige Rennpferde. Deirdre fragte mich, ob sie sie bei mir unterstellen könnte. Seitdem kennen wir uns. Sie hat immer wieder ausgediente Tiere aufgenommen und bei mir Stellplätze gemietet. Bis heute. So freundeten wir uns über die Jahre an.«

»Ihr wart schon vorher so etwas wie Nachbarn. Aber da gab es keinen Kontakt?«

Er schüttelte den Kopf. »Meine Mutter wollte mit den Sullivans nichts zu tun haben. Alte Familienstreitigkeiten, sagte sie.« Er sah mich an. »Da hat sie mich auch angelogen, vermute ich?«

»Familienstreitigkeiten kann man es möglicherweise auch nennen«, sagte ich und bereute sofort meine trockene Bemerkung. Schnell fügte ich hinzu: »Offenbar hat sie von Deirdre und deinem Vater gewusst.«

»Was weißt du über die beiden?«

»Sie müssen sich einmal sehr geliebt haben«, sagte ich nur.

Sollte ich ihm sagen, was ich dachte? Eoin war 1975 geboren worden. Wie würde er es aufnehmen, dass sein Vater Martin im Jahr zuvor versucht hatte, sich von Deirdre zu lösen? Und offenbar mit seiner Frau ein weiteres Kind gezeugt hatte, um sich den Weg zu Deirdre endgültig zu verbauen? Dass Eoin kein Kind der Liebe war, sondern der Versuch, eine andere Frau zu vergessen? Es hatte nicht funktioniert. Die Briefe zeigten, dass Martin, oder Naoise, wie er für Deirdre hieß, weiter um ihre Liebe gekämpft hatte. Obwohl er immer noch nicht bereit gewesen war, mit ihr durchzubrennen, hatte Deirdre ihn mit offenen Armen empfangen. Auch sie hatte von ihm nicht lassen können. Was musste das für eine Liebe gewesen sein!

Aber konnte ich darüber mit Eoin sprechen? Ich fand nicht die richtigen Worte. Es war offenkundig, wie sehr Eoin darunter litt, dass Deirdre trotz der langen Freundschaft, die ihn mit ihr verband, nie darüber gesprochen hatte, dass sie seinen Vater gekannt und wie nah sie ihm gestanden hatte. Er musste das Gefühl haben, dass ihn viele der wichtigsten Menschen in seinem Leben belogen hatten. Gleichzeitig war ich wütend auf meine Mutter. Wie hatte sie Emerald Cottage kaufen können, ein Haus in der Nähe ihres langjährigen Geliebten, um dann mit ihrem Ehemann dort einzuziehen?

Eoin blieb noch eine Weile schweigend neben mir sitzen, dann half er mir auf, trug mich zurück an den

Strand, gab mir meine Krücken und brachte mich zu seinem Wagen.

»Ich muss jetzt eine Weile allein sein«, sagte er, als wir schon fast am Cottage waren. »Ich bring dich aber noch nach Hause.«

»Nach Hause«, wiederholte ich seine Worte. »Nicht mehr lange wird es das sein. Ich habe mich entschieden und werde das Cottage verkaufen.«

Eoin bremste scharf. »Was?«

»Eoin, ich weiß, was du zu mir gesagt hast, aber glaub mir, sie will es nun mal so. Und es sollte doch nur um das gehen, was in ihrem Interesse ist, oder?«

»In ihrem oder in deinem?«, fragte er aufgebracht.

»In ihrem natürlich! Welches Interesse könnte ich denn schon an dem Verkauf haben?«

Er hob die Schultern. »Was weiß ich? Mir hat Jenkins viel Geld geboten. Euch wahrscheinlich auch.«

Ich schüttelte den Kopf. »Mir geht es nicht um das Geld. Mir geht es darum, was das Beste für meine Mutter ist.«

»Ach. Welch Sinneswandel!«

Das tat weh. »Eoin, ich sage nicht, dass ich in den letzten Jahren alles richtig gemacht habe, was meine Mutter betrifft, aber ich versuche, es jetzt wiedergutzumachen. Willst du das nicht verstehen?«

»Du lässt zu, dass deine Heimat kaputt gemacht wird. Unsere Heimat! Bedeutet dir dieses Land denn gar nichts?«

Ich wusste nicht, was ich darauf erwidern sollte. Ich konnte nicht so empfinden wie er. Er hatte sein ganzes Leben hier verbracht, für mich gab es nur Kindheitserinnerungen, und die waren nicht unbedingt nur die besten.

»Verstehe«, sagte er, ohne mich anzusehen. »Mit dir kann man nicht darüber reden. Du bist viel zu weit weg.«

»Eoin, bitte, es ist der Wunsch meiner Mutter!«

Er lachte. »Das *kann* nicht sein!«

»Sie hat es mit ihrer Anwältin besprochen. Ich denke mir das doch nicht aus.«

Eoin schwieg einen Moment, dann sagte er: »Ich dachte immer, ich kenne Deirdre, aber du hast mir heute bewiesen, dass es nicht so ist. Mag sein, dass sie verkaufen will. Aber ich werde es nicht tun. Zusammen hätten wir ihn stoppen können, aber bitte, werde ich eben allein gegen diesen Oliver Jenkins und sein dummes Projekt kämpfen.«

»Wie könnten wir ihn schon stoppen? Wenn er unsere Grundstücke nicht bekommt, baut er eben woanders.«

Eoin lachte verächtlich. »Er hat nur zwei Möglichkeiten, das Ding überhaupt zu realisieren. Entweder mit meinen Ländereien, oder mit Deirdres. Es geht nicht nur um das Grundstück, auf dem das Haus steht. Ihr gehört viel mehr. Siehst du diese Mauer da hinten? Bis dahin reicht ihr Land. Es grenzt direkt an meins an. Natürlich hätte er gerne alles, aber vorerst reicht es, wenn er *einen* von uns weichkocht. Das ist ihm bei dir ja offenbar gelungen.«

»Das heißt, ohne Mutters Land hätte er gar nicht die notwendige Fläche für sein Projekt?«

»Nicht mal die Hälfte. Also los, geh zu ihm, verkauf das Land! Worauf wartest du noch? Ich werde jedenfalls dafür sorgen, dass er keine Baugenehmigung bekommt. Mir ist egal, was ich dafür tun muss, aber ich werde alles probieren. Alles. Ich will nicht, dass meine Heimat noch weiter kaputtgeht. Lachsfarmen, Industriegebiete, sie ruinieren die Umwelt, wo man hinsieht. Und du und Deirdre wollt das unterstützen? Tut mir leid, ab sofort habt ihr mich zum Gegner.«

Ich sagte nichts.

Er fuhr wieder los und ließ mich am Cottage aussteigen. Diesmal half er mir nicht mit den Krücken. Nachdem ich mühsam ausgestiegen war, gab er Gas und fuhr davon.

Warum willst du mich nicht mehr sehen?

M.

21.

»Sein Vater ging fort, kurz bevor meine Eltern das Cottage kauften. Warum hat sie das getan? Er war doch schon weg! Und wie muss sich mein Vater dabei gefühlt haben? Wusste er überhaupt was davon? Ich verstehe überhaupt nichts mehr. Und es gibt niemanden, der mir das erklären kann!«

Kate hörte mir mit großen Augen zu. Sie lag immer noch in meinem Bett und hatte tief und fest geschlafen, als ich nach Hause gekommen war, aber nun war sie hellwach. »Ally, keiner von uns war dabei und weiß, was wirklich los war. Ich gebe zu, es klingt komisch, aber was willst du jetzt tun? Wirklich das Cottage verkaufen?«

»Was soll ich denn noch hier?«, rief ich.

»Was hat sich denn verändert? Deine Mutter hatte eine Affäre, na und? Sie hat aber deinen Vater geheiratet und mit ihm ein Kind bekommen, und sie hat deinen Vater treu umsorgt und war immer für ihn da. Es ist doch Blödsinn, jetzt so überstürzt zu reagieren, nur weil du erfahren hast, dass deine Eltern sich vielleicht nicht so heiß und innig begehrt haben, wie du bisher angenommen hast. Dafür haben sie sich gut verstanden und waren beste Freunde. Solche Beziehungen halten erfahrungsgemäß länger und sind glücklicher. Meinst du nicht auch?«

Ich hob die Schultern. »Das alles bringt mich noch um den Verstand. Lass uns ins Krankenhaus fahren und nach ihr sehen, ja?«

Kate zögerte. »Ally, ich muss mich um diese Klage kümmern, und es ist schon gleich ein Uhr …«

Das holte mich auf den Boden der Tatsachen zurück. Hier saß ich und dachte über längst Vergangenes nach, zerbrach mir den Kopf über Menschen, die schon seit vielen Jahren tot waren, und Kate brauchte dringend meine Hilfe!

»Kate, hör zu. Ich habe mit Benjamin gesprochen.«

»Und jetzt sagst du mir, dass du aus ethischen Gründen nicht mit mir über die Sache sprechen darfst?« Sie sprang aus dem Bett und riss das Fenster auf. »Ich fasse es nicht.«

»Nein. Es gibt nur eine Sache, die ich mit dir klären möchte.« Ich sah ihr zu, wie sie sich eine Zigarette anzündete und wutschnaubend inhalierte. »Benjamin sprach von einem Gutachten. Du hättest deine Unterlagen, die als Beweise dienen sollten, gefälscht, heißt es da. Er wollte es mir mailen. Soll ich mal nachsehen?«

Kate zog die alte, zerbeulte Jogginghose, in der sie oft schlief, zurecht und rauchte weiter. »Spar dir die Mühe.«

Ich stutzte. »Du hast wirklich Beweise gefälscht?«

»Ich kenne das Gutachten, ich weiß, was drinsteht, und nein, ich habe nichts gefälscht, ich habe nur nachträglich das richtige Datum auf die Unterlagen geschrieben. Ich wollte denen doch nur klarmachen, von wann die Entwürfe sind! Du weißt, dass ich nicht besonders ordentlich bin. Buchhaltung bringt mich um. Und nun wollte ich einmal alles richtig und sorgfältig machen, also sah ich in meinem Kalender und meinem Tagebuch nach, wann ich an welchem Entwurf gearbeitet hatte, und trug die Daten ein. Das hat mich Stunden gekostet, nur damit mir hinterher jemand auch noch Betrug vorwirft!« Sie ließ ihren Frust an dem Zigarettenstummel aus, den sie gewaltsam auf der Fensterbank zerdrückte.

Ich sank aufs Bett. Hatte ich einen Grund, an Kates Aussage zu zweifeln? Nein, bei ihr passte alles. Kein Zögern, keine Unstimmigkeiten. Ich kannte sie auch gut genug, um betrügerische Absichten bei ihr ausschließen zu können. Hingegen hatte Simon Simm sehr viel zu verlieren, sehr viel mehr als Kate. Einen weltweiten Ruf und sehr viel Geld von Investoren, die sich darauf verließen, dass seine Kollektion ein Erfolg wurde, damit sie ein Vielfaches von ihrem Einsatz zurückbekamen. War es so unwahrscheinlich, dass Simm vor lauter Druck keine überzeugenden Ideen für seine Kollektion gehabt hatte und sich anderswo bedienen musste? Dass er schon vor längerer Zeit Kates Potenzial erkannt und sich in der Not daran erinnert hatte?

»Ich helfe dir«, sagte ich. »Ich darf das nicht, deshalb geht es nur inoffiziell. Du kannst sagen, dass du dir einfach keinen Anwalt genommen hast. Oder wir suchen jemanden, der dich vertritt und dabei unserer Strategie folgt. Aber jede neue Person birgt ein neues Risiko.«

»Dann ohne Anwalt.«

»Versuchen wir's. Meinen Namen darfst du zu keinem Zeitpunkt ins Spiel bringen.«

»Verstanden.«

»Lass uns essen, und dann gib mir eine Stunde, um zu recherchieren. Anschließend besprechen wir, wie wir vorgehen …«

Nach einem späten Mittagessen aus starkem Kaffee und

ein paar Scheiben Toast mit gebackenen Bohnen fühlte ich mich viel besser. Der Nebel, den der Whiskey zum Frühstück in meinem Kopf hinterlassen hatte, verzog sich. Ich verbrachte einige Zeit im Internet, dann rief ich Kate zu mir.

»Es ist im Grunde ganz einfach.« Wir hatten uns auf die Gartenbank hinterm Haus gesetzt. Doch diesmal hatte ich keine Zeit, den spektakulären Blick zu bewundern. Diesmal hatte ich meinen Laptop auf den Knien und tippte eifrig. »Wenn du deine Entwürfe nie Simon Simm oder jemandem von seinen Leuten gezeigt hast, muss es jemand anderes getan haben. Wer kann das sein? Gibt es jemanden, der sich gerne an dir rächen würde? Und gleich die nächste Frage: Warum behauptet Simm, du wärst wütend gewesen, weil er dir abgesagt hatte? Nein, ich bin noch nicht fertig: Du hast gesagt, sein Assistent bezeichnete dich als ›kleine Kellerschneiderin‹. Ich dachte im ersten Moment, er meinte es symbolisch. Aber was, wenn er es wörtlich meinte, weil deine Boutique im Souterrain liegt? Wenn er dich und deinen Laden kannte und schon mal dort gewesen war? Oder hat ihm jemand davon erzählt? Kurz: Es ist möglich, dass sie dich bei Simm kennen und sich eine Geschichte ausgedacht haben, um es so aussehen zu lassen, als hättest du jeden Grund, ihm eins auszuwischen. Jetzt muss ich nur noch wissen: Hast du mir in allen Punkten die Wahrheit gesagt?«

Kate verdrehte die Augen. »Ally, bitte!«

»Du darfst jeden anlügen. Ärzte, Eltern, Beichtväter. Nur niemals deine Anwältin. Das weißt du doch?«

»Ja. Sonst noch was?« Sie schielte auf meinen Bildschirm, um zu sehen, was ich tippte.

Ich drehte mich so, dass sie nichts sehen konnte. »Also – könnte jemand, der sich als Kunde ausgibt, ins Hinterzimmer an deine Entwürfe?«

»Nicht, solange ich im Laden bin.«

»Außerhalb der Öffnungszeiten?«

»Klar. Wenn er einbricht.«

»Aber es gab keinen Einbruch.«

»Nein. Aber es ist vermutlich nicht besonders schwierig, diese Tür zu knacken.«

»Das nicht, aber du hättest wahrscheinlich etwas bemerkt. Kann sich jemand versteckt haben und nach Ladenschluss geblieben sein?«

»Du kennst den Laden, dazu ist er viel zu klein.«

Ich nickte. »Ich will nur, dass wir an alles denken.«

So ging es noch ein paar Minuten weiter, bis wir uns einig waren: Wir mussten uns auf Kates Mitarbeiterinnen konzentrieren. Zwei von ihnen hatten erst kürzlich gekündigt, obwohl sie beide erst wenige Wochen bei ihr gearbeitet hatten. Normalerweise blieben Kates Mitarbeiter sehr lange bei ihr, weil sie fair bezahlte und in ihrem kleinen Betrieb eine sehr gute Atmosphäre herrschte, wie man sie sonst kaum je wieder finden würde.

»Du meinst, er hat jemanden eingeschmuggelt?« Kate schüttelte traurig den Kopf. »Ich kann es mir nicht vorstellen. Wozu der ganze Aufwand? Meinst du, ihm ist wirklich nichts eingefallen?«

»Vielleicht ist ihm was eingefallen, aber es war nicht originell genug. Vielleicht hattest du genau die richtigen Ideen. Vielleicht hatten seine Mitarbeiter auch keine zündenden Ideen. Er hatte nur ein Jahr Zeit, um sich alles aufzubauen, das ist sehr kurz. Wenn er nichts

Überzeugendes im Gepäck hatte, stand er extrem unter Druck.«

»Aber warum hat er dann auch noch das Muster kopiert? Die Entwürfe – okay. Aber das Muster?« Kate vergrub stöhnend ihr Gesicht in den Händen. »Wie konnte er so dämlich sein?«

Darüber hatte ich auch schon nachgedacht, und ich hatte eine Antwort. Sie war verblüffend einfach. »Weil dein Gesamtkonzept stimmt. Er hat sich in das ganze Paket verliebt. In die Farben und Muster, in die Schnitte und Stoffe. Deine Sachen sind kleine Kunstwerke, das sagt dir doch jeder. Und Simm hat das verstanden. Er wusste es wahrscheinlich schon, als er damals deine Bewerbung auf dem Tisch hatte.«

»Er hat mir damals abgesagt«, erinnerte mich Kate.

»Ja. Weil er Angst hatte, sich zu große Konkurrenz ins Haus zu holen.« Ich sah Kate lächelnd an. »Du warst ihm zu gut.«

Kate war offenbar nicht bereit, sich mit dem Gedanken anzufreunden, dass ein Topdesigner der Haute Couture sie für »zu gut« befand. »Er hätte doch …«, begann sie. »Ich meine, warum hat er nicht einfach …« Sie brach ab und sah mich hilflos an.

»Du meinst, er hätte dich fragen sollen, ob du ihm bei seiner Kollektion hilfst?« Ich lachte. »Man braucht nur zehn Sekunden, um zu wissen, dass du ihm einen Korb geben würdest. Entweder du machst es unter deinem Namen, oder du machst es gar nicht. Richtig?«

»Richtig.«

»Na also. Zurück zum Thema. Wen könnte er eingeschmuggelt haben?«

»Niemanden. Alle, die bei mir gearbeitet haben, waren unglaublich entzückend und nett.«

Jetzt drehte ich den Laptop so, dass sie ihn sehen konnte. »Kennst du diese Frau?«

Kate sah sich das Foto an, das ich in einem sozialen Netzwerk gefunden hatte. Sie nickte. »Klar. Das ist Judith, sie hat bei mir kurz als Näherin gearbeitet, aber dann wollte sie mit ihrem Freund in Manchester zusammenziehen. Judith Light, ich hab dir von ihr erzählt, nicht wahr?«

»Ja. Wie gut, dass du auf deiner Homepage immer schön brav Fotos von all deinen Mitarbeitern hast. Judith ist übrigens immer noch online.« Mit einem Klick zeigte ich es ihr.

»Ich lasse die Fotos mit der Kurzvorstellung der Leute immer noch ein bisschen länger stehen, falls sie sich woanders bewerben und mich als Referenz angeben. Siehst du, ich habe einen kleinen Text unter ihr Foto geschrieben: … hat uns leider verlassen, um in Manchester ihr Glück zu finden … werden sie sehr vermissen …«

»Und ich war unethisch und habe mir die aktuelle Mitarbeiterliste von Simon Simm angesehen. Natürlich habe ich sie auf meinem Rechner, ich habe ja lange genug für ihn gearbeitet. Ich habe alle Namen im allwissenden Internet recherchiert und Miriam Vaughn gefunden. Du hast dir gerade ihr Foto angesehen.« Ich klickte zurück zu der Seite des sozialen Netzwerks. Es war eine Plattform für Berufseinsteiger in den kreativen Branchen, die sich dort austauschten und ihr Profil präsentierten. Miriam Vaughn schrieb begeistert über ihren ungewöhnlich vielseitigen Job als Assistentin der Geschäftsführung bei Simon Simm.

»Das ist Judith!«, entfuhr es Kate.

»Eben nicht. Und ich würde sagen, du solltest gleich mal folgende Mail in deinem Namen an meinen Mann verschicken.« Ich zeigte ihr ein Schreiben, das ich gerade verfasst hatte.

»Jetzt bist du aber *extrem* unethisch«, sagte Kate.

»Du hast mich und meine Ehe gerettet, als ich dachte, alles sei vorbei. Das hab ich dir nie vergessen. Jetzt bin ich dran, dir etwas zurückzugeben«, antwortete ich.

»Es könnte deine Ehe ruinieren«, sagte Kate.

»Eine gute Ehe muss das aushalten«, sagte ich.

Im Krankenhaus versuchte ich, einen der Ärzte dazu zu bringen, mir zu sagen, dass ich nie wieder Krücken brauchen würde, aber es hieß, ich sollte noch mindestens drei Wochen den Fuß schonen. Anschließend ging ich zu Deirdre und setzte mich neben ihr Bett. Eine Viertelstunde lang sagte ich nichts, sondern sah sie nur an. Ich hörte auf das gleichmäßige Piepen, mit dem eines der Geräte ihren Herzschlag übersetzte, und versuchte mir vorzustellen, wie sie als junge Frau vor Liebe gebrannt hatte. Wie sie bereit gewesen war, allen Konventionen zum Trotz ein uneheliches Kind zur Welt zu bringen und mit einem verheirateten Mann zu leben. Ich dachte darüber nach, was sie dazu gebracht haben konnte, in die Nähe von Martins Familie zu ziehen, nachdem sie sich für ein Leben mit einem anderen Mann entschieden hatte. Ich kam wieder zu dem Schluss, dass es zwei Frauen geben musste: eine, die Naoise gehörte, und eine, die meine Mutter war.

»Ich habe etwas für dich«, sagte ich schließlich und

zog einen großen Umschlag aus meiner Handtasche. Ich hatte einige von Naoises Briefen ausgewählt und mitgebracht. »Aber erst sollst du eins wissen: Ich finde, du hast mir eine Menge zu erklären. Deshalb …« Ich schluckte, da ich merkte, wie Tränen in mir aufstiegen. »Deshalb wäre es gut, wenn du ganz schnell aufwachst. Du weißt ja, wie ungeduldig ich bin.« Ich hoffte, ich hatte noch ein wenig von der Leichtigkeit, die für meine einstudierte kleine Rede geplant war, retten können. Natürlich wollte ich vor allem anderen wissen, ob sie meinen Vater jemals geliebt hatte. Oder mich, wo ich doch nicht das Kind ihres geliebten Naoises war. Mein Vater Colin und ich, waren wir zweite Wahl gewesen? War es ihr deshalb so schwergefallen, sich mitzuteilen, offen über das zu reden, was sie bewegte? Müßig, darüber nachzudenken, aber ich konnte nicht anders. Und doch riss ich mich zusammen, schluckte all das hinunter und nahm einen Brief von Naoise in die Hand, um ihn ihr vorzulesen. Schon nach dem zweiten Satz begann meine Stimme zu zittern, und bald strömten die Tränen über mein Gesicht. Ich hielt ihre kühle, schlaffe Hand fest in meiner, bis der Brief zu Ende war.

Jemand räusperte sich, und ich erschrak heftig.

»Das war wunderschön.« Hinter mir stand die burschikose Krankenschwester, die ich mittlerweile schon sehr lieb gewonnen hatte. »Von Ihrem Vater?«

»Das sind Briefe aus der Zeit vor meinem Vater«, sagte ich und schaffte ein Lächeln.

»Ich hatte angeklopft, aber Sie haben mich wohl nicht gehört. Ich hoffe, ich habe Sie nicht zu sehr erschreckt.«

»Schon in Ordnung, Schwester Trish.«

»Ich wollte nur nachsehen, ob alles in Ordnung ist.«

»Gibt es denn Neuigkeiten?«

Schwester Trish schüttelte den Kopf. »Unverändert, tut mir leid.«

»Ich bleibe trotzdem noch bei ihr, wenn ich darf?«

Sie nickte und lächelte. »Sie wissen doch, hier gelten die normalen Besuchszeiten nicht. Bleiben Sie, so lange Sie wollen oder können. Wir sind übrigens alle sehr froh, dass Sie da sind.«

Ich sah sie verwundert an. »Wie meinen Sie das?«

Schwester Trish winkte ab und ging zu Deirdres Bett, wo sie die Geräte kontrollierte, die meine Mutter am Leben hielten und gleichzeitig dieses Leben überwachten. »Die meisten Angehörigen von Komapatienten lassen sich nur, sagen wir mal, sporadisch sehen. Aber Sie haben sich Urlaub genommen, sind von London hergekommen, sehen jeden Tag nach ihr.« Als sie meinen erstaunten Gesichtsausdruck sah, fügte sie mit einem Lächeln hinzu: »So was spricht sich rum. Und jetzt lasse ich Sie beide wieder alleine, damit Sie ihr noch mehr von diesen wundervollen Briefen vorlesen können. Muss ein toller Mann gewesen sein. Und Ihre Mutter eine tolle Frau, sonst hätte sie nicht solche Briefe bekommen.« Sie zwinkerte mir zu und verließ das Krankenzimmer.

Ich seufzte und las den nächsten Brief vor.

Deirdre,

weißt du noch, wie wir uns das erste Mal küssten? Ich denke immerzu daran... In jenem Moment wusste ich, dass wir füreinander bestimmt sind. Ich wusste auch, es würde schwer werden. Nun bin ich mehr denn je überzeugt, dass es sich zu kämpfen lohnt. Ich kann, ich will dich nicht aufgeben! Ich war ein Idiot … Du musst mir endlich verzeihen …

M.

Draußen war es noch hell, als ich mir an dem Automaten in der Cafeteria eine Cola holte, um wach zu bleiben. Erschöpft sank ich auf einen der unbequemen Stühle, öffnete die Flasche und trank einen Schluck. Meinen verletzten Fuß legte ich auf den benachbarten Stuhl, gegen den ich auch die Krücken gelehnt hatte. Wer mich sah, hielt mich sicher für eine Patientin und nicht für eine Besucherin.

Ich schrieb Kate eine SMS, weil ich wissen wollte, wie es ihr ging. Sie schrieb zurück, dass sie die Mail, wie von mir vorformuliert, an die »gegnerischen Anwälte« – meinen Mann und sein Team – geschickt hatte und die Antwort noch ausstand. Ich schrieb ihr zurück: »Alles wird gut!« Im selben Moment, in dem ich auf »Senden« drückte, piepte mein Handy, weil eine neue Nachricht reinkam. Der Absender war eine Nummer, die ich nicht kannte. Ein Bild war angehängt, es zeigte Benjamin und eine Frau, die nicht richtig zu erkennen war. Sie saßen eng beieinander, lachten und tranken Champagner. Der Text der Nachricht lautete: »Es wird dich interessieren, dass die beiden im Landmark Hotel sind, in diesem Moment.«

Mir wurde schwindelig. Das musste ein Missverständnis sein. Wer war diese Frau? Unsere Kollegin Tina, mit der Benjamin gerade eng zusammenarbeiten musste, konnte es nicht sein. Sie hatte eine andere Haarfarbe, eine andere Frisur. Diese Frau auf dem Foto hatte langes, glattes blondes Haar. Ich konnte nicht viel erkennen, aber sie schien elegant gekleidet. Dann rief ich mich zur Vernunft: Was sagte das Foto schon aus? Sie küssten sich schließlich nicht. Benjamin war einfach mit jemandem beim Essen. Eine neue Mandantin vielleicht. Eine Anwältin aus einer anderen Kanzlei. Es gab sicherlich eine Erklärung. Aber ich hatte kein gutes Gefühl.

Ich wählte Benjamins Nummer. Er antwortete nicht. Es war erst acht Uhr abends, normalerweise arbeitete er um diese Zeit noch. Ich versuchte es noch einmal. Wieder keine Antwort. Und noch einmal rief ich an. Ich ließ es klingeln, bis seine Mailbox sich meldete, dann legte ich auf und rief wieder an. Nach dem zehnten Versuch hörte ich auf zu zählen. Irgendwann rief ich die Auskunft an und ließ mich mit dem Landmark Hotel verbinden. Ich fragte, ob ich Dr. Russell sprechen könnte. »Wir haben keinen Gast mit diesem Namen«, war die nur halb beruhigende Antwort. Wer fremdging, tat dies kaum unter seinem richtigen Namen.

»Er ist im Restaurant, könnten Sie ihn ausrufen lassen?«, fragte ich.

Ich wartete zehn Minuten. Dann sagte man mir, es sei kein Dr. Russell anwesend.

Wer schickte mir so etwas? Wer wollte mich damit nervös machen? Endlich kam ich auf die Idee, die Nummer anzurufen, von der aus die Nachricht verschickt worden war. Auch da bekam ich keine Antwort.

Ich rief in unserer Wohnung in London an. Es meldete sich nur der Anrufbeantworter. Ich versuchte es in der

Kanzlei. Nichts. Wieder sein Handy, wieder keine Antwort. Ich tippte eine SMS: »Melde dich, dringend!« Dann schrieb ich an die unbekannte Nummer: »Was soll das?«

Schwester Trish tippte mir auf die Schulter. »Schätzchen, es gibt Neuigkeiten.«

Vor Schreck ließ ich mein Handy fallen. Es zersprang auf dem Boden. Der Akku rutschte weg, abgeplatzte Plastikteile flogen hinterher. Ich musste leichenblass geworden sein, denn die Schwester schob schnell hinterher: »Oh nein, das wollte ich nicht! Tut mir leid! Trinken Sie einen Schluck von dem Zeug, dann haben Sie ein bisschen Zucker im System! Es ist nichts Schlimmes, ganz im Gegenteil!« Sie kniete sich hin und sammelte die Einzelteile meines Handys zusammen.

»Was ist passiert?«

»Sie hat sich bewegt.« Schwester Trish strahlte, während sie mit dem Akku herumwerkelte. »Ich war gerade bei ihr drin, um nach ihr zu sehen. Und da hat ihre Hand gezittert. Natürlich hab ich mir das gleich näher angeschaut. Sie hat ganz leicht auf Druck reagiert. Ihr Herzschlag war leicht erhöht, aber nur für einen Moment, und wirklich nur ganz leicht. Die Atemfrequenz war ebenfalls eine Weile erhöht.«

»Und das ist ein gutes Zeichen, ja?«

»Das ist ein gutes Zeichen, ohne Frage. Sie scheint auf Sie reagiert zu haben. Manchmal sind die Reaktionen zeitverzögert, sodass die Angehörigen sie leider nicht mehr mitbekommen.«

Ich ließ meine Cola stehen, vergaß mein Handy, ignorierte meine Krücken und humpelte los, so schnell ich konnte.

22.

Eine Ärztin, die ich bereits kannte, saß an Deirdres Bett. Sie lächelte, als sie mich sah.

»Die Schwester hat mir schon erzählt, wie fleißig Sie ihr Briefe von ihrem alten Liebhaber vorgelesen haben.«

»Wie bitte?«

»Oh, hat Schwester Trish da etwas falsch verstanden? Tut mir leid. Manchmal ist Trish ein bisschen forsch.«

Ich ignorierte ihre Entschuldigung. »Wie geht es meiner Mutter?«

»Wir machen ein EEG und werden es auswerten. Im Moment ist sie wieder ganz ruhig und reagiert nicht. Das muss Sie aber nicht beunruhigen. Freuen Sie sich einfach, dass sie definitiv noch da ist. Vielen Angehörigen hilft es, wenn sie sich vorstellen, dass der Körper manchmal einfach richtig tief schlafen muss, um sich von etwas zu erholen.« Während sie das sagte, hielt sie immer noch Deirdres Hand, und für einen Moment überkam mich wieder ein Gefühl der Eifersucht wie vor ein paar Wochen, als ich Eoin und Deirdre so vertraulich miteinander hatte umgehen sehen. Jetzt war mir natürlich klar, warum sie diese enge Freundschaft zu ihm gesucht hatte: Er erinnerte sie an seinen Vater. Er war alles, was sie noch von Naoise, von Martin O'Connor hatte.

Wach auf, dachte ich. Ich muss mit dir reden, ich brauche dich!

»Hilft es, wenn ich heute über Nacht hierbleibe?«, fragte ich.

Sie schüttelte den Kopf. »Ich kann Ihnen nicht versprechen, dass sie in den nächsten Stunden aufwacht. Vielleicht dauert es noch ein paar Tage.« Sie musste nicht weiterreden, ich wusste, was sie nicht sagte: Vielleicht wird sie nie mehr wach. »Halten Sie sich daran, dass die Reaktion ihrer Mutter gerade ein gutes Zeichen war.«

»Es gibt Hoffnung«, sagte ich. »Das genügt mir.«

Die Ärztin stand auf und überließ mir den Platz am Bett meiner Mutter. »Sie muss sich früher sehr rührend um Sie gekümmert haben.«

Ich erstarrte. »Wie kommen Sie darauf?«

»Weil Sie ihr jetzt so viel zurückgeben.«

Als ich nichts erwiderte, nickte sie mir zum Abschied freundlich zu und verließ das Zimmer.

Ich las ihr die Briefe noch einmal vor. Dann erzählte ich, was ich mit Eoin und dem Schimmel erlebt hatte. Ich legte mein verletztes Bein aufs Bett und erklärte ihr detailreich, welche Untersuchungen die Ärzte vorgenommen hatten. Wie leicht es mir nun fiel, mit ihr zu reden! Wenn ich daran dachte, dass ich am ersten Tag kaum ein Wort über die Lippen gebracht hatte. Und heute erzählte ich ihr mehr, als ich in meinem ganzen Leben bereit gewesen war, mit ihr zu teilen. In meinem Leben nach meinem 12. Geburtstag. Davor hatte ich meiner Mutter fast alles erzählt … Es war nicht immer nur schlecht gewesen mit ihr, musste ich vor mir selbst zugeben. Ich hatte nur die guten Momente ganz tief begraben, weil die Trennung von ihr sonst zu sehr geschmerzt hätte.

Ich fragte sie, was ich mit dem Cottage machen sollte. Erzählte von Oliver Jenkins' Angebot, das er mir noch einmal gemailt hatte. Dass er mich bat, bald eine Entscheidung zu treffen. Schließlich sprach ich von Kate und dem Dilemma, in dem sie steckte. Ich sprach sogar von Benjamin und meinen Gefühlen für ihn. Noch nie hatte ich mit meiner Mutter über so private, intime Dinge gesprochen, aber jetzt fühlte es sich richtig und gut an. Tief in meinem Innersten hoffte ich, sie könnte mich hören, mir helfen, meine Gefühle und Gedanken zu ordnen. Es war, als wollte ich nachholen, was ich all die Jahre versäumt hatte.

»Es gibt etwas, worüber ich mit niemandem reden kann«, sagte ich. »Auch nicht mit Kate. Normalerweise natürlich schon, aber nicht jetzt, weil sie ja auch betroffen ist. Aber weißt du, Mam« – wie lange hatte ich sie nicht mehr Mam genannt! –, »ich habe Benjamin immer sehr geliebt. Er war einfach perfekt! Ich sah ihn zum ersten Mal in Oxford in der Bar der Union Society, und alles zwischen uns stimmte. Wir hatten denselben Humor, denselben Geschmack, lasen dieselben Bücher, hatten dieselben Ziele. Ich lebe mit ihm genau so, wie ich immer leben wollte. Wir haben uns diese Traumwohnung an der Themse gekauft und renovieren sie gemeinsam, richten sie zusammen ein, arbeiten daran. Wir sind erfolgreich und gesund und können uns alles leisten, was uns gefällt. Aber seit einiger Zeit schlafe ich nicht mehr gut. Wenn ich die Augen schließe, sehe ich Emerald Cottage vor mir, und ich weiß nicht, was das bedeutet. Und dann ist da

Eoin, der mich ganz durcheinanderbringt. Heißt es nicht immer, es sei ein Zeichen dafür, dass in der Beziehung etwas nicht stimmt, wenn man sich für jemand anderen interessiert?« Ich machte eine Pause, als wartete ich auf ein Zeichen von ihr. Ein Nicken, ein Blinzeln, irgendetwas. Doch sie bewegte sich nicht. Ich sprach weiter. »Und Benjamin … ich weiß nicht, was los ist. Ich habe doch alles, was ich immer wollte. Habe ich mir denn jahrelang das Falsche gewünscht?« Ich zögerte einen Moment. Was brachte es, wenn ich weitersprach? Ich könnte einfach schweigen und gehen. Andererseits – wem sollte ich es sagen, wenn nicht ihr? »Mam, es ist etwas sehr Seltsames passiert. Jemand, den ich nicht kenne, hat mir vorhin ein Bild von Benjamin und einer fremden Frau geschickt. Sie wirkten sehr vertraut miteinander. Ich war natürlich außer mir, als ich es sah. Und dann wollte ich ihn anrufen. Er war nicht zu erreichen. Aber weißt du was? Ich merke gerade, dass es mir gar nicht so wichtig ist. Ich sitze hier in Irland, ich habe keine Ahnung, was mein Ehemann in London treibt, jemand schickt mir ein Foto und behauptet, er ginge fremd, und ich denke: Es ist nicht wichtig!? Ist es, weil ich ihm vertraue und mir sicher bin, dass alles nur ein Missverständnis ist, ein blöder Scherz von jemandem, der mich ärgern will? Oder steckt mehr dahinter? Ach, Mam, hier ist alles so anders. Ich kleide mich anders, ich esse anders, ich lebe anders. Was denkst du, was ist los mit mir?«

Ich legte meinen Kopf vorsichtig auf ihr Bett, ungefähr auf die Höhe ihrer Knie. Mit der rechten Hand hielt ich ihre linke. Dann schloss ich die Augen und schlief sofort ein.

Schwester Trish weckte mich nur wenige Minuten später.

»Ich habe Ihr Handy repariert. Na ja, notdürftig zusammengeklebt.« Sie zeigte auf das schwarze Tape, das die herausgebrochenen Plastikteile zusammenhielt.

»Danke, das hätten Sie doch nicht machen müssen. Es war schließlich meine Schuld, ich habe es fallen lassen.«

»Aber ich habe Sie so furchtbar erschreckt!«

»Ich besorge mir ein neues. Gar kein Problem. Es läuft sowieso über die Kanzlei.« Ich lächelte sie an. »Ich habe ihr noch mal die Briefe vorgelesen, und dann habe ich ganz viel von mir erzählt. Aber sie reagiert auf nichts.«

»Doch«, sagte Schwester Trish. »Warten Sie, bis das EEG ausgewertet ist. Aber es steht jetzt schon fest, dass sich in ihrem Gehirn etwas tut. Die Ärzte wissen nicht genau, warum und wieso und weshalb, aber sie bekommt ganz sicher mit, dass Sie hier sind und mit ihr reden. Also machen Sie weiter, nur so holen Sie sie zurück!«

Ich konnte kaum sprechen vor Aufregung. »Ist das wahr?«

Schwester Trish warf mir einen verschwörerischen Blick zu. »Die sind immer ein bisschen vage, diese Doktoren. Legen sich nicht gerne fest. Aber die verbringen auch nicht so viel Zeit mit den Patienten wie wir. Ich sage Ihnen mal was, und da sprechen jetzt über dreißig Jahre Berufserfahrung, Kindchen: Ihre Mutter ist unterwegs zu Ihnen. Sie kommt bald wieder. Ach, übrigens hat Ihr Mann angerufen. Deshalb bin ich gekommen. Er sagte, Sie wollten ihn dringend sprechen. Sie gehen aber hübsch raus zum Telefonieren, ja? Kranker Fuß hin oder her.«

»Aber kann ich sie denn jetzt alleine lassen?«, fragte ich unsicher. Ich hielt immer noch Deirdres Hand.

»Ich fände es ehrlich gesagt am besten, wenn Sie nach Hause fahren, um eine Runde zu schlafen.«

»Sie haben doch gerade gesagt, ich soll weitermachen, mit ihr reden, sie …«

»Aber nicht heute Nacht! Auch Komapatienten brauchen ein bisschen Ruhe. Genau wie Angehörige von Komapatienten.« Als sie meinen zweifelnden Gesichtsausdruck sah, fügte sie hinzu: »Ich bin ja da. Vergessen Sie nicht Ihre Krücken!« Sie deutete auf den Türrahmen, wo sie sie angelehnt hatte.

»Sie sind mit Leib und Seele Krankenschwester, was?«

»Immer im Dienst.«

Wenigstens wusste ich, dass meine Mutter hier gut aufgehoben war.

Es dauerte einige Minuten, bis ich das Krankenhausgebäude verlassen hatte. Ich setzte mich auf die niedrige Mauer, die den Parkplatz abtrennte, atmete tief die warme Abendluft ein und rief meinen Mann an.

»Ist was mit Deirdre?«, fragte er, bevor ich Hallo sagen konnte.

»Sie hat sich bewegt«, sagte ich.

»Das ist toll! Vielleicht wacht sie sogar bald auf. Soll ich kommen?«

Sprach so ein Ehemann, der gerade seine Frau betrogen hatte?

»Wo warst du denn? Ich habe tausendmal versucht, dich anzurufen.«

»Ja, habe ich gesehen«, murmelte er. »Ich habe das Handy im Wagen liegen gelassen.«

So sprach ein Ehemann, der gerade seine Frau betrogen

hatte. Mein Magen zog sich zusammen. »Aha, jetzt weiß ich, wo dein Handy war. Und wo warst du?«, bohrte ich nach.

»Im Landmark. Heute rief Sandra Barnes an, sie war gerade in der Stadt und fragte, ob wir Zeit hätten. Sie hat sehr bedauert, dass du nicht da warst.«

Sandra Barnes, eine ehemalige Kollegin von Benjamin aus seinen Anfangstagen. Sie lebte mittlerweile in Glasgow. Ich hatte sie vor ein paar Jahren auf einer Party in Edinburgh kurz kennengelernt, wir waren uns sympathisch gewesen, hatten aber keinen Kontakt gehalten. Ich wusste nur, dass Benjamin und sie sporadisch Mails austauschten. Sandra hatte lange blonde Haare, es konnte also stimmen.

»Jemand hat mir ein Foto von euch beiden geschickt.«

»Wirklich? Wer denn? Ich habe gar niemanden gesehen, den ich kenne. Und warum sollte dir jemand ein Foto von mir schicken? Versteh ich nicht.«

Klang so ein Mann, der fremdging? Wenn er ein gewiefter, erfahrener Anwalt war, dann vielleicht. »Ehrlich gesagt weiß ich auch nicht, wer es war. Ich kannte die Nummer nicht, und es meldete sich niemand, als ich dort anrief.«

»Merkwürdig.«

»Muss ich mir Sorgen machen?«

Er zögerte. »Wegen mir? Oder weil dir fremde Menschen unbedeutende Fotos schicken?«

Betonte er nicht zu sehr, wie unbedeutend die Situation nur gewesen sein konnte? Obwohl er das Foto nicht kannte? Wollte er herausfinden, wie diskriminierend der Schnappschuss wirklich war? Und dieses Zögern, hatte es etwas zu bedeuten, oder hatte er nur gestutzt, weil er meine Frage so absurd fand? Ich schloss die Augen. »Einfach so. Muss ich mir Sorgen machen?«

»Nein. Jedenfalls um nichts, was hier in London geschieht. Konzentriere dich ganz auf deine Mutter. Sie braucht dich jetzt.«

»Ja. Du hast recht. Und was verpasse ich sonst noch?«

»Es ist wirklich alles in Ordnung. Ich habe hier alles im Griff, die Dinge laufen gut.«

Es war seine Gelegenheit, mir von Kates Mail zu erzählen. Zu fragen, ob ich dahintersteckte. Aber er erwähnte nichts davon. Es brannte mir auf den Nägeln, ihn darauf anzusprechen. Ich tat es nicht. Ich wusste, wir würden nur wieder streiten. Besser, ich ließ es für den Moment ruhen.

»Wenn alles gut läuft, ist es ja nicht schlimm, dass ich so lange weg bin«, sagte ich.

Er lachte. »Da liegst du falsch! Ich freue mich, wenn ich dich endlich wieder jeden Tag um mich habe. Du fehlst mir.«

Und ich fragte mich: Fehlt er mir auch? Nachdem wir uns verabschiedet hatten, blieb ich noch lange auf der kleinen Mauer sitzen und dachte darüber nach, ohne zu einem Ergebnis zu kommen. Ich sah hinüber zu den ruhigen Einfamilienhäusern, in denen sich um diese Uhrzeit nichts mehr rührte – es war gerade dunkel geworden. Die Häuser ähnelten sich nicht nur in der Bauweise, sondern auch in Farbe und Gartengestaltung. Sogar die Autos, die davor parkten, sahen gleich aus. Würde so der Ferienpark aussehen? Identische Häuser mit identischer Einrichtung und identischen Bewohnern? »Urlaub für

Individualisten« wollte Oliver Jenkins es nennen. Was war daran individuell – gleich aussehende Ferienhäuser statt Hotels? Außerdem war Jenkins' Idee nicht neu, nur ein einträgliches Geschäftsmodell mit einem hübschen, irreführenden Namen. Eoin hatte wahrscheinlich recht mit seinem Widerstand.

Auf der anderen Seite des Krankenhausgeländes war ein riesiger Tesco Supermarkt. Wer hier wohnte, ging mit Sicherheit dort einkaufen. Die wenigsten von den Anwohnern machten sich wohl noch die Mühe, in einen anderen Teil von Cork zu fahren und einen Einzelhändler aufzusuchen. Und wer von ihnen ging wohl noch in die Innenstadt zum English Market, um frisches Gemüse, Käse, Fleisch, Fisch und Delikatessen zu kaufen? Bei meinen Recherchen im Internet über Jenkins war ich auf Umfragen gestoßen, die im Ergebnis klar zeigten: Bequemlichkeit stand an erster Stelle beim Einkaufsverhalten, kurze Wege und lange Öffnungszeiten verwiesen Qualität und ein gutes Sortiment auf die hinteren Plätze.

Es war ja auch viel einfacher, mit dem riesigen Supermarkt vor der Haustür. Dabei war der English Market in der Princes Street so wunderbar. Es gab ihn seit dem 18. Jahrhundert, hundert Jahre später wurden die schönen viktorianischen Gebäude errichtet, in denen er sich noch heute befindet. Ich konnte mich noch daran erinnern, wie meine Eltern von dem großen Feuer gesprochen hatten, das im Jahr nach meiner Geburt, 1980, den Markt zerstört hatte. Der Neuaufbau nahm Rücksicht auf die ursprüngliche Architektur, und wenn mich meine Eltern mit dorthin nahmen, fühlte ich mich jedes Mal wie auf einem anderen Planeten. Die vielen Gerüche, die vielen Stimmen! Was es hier alles zu kaufen gab! Man konnte Stunden in diesen schönen Hallen zubringen und immer wieder an den Ständen Neues entdecken.

Die Urlauber würden den English Market in Cork vielleicht besuchen. Viele Touristen taten es. Sie hatten Zeit, und sie klapperten die Orte aus den Reiseführern ab. Sie würden einmal während ihres Aufenthalts dorthin gehen, ein wenig einkaufen, Fotos machen, das war's. Aber für den täglichen Bedarf würden sie den bequemsten Weg gehen. Kaum einer von ihnen würde die kleinen Geschäfte in Myrtleville oder den anderen Dörfern aufsuchen. Wenn wirklich ein Industriegebiet mit großen Supermärkten erschlossen werden sollte, würden die Ortschaften ausbluten.

Die Innenstadt von Cork bestand schon seit Jahren aus den üblichen Geschäften, die in jeder anderen größeren Stadt zu finden waren. In Irland wie in Großbritannien. Langsam aber sicher verloren die Städte ihr Profil. Wollte ich, dass mit den Dörfern nun genau dasselbe geschah?

Ein paar Patienten mit Schlaflosigkeit und Nikotinsucht schlenderten im Bademantel zwischen Krankenhaus und Parkplatz durch die hereinbrechende milde Nacht. Ein Motor startete, kurz darauf fuhr der Wagen langsam vom Gelände. Ich sah hinauf in den Himmel und fand viel weniger Sterne als draußen an der Küste. Ich stellte fest, dass ich mich nach Eoin sehnte. Schon seit Tagen. Wenn nicht seit Jahren. Es hatte keinen Sinn, mir länger etwas vorzumachen. Ich konnte nicht mehr davor weglaufen.

Ich hatte nie in Betracht gezogen, dass Benjamin fremdgehen könnte. Nie ernsthaft. Ich war mir seiner Liebe immer absolut sicher gewesen. Diesen Verdacht auf dem Silbertablett präsentiert zu bekommen, tat zweifellos weh, aber nicht so weh, wie er tun sollte. Ich hatte weder Wut noch Verzweiflung gespürt, ich war nach der ersten Aufregung ruhig genug gewesen, ihn strukturiert auszufragen und seine Antworten zu analysieren. Ich war misstrauisch und nervös geworden, aber ich spürte keine existenzielle Verlustangst. Einen Stich in der Magengegend, aber keinen Riss im Herzen. War mir Benjamin egal geworden?

Und war nicht ich vielmehr diejenige, die untreu war? Ich hatte nie darüber nachgedacht, wo für mich Untreue anfing. Schon im Kopf? Oder erst, wenn man einen anderen berührte? Reichte ein Kuss, oder musste es Sex sein? Ich hatte mich von Eoin küssen lassen. Ich sehnte mich nach ihm. Ich hatte wegen ihm meine Beziehung zu Benjamin infrage gestellt, ohne auch nur seinen Namen zu kennen. Ich genoss seine Nähe, und auch mein Körper wollte ihn. Wie würde ich reagieren, wenn Benjamin so zu einer anderen Frau stünde? Ich horchte in mich hinein, wartete auf Widerstand und Empörung, doch nichts kam. Ich versuchte mir vorzustellen, wie Benjamin mit Sandra Barnes schlief. Sie war eine sehr attraktive und intelligente Frau, neben der selbst deutlich jüngere Frauen verblassten. Fühlte ich denn keinen Schmerz? Keine Abscheu? Keine Wut?

Ich wusste nicht, wo ich nun hingehen sollte. Ins Cottage und mit Kate reden? Zum Flughafen und den ersten Flieger nach London nehmen? Mich doch wieder an Deirdres Bett setzen und ihr alles erzählen? In die Cafeteria? Ja, das würde mir noch etwas Zeit zum Nachdenken verschaffen. Als ich langsam über den Parkplatz zurück ins Krankenhausgebäude ging, traf mich die Erkenntnis wie ein Schlag ins Gesicht: Ich wäre erleichtert, wenn Benjamin eine andere hätte. Es täte sicherlich weh, mehr, als ich mir jetzt vorstellen konnte, aber ich wäre erleichtert, weil er mir die Entscheidung abnehmen würde.

Einer der Raucher ging vor mir ins Gebäude. Er hielt mir die Tür auf. Ich schüttelte den Kopf und bedankte mich. Als die Tür wieder zu war, nahm ich mein Handy und wählte Eoins Nummer.

»Ich weiß, es ist spät …«

»Geht's dir gut?«, fragte er verschlafen.

»Ja. Aber ich würde gerne mit dir reden. Vielleicht morgen? Entschuldige, dass ich so spät …«

»Morgen? Warum nicht jetzt? Wo bist du?«

»Im Krankenhaus.«

»Warte am Eingang. Ich hol dich ab.«

Mein Herz,

warum tust du mir das an? Ich glaube nicht, dass du Colin liebst. Ich weiß, dass du mich liebst! Ich weiß, dass du mich immer noch liebst! Warum tust du uns das an? Deirdre, Geliebte - bitte! Hör auf, dich mit ihm zu treffen. Lass uns wieder zusammen sein. Ich habe meiner Frau von dir erzählt. Sie hat mich nur kalt angesehen und gesagt: »Ich weiß es längst.« Sie lässt mich gehen - was hält uns also noch auf? Verlass ihn!
Was soll ich noch tun? Du lässt dich am Telefon von den anderen im Schwesternheim verleugnen. Du machst die Tür nicht auf. Du schickst deine Kolleginnen vor, um mich aus dem Krankenhaus zu vertreiben. Aber ich muss dich sehen, ich muss dich sprechen. Wie kann es sein, dass wir uns seit Alans Tod nicht mehr sehen? Die wenigen mageren Briefe, die du mir geschickt hast - soll das wirklich alles sein? Bitte, Deirdre. Sie lässt mich gehen! Ich bin frei! Aber was soll ich mit meiner Freiheit, wenn ich dich nicht haben kann? Die ganzen Jahre, bevor ich dich traf, habe ich immer gedacht: Es muss doch noch mehr im Leben geben, das kann nicht alles gewesen sein. Eine Frau, die ich nicht liebe, Kinder, die irgendwann aus dem Haus gehen, und jeden Tag in den Pferdestall. Seit ich ein Kind bin, gehe ich jeden Morgen in den Stall. Das soll mein Leben sein? Dann traf ich dich, und ich verstand endlich, worauf ich gewartet hatte.

Aber du willst mich jetzt nicht mehr, du wirfst alles weg, was wir hatten. Ich habe noch weniger als vorher, weil ich weiß, was ich verloren habe. Ich kann nie wieder glücklich sein, nicht einen einzigen Tag.
Ich weiß doch, dass du mich liebst. Warum also willst du mich nicht mehr?

M.

23.

»Tut mir leid, dass ich so heftig reagiert habe. Aber ich konnte nun mal nicht verstehen, dass du das Cottage verkaufen willst.«

»Und jetzt kannst du es verstehen?«

»Nein. Aber du versuchst nur, in Deirdres Sinn zu handeln, und das kann ich dir schlecht zum Vorwurf machen.«

Wir saßen im Garten der Pine Lodge. Gerry, der Wirt, überließ den Thekendienst heute seinen Angestellten und gesellte sich zu uns.

»Wie geht es Deirdre?«, fragte er ehrlich besorgt. Noch fünf andere Männer drängten sich hinter ihm und schauten mich mit ernsten Gesichtern an.

»Ihr Zustand ist stabil, und sie hat sich heute sogar ein klein wenig bewegt«, sagte ich.

Gerry und seine fünf Freunde strahlten vor Freude.

»Lasst uns reingehen und auf sie trinken!«, rief einer, aber ich protestierte: »Die Nacht ist viel zu schön, ich möchte noch ein bisschen draußen sitzen.«

Gerry nickte und gab seinen Freunden ein Zeichen, woraufhin sie verschwanden. »Deirdre ist sehr beliebt«, erklärte er. »Aber das weißt du sicher. Sie ist für jeden da, hat immer ein offenes Ohr, und wenn sie helfen kann, dann hilft sie. Auf ihre ganz eigene, zurückhaltende Art. Drängt sich nie auf, steckt nie ihre Nase in Dinge, die sie nichts angehen, plaudert nichts aus. Weiß aber immer, wann sie gebraucht wird. Erstaunliche Frau. Wir beten alle für sie.«

Ich kam nicht dazu, etwas zu erwidern, weil Gerrys Freunde mit einem Tablett zurückkamen: acht Gläser Cola. Sie lachten und scherzten auf dem Weg zu uns, stellten das Tablett auf den Tisch und setzten sich zu uns.

»Wenn ihr für den Alkohol nicht reinkommen wollt, stoßen wir eben mit Cola an. Das wird Deirdre schon nicht stören«, sagte einer, der sich als Ryan vorstellte. »Der Mann von Mel, der Taxifahrer, weißt du? Ich bin ganz frisch Vater geworden«, grinste Ryan, als er mir die Hand schüttelte. »Und jetzt stoßen wir aber an. Auf Deirdre! Sláinte!«

»Sláinte!«, riefen die anderen, erhoben ihre Gläser und tranken. »Auf Deirdre!«

Nun stellten sich mir auch die restlichen vier vor: Jo, der Metzger, Cal, Besitzer des kleinen Lädchens und wie Ryan Taxifahrer, Neil, der Briefträger, und Adam, ein Bauer, bei dem Deirdre Milch und Eier kaufte.

»Wir haben Geschenke für sie«, sagte Neil. »Ich habe sie im ganzen Dorf eingesammelt und in einen großen Sack gesteckt. Ein bisschen wie der Weihnachtsmann.« Er grinste. »Soll ich den Sack zum Cottage bringen?«

»Ich hab den Wagen«, sagte Eoin. »Du wohnst doch gleich nebenan. Wollen wir ihn holen? Dann leg ich ihn in den Kofferraum und fahre ihn zum Cottage, wenn ich die Lady nach Hause bringe.«

Neils Grinsen wurde breiter. »Ah, klar. Aber bleib du hier sitzen, ich kümmere mich drum.«

Er trank seine Cola aus und verschwand.

»Braucht er nicht deinen Wagenschlüssel?«, fragte ich Eoin.

Die Männer lachten. »Hier schließt keiner ab«, sagte Cal. »Aber jetzt erzähl mal von dir, junge Frau. Kommst du wieder zurück in die Heimat?«

»Wie hält man das eigentlich aus in London? Da sind doch lauter Engländer!«, rief Ryan.

»Und die Luft ist so schlecht«, mischte sich Adam ein. »Ich war mal da, meine Frau wollte unbedingt bei Harrods einkaufen gehen. Sie fand es toll. Ich fand es, na ja, auch mal ganz interessant. Aber da leben? Nee.«

»Wo wohnst du denn da, in London?«, fragte Gerry.

»In Chelsea.«

Einem allgemeinen »Oooh, die feine Dame!« folgte fröhliches Gelächter.

»Lass dich nicht ärgern«, lächelte Gerry und prostete mir zu. »Schön da?«

»Ich habe Blick auf die Themse.«

»Na, wenigstens ein bisschen wie zu Hause. Aber die Themse ist nun mal nicht das Meer«, sagte Ryan. »Und hast du ein Haus?«

»Eine Wohnung.«

»Sie hat doch kein Haus, das kann kein Mensch bezahlen, nicht in London!«, rügte Adam seinen Freund.

Ich beschloss, den Spieß umzudrehen. »Und ihr? Wo stehen eure Häuser?«

Mit Besitzerstolz versuchten die Männer, sich gegenseitig zu übertrumpfen. Der eine rühmte seinen schönen

Garten, um diesen gleich vom Nächsten als »winziges Rasenstück mit drei verdorrten Pflänzchen« runtergemacht zu bekommen, einer pries sein frisch renoviertes Häuschen (»Die alte Bruchbude hatte es aber auch dringend nötig!«), und so ging es noch eine ganze Weile weiter. Neil kam zurück und tat so, als hätte er nicht einen, sondern mindestens fünfzig Säcke von seinem Haus in Eoins Wagen schleppen müssen, was die anderen sofort veranlasste, ihn als Schwächling hinzustellen. Ich genoss die Energie und Freude, die von den Leuten ausging, ich bewunderte ihre enge Freundschaft, die den rauen Ton möglich machte, den starken Zusammenhalt, wie sie sich neckten und übereinander lachten, um gleich wieder miteinander zu lachen, und wie herzlich sie mir gegenüber waren, obwohl sie mich nicht kannten. Sie kannten meine Mutter, und das reichte ihnen.

Gegen eins warf uns Gerry schließlich raus. Bevor er abschloss, nahm er mich beiseite und raunte: »Mach bloß einen Bogen um Keera. Die kann ganz schön biestig werden.«

»Was? Nein, es ist nicht … Also, Eoin und ich, wir sind gar nicht …«, stammelte ich und wurde knallrot.

»Ich mein ja nur.«

»Ich weiß doch, dass er eine Freundin hat«, schob ich halbwegs würdevoll nach.

Gerry runzelte die Stirn. »Freundin? Nein. Keera ist schon lange nicht mehr seine Freundin. Das ist Jahre her. Deshalb ist sie ja so biestig.«

Gerry zwinkerte mir zu und schloss sanft die Tür. Dann hörte ich, wie sich der Schlüssel im Schloss drehte. Ihre Autos ließen sie offen, aber den Alkohol schlossen sie ein.

Eoin, der den ganzen Abend über sehr still gewesen war, half mir in den Wagen und fragte dann: »Was wollte Gerry noch?«

»Ach, wegen Deirdre«, log ich.

»Noch eine kleine Spazierrunde fahren?«

»Wohin?«

»Und wenn ich's dir nicht sagen will?«

Ich lachte. »Na gut.«

Erst dachte ich, er wollte nach Cork, aber statt in die Innenstadt weiterzufahren, wählte er die Straße, die über die Mündung des Lee und dann stadtauswärts in Richtung Osten führte. Der Himmel war tiefschwarz. Als wir Harper's Island überquerten, ahnte ich, wo er hinwollte, und als er dann bei Cobh Cross die Straße Richtung Süden nahm, vorbei am Fota Wildlife Park, hatte ich keine Zweifel mehr: Wir fuhren nach Cobh, dem Hafenstädtchen von Cork.

»Warst du als Kind hier im Park?«, fragte Eoin.

Ich nickte. »Der einzige Ausflug, den ich alleine mit meinem Vater unternommen habe. Wir haben uns die Tierbabys angesehen.« Ich lächelte bei der Erinnerung. »Deirdre war dagegen. Sie hatte Angst, dass uns etwas passieren könnte, weil die Tiere nicht wie im Zoo eingesperrt sind. Deshalb ist sie auch nicht mitgekommen.«

»Du warst nur einmal da?«

»Es war mal ein Schulausflug geplant, aber ich kann mich gar nicht mehr erinnern, warum der nicht stattgefunden hat. Ich glaube, die Lehrerin war krank.«

»Ich war als Kind auch nicht oft hier, leider. Meine Mutter hatte keine Zeit und wollte für so etwas kein Geld ausgeben. ›Wir haben zu Hause genug Tiere‹, sagte sie immer. Aber als Student habe ich mich dauernd im Park herumgetrieben.«

»Fachliches Interesse, hm?«

Er lachte. »Natürlich! Ich liebe Tiere! Und dann noch so exotische, wo sieht man die sonst frei herumlaufen? In Irland normalerweise nicht.«

»Und ich dachte immer, du gehörst auch zu den Theaterleuten, die damals auf der Party waren.«

»Und ich dachte immer, du arbeitest ganz schön hart daran, nicht die zu sein, die du in Wirklichkeit bist.«

Ich sah aus dem Fenster. »Und das denkst du heute noch?«

Er ging nicht darauf ein. »Aber Cobh kennst du?«

»Nicht sehr gut.«

»Früher hieß der Ort Cove. Aber im 19. Jahrhundert benannten sie ihn wegen eines Besuchs Queen Victorias in Queenstown um. Als Irland 1922 wieder unabhängig war, nannte man diese nette kleine Hafenstadt wieder Cove. Man schrieb es nur anders, damit es gälisch aussah. Deshalb C-o-b-h. Wusstest du, dass Cobh der letzte Hafen war, an dem die Titanic anlegte, bevor sie unterging?«

»Kein gutes Omen«, murmelte ich. »Was wollen wir dort?«

»Ich will dir etwas zeigen.«

»Im Dunkeln?«

»Dazu muss es nicht hell sein.«

»Oooh, geheimnisvoll.« Es sollte ironisch klingen. Mein Herz schlug aber wie wild.

In Cobh fuhr er uns durch die engen Straßen, die von bunten Häusern gesäumt waren. Im Laternenlicht sahen sie aus wie Puppenhäuschen. Er hielt vor dem Cobh Heritage Centre neben einer Palme und half mir beim Aussteigen. »Nur ein paar Schritte«, sagte er. Wir gingen langsam zu der lebensgroßen Bronzestatue einer jungen Frau mit zwei kleinen Jungs.

»Setzen wir uns auf den Sockel?«

Ich nickte verwundert, tat es aber.

»Wer ist das?«, fragte ich.

»Annie Moore mit ihren beiden Brüdern. Die erste Immigrantin, die über Ellis Island in die USA eingereist ist. Am 1. Januar 1892.«

»Wo ist man vorher eingereist?«

»Auch über New York, aber die Einreisebedingungen wurden verschärft, und die Halle, die man bisher hatte, war ständig überfüllt. Im 18. Jahrhundert waren die Immigranten noch überschaubar, aber Mitte des 19. Jahrhunderts kamen Millionen Europäer. Drei Millionen Deutsche, fast so viele Iren, und zwei Millionen Engländer. Dann kamen immer mehr Süd- und Osteuropäer hinzu, und bei den Amerikanern regte sich die Angst vor der Überfremdung. Also wollten sie strengere Kontrollen und bauten auf Ellis Island ein Immigration Centre.«

Ich lachte. »Geschichte war dein heimliches Lieblingsfach, was?«

»Das gehört zur Allgemeinbildung, wenn man hier lebt«, sagte er und klang ein wenig verletzt. »Du musst dich hier mal bei Tageslicht umsehen. Ganz Cobh ist ein einziges Auswanderermuseum. Hier drängen sich Scharen von Amerikanern durch und suchen alte Passagierlisten, weil sie hoffen, die Namen ihrer Vorfahren zu finden. Die Pubs sind voll mit Fotos von der Titanic und anderen Schiffen, die hier angelegt haben. An den Wänden hängen alte Zeitungsberichte von Schiffsunglücken, Geschichten über Auswanderer. Es ist der zentrale Ort für Menschen, die ihre Heimat suchen. Für die Amerikaner ist es Irland, weil ihre Vorfahren von hier stammen, und für ihre Vorfahren war es Amerika, weil sie nicht länger in Irland bleiben konnten.« Er sah mich eindringlich an. »Kommt dir das bekannt vor?«

»Och, in die USA würde ich nicht so gerne auswandern wollen«, sagte ich, immer noch um Leichtigkeit bemüht.

»Das meine ich nicht.«

»Ich weiß. Und deshalb wolltest du mir Annie Moore zeigen?«

»Meine Geschwister und ich haben einmal einen Ausflug nach Cobh gemacht, ohne unsere Mutter. Wir standen genau hier, und mein Bruder Séamus sagte: ›Entscheidet euch, ob ihr hierbleiben wollt oder nicht. Wenn ihr bleibt, dann bleibt richtig. Wenn ihr geht, dann geht richtig.‹ Drei von uns entschieden sich zu gehen. Ich blieb. Wir trafen alle an diesem Tag unsere Entscheidung und lebten damit.«

»Warum ausgerechnet an diesem Tag?«

»Es wäre der vierzigste Geburtstag unseres Vaters gewesen. Séamus ging das sehr nahe. Uns allen, aber ihm am meisten. Er fand, wir wären es unserem Vater schuldig, etwas aus unserem Leben zu machen und dazu zu stehen. Konsequent sein. ›Dad wäre mit allem einverstanden, was wir aus unserem Leben machen, solange wir es nur richtig machen‹, sagte Séamus.«

»Na ja, sicher nicht mit allem«, sagte ich.

»Séamus hat einen Hang zur Pathetik«, sagte Eoin und lächelte. »Aber er hat uns sehr mit seiner Rede beeindruckt.«

»Was macht er heute?«

»Er ist Möbeldesigner in Toronto. Verdient sehr viel Geld und gewinnt viele Preise. Zweimal geschieden, drei Kinder.«

»Wow. Ist das nun sehr konsequent oder doch nicht so konsequent?«

»Sehr konsequent. Wenn man ihn kennt, versteht man das.«

»Und deine Schwestern?«

»Kay hat vier Kinder und ist Lehrerin in Auckland, und Fiona lebt mit ihrer Freundin in Johannesburg und arbeitet am Zoologischen Museum.«

»Und du hast konsequent den Familienbetrieb übernommen.«

Er nickte. »Ich wollte nie weg. Als ich hier mit den anderen drei stand, wusste ich es sofort. Sie sahen aufmerksam einem Schiff hinterher, das gerade aus dem Hafen lief. Ich drehte mich um und sah Irland.«

»Aber Séamus ist der Pathetische? Alles klar.«

Jetzt prusteten wir beide los.

»Ich versuche doch nur, dir ein bisschen mehr Begeisterung für dein Heimatland beizubringen«, sagte Eoin dann und fügte etwas zu ernst hinzu: »Scheint aber zwecklos.«

»Du gibst aber schnell auf«, tadelte ich.

»Ich kann dich schlecht zwingen, Emerald Cottage zu behalten.«

Mir klappte das Kinn runter, und mein Herz fühlte sich

für einen Moment ganz kalt an. »Du versuchst, mich mit rührseligen Geschichten um den Finger zu wickeln, damit ich das Cottage nicht verkaufe?« Wütend richtete ich mich auf, angelte nach meinen Krücken und humpelte, so schnell ich konnte, davon. Dieser blöde Bänderriss, fluchte ich innerlich, verdirbt mir einen halbwegs würdevollen Abgang. Ich hatte vorhin gesehen, dass der Bahnhof nur wenige Meter entfernt war. Wenn ich Glück hatte, fuhr ein früher Zug nach Cork, und ich musste nur zwei oder drei Stunden auf ihn warten.

Eoin schien kein Interesse daran zu haben, mich aufzuhalten. Ich kam nur langsam voran, aber er lief mir nicht hinterher, er rief mir nicht nach. Ich schaffte es an dem langen roten Backsteingebäude entlang bis zum Eingang, aber der war abgeschlossen.

»Um diese Zeit fahren keine Züge und keine Busse«, sagte Eoin. Er stand direkt hinter mir.

Erschöpft und missmutig drehte ich mich zu ihm um. »Aber ein Taxi werde ich bestimmt irgendwo auftreiben. Lass mich vorbei, du stehst mir im Weg.«

Er trat einen Schritt zur Seite. »Was soll das? Was hab ich denn falsch gemacht?«, fragte er.

Wortlos drehte ich mich von ihm weg.

»Ally, was ist los?«

Ich hob die Schultern. »Vergiss es. Ich finde es nur ein bisschen viel Aufwand, den du da betreibst, um mir den Verkauf auszureden. Man hätte fast denken können, du nimmst mich mit hierher und erzählst mir diese Geschichten, weil du mich magst.«

»Ich mag dich ja auch!«

»Ach so. Klar. Und wie weit wärst du gegangen, um

Jenkins zu verjagen? Hättest du mit mir geschlafen, nur um mich auf deine Seite zu ziehen?«

Jetzt war er es, dem das Kinn runterklappte. »Das traust du mir zu?«

»Bis vor fünf Minuten eigentlich nicht.«

Langsam schüttelte er den Kopf. »Nein, Ally. Wenn es mir nur um Jenkins und seine alberne Ferienanlage ginge, hätte ich mich mit dir auf neutralem Boden getroffen, um sachlich zu diskutieren. Glaub mir.«

»Und warum hast du es nicht?«

»Weil ich dich mag.«

»Und warum erzählst du mir dann diesen ganzen Schwachsinn von Heimat und Suche und Irland und Dingen, die man richtig machen soll?«

»Weil ich glaube, dass das deine Themen sind. Das, was dich bewegt. Deirdres Cottage gehört dazu, weil du darin aufgewachsen bist. Aber auch, wenn es Jenkins gar nicht gäbe und du es an eine reizende ältere Dame verkaufen wollen würdest, die sich zum Aquarellmalen an die Küste zurückziehen will, würde ich versuchen, dich umzustimmen.«

Ich drehte mich um und sah ihn an. »Wirklich?«

»Ja.«

»Warum?«

»Ist ›Warum‹ heute dein Lieblingswort?«

»Ich bin Anwältin.«

»Darf man einer Anwältin den Sonnenaufgang zeigen oder wird man dafür verklagt?«

Damit überrumpelte er mich. Ich sah ihn nur mit großen, fragenden Augen an.

Er zeigte nach Osten, wo aus Samtschwarz ein seidenes

Blau wurde. »Wir könnten uns wieder hinsetzen und einfach warten, bis es hell ist.«

Ich ließ mir zu Annie Moore und ihren Brüdern helfen, zu deren Füßen wir uns wieder niederließen. Das dunkle Blau am Himmel wurde intensiver.

»Warum willst du, dass ich bleibe?«, fragte ich leise.

»Ich wollte schon vor sieben Jahren, dass du bleibst.«

»Du bist einfach in einer Seitengasse verschwunden, ohne dich zu verabschieden. Ich kannte nicht mal deinen Namen.«

Er nickte. »Du schienst mit deinem ganzen Leben und Denken so weit weg zu sein, dass ich Angst hatte, mich in etwas zu verrennen. Ich sah in der Nacht die Ally, die du sein kannst, und die, die du sein willst. Und ich dachte: ›Schade, es ist zu früh, um diese Frau kennenzulernen.‹«

»Das hast du nicht wirklich gedacht?«, staunte ich.

Er nahm mein Gesicht in beide Hände und sah mir in die Augen. Dann küsste er mich.

»Das ist sehr viel Aufwand«, flüsterte ich atemlos.

»Du glaubst immer noch nicht, dass es hier nur um dich geht?«

»Ich wünsche es mir«, überraschte ich mich selbst.

»Wunsch erfüllt.« Wieder küsste er mich.

Und diesmal küsste ich ihn auch. Ich schlang meine Arme um seinen Hals, zog ihn fest an mich und versank ganz in seinen Lippen.

Deirdre,

ich stehe am Grab unseres Sohnes und halte deinen Brief in d er Hand, den ich nicht begreifen kann. Du willst also wirklich Colin heiraten? Warum?

Wir lieben uns, du und ich, Deirdre und Naoise. Wir gehören zusammen. Was kann dir Colin geben? Nicht die Liebe, die wir hatten. Ist denn alles, woran ich in meinem Leben geglaubt habe, falsch gewesen? Es scheint so.

Der Glaube, in dem man mich erzog, hat mich in die schlimmsten Zweifel gestürzt, statt mir auch nur einmal Trost zu geben. Die Gesetze, die mir vorschreiben wollten, wen ich zu lieben und zu ehren habe, haben mich unglücklich gemacht. Das soll also mein Leben sein? Ich denke oft an meine Schwester, ihr Leben hat wenigstens einen Sinn. Sie trägt noch die Liebe zu ihrem Mann in sich, und sie hat auch die Liebe zu Gott und zu ihrem Vaterland nicht aufgegeben. Ich werde sie fragen, woher sie so viel Kraft nimmt, an etwas zu glauben, ~~das doch so~~

Angie hat sich nun übrigens auch den Provos angeschlossen, wie ihre Mutter. Die beiden können nicht vergessen und vergeben, und sie werden kämpfen bis zum letzten Blutstropfen. Dabei ist Angie noch so jung, achtzehn Jahre alt. Ich habe große Angst um sie. Aber ich finde es schön, dass sie, wie ihre Mutter, so fest an etwas glauben kann. ~~Und ich~~

Ich schreibe dir in ein paar Tagen wieder.

M.

24.

Ich wachte davon auf, dass mir die Sonne ins Gesicht schien. Von Eoin war nichts zu sehen. Ich zog mich an und ging ans Fenster: Dort offenbarte sich ein atemberaubender Blick über die Küste. Emerald Cottage schien wie ein verirrtes kleines Schaf, Myrtleville wie die Herde, von der es entlaufen war. Ich blinzelte gegen die Sonne an und sah ein paar wenige stecknadelkopfgroße Surfer, die in der Fennells Bay ihr Glück versuchten. Verdammt früh zum Surfen, dachte ich. Es war gerade sieben Uhr. Ein kleines Segelboot fuhr aufs offene Meer hinaus. Noch ein Frühaufsteher.

Als ich mich umdrehte, entdeckte ich einen Zettel mit einer Nachricht von Eoin. »Muss den Schimmel in die Tierklinik bringen. Kann bis heute Abend dauern. Tut mir sehr leid. Sehen wir uns dann? Ich ruf dich an.«

Hätte er keine Nachricht hinterlassen, wäre es einfacher für mich gewesen. So war klar, dass ihm die letzte Nacht sehr viel bedeutet hatte. Dass ich ihm wichtig war, dass er es ernst meinte. Ich fühlte mich zu ihm hingezogen wie noch nie in meinem Leben zu einem Mann. Woran lag es? Ich hatte vor Benjamin schon einige mehr oder weniger ernsthafte Beziehungen gehabt und war öfter als nur einmal – auch unglücklich – verliebt gewesen. Aber was ich für Eoin empfand war anders. Er war anders. Lag es daran, dass er *mich* sah, wenn er mir in die Augen sah? Nicht die, die ich sein wollte oder irgendwann einmal sein könnte, sondern tatsächlich die, die ich war? Es überwältigte mich, auf diese Art geliebt zu werden. Ich spürte, dass ich mein Leben lang darauf gewartet hatte. Ich wusste auch, dass ich Eoin genauso lieben konnte wie er mich. Und genau das war es, was mir Angst machte. Wenn ich mich darauf einließ, würde sich alles in meinem Leben verändern. War ich dazu bereit?

Ich war es nicht. Es war zu viel geschehen, ich musste Abstand gewinnen, über alles nachdenken.

Ich nahm mein Handy und rief Kate an.

»Wo steckst du?« Sie klang nervös. »Ich muss nach London zurück! Dein Mann hat mich in seine Kanzlei zitiert.« *Seine* Kanzlei. Früher hätte sie *eure* gesagt.

»Kannst du mich vorher noch abholen?« Vom Fenster aus konnte ich Kates Leihwagen, den schwarzen Smart, erkennen.

»Wie weit ist das?«

»Fünf Minuten, wenn du dir Zeit lässt.« Ich erklärte ihr den Weg, und kurz darauf fuhr sie vor.

»Hier wohnt also Eoin«, sagte sie und schaute sich interessiert um. »Und wo ist er?«

»Tierklinik. Hilfst du mir mal?« Ich deutete auf den Stoffsack mit den Geschenken, die der Postbote Neil für Deirdre eingesammelt hatte. Eoin hatte den Sack im Hausflur stehen lassen.

Da noch reichlich Zeit vor Kates Abflug war, überredete ich sie, mit mir ins Krankenhaus zu fahren und von dort aus zum Flughafen.

Wir ernteten im Krankenhaus verwunderte Blicke und hochgezogene Augenbrauen, als wir mit dem großen Stoffsack, wie zwei sommerliche Weihnachtsengel, durch die Gänge liefen.

»Na, durch den Schornstein gefallen?«, fragte ein älterer Patient, der mit einer Zeitung unterm Arm auf dem Flur herumschlurfte, und deutete lachend auf meinen Fuß.

Eine Krankenschwester nahm uns freundlich in Empfang und brachte uns zu Deirdre.

»Hat sich etwas verändert?«, fragte ich voller Hoffnung.

»Das EEG zeigt weiter Aktivitäten, die darauf schließen lassen, dass sie deutlich mitbekommt, wenn jemand im Zimmer ist. Aber sie hat sich nicht wieder bewegt.«

Ich setzte mich auf das Bett meiner Mutter. »Guten Morgen. Das ist Kate, meine beste Freundin.«

Kate stand am Fußende. »Hallo Mrs Sullivan, strahlender Sonnenschein heute! Ally hat Ihnen was mitgebracht.«

»Im Dorf haben alle Geschenke für dich gesammelt. Lass mal sehen …« Ich öffnete den Sack und griff rein. »Gleich das erste ist von Ryan. Mel und er haben ein kleines Fotoalbum von sich und ihrem Frank gemacht.« Ich legte es vorsichtig aufs Bett und vermied dabei, direkt auf die Fotos der glücklichen Eltern mit ihrem kleinen Jungen zu sehen. »Und hier ist etwas von einer Alison. Ein kleiner Engel aus Holz mit einer Schlaufe, du kannst ihn aufhängen. Sehr hübsch bemalt. Noch ein Engel, Moment, da steht auch ein Name drauf. Laura! Ehrlich gesagt finde ich den Engel von Laura hübscher als den von Alison. Kate, was sagst du?«

»Definitiv. Viel süßer«, nickte Kate.

»Ah, eine Karte von Cal. Er schreibt ›Werde schnell wieder gesund, liebe Deirdre. Wir vermissen dich. Cal.‹ Und er hat getrocknete Kleeblätter dazugelegt. Die sollen dir Glück bringen.«

So ging es immer weiter, bis der Sack leer war. Über dreißig kleine Geschenke türmten sich nun in Deirdres Zimmer. Wir hatten sie vom Bett abräumen und auf Boden und Besucherstuhl legen müssen, weil sonst kein Platz war. Als die Krankenschwester hereinsah, bot sie uns an, einen Teewagen zu opfern. Da Kates Flug immer näherrückte, packten wir die Sachen eilig auf den Rollwagen und verabschiedeten uns.

»Mit so vielen Glücksbringern kann dir nichts passieren«, sagte ich und gab meiner Mutter einen leichten Kuss auf die Wange.

Im Wagen sagte Kate: »Du hast also mit ihm geschlafen?«

Ich nickte.

»Bereust du's?«

Ich nickte wieder.

»Warum? Wegen Benjamin?«

»Ich bin nun mal verheiratet, ich habe mein Leben in London und nicht hier, ich könnte hier doch nicht mal richtig arbeiten!«, brach es aus mir heraus.

»Natürlich könntest du hier arbeiten«, sagte Kate unbeeindruckt.

»Das ist Irland.«

»Ist denn die Rechtsprechung so anders?«

»Was denkst du denn, sicher!«

»Sei mal nicht so aggressiv. Wie war's denn mit Eoin? Schön?«

Ja, es war schön gewesen. So wunderschön, dass es mich fast umbrachte. Wir hatten uns in Cobh geküsst, und da hatte es sich schon angefühlt, als wäre ich nie zuvor geküsst worden. Auf der Rückfahrt hatte ich fest vorgehabt, in meinem eigenen Bett zu schlafen. Allein. Aber dann hatte ich nicht aussteigen können. Wieder hatten wir uns geküsst, immer leidenschaftlicher, und als Eoin dann sagte: »Komm mit«, war der letzte Rest Widerstand verflogen. Wir fuhren zu ihm, und ohne weitere Worte liebten wir uns – wir brauchten keine Worte mehr, wir verstanden uns blind. Und seine Berührungen fühlten sich an wie etwas, das ich mir immer schon gewünscht hatte, ohne es zu wissen.

»Ich flieg mit«, sagte ich zu Kate.

»Moment. Ich frage, wie es mit Eoin war, und das ist deine Antwort? Was ist los?«

»Ich brauche Abstand. Ich muss nachdenken. Ich weiß gar nicht mehr, wo mir der Kopf steht …«, murmelte ich.

»Und nachdenken kann man nicht in Irland?« Kate sah mich prüfend an. »Noch mal. Was ist los?« Sie hielt am Straßenrand und stellte den Motor aus. »Du redest jetzt mit mir, und wenn ich den Flieger dafür verpasse. Also?«

»Ich kann doch nicht die ganze Zeit hierbleiben. Ich muss auch mal wieder nach London.«

»Um Benjamin zu beichten?« Sie schüttelte den Kopf. »Ally, ich kenn dich. Du läufst gerade weg, hab ich recht?«

Ich schwieg.

»Was soll das? Wie lange willst du dich in London verkriechen, um Eoin nicht mehr zu begegnen? Willst du deine Mutter nicht mehr besuchen? Was ist, wenn sie aufwacht? Sie zeigt gerade eindeutige Reaktionen, und du hast nichts Besseres zu tun, als wegzufliegen?« Kate schüttelte den Kopf.

»Ich rufe gleich im Krankenhaus an und sage Bescheid. Sobald sich etwas verändert, fliege ich wieder her. Aber ich muss einfach mal für ein, zwei Tage nach … Hause.«

»Du läufst weg«, sagte Kate leise. »Du hast Angst und läufst weg. Du bist schon vor sieben Jahren vor ihm weggelaufen, stimmt's?«

Ich biss mir auf die zitternde Unterlippe. »Ich brauche einen Tag mit Benjamin. Ich muss wissen, wie es sich … anfühlt. Ob das mit Eoin nur wieder eine … Gefühlsverwirrung ist. Oder ob mehr dahintersteckt. Bitte, lass uns weiterfahren.«

Kate zögerte. Ihr Blick war ganz weich geworden, aber sie hatte noch etwas auf dem Herzen. »Versprich mir, dass du wirklich über Eoin nachdenkst. Und nicht wieder nur den Kopf in den Sand steckst.«

»Ich habe nicht den Kopf in den Sand gesteckt!«, rief ich entrüstet. »Ich habe mich damals für Benjamin entschieden. Alles andere wäre ja auch wirklich unvernünftig gewesen.« Ich hatte es noch nicht richtig ausgesprochen, da erschrak ich selbst über meine Wortwahl.

»Unvernünftig?«, echote Kate.

Ich seufzte. »Ich verspreche dir, ich werde den Kopf nicht in den Sand stecken. Was auch immer du damit meinst.«

»Das weißt du genau.«

»Jetzt fahr endlich.«

»Du hast kein Gepäck. Du reist nie ohne Gepäck.«

»Ich fliege nach Hause. Ich brauche kein Gepäck.«

»Ach ja?«
»Fahr endlich.«

Ich bekam noch einen Platz, konnte aber nicht neben Kate sitzen. Während des Flugs schlief ich ein wenig, und in London trennten wir uns. Ich wollte endlich unter die Dusche. Kate fuhr ebenfalls nach Hause, um sich umzuziehen. Wir verabredeten uns für vier Uhr in einem Café in Fitzrovia.

Ich schloss die Wohnungstür auf und horchte in mich hinein. Was fühlte ich? Erleichterung darüber, wieder zu Hause zu sein? Ein schlechtes Gewissen gegenüber meiner Mutter? Sehnsucht nach Eoin? Nichts davon. Ich war immer noch einfach nur verwirrt. Eine Woche Irland, so intensiv wie ein ganzes Jahr. Die paar Tage dort hatten mich vollkommen aus der Bahn geworfen.

Als Erstes duschte ich und zog mir etwas anderes an. Ich hob das Sommerkleid, das ich getragen hatte, vom Boden auf und wollte es in den Wäschekorb werfen, aber dann zögerte ich. Ein leiser Duft ließ mich innehalten. Ich vergrub mein Gesicht in dem Kleid und atmete Eoins Geruch ein. Sofort befand ich mich wieder in Cobh und sah aufs Meer, Eoin hielt mich im Arm und küsste mich …

Ich erschrak über mich selbst. Wollte ich nicht Abstand gewinnen, einen kühlen Kopf bewahren? Schnell warf ich das Kleid in die Wäsche, ging rüber ins Schlafzimmer und zog mich an. Ich hatte mich mittlerweile gut an die Krücken gewöhnt und konnte mich relativ schnell mit ihnen bewegen. In der Küche holte ich mir ein Glas Wasser, dann setzte ich mich ins Wohnzimmer und ließ den Raum auf mich wirken.

Wie wenig Zeit wir doch in unserer Wohnung verbrachten. Wir hatten uns so um sie bemüht, uns gegen viele Mitinteressenten durchgesetzt, und seither versuchten wir, sie so perfekt wie möglich einzurichten. Wir waren immer noch nicht richtig fertig. In jedem Zimmer gab es noch etwas zu tun. Die Böden waren schon alle abgezogen und versiegelt, die Wände gestrichen, aber wir probierten noch mit Möbeln und Lampen herum, mit Teppichen und Bildern. Die Küche hatten wir vor zwei Wochen erst wieder umstreichen lassen, weil das leuchtende Gelb, das Benjamin ausgesucht hatte, doch nicht so wirkte wie gehofft. Nun war sie blau gestrichen – meine Wahl – und sah großartig aus, was Benjamin nie für möglich gehalten hatte. So viel Liebe steckte in jedem Detail, so viel Zeit. Diese Wohnung war unser gemeinsames »Projekt«. Wir widmeten ihr unsere freie Zeit und wollten ihr Charakter verleihen. Wir wollten uns in ihr wiederfinden und wohlfühlen, in ihr leben und lieben. Sie sollte ein perfektes Zuhause sein.

Wir genossen diesen Ort viel zu wenig. Wir sagten uns immer: »Irgendwann machen wir mal Urlaub in unserer Wohnung.« Es war noch nicht dazu gekommen, aber eines Tages würden wir so weit sein.

Ich musste mich fragen, ob ich bereit war, dieses Leben aufzugeben. Hatte ich nicht noch so viele Pläne, die ich umsetzen wollte? Ich würde diese Wohnung verlieren, und ich müsste beruflich mehr oder weniger von vorne anfangen. Ich hätte meinen über die Jahre gewachsenen Freundeskreis nicht mehr. Und wäre es nicht so, dass ich die letzten zwanzig Jahre meines Lebens über Bord werfen würde? Hieße es nicht, dass meine Ausbildung umsonst war? Dass mich Deirdre gar nicht nach England hätte schicken müssen?

Ich tat etwas, das ich schon lange nicht mehr getan hatte. Ich rief Siobhan an. Natürlich weckte ich sie, ich hatte nicht daran gedacht, wie viel früher es bei ihr war. Aber sie wollte nicht, dass ich auflegte, sie freute sich viel zu sehr über meinen Anruf, und ich ärgerte mich, dass ich mich so selten bei ihr meldete. Öfter noch als bei Deirdre, schoss es mir durch den Kopf. Ich fiel gleich mit der Tür ins Haus und erzählte ihr von Deirdre. Siobhan war schrecklich aufgelöst und bot an, sofort zu kommen, um mir zur Seite zu stehen, aber ich lehnte ab.

»Das ist ganz lieb von dir«, sagte ich. »Aber das musst du wirklich nicht.«

»Irgendwas muss ich doch tun! Sag mir, was ich für dich tun kann«, bat sie.

»Siobhan, es ist so viel geschehen in den letzten Tagen, ich … ich glaube, ich brauche jemanden, der mich richtig kennt und mir einfach erst mal nur zuhört.«

»Dann mal los.«

»Hast du denn überhaupt Zeit?«

Siobhan lachte. »Mein liebes Kind. In deinem Alter denkt man, man hätte noch so viel Zeit, und hat trotzdem nie welche. In meinem Alter weiß man langsam, dass man nicht mehr viel Zeit hat, deshalb nimmt man sie sich einfach. Also erzähl.«

Es wurde ein langes Telefonat. Ich erzählte von Kate und dass Benjamin sie verklagen wollte, von dem Cottage, das Oliver Jenkins kaufen und Deirdre angeblich verkaufen wollte, von Eoin und dass wir eine Nacht zusammen verbracht hatten. Von den Briefen in Deirdres

Schuhkartons, dem Smaragdherz und den getrockneten Rosen, von den Fragen, die ich Deirdre über meinen Vater – Siobhans Bruder – stellen musste, und von meinem Herz, das nicht mehr wusste, für wen es schlagen sollte.

»Mein Bruder hat Deirdre sehr geliebt. Er war überglücklich, als die beiden heirateten. Aber irgendwann veränderte er sich. Er sprach mit niemandem über das, was ihn beschäftigte, und fing einfach an zu trinken. Wir haben alle viel zu spät bemerkt, dass er abhängig war. Wenn ich jetzt so höre, was du von den Briefen und dem anderen Mann erzählst, kann ich mir vorstellen, dass Colin eines Tages herausgefunden hat, wen Deirdre wirklich liebte.«

»Das habe ich mir auch schon gedacht«, sagte ich. »Weißt du eigentlich, warum meine Eltern von Cork nach Myrtleville gezogen sind und Emerald Cottage gekauft haben?«

»Die Initiative ging von Deirdre aus. Sie hatte von ihren Eltern ein wenig Geld geerbt. Du hast deine Großeltern ja nie kennengelernt, weil sie so früh gestorben sind. Sie waren nicht wohlhabend, aber etwas haben sie für ihre Tochter zur Seite gelegt. Davon kaufte sie sich das Cottage. Ich kann mich nicht erinnern, dass ein besonderer Grund dafür genannt wurde. Außer dass es für ein Kind doch schöner wäre, auf dem Land aufzuwachsen. Und dass Deirdre schon immer gerne an der Küste wohnen wollte.«

»Es muss einen anderen Grund geben«, sagte ich. »So nah an Martins Haus … Er war zu der Zeit schon fortgegangen, also warum zog Deirdre dorthin?«

»Du wirst warten müssen, bis sie aufgewacht ist. Sie ist die Einzige, die dir deine Fragen beantworten kann«, sagte Siobhan.

»Und was, wenn sie nicht …«, begann ich.

»Müßig, jetzt darüber nachzudenken. Ich finde, du solltest dir über etwas ganz anderes im Leben deiner Mutter Gedanken machen.«

Ich hörte gespannt zu. »Was meinst du?«

»Ich meine, dass Deirdre ihr Leben lang ein krankes Herz hatte. Und dann brach man es ihr auch noch. Sie hat sich gut durchs Leben gekämpft. Eine andere Frau hätte es umgebracht. Ich glaube, du warst der Grund, warum sie so lange durchgehalten hat.«

»Ich?«

»Du kannst es nicht wissen, aber Deirdre war die stolzeste Mutter der Welt. Sie weinte in der ersten Woche jeden Tag vor Glück, dass es dich gab.«

Tränen schossen mir in die Augen. »Wirklich? Woher weißt du das?«

»Natürlich von deinem Vater.«

»Aber … warum hat sie mich weggegeben? Und warum war sie immer so distanziert? Mit allen möglichen Leuten kann sie nett plaudern und scherzen und lachen, nur nicht mit mir! War ich so eine Enttäuschung für sie?«

»Ally! Wenn ich dich jetzt vor mir hätte, würde ich dich schütteln! Denk doch mal nach. Deine Mutter hatte ihr Leben lang Komplexe dir gegenüber. Du warst ein intelligentes, wissbegieriges Kind. Sie wusste, dass sie dir mit ihrer Schulbildung irgendwann nicht einmal mehr bei den Hausaufgaben würde helfen können. Sie hatte

Angst vor den Fragen, die du stellen würdest und die sie nicht beantworten könnte. Je älter du wurdest, desto größer war ihre Überzeugung, nicht mehr, nun ja, mithalten zu können. Das ist alles. War dir das denn nicht klar?«

»Nein«, flüsterte ich. »Nein …« Nun, da Siobhan es ausgesprochen hatte, verstand ich nicht mehr, warum ich es nicht schon viel früher begriffen hatte. Es war doch so offensichtlich gewesen!

»Deshalb haben deine Eltern dich doch nie in London besucht. Deirdre sagte immer: ›Wir gehören da nicht hin. Sie soll nach Hause kommen, um uns zu sehen, aber was soll sie denn von uns denken, wenn sie uns in der Stadt sieht? Sie wird denken: Diese Hinterwäldler, hoffentlich ahnt keiner, dass das meine Eltern sind!‹ Und Colin hatte sowieso immer ein Problem mit mir. Die übliche Konkurrenz unter Geschwistern, die leider irgendwann eskalierte.«

»So hat Mam gedacht?«, fragte ich mit tränenerstickter Stimme. »Warum wusste ich das nicht?«

Siobhan wartete etwas, bevor sie antwortete. »Du warst ein Kind, Ally. Und irgendwann war der Zeitpunkt vorbei, da konnte sie nicht mehr einfach so mit dir darüber reden. Wie kann sich eine Mutter mit ihrer Tochter an einen Tisch setzen und sagen: Hör mal zu, ich hab so einen Respekt vor dir, ich komme mir neben dir so dumm und klein vor, dass ich gar nicht weiß, wie ich mit dir umgehen soll. Nein, das hat sie nicht fertiggebracht. Sie wollte, dass du sie respektierst.«

Ich konnte nicht aufhören zu weinen. Ich war glücklich darüber, endlich sicher zu wissen, dass meine Mutter mich immer geliebt hatte, und gleichzeitig unendlich traurig über die Zeit, die wir durch dumme Missverständnisse verloren hatten.

»Der Kopf ist nicht immer der beste Ratgeber«, hörte ich Siobhan sagen. »Die intelligentesten Menschen begehen die größten Fehler, weil sie zu lange über das Für und Wider einer Entscheidung nachdenken, statt auf ihr Gefühl zu hören. Auf ihr Herz. Deirdre ist keine dumme Frau, ganz im Gegenteil. Sie hat nur viel zu viel darüber nachgedacht, wie sie ihrem Kind das Beste bieten kann.«

Und ich dachte: Vielleicht ginge es Deirdre heute wirklich besser, wenn sie auf ihr Herz gehört hätte. Auch, wenn es mich dann nicht gäbe.

Gerade noch pünktlich traf ich in dem Café in Fitzrovia ein. Es befand sich nur wenige Minuten vom Oxford Circus entfernt. Kate liebte dieses Café, weil der Australier, der es führte, angeblich den besten Kaffee in ganz Großbritannien machte. Ich setzte mich an einen Tisch am Fenster, bestellte einen Espresso und nahm mir eine Zeitung. Kate war noch nicht da, vielleicht dauerte es doch etwas länger bei Benjamin in der Kanzlei.

»Du hättest ja mal anrufen können«, sagte eine vertraute Stimme. Ich sah auf: Benjamin stand vor mir und sah mich ernst an. »Darf ich?«

Ich nickte, und er setzte sich zu mir. Kein Begrüßungskuss wie sonst, dachte ich, ob er von Eoin weiß? Sieht man es mir etwa an?

»Kate hat sich wacker geschlagen, aber ich habe trotzdem aus ihr herausbekommen, wo ich dich finde.«

»Wie gut, dass sie nicht vorhat, sich beim Geheimdienst zu bewerben! Wollte sie nicht mitkommen?«

»Sie hat sich geschämt, weil sie meinen Verhörmethoden nicht standhalten konnte, und ist nach Hause gefahren.« Er lächelte, aber es war ein trauriges Lächeln. »Du kommst nach London, ohne mir Bescheid zu geben. Seit wann reden wir nicht mehr miteinander?«

»Es war eine spontane Entscheidung«, sagte ich langsam. »Ich bin sozusagen in letzter Sekunde auf den Flieger aufgesprungen. Und dann brauchte ich ein wenig Zeit für mich.«

»Verstehe«, sagte er und nickte.

»Wie war es mit Kate?«, fragte ich.

»Was du getan hast, war nicht richtig.«

Ich schluckte, sagte vorsichtshalber aber nichts.

»Ich kann ja verstehen, dass du deiner Freundin helfen wolltest. Aber dass du dich damit gegen mich gestellt hast, war dir das ganz egal? Und nicht nur gegen mich – gegen deine eigene Kanzlei! Warum hast du nicht mit mir geredet? Wir hätten doch eine Lösung finden können.«

»Benjamin, ich habe versucht, mit dir zu reden. Aber du hast immer nur gesagt, dass ich Kate nicht trauen soll. Du hast nur auf die Indizien geschaut, aber nie auf den Menschen dahinter.«

»Die Indizien waren eindeutig«, verteidigte er sich.

»Eindeutig manipuliert, aber nicht von Kate. Ich habe ihr nur ein paar Fragen gestellt, zehn Minuten im Internet recherchiert, und schon war die Sache klar. Warum hast du dir nicht die Zeit für eine Freundin genommen, die schon so viel für mich, für uns getan hat?« Ich schob meine Espressotasse zur Seite und legte die Zeitung ordentlich gefaltet auf den Tisch. Ich musste meine Hände beschäftigen. Wir saßen da wie zwei Fremde. Wir sprachen über Geschäftliches, aber nicht über uns. Die Sache mit Simm und Kate hatte uns weit auseinandergebracht, und noch so vieles mehr stand zwischen uns. Ich fragte mich, ob wir je diesen Graben überwinden konnten.

»Und warum hast du mich nicht vorgewarnt? Du hast Kate diese E-Mail an uns schreiben lassen. Jedem in der Kanzlei war klar, dass du dahintersteckst. Weißt du, wie das aussah?«

Ich explodierte. »Hast du dich etwa Simon Simm gegenüber geschämt? Er hat Kate bestohlen, *er* hat uns angelogen, *er* hat seine Mitarbeiter zu Falschaussagen und Urkundenfälschung angestiftet. Die Liste ist noch länger!«

»Unseren Mitarbeitern gegenüber kam das nicht gut an. Wir sind ein Team! Und dann spielst du mit verdeckten Karten. Für die Gegenseite!« Er verschränkte die Arme vor der Brust. »Ich kam mir vor wie ein Idiot.«

»Und ich konnte nicht glauben, wie jemand, der Kate kennt, ernsthaft davon ausgeht, dass sie … Ach, vergiss es.« Ich schüttelte ungeduldig den Kopf. »Du hast dich hoffentlich bei ihr entschuldigt.«

»Ich habe ihr ein faires Angebot gemacht.«

»Das ist kaum dasselbe.«

»Hör mal. Ich war mir sicher, dass Simm …«

»Lass es für den Moment gut sein, okay? Es gibt Wichtigeres.«

»Wichtigeres als die Zukunft unserer Kanzlei?« Benjamin zog die Augenbrauen hoch.

»Ja, stell dir vor. Da war doch was mit meiner Mutter, wenn ich mich recht erinnere.«

Er wirkte erschrocken, so als hätte er völlig vergessen, dass Deirdre im Krankenhaus lag. »Wie geht es ihr?«, fragte er. Seine Stimme klang nun weich und etwas tiefer als zuvor.

»Sie sind alle zuversichtlich. Ich fliege deshalb auch so schnell wie möglich wieder zurück. Ich brauchte nur … eine kleine Auszeit.«

Er nickte und beugte sich vor, um meine Hand zu nehmen. »Natürlich. Entschuldige. Es war wohl alles etwas viel in letzter Zeit für uns beide.«

Irritiert sah ich auf seine Hand, die auf meiner lag und dachte: Hab ich mich wirklich schon gegen Benjamin entschieden? Oder ist es nur, weil ich wütend auf ihn bin wegen Kate?

»Lass uns nach Hause fahren«, sagte ich.

Er lächelte. »Ich freue mich, dass du hier bist. Lass uns einen schönen, ruhigen Abend zu Hause machen.«

Ich sagte: »Ja, ich fürchte, wir müssen über so einiges reden.«

Er hörte gar nicht richtig zu, weil ihm etwas eingefallen war. Enttäuscht verzog er das Gesicht. »Oh, fast hätte ich es vergessen: Wir sind eingeladen.«

»Bei wem?«

»Leslie und Beatrice. Ich sag ihnen ab.«

Ich dachte rasch nach. Wäre es nicht besser, in Ruhe mit Benjamin zu reden? Klarheit zu schaffen? Aber vielleicht war es gut, die Dinge nicht zu überstürzen. Deshalb sagte ich: »Oh nein, lass uns hingehen. Ich habe die beiden ewig nicht gesehen. Immer ist irgendwas dazwischengekommen. Wir bleiben einfach nicht so lange.«

Benjamin nickte. »Sie werden sich wahnsinnig freuen,

wenn ich sage, dass du doch kommst. Ich hatte ihnen nämlich schon gesagt, dass sie wohl mit mir allein vorliebnehmen müssen.«

»Wunderbar, ich freue mich. Gehst du vorher noch in die Kanzlei?«

»Ja. Leider. Es gibt noch viel zu klären … mit Simon Simm. Ich muss versuchen, Kate davon abzuhalten, ihn nun ihrerseits zu verklagen.«

Ich biss mir auf die Zunge, um nicht zu grinsen. »Dann nehm ich ein Taxi nach Hause. Wir sehen uns bei Leslie und Beatrice?«

Benjamin nickte und half mir mit meinen Krücken.

»Dein Reitunfall?«, fragte er. »Musst du mir noch im Detail erzählen.«

»Meine Pferderettungsaktion«, korrigierte ich ihn.

»Wie auch immer. Schicke Dinger. Ich hoffe, du hast ein farblich passendes Kleid?«

»Das schon, aber habe ich auch eine passende Handtasche?«

Wir lachten, aber mein Lachen war nicht echt.

Deirdre,

du bist seit einer Stunde fort. Du warst so kalt, so habe ich dich noch nie gesehen.
Heirate mich, nicht ihn. Wir gehen weg, wie wir es immer vorhatten. Wir gehen in ein anderes Land. Wir werden dort zusammenleben und Kinder haben. Du bist doch alles, was ich habe, alles, was ich will.
Heirate ihn nicht.
Bitte.

25.

Die SMS von Eoin kam, als ich gerade im Taxi zu unserer Abendverabredung saß.

»Wo bist du?«

Ich wusste nicht, wie ich reagieren sollte, aber ich war ihm eine Erklärung schuldig. Wie wäre es mit der Wahrheit?, dachte ich zynisch. Es reicht doch, einen Mann anzulügen, oder nicht? Also schrieb ich: »London. Muss Dinge klären. Melde mich morgen!«

Er würde verstehen, was ich meinte.

Das Taxi hielt vor dem roten viergeschossigen Backsteinhaus von Leslie und Beatrice in Belsize Park. Die Belle Etage war hell erleuchtet, und die Haustür stand offen. Ich war nicht der erste Gast, und hinter einem der Fenster entdeckte ich Benjamin.

Ich ließ mir von dem Taxifahrer aus dem Wagen helfen, bezahlte und arbeitete mich die sechs Stufen zur Tür hinauf. Leslie erwartete mich bereits. Er hielt einen Cocktail in der einen Hand, eine Zigarette in der anderen. »Wir müssen auswandern«, seufzte er.

»Aha?« Ich küsste ihn flüchtig zur Begrüßung auf die Wangen.

»In diesem Land darf man draußen nicht trinken und drinnen nicht rauchen. Ich verbringe mein Leben auf der

Türschwelle!« Er verdrehte die Augen und nippte an seinem Cocktail.

»Seit wann darfst du drinnen nicht mehr rauchen?«

Er strahlte. »Beatrice ist schwanger! Deshalb der ganze Aufmarsch heute Abend.«

Es war immer noch wie ein Schlag in die Magengrube. Ich vermied es nach wie vor, in Kinderwagen zu schauen, und wenn irgendwo ein Baby zu sehen war, wandte ich den Blick schnell ab. Die beiden wussten, dass ich mein Kind verloren hatte, aber für sie war es längst Geschichte. Ich konnte ihm nicht böse sein, wie auch. Er hatte keine Ahnung, wie es sich anfühlte. »Herzlichen Glückwunsch«, sagte ich und zwang mich zu einem Lächeln. »Wann ist es so weit?«

Er winkte ab. »Sie ist jetzt im vierten Monat. Wir haben also noch etwas Schonfrist, um uns umzustellen.«

»Und um dir das Rauchen abzugewöhnen.«

»Liste der Dinge, die niemals passieren werden, Platz 1: Leslie raucht nicht mehr.« Er zog mit Inbrunst an seiner Zigarette und warf dann den Kopf zurück, um die knapp zu langen Haare aus den Augen zu schütteln. »Und du? Wie war's auf dem Bauernhof? Vom Heuboden gefallen?« Er deutete mit der Zigarette auf meinen Fuß.

»Du meinst das Cottage meiner Mutter? Es hat keinen Heuboden. Nur eine Steilküste.«

»Cottage. Entschuldigung. Spaß gehabt, mal abgesehen von der Steilküste?«

Wusste er es nicht oder hatte er als werdender Vater keine Kapazitäten für die Schicksalsschläge im Leben anderer? Ich verzichtete darauf, ihm von Deirdre zu erzählen und sagte stattdessen mit englischer Höflichkeit und Zurückhaltung: »Es war wirklich nett, vielen Dank.« Dann schwang ich mich auf meine Krücken und humpelte mit erhobenem Kopf dorthin, wo ich Benjamin vermutete. Er musste in einen anderen Raum gegangen sein, denn ich fand ihn nicht auf Anhieb. Dafür begegnete ich vielen Bekannten, die mir mit großem Hallo mitteilten, dass Beatrice schwanger war, und dann sofort wissen wollten, was mein Fuß machte. Unter den Gästen war auch Tina, unsere Mitarbeiterin. Sie stand mit dem Rücken zu mir und war mit ihrem Handy beschäftigt. Ich wollte mich zu ihr durchkämpfen, wurde aber immer wieder von jemandem, den ich kannte, aufgehalten. Ich wurde ungefragt zum Büffet gelotst, wo man mir ebenso ungefragt einen riesigen Teller – »Von allem etwas, dann musst du nicht so oft laufen« – zusammenstellte. Benjamin war immer noch nicht zu sehen. Dafür meldete mir mein Handy, dass ich eine ungelesene Nachricht hatte. Ich stellte meinen Teller auf einen der Stehtische, die Leslie und Beatrice offenbar extra für diesen Anlass zusammen mit dem Büffet gemietet hatten, und kramte mein Telefon hervor. Eoin, dachte ich. Aber es war nicht Eoin, sondern eine Nummer, die ich nicht kannte. Oder vielmehr: die ich niemandem zuordnen konnte, denn ich kannte sie ja schon. Von dieser Nummer hatte ich erst gestern das Foto geschickt bekommen. Noch bevor ich nachsehen konnte, zwängte sich Beatrice durch die Gästemenge zu mir. Ich gratulierte ihr zu ihrer Schwangerschaft, lobte das Essen, hörte mir Hymnen auf die Cateringfirma an und konnte dann nur noch ihren Hinterkopf bewundern, weil sie neue Gäste begrüßen musste.

Ich wandte mich ungeduldig der Nachricht von dem Unbekannten auf meinem Handy zu. Es war wieder ein Foto, wieder von Benjamin, wieder mit einer blonden Frau. Ich konnte nicht erkennen, ob es dieselbe war. Oder ob es wirklich Sandra Barnes war. Ihr Gesicht war nicht zu sehen, sie stand mit dem Rücken zum Fotografen. Ich sah nur, dass Benjamin seinen Arm um ihre Hüften gelegt hatte. Es konnte eine intime Geste sein, es konnte aber genauso gut die Momentaufnahme einer freundschaftlichen Begrüßung sein. Das Foto war vor einer Viertelstunde in der Bibliothek dieses Hauses aufgenommen worden. Selbst wenn Benjamin fremdging – wäre er so töricht, dies vor unseren Freunden auf einer Party zu tun, zu der ich auch eingeladen war? Und wenn das Bild hier aufgenommen worden war, dann befand sich der Fotograf ebenfalls hier. Wusste vielleicht gar nicht, dass ich in London war.

Ich hievte mich in das nächste Stockwerk, wo die Bibliothek war. Dort fand ich Benjamin, unschuldig mit einer blonden Frau plaudernd. Die blonde Frau hatte entfernte Ähnlichkeit mit Sarah Barnes, aber nur wegen ihrer langen blonden Haare und ihrer schlanken Figur. Sie war gute zehn Jahre älter als Sandra, und sie hielt Händchen mit einem sehr viel älteren Herrn, den ich als Professor für irgendetwas Geisteswissenschaftliches abgespeichert hatte. Es wollte mich also jemand provozieren und verunsichern. Mir weismachen, Benjamin hätte ein Verhältnis mit einer unbekannten blonden Frau.

Er sah mich und kam mir entgegen, um mich zu dem Professor und seiner Frau zu bringen. Ich hörte nur halb zu, als er uns einander vorstellte, weil ich mit den Augen den Raum absuchte, um herauszufinden, wer das Foto gemacht haben könnte.

»Irland, dass dieses Land überhaupt noch existiert, ist ein Wunder«, sagte die blonde Frau.

»Oh, Liebste, sie haben dort ganz wunderbare Dichter hervorgebracht. Und Musiker. Überhaupt, Künstler«, sagte der alte Professor.

»Natürlich, was sollen sie denn auch den ganzen Tag machen vor lauter Langeweile«, sagte seine Frau lachend, und Benjamin und der Professor stimmten ein. »Außer Schafe züchten kann man dort doch nichts machen, oder habe ich etwas verpasst?«

»Ich habe dort ein paar Leute kennengelernt, und es war kein einziger Schafzüchter dabei«, sagte ich spitz. »Taxifahrer, Postboten, Ladenbesitzer, Wirte, Krankenschwestern, lauter Menschen, die ganz normalen Berufen nachgehen, obwohl sie in Irland leben.«

»Na ja gut, die muss es sicher überall geben, damit ein Land halbwegs funktioniert, aber das sind doch keine *echten* Berufe. Sie haben wirklich gut daran getan, dass Sie rechtzeitig nach London gekommen und hiergeblieben sind«, sagte die Frau zu mir.

»Ach so, weil ich sonst in Irland Schafe züchten würde?«

»Ally, Darling, du weißt doch, was sie meint«, versuchte Benjamin, die Wogen zu glätten, aber ich hatte genug.

»Was denn? Soll ich höflich den Mund halten und mir dieses alberne Gerede anhören?«

Der Professor und seine Frau rissen schockiert die Augen auf.

»Vergraule ich mal wieder deine Mandanten? Ich weiß

nicht, ob ich nicht lieber auf solche Leute verzichten möchte.« Wütend drehte ich mich weg – und lief Tina in die Arme.

Sie schnappte nach Luft und wurde knallrot im Gesicht. »Was tust du hier?«, brachte sie hervor. »Du bist doch in Irland.«

»Nein, ich wollte hier mal nach dem Rechten sehen.« Ich hatte keine Zeit, über ihre seltsame Reaktion nachzudenken, denn Benjamin war mir gefolgt.

»Ally, entschuldige. Seine Frau ist wirklich ziemlich dumm. Aber er ist ein entzückender Mann. Wir sollten ihn vielleicht mal alleine …« Er hielt inne, weil sich Tina auf dem Absatz umdrehte und aus der Bibliothek rannte. »Tina!«, rief er ihr hinterher.

Und ich verstand gerade etwas, wofür ich viel zu lange blind gewesen war.

Ich ging zu einem der Fenster, das auf die Straße blickte, nahm mein Handy und wählte die Nummer des unbekannten Versenders. Ein Freizeichen war zu hören. Gerade kam Tina aus dem Haus gerannt. Sie blieb stehen, zückte ihr Handy, betrachtete das Display und drückte einen Knopf.

Bei mir ertönte das Besetztzeichen. Tina hatte mich weggedrückt.

Sie musste eine zweite Handykarte haben, die nicht über die Kanzlei lief und deren Nummer ich nicht kannte. Warum der ganze Aufwand? Und warum schickte sie mir Fotos von Benjamin und irgendwelchen blonden Frauen? Versuchte dabei noch, den Eindruck entstehen zu lassen, es sei dieselbe, mit der er mich angeblich betrog? Die Antwort auf meine Fragen folgte sofort: Benjamin kam aus dem Haus, lief Tina hinterher und packte sie am Arm. Sie wirbelte herum und schlug ihm ansatzlos ins Gesicht. Reflexartig fasste er mit der Hand an die Stelle, wo sie ihn getroffen hatte. Ich wählte ihre Nummer ein weiteres Mal. Diesmal antwortete sie.

»Du kannst ihn haben«, sagte ich und drückte die Taste zum Beenden.

26.

»Warum können wir nicht einfach darüber reden?«, rief Benjamin aufgebracht.

Ich stopfte so viel Kleidung wie möglich in den größten Koffer, den ich finden konnte. »Du hattest sehr lange Zeit und Gelegenheit, mit mir darüber zu reden. Wann fing es an? Als ich schwanger war?«

»Natürlich nicht!«, empörte sich mein Mann.

»Ist jetzt der richtige Zeitpunkt, um immer noch zu lügen?« Ich war müde, und mein Fuß schmerzte, weil ich ohne Krücken durch die Wohnung lief, um schneller voranzukommen. Ich ging ins Bad und räumte meine Sachen aus.

»Du wolltest mein Kind nicht haben!«, rief er mir hinterher. »Das war, als ob du mich nicht haben wolltest!«

»Also doch«, murmelte ich und warf meine Zahnbürste in einen alten Waschbeutel, den ich vor Wochen schon hatte ausmisten wollen.

»Hör zu, ich hab doch längst mit ihr Schluss gemacht! Das musst du mir glauben!«

»Klar«, sagte ich, und klang genauso gleichgültig, wie ich mich fühlte. Ich stopfte den Waschbeutel in den Koffer. Ich musste mich auf den Koffer setzen, um ihn schließen zu können.

»Ich schwöre es. Ich habe mit ihr Schluss gemacht. Ich will mit dir zusammen sein!«

»Das ist dir aber früh eingefallen! Es ist schließlich schon eine ganze Weile her, dass ich schwanger war.«

»Ja, aber ... Sie wollte mich nicht gehen lassen. Sie hat mir damit gedroht, dir alles zu sagen, wenn ich sie verlasse, und ...«

»Und deshalb musstest du weiter mit ihr schlafen! Bestimmt ein großes Opfer für den Fortbestand unserer Ehe.« Ich zerrte den Koffer vom Bett und zog ihn hinter mir her zur Treppe.

»Deshalb hat sie dir doch diese albernen Fotos geschickt! Ist das denn nicht Beweis genug, dass ich die Sache beendet habe?«

Auf dem Treppenabsatz blieb ich stehen. »Benjamin, mir ist das alles ziemlich egal. Ich fürchte, ich habe mir jahrelang etwas vorgemacht. Dieses Leben hier ist nicht das, was ich will, und du bist nicht der Mann, mit dem ich leben will. Es hat viel zu lange gedauert, das zu verstehen, aber jetzt hab ich es verstanden. Bleib bei Tina, such dir eine andere, mach, was du willst. Ich gehe.«

Fassungslos starrte er mich an. »Wo willst du hin?«

Ohne ein weiteres Wort schleppte ich den Koffer hinunter und versuchte, die immer heftiger werdenden Schmerzen zu ignorieren. Als ich unten angekommen war, rief ich Kate an. Ich weckte sie. »Kann ich bei dir schlafen?«

»Klar«, murmelte sie. »Aber ich kann dich nicht abholen. Ich hab was getrunken.« Ich hörte, wie ihr Bettzeug raschelte, als sie sich aufsetzte. »Verlässt du ihn?«

»Ja.«

»Ich glaube, das ist das Richtige … Bis gleich.«

Dann rief ich mir ein Taxi.

Benjamin war mir hinunter auf die Straße gefolgt. Er hielt meine Krücken in den Händen. »Ally, du bist die Frau, die ich liebe. Das musst du doch wissen!« Er lehnte die Krücken an die Hauswand und versuchte, mich zu umarmen. Ich wich zurück.

»Tja. Das ist dann wohl dein Pech. Ich weiß nämlich ganz sicher, dass ich dich nicht mehr liebe.«

»Sag mir, wo du hinwillst. Zu Kate?«

»Vorerst.«

»Und dann? Suchst du dir eine eigene Wohnung? Bitte, überleg es dir noch mal in Ruhe. Ich könnte …«

»Ich ziehe ins Cottage«, unterbrach ich ihn.

Er war für ein paar Sekunden sprachlos. Dann rief er: »Was, zum Teufel, willst du in Irland?«

»Was soll ich noch hier?«

»Hier bist du zu Hause!«

»Bin ich das?«

Er rang nach Worten. »In Irland kannst du nicht mal in deinem Beruf arbeiten!«

Fiel ihm nichts Besseres ein? »Dann arbeite ich eben etwas anderes. Ich hab mir noch keine Gedanken darüber gemacht. Aber irgendwas wird mir schon einfallen. Ich will nur weg von hier.«

»Ally, bitte! Ich tu alles, damit du bleibst! Was soll ich tun? Vor dir auf die Knie gehen? Bitteschön.« Er warf sich tatsächlich vor mir auf den Bürgersteig.

»Das ist albern. Steh wieder auf.«

Ein Taxi hielt direkt vor mir. »Sullivan?«, fragte der Fahrer.

»Nein, Russell«, sagte Benjamin ungeduldig und klopfte sich im Aufstehen den Straßendreck von den Hosenbeinen.

»Doch, Sullivan. Das bin ich«, sagte ich und hob demonstrativ den Koffer ein Stück an. »Könnten Sie mir helfen?«

Der Fahrer stieg aus und verfrachtete mein Gepäck im Wagen. Dann nahm er wie selbstverständlich die Krücken und bot mir seinen Arm an. »Junge Frau, können wir?«

Ich nickte, stieg ein und nannte ihm Kates Adresse.

»Komischer Typ«, sagte der Fahrer. »Quatscht Sie blöd an und wirft sich auf die Knie, obwohl er Sie nicht mal kennt, was?«

»Sie wissen gar nicht, wie recht Sie haben«, sagte ich.

Kate wirkte müde, aber glücklich.

»Ich sage das nicht nur, weil er sich mir gegenüber wie ein Schwein verhalten hat und ich ihm das wohl nie verzeihen werde. Ich sage das auch und vor allem, weil ich gesehen habe, wie du dich in der letzten Zeit verändert hast.« Sie drückte auf den Knopf ihrer Kaffeemaschine.

»Wie hab ich mich denn verändert?«, versuchte ich, die Maschine zu übertönen.

»Du siehst gesünder aus. Weißt du, trotz allem, was da gerade in deinem Leben passiert, kommt es mir so vor, als wärst du viel mehr bei dir. Vorher hattest du immer so etwas Getriebenes. Ich weiß nicht, wie ich es sonst nennen soll. So als wärst du auf der Suche und müsstest schnell weiter.« Sie nahm ihren Kaffee aus der Maschine und goss Milch drauf.

»Ich glaube, so sehr wie jetzt war ich noch nie auf der Suche. Jedenfalls fühle ich mich so.«

»Ich sag ja nur, was ich denke. Und ich denke, es ist gut, dass du Benjamin verlassen hast. Tina war ja schon immer hinter ihm her, oder?«

Ich zuckte die Schultern und rührte Zucker in meinen Kaffee. »Sie war angeblich nicht sein Typ. Viel zu nichtssagend, zu wenig Ausstrahlung, zu farblos. Sagte er jedenfalls früher immer, wenn ich ihn darauf ansprach, dass sie offensichtlich verliebt in ihn sei. Aber als er sich von mir zurückgewiesen fühlte, war ihm das offenbar ziemlich egal.«

»Da reichte ihm dann wohl die Bestätigung durch ein weibliches Wesen.« Kate trank ihren Kaffee fast in einem Zug aus. »Huh, jetzt werde ich hoffentlich ganz schnell nüchtern. Du glaubst gar nicht, wie befreiend es war, am Ende in allen Punkten die Gewinnerin zu sein.«

»Wir haben uns wohl beide befreit. Prost!« Ich hob meine Tasse. »Auf die Freiheit!«

»Aber noch mal zu Tina. Sie war in den letzten anderthalb Jahre seine Geliebte und hat sich nichts anmerken lassen?«

Ich lachte auf. »Weißt du was? Ich dachte sogar, sie hätte es endlich aufgegeben, Benjamin anzuhimmeln. Sie schien überhaupt nicht mehr an ihm interessiert zu sein, so wie früher.«

»Eine gute Schauspielerin?«

»Sie hat wohl eher aufgepasst, dass ich nichts mitbekomme. Oder sie war viel entspannter, weil sie hatte, was sie wollte. Und dann wollte sie irgendwann mehr, nämlich nicht nur Geliebte sein, sondern seine Frau. Das kann sie jetzt haben. Meinen Segen hat sie.«

»Sicher?«

»Ich habe mir jahrelang was vorgemacht.«

»Dein Leben war genau so, wie du es immer wolltest«, gab Kate zu bedenken.

»Manchmal will man wohl das Falsche.« Mir fiel etwas ein, das mich lächeln ließ. »Warum sind wir eigentlich Freundinnen geworden? Wir passen doch gar nicht zusammen.«

Kate nickte nachdenklich. »Auf den ersten Blick mag das stimmen. Aber in den letzten Tagen dachte ich immer wieder, dass wir uns doch ähnlicher sind, als du denkst. Und als es Benjamin lieb sein kann.« Jetzt lachte sie. »Er war ja so großzügig heute! Die Klage wegen Verleumdung wird zurückgezogen – ein Missverständnis, nannte er es. Und dann bot er mir Geld an, damit sein Mandant auch weiterhin die von mir entworfene Kollektion verwenden kann. Der Produktionsprozess sei schon so weit fortgeschritten, das könne nun nicht mehr aufgehalten werden ohne empfindliche Kosten, und wenn ich mich fürstlich bezahlen lasse, hätten doch alle was davon.«

»Klar, das war ja naheliegend. Wie viel wollten sie dir zahlen?«

»Fünfhunderttausend Pfund, wenn Simon Simm draufstehen darf. Damit würden sie mir alle Rechte abkaufen, und ich müsste noch einen Vertrag unterzeichnen, in dem ich mich zu absolutem Stillschweigen verpflichte. Hundertfünfzigtausend, wenn ich darauf bestehe, dass mein Name draufsteht. Keine Verkaufsbeteiligung, keine Abnahmegarantie für weitere Entwürfe, nur diese einmalige Zahlung. Das sei ebenfalls ein hervorragendes Angebot, weil ich ja automatisch ganz groß rauskommen würde, sobald mein Name in Verbindung mit Simon Simms eigener Kollektion fiele.«

»Das sind ja Herzchen«, grollte ich. »Wer war eigentlich alles anwesend? Benjamin, und wer noch? War Simm auch dabei?«

»Oh ja. Er war so schleimig und scheißfreundlich, dass ich am liebsten gekotzt hätte! Hat sich sogar bei mir entschuldigt und behauptet, diese Frau hätte ohne sein Wissen die Entwürfe besorgt, und er wäre davon ausgegangen, dass sie von ihr seien. Alles klar.«

»Sie stand nicht mal auf der Liste derer, die Stein und Bein geschworen haben, dass die Kollektion im Hause Simm entstanden ist, und nirgendwo sonst.« Ich lehnte mich zurück und lächelte. »Noch vor zwei Wochen hätte *ich* geschworen, dass Benjamin sich nie im Leben auf so etwas einlassen würde.«

»Da hättest du auch noch geschworen, dass er nie im Leben fremdgehen würde.«

»Schon gar nicht mit Tina.«

»Weil sie ja so nichtssagend und langweilig ist, oder wie war das?«

»Genau. Gar nicht sein Typ.«

»Aber dann hat sie ihn gezwungen.«

»Unter Druck gesetzt.«

»Er konnte gar nicht anders.«

»Mein armer Bald-Exmann. Eigentlich sollte er uns leidtun.«

Wir prusteten los. Das alles war so absurd, so surreal, dass mir die Tragweite meines Schritts noch gar nicht richtig bewusst war. Es fühlte sich bedingungslos richtig an, was ich getan hatte – der Gedanke, zu Benjamin zurückzugehen, erfüllte mich mit Widerwillen und Abscheu. Konnten sich Gefühle so schnell verändern? Hatte es schon länger in der Luft gelegen und sich jetzt erst entladen? Geschah einfach nur das, was schon vor Jahren hätte geschehen müssen?

»Was hast du den Herren denn nun gesagt?«, fragte ich und hielt gespannt den Atem an.

»Ich habe sie ausgelacht. Ich habe gesagt, dass ich mit meiner Idee und meinen Stoffen und Schnitten rauskommen will, ohne einen Simon Simm, der in meinen Augen ein mieser, verlogener Dreckskerl ist, und dass sie sich schon auf die Anzeige freuen können wegen Diebstahl und Betrug und … und … wegen was eigentlich noch?«

Ich lachte. »Das Wichtigste ist eine Unterlassungsklage, damit Simm die Produktion wirklich stoppt. Lass uns das alles besprechen, wenn du nüchtern bist und ich ausgeschlafen habe.«

»Was denn, erst in drei Wochen?«, rief Kate mit gespielter Entrüstung. Lachend fielen wir uns in die Arme.

»Wann hatten wir das letzte Mal so viel Spaß?«, fragte Kate, als wir uns wieder etwas beruhigt hatten.

»Es ist viel zu lange her.«

»Ich bin so froh, dass es dir endlich gut geht. Der wirkliche Tiefpunkt kam mit deiner Schwangerschaft, und nicht nur wegen Benjamins Fremdgeherei. Ich glaube, damals hast du schon gespürt, dass dein Leben falsch läuft. Du warst nur noch nicht so weit zu verstehen, woran es genau krankte.«

»Du hast sicher recht«, gab ich zu. »Es war nicht nur die Angst davor, keine gute Mutter zu sein. Es war auch noch der falsche Mann. Aber das hätte ich nie zugegeben.

Ich weiß es ja auch erst jetzt. Seltsam, dass man vieles erst so lange Zeit später versteht.«

»Aber jetzt bist du auf dem richtigen Weg«, sagte Kate und nahm meine Hand.

Ich zögerte, bevor ich antwortete. »Ich weiß gar nicht, was ich mir jetzt für mein Leben wünsche«, sagte ich leise.

Kate winkte ab. »Ach, immerhin weißt du sehr genau, was du nicht mehr willst. Das ist doch schon mal was.« Sie klatschte in die Hände. »Also, was machen wir jetzt als Nächstes?«

»Schauen, wann der erste Flieger nach Cork geht?«

»Guter Plan. Soll ich mitkommen?«

»Ich wäre beleidigt, wenn nicht.«

27.

»Tee?«, fragte Gerry, als wir uns in der Pine Lodge einen Tisch suchten.

»Kaffee«, stöhnte Kate. »Viel. Stark. Schwarz.«

»Für mich auch«, sagte ich.

Wir hatten kaum geschlafen, weil wir bis zum Morgengrauen geredet hatten. Dann hatte ich Kate beim Packen geholfen, und nach etwas, das sich wie Sekundenschlaf angefühlt hatte, waren wir zum Flughafen aufgebrochen. Gleich nach unserer Ankunft hatten wir im Krankenhaus nach Deirdre geschaut. Ihr Zustand war unverändert, sagte man mir, aber ich fand, dass sie besser aussah als noch vor zwei Tagen. Wie konnte das sein? Bildete ich es mir nur ein?

In Emerald Cottage packten wir unsere Sachen ins Wohnzimmer und schleppten eine Matratze in mein altes Zimmer, auf der Kate schlafen sollte.

»Wie zu Schulzeiten«, lachte sie. »Wenn man bei einer Freundin übernachtet hat.«

Mir fiel ein, dass sie nicht wie ich auf einem Internat gewesen war. »Ich hatte das jahrelang jeden Tag«, sagte ich.

Deirdres Zimmer war immer noch tabu. Sicherlich hätte sie nichts dagegen einzuwenden gehabt, hätte eine von uns dort geschlafen, aber wir hatten nach wie vor Hemmungen, in ihre Intimsphäre einzudringen. Und das, obwohl wir ihre geheimsten Briefe gelesen hatten. Gegen Mittag waren wir einigermaßen mit unserem Bettenlager zufrieden und beschlossen, uns etwas zu essen zu besorgen. Die Pine Lodge war dafür der beste Ort.

Gerry brachte uns den Kaffee, und Kate überlegte, ob sie wirklich schon etwas essen konnte.

»Ich habe einen Kater«, seufzte sie.

»Frag mich mal«, gab ich zurück.

»Welch Glanz in dieser Hütte«, rief eine Männerstimme hinter mir, die ich nicht sofort zuordnen konnte, mir aber bekannt vorkam. Bevor ich mich umdrehte, sah ich, wie Kates Augen aufleuchteten. Hinter mir stand Eoins Freund Patrick.

»Patrick«, sagte ich erfreut. »Willst du dich zu uns setzen? Das ist meine Freundin ...«

»Kate«, sagte Kate. Sie sprach eine gute Oktave tiefer als sonst und streckte ihm mit einer eleganten Bewegung ihre Hand hin, die er ohne zu zögern ergriff.

»Freut mich sehr. Sehr sogar!«, sagte Patrick und sprach ebenfalls ein paar Töne tiefer als sonst. Ohne den Blick von Kate zu nehmen, setzte er sich zu uns.

»Bleibst du länger hier?«

Kate lächelte. »Wer weiß?«

»Magst du Tiere? Ich bin nämlich Tierarzt und würde gerne wahnsinnig viele beeindruckende Dinge von mir erzählen, nachdem du mir alles von dir erzählt hast.«

»Wer sagt, dass ich das tun werde?«, zog Kate ihn auf.

»Ich werde einfach so lange fragen, bis du's tust.« Selbstvergessen lächelten die beiden sich an.

Es war kaum zu übersehen, was gerade geschah. Patrick war genau Kates Typ, und ganz offensichtlich hatte Kate in Patrick ein wahres Feuerwerk entfacht.

Gerry fragte, was wir essen wollten, und als ich meine Bestellung aufgab, zwinkerte er mir verschwörerisch zu.

»Da ist es wohl egal, ob ich Steak oder Spaghetti bringe, was? Die beiden Turteltauben merken sowieso nichts mehr«, raunte er. Ich lachte und wollte gerade etwas erwidern, als die Pubtür aufging: Der alte Flötist, der mir nun schon zweimal begegnet war und dessen CD Deirdre besaß, kam mit seinem Freund, dem Fiddler, herein. Gerry begrüßte die beiden. Kate und Patrick fiel gerade wieder ein, dass ich mit ihnen am Tisch saß.

»Patrick hat mir erzählt, dass du mitgeholfen hast, ein Pferd zu retten«, sagte Kate beeindruckt.

»Oh nein. Sie haben das Pferd gerettet, *obwohl* ich dabei war«, sagte ich. »Ein wunderschöner Schimmel, leider vollkommen abgemagert. Wie geht es ihm? Ist er noch in der Tierklinik?«

Patrick nickte. »Sie werden ihn wohl noch ein paar Tage dabehalten, bis er kräftig genug ist. Dann holt ihn Eoin ab, päppelt ihn weiter auf und sieht zu, dass er jemanden für ihn findet.«

»Ich find's toll, was ihr macht«, sagte Kate mit Nachdruck. Ich wusste, sie sagte es nicht, weil sie mit ihm flirtete, sondern weil sie es so meinte.

»Ich fänd's toll, wenn es nicht nötig wäre, was wir machen«, sagte Patrick ernst.

Der Flötist und sein Freund stimmten ein Lied an. Zu unserem Erstaunen stand Patrick auf und gesellte sich zu ihnen, um den Text zu singen. Er hatte eine kräftige, etwas raue Singstimme, und als er zum Refrain kam, stimmten einige der anderen Männer im Pub mit ein. Kate sah mich mit großen Augen an und formte ein »Wow« mit ihren Lippen. Wir ließen uns von der Stimmung mitreißen und klatschten den Takt mit. Das Lied hieß »As I Roved Out«, und wie so oft ging es um einen jungen Mann und ein junges Mädchen. Diesmal war nicht von tiefer, unerfüllter Liebe die Rede, sondern von einem Soldaten, der auf der Durchreise war, mit dem Mädchen schlief, und als sie ihn am nächsten Morgen fragte, wann sie ihn wiedersehen würde, um zu heiraten, gab er ihr einen Korb: »When broken shells make Christmas bells«, sagte er ihr, was so viel bedeutete wie: niemals. An dieser Stelle lachte Kate, aber ich musste an Deirdre und Naoise denken. Aber Naoise hätte sie geheiratet, dachte ich. Er hatte nur Zeit gebraucht, bis er so weit war …

Patrick kam zurück zu uns an den Tisch. Er war etwas rot im Gesicht und strahlte vor Freude.

»Du bist gut!«, sagte Kate.

»Mein liebstes Hobby, wenn ich nicht gerade Pferde rette oder Kühen beim Kalben helfe.«

»Hattest du Gesangsunterricht?«, bohrte Kate nach.

Er lachte. »Wir Iren können alle singen! Ich kann leider kein einziges Instrument spielen, dazu hat es nie gereicht. Also muss ich singen.«

Kate sah noch verzückter aus als zuvor, und ich war froh, dass Gerry gerade das Essen brachte. Wir aßen schweigend, weil wir der Musik zuhörten. Sie versetzte mich in diesen zeitlosen Zustand, in dem alles möglich schien. Ich dachte: Vielleicht ist diese Gegend doch verzaubert. Ständig bleibt die Zeit für eine Weile stehen. Das ist mir in London nie passiert.

Mein Verstand sagte mir, dass ich gerade meinen Mann verlassen hatte, dass ich mich deshalb unsicher und verwirrt fühlen müsste, aber die Musik entspannte mich und trug mich weg, sodass alles, was mich bis gerade eben noch belastet hatte, wie ein böser Traum schien.

»Wie geht es deiner Mutter?«, sagte Patrick, als wir fertig gegessen hatten.

Ich war schlagartig wieder zurück im Hier und Jetzt. »Ich glaube, es geht ihr langsam besser. Sie ist noch nicht aufgewacht, aber …«

»Du hast ein gutes Gefühl?«

Ich nickte. »Wahrscheinlich nur Wunschdenken.«

Patrick schüttelte den Kopf. »Wahrscheinlich weißt du einfach nur mehr als diese ganzen Ärzte.« Er lächelte mir aufmunternd zu.

»Ich fahre jetzt zu ihr. Willst du mitkommen?«, fragte ich Kate, obwohl ich die Antwort schon kannte.

Prompt schüttelte Kate den Kopf. »Ich würde gerne noch ein bisschen … echte irische Musik hören«, sagte sie und warf mir einen vielsagenden Blick zu. Die Musiker machten ausgerechnet in diesem Moment eine Pause, und wir mussten beide lachen.

Patrick versicherte mir, er würde sich vorbildlich um meine Freundin kümmern, er habe heute Nachmittag sowieso frei. Ich verabschiedete mich von den beiden, die sich sofort wieder tief in die Augen sahen. Ich wagte keine Prognose, was Patrick anging. Kate verliebte sich oft und schnell, nur um genauso oft und schnell tief enttäuscht zu werden. Zumindest aber würde Kate ein nettes irisches Abenteuer haben, das war so sicher wie die irische Unpünktlichkeit.

Ich lehnte gerade meine Krücken gegen das Auto, um die Wagentür zu öffnen, als jemand meinen Namen rief.

»Alannah?«

Es war der alte Flötist.

»Sie sind im Vorteil. Sie wissen, wie ich heiße. Das ganze Dorf weiß es natürlich. Aber ich kenne Ihren Namen nicht«, sagte ich und lächelte.

»Cathal«, sagte er. »Einfach nur Cathal, der gute alte Cathal. Ich wusste doch, ich kenne dich.«

»Ja, wir haben uns schon mal hier im Pub gesehen, und dann im Flugzeug …« Ich verstummte, weil er energisch den Kopf schüttelte.

»Mädchen, davon rede ich nicht. Ich bin ja nicht senil. Ich kenne dich, weil du Colins Tochter bist.«

Mir blieb der Mund offen stehen. Für alle war ich Deirdres Tochter, niemand hatte je meinen Vater erwähnt.

»Ja, es ist lange her«, sagte Cathal und kratzte sich gedankenverloren den Handrücken. Sein Blick schweifte ab. Ich folgte ihm: Dort, wo er hinsah, waren nur grüne Hügel und der weite Horizont, an dem sich kleine weiße Wolken gebildet hatten. Aber Cathal schien mehr zu sehen. »Ich kannte ihn gut, deinen Vater. Er war ja jeden Abend hier, bis zu seinem Tod. Ich habe ihn sehr gemocht. Tragisch, so früh zu sterben.« Jetzt sah er mich an, so als warte er auf etwas. Eine Reaktion. Ich wusste nicht, was er von mir wollte, aber sein Blick ließ mich frösteln.

»Ich vermisse ihn immer noch sehr«, sagte ich. Es war eine Phrase, und ich dachte: Stimmt das wirklich? Vermisse ich meinen Vater?

»Wie geht es Deirdre?«, wechselte Cathal das Thema. Die Tür der Pine Lodge ging auf, und der Fiddler rief nach ihm. Cathal drehte sich kurz um und winkte ihm zu.

»Unverändert«, sagte ich. »Ich bin gerade auf dem Weg zu ihr.«

Cathal nickte. »Schlimm, schlimm«, sagte er. Der Fiddler rief ein weiteres Mal nach ihm, aber diesmal reagierte der alte Mann gar nicht auf ihn. »Können wir uns kurz unterhalten?«, fragte er mich.

»Tun wir das nicht gerade?« Ich wurde langsam ungeduldig, weil ich endlich losfahren wollte, um Deirdre zu sehen.

»Nein, wir dreschen nur Phrasen. Ich würde mich gerne mit dir unterhalten.« Als ich zögerte, fügte er hinzu: »Ich weiß, was du denkst. Du denkst, was will der Alte von mir? Und du fragst dich, ob du Angst vor mir haben musst.« Er schüttelte den Kopf. »Hör zu, ich bin über siebzig. Ich war deinem Vater so was wie der nette Onkel, bei dem er sich auskotzen konnte. Deine Mutter war mir gegenüber genauso misstrauisch, wie du es jetzt bist, und ich war anfangs auch eher auf Abstand, sobald sie aufkreuzte. Aber über die Jahre haben wir gelernt, uns zu respektieren.«

»Über was wollen Sie mit mir reden?«, hakte ich nach.

»Colin. Ich habe Deirdre gesagt, dass sie es dir sagen muss. Wir haben nie wirklich geredet, Deirdre und ich, wir haben immer einen Bogen um das Thema Colin gemacht, aber einmal, nur ein einziges Mal habe ich sie gefragt: Weiß deine Tochter, was passiert ist? Und sie hat gesagt: Wenn es so weit ist, sage ich es ihr. Aber du weißt es immer noch nicht … Eigentlich ist es nicht meine Aufgabe. Eigentlich sollte ich sagen: Was geht's mich an? Das Mädchen fliegt irgendwann wieder nach London, ihr geht's gut, wie es ist, lassen wir sie in Ruhe. Aber ich finde, man muss wissen, woher man kommt. Und dazu gehört auch, über seine Eltern Bescheid zu wissen. Jeder hat ein Recht darauf. Und weil Deirdre nicht mit dir reden kann … Was ist, wenn sie nicht mehr aufwacht? Du musst es doch erfahren.«

»Was war mit meinem Vater?«, fragte ich atemlos, und mein Herz schlug bis zum Hals. Wovon sprach Cathal? War mein Vater doch nicht mein Vater? War es das?

Cathal schloss für einen Moment die Augen und kratzte sich wieder den Handrücken. Nach schier unendlichen Sekunden sagte er endlich: »Ich muss dir sagen, wie er gestorben ist.«

Eben hörte ich es von einem Freund. Du bist schwanger von Colin...
Möge euer Kind gesund zur Welt kommen und ein glücklicherer Mensch werden, als wir es waren.
~~*Deirdre, ich*~~
M.

28.

»Hast du dich je gefragt, warum es kein Grab gibt?«

Cathal hatte mich zu der Stelle geführt, an der mein Vater vor zehn Jahren seinen tödlichen Unfall gehabt hatte. Ich parkte am Straßenrand und wagte nicht, den alten Mann anzusehen aus Angst, was er mir erzählen würde. Im Mietwagen war es warm und stickig, weil die Sonne strahlend hell schien. Ich öffnete ein Fenster, aber es kam nur ein ganz sanfter Luftzug herein. Der Mietwagen roch immer noch neu, obwohl er schon achttausend Kilometer auf dem Tacho hatte. Seltsam, auf was man alles achtete, wenn die Nerven zum Zerreißen angespannt waren.

»Er wollte eine Seebestattung«, sagte ich, und mein Blick schweifte durch das offene Seitenfenster aufs Meer. Es lag ruhig und tiefblau, wie ein dunklerer Spiegel des Himmels.

»Es wird heute Nacht Regen geben«, sagte Cathal unvermittelt. »Ich kann ihn schon riechen.«

Irritiert sah ich mich nach allen Seiten um. Die weißen Wölkchen am Horizont waren verschwunden, es gab nicht den geringsten Hinweis auf Regen. Wie kam er denn jetzt darauf? Ich fragte mich ernsthaft, ob Cathal vielleicht nicht ganz richtig im Kopf war. Bevor ich etwas erwidern konnte, sagte er:

»In der Nacht, in der dein Vater starb, hat es auch geregnet. Es war ein Tag wie heute. Den ganzen Tag strahlend blauer Himmel, und nachts kam der Regen, aus dem Nichts. Deshalb fiel es auch allen so leicht, daran zu glauben, dass es ein Unfall war.« Er drehte sich zu mir um. Wir sahen uns an. »Bist du bereit?«

Ich schluckte und nickte.

»Ich habe Colin in der Pine Lodge kennengelernt. Das ist nun schon dreißig Jahre her. Er kam erst nur an den Wochenenden, dann immer häufiger, und schließlich trank er dort jeden Abend. Auch das steigerte sich von zwei, drei Bier zu etwas, bei dem sogar der Wirt fast nicht mehr mit dem Zählen hinterherkam. Wir Iren trinken alle viel, aber Colin …«

»Ich weiß«, unterbrach ich ihn. Es tat mir weh, es zu hören. Es war schon schlimm genug, dass ich selbst mit diesem Gedanken jeden Tag leben musste. Ich wollte nicht, dass es jemand anderes aussprach. Ich wollte nicht, dass jemand sagte: Colin Sullivan war ein Alkoholiker. Jedes Mal, wenn ich etwas getrunken hatte, beschlich mich die Furcht, selbst so werden zu können, und ich passte in den folgenden Tagen besonders auf, was ich trank. Dann verflog die Angst wieder, um beim nächsten Glas Wein zurückzukehren. So ging es schon mein ganzes Leben. Nachdem ich gestern Nacht mit Kate getrunken hatte, waren diese Gedanken heute wieder besonders schlimm. »Ich weiß«, wiederholte ich gereizt. »Und was hat das mit seinem Tod zu tun? Meinen Sie, weil er betrunken am Straßenrand entlanggetorkelt ist? Das weiß ich auch schon.«

»Langsam, Mädchen«, sagte Cathal und schenkte mir

ein trauriges Lächeln. »Es gab einen Grund, warum er getrunken hat. Der Grund war Deirdre. Dein Vater liebte Deirdre mehr als alles andere auf der Welt. Als sie seinen Heiratsantrag annahm, war er der glücklichste Mensch, den man sich vorstellen kann, und sein Glück schien perfekt, als du geboren wurdest. Aber dann veränderte er sich, wurde immer stiller und ernster und trank immer mehr. Am Ende war ich der Einzige, mit dem er noch redete.«

Siobhan hatte es fast genauso geschildert: Colin hatte sich im siebten Himmel gewähnt, und dann war er hart auf dem Boden der Tatsachen aufgeschlagen. Er hatte von Martin O'Connor gewusst, keine Frage. Ich sah Cathal an. Seine wässrigen graublauen Augen waren trüb, aber in seinem Gesicht spiegelte sich sein wacher Geist. »Er wusste, dass sie einen anderen liebte.«

Cathal nickte. »Sie hat es ihm nie gesagt, aber er hat es gespürt. Irgendwann wachte er morgens auf und wusste es. Er sagte: Ich weiß, dass das Kind von mir ist, ich weiß, dass Deirdre alles tut, um mich glücklich zu machen, aber ich weiß auch, dass sie nicht glücklich ist, weil ich nicht der bin, den sie wirklich liebt, auch wenn sie sich die allergrößte Mühe gibt, es zu tun.«

»Das hat er gesagt?« Mir stiegen Tränen in die Augen.

»Das hat er gesagt. Er hat noch jahrelang gehofft, dass er es sich nur einbildete und dass Deirdre ihn irgendwann richtig lieben könnte. Ich sagte immer zu ihm: Woher willst du wissen, dass sie es nicht tut? Sie hat dich geheiratet, sie lebt mit dir! Und er sagte: Ich sehe es ihr an, sie versucht es zu verstecken, aber ich sehe es ihr an. Weißt du, Alannah, ich dachte anfangs wirklich, er bildet sich das nur ein. Aber dann sah ich die beiden zusammen und wusste, was er meinte.«

»Was? Was haben Sie gesehen?«

»Die Sehnsucht in ihrem Blick.« Er drehte seinen Kopf zum Fenster und sah hinaus. »Die Sehnsucht nach etwas, das man nie haben kann. Dein Vater erkannte den Blick. Und ich auch, weil ich ihn als junger Mann selbst mit mir herumgetragen hatte.«

»Haben Sie diesen Blick noch immer?«

»Nein, ich kam drüber hinweg. Dein Vater hatte nicht so viel Glück, und wenn ich ehrlich bin, das ist der Grund, warum Deirdre und ich nie wirklich Freunde wurden. Colins Leid stand immer zwischen uns. Sie ging mir aus dem Weg, weil ich davon wusste, und ich nahm ihr übel, dass sie ihn so unglücklich gemacht hatte. Dein Vater litt und hoffte zwanzig Jahre lang an ihrer Seite. Dann gab er auf.«

Ich wischte mir mit beiden Händen die Tränen von den Wangen. »Er hatte doch schon vorher aufgegeben und angefangen zu trinken«, sagte ich verwundert.

Cathal nahm meine Hand ganz fest in seine. »Er konnte nicht mehr«, sagte er sanft. »Er wollte einfach nicht mehr.«

Erst jetzt verstand ich, was er mir damit sagen wollte. »Er hat sich umgebracht? Er ist absichtlich vor dieses Auto gelaufen?«, flüsterte ich.

Cathal nickte. »Zuvor hatte er alles testamentarisch geregelt. Kein Grab, darauf legte er besonderen Wert. Er hatte einmal gesagt: ›Ich will nicht, dass sich meine Frau und meine Tochter zu einem Erdhügel quälen und Blumen pflanzen, die keiner von uns mögen würde‹. Aber er hat auch einmal zu mir gesagt, dass er das Gefühl hat, eine Belastung für deine Mutter zu sein. Vielleicht wollte er sie nicht noch über seinen Tod hinaus belasten.«

Ich atmete tief durch. »Meine Mutter ist schuld an seinem Tod. Ist es das, was Sie mir damit sagen wollen? Sehen Sie es so?«

Cathal schüttelte den Kopf. »Ich habe sehr lange gebraucht, um zu verstehen, dass deine Mutter keine Schuld daran hatte. Es war Colins Entscheidung. Genau wie es Colins Entscheidung gewesen war, bei Deirdre zu bleiben. Er hätte gehen können, katholisch hin oder her, aber er wollte nicht. Ich sagte ihm: Wander einfach aus, lass alles hinter dir, du kannst deine Tochter ja noch sehen, und ein Kind hat doch mehr von einem Vater, dem es gut geht, als von einem, der sich zugrunde richtet. Aber nein. Er trank lieber und suhlte sich in Selbstmitleid. Glaub mir, ich hab ein paar Jahre mehr Lebenserfahrung als du. Deine Mutter hat alles getan, um ihn glücklich zu machen, und sie war dabei selbst unglücklich. Das einzige wirkliche Glück in *ihrem* Leben warst du.«

Wenn ich nach dem Gespräch mit Siobhan noch leise Zweifel gehabt hatte, sie könnte mir all diese Dinge nur deshalb gesagt haben, weil sie meine Tante war und mich trösten wollte, so waren diese Zweifel nun endgültig vom Tisch. Ich sah Cathal fest in die Augen.

»Vielen Dank, dass Sie mir das alles erzählt haben. Es war mir sehr wichtig. Ich glaube, Sie wissen gar nicht, wie viel es mir bedeutet.«

Er nickte. »Ich bin froh, dass du das sagst. Ich musste es dir sagen, aber ich hatte Angst, du könntest ganz anders reagieren.«

»Es tut weh«, gab ich zu. »Natürlich tut es weh. Aber gleichzeitig tut es gut, das alles zu wissen. Ich hatte immer das Gefühl, dass mit seinem Tod etwas nicht stimmte, aber ich wusste nicht, was. Es gab ja keine Anzeichen dafür, dass es etwas anderes war als ein Unfall.«

»Es hat keiner wirklich gewusst. Deine Mutter und ich waren die Einzigen, und auch wir haben nie wirklich darüber gesprochen. Ich muss auch sagen, dass ich es ihm übel nehme. Nicht, dass er sich umgebracht hat. Jeder ist für sich selbst verantwortlich. Aber wenn man schon in den Tod geht, dann sollte man auch dafür sorgen, dass andere nicht mit reingezogen werden. Der arme Kerl, der ihn überfahren hat, rennt bestimmt heute noch zum Therapeuten. Ein Amerikaner, weißt du.« Cathal lächelte schief. »Das war nicht sauber. Aber Colin war auch nicht mehr ganz … Herr seiner Sinne. Sein Urteilsvermögen … du weißt schon.«

»Ja. Danke.«

»Du willst jetzt sicher allein sein. Ich lass dich mal in Ruhe.« Der alte Mann öffnete die Beifahrertür.

»Ich fahre Sie zurück zum Pub«, sagte ich.

»Lass mal. Ich laufe. Das hält mich fit. Du musst nach dir sehen, nicht nach mir.« Er stieg aus, winkte und schlug die Tür zu. Dann ging er davon.

Ich blieb noch eine Weile sitzen. Mein Vater hatte sich also umgebracht. Und ich dachte, ich hätte das große Geheimnis im Leben meiner Mutter schon in den Briefen gefunden. Wie musste sie sich nach seinem Tod gequält haben, wie musste das schlechte Gewissen an ihr genagt haben! Ich sollte direkt ins Krankenhaus fahren und ihr sagen, dass ich alles weiß. Und dass ich nicht denke, dass sie irgendeine Schuld trägt. Sie hatte ihn sicherlich geliebt. Nur eben nicht so sehr wie Naoise. War das denn ihre Schuld? Cathal hatte recht, mein Vater hätte einfach gehen können, aber das hatte er nicht getan. »Die Hölle, das sind die anderen«, hieß es bei Sartre. So mochte es Colin gesehen haben. Aber die Hölle, das war man immer selbst.

Ich spürte, dass ich viel zu aufgewühlt war, um direkt zu Deirdre zu fahren. Ich wollte erst mit jemandem reden, um meine Gedanken zu ordnen. Jemanden, der mich verstehen konnte: Eoin. Ich hätte mich längst bei ihm melden müssen, ihm sagen müssen, dass ich wieder da war. Aber ich war sicher, dass er mir nicht böse sein würde. Besonders, wenn er erfuhr, was seit unserer letzten Begegnung alles geschehen war. Wenn ich nur daran dachte, hatte ich das Gefühl, in einem Karussell zu sitzen, das sich viel zu schnell drehte und noch an Geschwindigkeit zulegte.

Ich fuhr zu seinem Gestüt und parkte auf dem Zufahrtsweg. An der Tür des Wohnhauses hing ein gedrucktes Schild: »Bitte im Stall melden«. Ich klopfte also gar nicht erst, sondern ging gleich zu den Stallungen.

Sie befanden sich in einem großen, u-förmigen Gebäude und ließen Platz für fünfzig Tiere. Neben den Stallungen gab es ein großes Dressurviereck, und um die Stallungen herum lagen die Paddocks, Koppeln und teilweise mit kleineren Bäumen und Sträuchern bepflanzte Wiesen. Ich konnte die Zäune, die Eoins Land begrenzten, mit bloßem Auge nicht ausmachen. Kein Wunder, dass Oliver Jenkins sich an Eoin die Zähne ausgebissen hatte – wer würde dieses wunderschöne Stück Land aufgeben, um es mit Ferienwohnungen und Supermärkten bebauen zu lassen? Nur jemand ohne Herz und Sinn und Verstand würde das tun. Ich dachte kurz daran, dass ich Jenkins endlich ein für alle Mal absagen musste, verschob den Gedanken auf später und öffnete den Haupteingang des Stalls.

Im Stall war es sehr viel dunkler als draußen im gleißenden Sonnenlicht. Ich brauchte einen Moment, um mich an die Lichtverhältnisse zu gewöhnen. Gerade wollte ich Eoins Namen rufen, als ich Stimmen hörte. Seine und die einer Frau. Ich kannte die Stimme der Frau: Es war Keera. Beherzt stemmte ich mich auf den Krücken ab und ging in die Richtung, in der ich sie gehört hatte, als sie verstummten. Erst dachte ich, sie hätten aufgehört zu reden, weil sie mich gehört hatten. Aber dann sah ich sie, eng umschlungen in einen Kuss versunken. Vor Schreck ließ ich die Krücken fallen. Mit einem lauten Scheppern schlugen sie auf dem Boden auf. Eoin und Keera lösten sich voneinander und starrten mich entgeistert an. Ich dachte nicht lange nach, drehte mich auf der Stelle um und rannte nach draußen, so schnell es mein Fuß zuließ.

Eoin rief meinen Namen, als ich schon fast den Wagen erreicht hatte. Er rief immer noch nach mir, als ich schon eingestiegen war, das Auto gewendet hatte und zurück zur Straße fuhr.

Ich weinte nicht. Ich war wütend. Wie konnte er mir das antun? Gestern Morgen erst hatte ich sein Bett verlassen. Ich war mir so sicher gewesen, was seine Gefühle für mich anging. Hatte ich mich denn so sehr getäuscht? Warum küsste er nun Keera? Und warum betrogen mich gerade *alle* Männer in meinem Leben?

Ich raste in halsbrecherischem Tempo dahin.

Als ich mein Tempo drosseln musste, weil ich in der Stadt angekommen war, dachte ich: Benjamin hat mich niemals so wütend gemacht. Habe ich ihn wirklich jemals geliebt? *So* geliebt?

Ich saß wenig später am Bett meiner Mutter und erzählte ihr, was geschehen war. Ich ließ nichts aus, weder Benjamins Betrug noch Kates Triumph über Simon Simm, weder Cathal noch Eoin. Es half mir, mich zu beruhigen. Je länger ich sprach, je länger ich *mit ihr* sprach, desto sicherer war ich mir, richtig gehandelt zu haben. Es war, als könnte ich ihre Antworten spüren, obwohl wir nie zuvor solche Gespräche geführt hatten. Trotzdem wusste ich, was sie sagen würde. Dass sie sich für Kate freute. Dass sie genauso enttäuscht von Benjamin war wie ich. Dass Cathal richtig gehandelt hatte. Dass es auch richtig war, wie ich gerade handelte.

»Du hättest mir viel früher von Vater erzählen müssen«, sagte ich zu ihr. »Warum hast du es nicht getan? Hast du dich geschämt? Wolltest du mich nicht belasten? Ich hätte es schon ausgehalten. Weißt du, auch wenn das alles furchtbar verwirrend ist – ich denke, ich kann jetzt vieles sehr viel besser verstehen. Wenn auch nicht alles.« Ich atmete tief ein. »Das mit dem Cottage verstehe ich noch nicht. Das wirst du mir erklären müssen. Warum hast du es gekauft? Warum wolltest du ausgerechnet dort leben? War Naoise denn nicht schon zu der Zeit weggegangen? Und warum willst du es jetzt verkaufen? Weißt du, ich habe eine Entscheidung getroffen. Ich werde das Cottage nicht verkaufen. Schon gar nicht, ohne zu wissen, was es damit auf sich hat. Nein, es hat nichts mit Eoin zu tun. Ich mache nicht wieder eine Entscheidung von einem Mann abhängig. Es hat nur mit mir und dir zu tun. Mit uns als Familie. Ich habe viel zu viel von Benjamins Denken in den letzten Jahren übernommen. Jetzt muss ich auf meine innere Stimme hören. Und die sagt mir, dass Irland der richtige Ort für mich ist. Ich will hierbleiben. Ich will, dass du wieder aufwachst und im Cottage wohnst. Keine Sorge, ich ziehe nicht wieder bei dir ein. Aber ich bleibe in der Nähe. Damit wir uns oft sehen können. Es gibt noch so vieles, was ich mit dir zusammen erleben möchte.«

Was dann geschah, konnte ich kaum glauben. Erst dachte ich, ich hätte es mir eingebildet. Aber dann passierte es noch einmal: Deirdres Hand, die ich in meiner hielt, bewegte sich. Ich sprang auf und rief nach einer Schwester, dann setzte ich mich wieder neben sie.

»Mam«, sagte ich leise. »Mam, ich bin hier. Wach auf!«

Ihre Augenlider flatterten kurz, aber als die Schwester – eine, die ich bisher noch nicht kennengelernt hatte – ins Zimmer kam, war Deirdre wieder still und unbewegt wie zuvor.

»Sie hat sich bewegt«, flüsterte ich. »Sie hat gespürt, dass ich da bin.«

Die Schwester war nicht sehr beeindruckt. Sie sagte ein paar aufmunternde Sätze, überprüfte die Geräte, an die Deirdre angeschlossen war, und ging wieder.

»Soll sie doch denken, was sie will«, murmelte ich. »Ich weiß, dass du mich hören kannst, Mam.«

29.

Sie wollten, dass ich nach Hause ging. Sie sagten, ich bräuchte dringend Ruhe, und auch Deirdre bräuchte Ruhe. Aber ich wollte einfach nur am Bett meiner Mutter sitzen und ihre Hand halten, bis sie sich wieder bewegte. Ich hatte Angst, etwas zu verpassen, nicht dabei zu sein, wenn sie aufwachte. Ich wollte, dass ich die Erste war, die sie sah. Ich hatte Angst, Deirdre könnte spüren, dass ich wegging, und es falsch verstehen. Sich aufgeben. Gar nicht mehr aufwachen. Erst, als der diensthabende Arzt und zwei der Krankenschwestern mich mit sanftem Druck aus Deirdres Zimmer schoben, merkte ich selbst, wie erschöpft ich war und verstand, dass sie recht hatten.

Ich hielt kurz bei Tesco und holte mir ein Sandwich und eine Cola. Da ich meine Krücken nicht mehr hatte, musste ich die Schmerzen bei jedem Schritt aushalten, aber es störte mich nicht. Im Gegenteil, ich war froh über den körperlichen Schmerz, denn er lenkte mich ab von dem inneren Aufruhr, der mich sonst vielleicht um den Verstand gebracht hätte.

Nach dem Einkaufen fuhr ich nach Myrtleville. Ich rechnete nicht damit, dass Kate schon wieder zurück war. So schnell würde sie Patrick nicht laufen lassen. Aber es brannte Licht, als ich an Emerald Cottage ankam. Verwundert stieß ich die Eingangstür auf und rief nach ihr.

»Im Wohnzimmer«, rief eine Männerstimme, aber es war nicht Patrick, der geantwortet hatte. Es war Benjamin.

»Was tust du hier?«, rief ich gereizt in den Flur und kämpfte mich ins Wohnzimmer. Benjamin war nicht allein. Oliver Jenkins saß mit ihm zusammen, und der Wohnzimmertisch war mit Papieren bedeckt. »Was soll das?«

»Mrs. Russell.« Jenkins stand auf und ging auf mich zu, um mich zu begrüßen. Ich wich zurück. »Ich wollte Sie besuchen, um mit Ihnen über den anstehenden Verkauf zu reden. Ihr Mann war so nett, mich hereinzulassen, und dann war ich so frei, ihn schon mal mit allem vertraut zu machen.«

»Ally, ich war hier, um auf dich zu warten, als er kam«, sagte Benjamin und hatte den Nerv zu lächeln.

»Wie bist du hier reingekommen?«, fragte ich eisig.

»Mit unserem Notfallschlüssel natürlich«, antwortete er. Vor einem Fremden würde er niemals eine Schwäche zeigen. Er spielte glückliches Ehepaar, um Jenkins nicht in Verlegenheit zu bringen. Jenkins und sich selbst.

Oliver Jenkins setzte sich wieder an den Tisch und schob seine Papiere zusammen. »Ich fürchte, mein kleiner Überfall auf Sie, Mrs. Russell, kommt höchst ungelegen ...«

Er ließ den Satz in der Luft hängen, in der Hoffnung, ich würde ihn – wenigstens aus Höflichkeit – nicht wegschicken. Aber ich sagte: »Da haben Sie recht. Es tut mir wirklich leid, dass Sie umsonst gekommen sind, aber ich würde jetzt doch gerne mit …« Ich zögerte kurz. Wie sollte ich Benjamin nennen, »meinen Ehemann«? Das brachte ich nicht mehr über die Lippen. »… mit Mr. Russell allein reden.«

Jenkins räumte die Papiere in seine Aktentasche. »Natürlich. Natürlich. Ich muss mich entschuldigen, dass ich so unangemeldet … Aber ich war gerade in der Gegend und dachte … Na ja. Darf ich mich dann morgen wegen eines Termins bei Ihnen melden?«

»Nein.«

Die barsche Antwort schockierte ihn. Es dauerte ein paar Sekunden, bis er sich wieder gefangen hatte. »Dann passt Ihnen vielleicht ein anderer Tag?«

»Mr. Jenkins, ich habe mich entschieden. Ich werde das Cottage nicht verkaufen.«

»Aber Ihre Mutter …«

»Meine Mutter«, unterbrach ich ihn, »dachte, sie täte mir einen Gefallen, wenn es verkauft würde. Aber sie hat sich geirrt. Ich möchte nicht, dass Sie hier seelenlose Ferienhäuser hochziehen und die Landschaft mit einem Shopping Center verunstalten.«

»Kein Shopping Center«, korrigierte er mich rasch. »Wie ich Ihrem Mann gerade erklärt habe – und wie Sie wissen, ist er ein absoluter Befürworter des Projekts, nicht wahr, Mr. Russell?« Benjamin nickte eifrig. »Ich konnte ihn sofort dafür begeistern, und er meinte, einem Verkauf stünde seines Wissens nichts im Wege. Statt eines Shopping Centers, wie von Ihnen angenommen, wird lediglich …«

»Es interessiert mich nicht mehr, was Sie vorhaben«, fiel ich ihm ungeduldig ins Wort. »Sie werden Ihre Pläne nicht umsetzen können. Ich verkaufe nicht, und soweit ich weiß, verkauft Eoin O'Connor ebenfalls nicht, und damit fällt ein großer Teil des Baugebiets, das Sie bräuchten, weg. Sie werden sich wohl einen anderen Ort suchen müssen. Und jetzt darf ich Sie bitten zu gehen. Es ist schon spät.«

Jenkins wusste, wann er verloren hatte. Er klemmte sich die Aktentasche unter den Arm, nickte uns kurz zu und verschwand durch die Tür. Benjamin ging ihm hinterher, um sich wortreich für jegliche Unannehmlichkeiten zu entschuldigen und ihn zur Haustür zu bringen. Als er zurückkam, sagte ich:

»Unannehmlichkeiten, hm? Damit meintest du wohl mich?«

»Ally«, begann er in besänftigendem Ton, »bitte, ich bin hier, um …«

»Was hast du mit ihm besprochen? Dass ich das Cottage verkaufen will? Wie kommst du darauf? Du mischst dich einfach in meine Angelegenheiten ein, ohne zu wissen, was ich überhaupt vorhabe. Und dass du überhaupt den Nerv hast, hier aufzutauchen, nach allem, was geschehen ist.« Ich schüttelte fassungslos den Kopf. »Was willst du noch?«

»Mit dir reden. Du musst wissen …«

»Verschon mich. Das Einzige, was ich von dir demnächst wissen muss, ist der Scheidungstermin. Und jetzt geh bitte.«

Benjamin sah mich an. »Du wirfst mich raus? Mitten in der Nacht? Wo soll ich deiner Meinung nach hin?«

»Nach Hause. Was weiß ich. Aber geh.«

Ich ließ ihn stehen und ging nach oben in mein Zimmer, warf mich aufs Bett und schloss die Augen. Ich wünschte mir Ruhe, ich wollte alleine sein, aber es klopfte, und Benjamin sagte gedämpft durch die geschlossene Tür:

»Ally, ich komme heute nicht mehr weg, jetzt geht doch kein Flieger mehr. Kann ich nicht wenigstens über Nacht hierbleiben?«

»Nimm dir ein Hotel«, antwortete ich, ohne vom Bett aufzustehen.

»Das kannst du nicht von mir verlangen. Wir müssen doch noch so viel besprechen, wir …«

»Es gibt kein *wir* mehr.«

Für einen Moment herrschte Schweigen. Dann klopfte es wieder. »Darf ich reinkommen?«

»Auf gar keinen Fall.«

»Sollen wir uns durch die geschlossene Tür unterhalten?«

»Wie wäre es mit *gar nicht* unterhalten?«

»Ally, das hab ich nicht verdient.«

Ich musste lachen. »Ach ja? Was hast du denn deiner Meinung nach verdient?«

»Lass es mich dir doch erklären, bitte.«

»Willst du ein Plädoyer halten?«

Er zögerte kurz. »Wenn du es so nennen willst.«

»Kein Interesse.«

»Gut. Dann bleibe ich die ganze Nacht im Flur sitzen, klopfe an die Tür und sage eben von hier aus, was ich zu sagen habe.«

Ich wusste, dass er genau das tun würde. Seufzend sagte ich: »Geh runter, ich komme gleich nach.«

Ich blieb noch einen Moment auf dem Bett liegen und

dachte darüber nach, wie schnell sich Dinge ändern konnten. Mein Ehemann, den ich jahrelang treu und innig geliebt hatte, war mir so fremd geworden, dass ich ihn nicht einmal in mein Jugendzimmer lassen wollte, weil ich es als Eindringen in meine Privatsphäre empfunden hätte. Dabei spürte ich gar keinen Hass. Nur Abscheu und eine unüberwindbare Distanz.

Wenig später saßen wir uns im Wohnzimmer gegenüber. Benjamin redete auf mich ein, als hinge sein Leben davon ab. Er versuchte, sich zu erklären, und als ich ihn unterbrach, weil ich seine Ausreden nicht hören wollte, kam er mit dem Vorschlag einer Trennung auf Zeit. Ich dachte darüber nach, wie seltsam es doch war, dass mich das, was er sagte, gar nicht interessierte oder berührte. Er redete und redete, und irgendwann war ich so müde, dass ich sagte: »Weißt du, ich höre schon seit einer Viertelstunde nicht mehr richtig zu. Von mir aus leg dich aufs Sofa, aber lass mich in Ruhe. Und nimm morgen den ersten Flieger. Ich habe viel zu tun.«

Ich ging nach oben, ohne Gute Nacht zu sagen, wusch mir das Gesicht, putzte mir die Zähne und zog mich aus. Vom Fenster her hörte ich ein leises, langsames Trommeln, als würde jemand sacht mit den Fingerspitzen dagegentippen. Es hatte angefangen zu regnen. Cathal hatte also recht gehabt mit seiner Wettervorhersage. Ich legte mich ins Bett und dachte darüber nach, wie sich mein Verhältnis zu meinen Eltern in den letzten Tagen geändert hatte. So vieles, das ich endlich verstand, auch wenn die Wahrheit schmerzte. Aber sie schmerzte weit weniger als die Ungewissheit und die Spekulationen der vergangenen Jahre. Und über diesen Gedanken schlief ich ein, bevor ich das Licht löschen konnte.

Es muss das Bersten einer Fensterscheibe gewesen sein, das mich weckte. Schlaftrunken sah ich mich um. Das Licht war noch an, in meinem Zimmer war alles in Ordnung. Ich stand auf und ging in den Flur. Dort roch es nach brennendem Holz. Ich fragte mich verschlafen: Seit wann gibt es hier einen Kamin? Dann erst sah ich es. Mitten auf der Treppe brannte es. Wie ein Lagerfeuer. Nur dass es sich in Sekundenschnelle ausbreitete. Jetzt war ich hellwach. Die Flammen stiegen die Stufen hinauf und wurden zu einer Feuerwand. Sie züngelten an den Wänden entlang bis unter die Decke. Sie kamen immer näher. Ich spürte die Hitze auf der Haut. Erst, als ich dachte, ich müsste verglühen, schaffte ich es, mich aus der Schockstarre zu lösen und wich vor den näher kommenden Flammen zurück. Ich schrie um Hilfe, und im selben Moment ging der Feueralarm im Cottage los. Später würde ich mich daran erinnern, wie unlogisch meine Gedanken waren. Ich dachte: Ja, ich *weiß*, dass es brennt, warum macht denn keiner diesen Alarm aus?! Schritt für Schritt wich ich zurück. Mein Zimmer, dachte ich. Ich muss in mein Zimmer. Ich befand mich auf der anderen Seite des Flurs, nur wenige Schritte entfernt. Das Feuer breitete sich an der Wand entlang aus. Ich hatte zu lange gezögert. Ich sah, wie die Flammen nach meiner Tür griffen und mir den Weg in mein Zimmer versperrten. Warum brannte alles so schnell? War denn das gesamte Cottage aus leicht entzündlichen Materialien gebaut? Was hatten sich meine Eltern nur dabei gedacht? Hatten sie es denn nicht renoviert, als sie hier eingezogen waren? Oder kannte man damals noch keine Feuerschutzbestimmungen?

Sinnlos, Ally, ermahnte ich mich. Sinnlose Gedanken.

Hinter mir lag Deirdres Schlafzimmer. Es war meine einzige Rettung. Ich riss die Tür auf, floh hinein, schlug die Tür zu.

Sie würde nicht lange den Flammen standhalten. Aber wenigstens war es hier nicht so heiß wie im Flur. Von hier aus konnte ich nach draußen. Einfach aus dem Fenster springen. Alles war besser, als hier drin zu verbrennen. Dann fiel mir ein, dass ich in die Falle gegangen war. Unter dem Fenster war nur noch Steilküste. Ein schmaler Streifen nur trennte das Haus von dem Abgrund. Ich müsste direkt an der Wand hinabgleiten. Ein paar Zentimeter zu weit vor, und ich würde abstürzen. Aber hatte ich denn eine andere Chance?

Ich zögerte. Ich hatte Angst davor zu springen. Ich hielt den Fenstergriff in der Hand, aber ich zögerte. Die Flammen prasselten gegen Deirdres Tür, es klang wie viele gigantische Trommelwirbel. Gleich frisst es die Tür, dachte ich und drehte an dem Fenstergriff.

Nichts tat sich. Ich riss und zerrte und rüttelte, aber das Fenster blieb geschlossen. Hinter mir gab es einen lauten Knall. Ich fuhr herum und sah, dass die Tür geborsten war.

Das Feuer kam ins Schlafzimmer.

In diesem Moment wusste ich, dass ich sterben würde.

Ich rüttelte weiter am Fenster. Keine Chance. Es tat sich nichts. Schlag das Fenster ein!, sagte eine Stimme in meinem Kopf. Sie klang wie Deirdre. Schlag das Fenster ein!

Ich sah mich schnell nach etwas um, mit dem ich die Scheibe zertrümmern konnte. Das Feuer erreichte Deirdres Bett und tanzte auf ihren Kissen. Es war kaum noch Luft zum Atmen in dem Raum. Ich würde ersticken. Als ich nichts in greifbarer Nähe sah, das mir helfen konnte, hob ich den Ellenbogen und stieß ihn gegen die Scheibe. Einmal. Noch einmal. Und wieder. Endlich zerbarst das Glas. Ich schlug noch einmal gegen die Glasreste, bis der Fensterrahmen frei war.

Und jetzt? Springen?

Springen oder sterben. Springen und sterben. Bleiben und sterben. Das waren meine Möglichkeiten.

Ich sah mich um nach dem Feuer. Deirdres Kleiderschrank brannte nun auch. Danach würde die Kommode …

Die Briefe! Sie durften nicht verbrennen, nicht die Briefe!

Wie konnte ich in diesem Moment an Deirdres Briefe denken? Oder war es Deirdres Stimme in meinem Kopf, die da sprach? Ich griff einen der Schuhkartons unter der Kommode. Mit dem Karton unterm Arm wandte ich mich zum Fenster. Der Raum fing an, sich zu drehen. Atmen!, rief Deirdre. Aber der Atem brannte in meinen Lungen. Ich sank auf die Knie, den Blick auf das eingeschlagene Fenster geheftet. Es war doch nur wenige Zentimeter entfernt, warum konnte ich nicht einfach hingehen? Mir fielen die Augen zu. Ich war unendlich müde. In das Prasseln des Feuers mischte sich das Prasseln des Regens, denn Cathal hatte ja recht gehabt, es regnete, und jetzt gerade musste draußen eine Sintflut sein. Der Regen wird das Feuer löschen, dachte ich und sank mit dem Oberkörper auf den Boden. Einen Moment könnte ich schlafen … Nur einen ganz kleinen Moment … Und dann …

Eoin erschien mir im Traum. Er lächelte mich an, formte mit den Lippen meinen Namen, aber ich konnte ihn nicht hören. Er strich mir eine Strähne aus dem Gesicht, dann zog er mich an sich, hob mich hoch und trug mich fort. Ich fühlte mich wie der glücklichste Mensch, der je gelebt hatte. Frei, leicht und unbeschwert. Ich hatte keine Vergangenheit und keine Zukunft, ich hatte nur Eoin.

Dann war Eoin verschwunden, und es war, als würde ich blitzartig durch die Luft gleiten. Flog ich? Schwebte ich? Ein weißer Lichtstreifen zog an mir vorbei, gleißend helles Licht, das mir in den Augen wehtat. Ich hörte, wie jemand meinen Namen sagte. Viele Stimmen sagten meinen Namen. Ein ganzer Chor. Aber ich wollte nicht antworten. Ich wollte nicht.

Und dann war alles still und schwarz.

11. Mai 1979

Deirdre, mein Herz,

seit ich dir das letzte Mal schrieb, ist viel passiert. Angie ist verhaftet worden. Sie sitzt im Armagh Gefängnis ein. Ich darf sie nicht besuchen, aber meine Schwester hat mir von den Zuständen erzählt, die dort herrschen. Eileen sagte, Angie hätte sich nicht beschwert. Sie weiß es von den Verwandten der anderen Frauen, die dort sind. Angie ist der tapferste Mensch, den ich kenne. Ich bete, dass sie durchhält und ihr nichts geschieht, aber ich weiß, dass es nichts nützt. Eileen macht sich Vorwürfe und sagt, es sei ihre Schuld, dass Angie im Gefängnis ist und dass eigentlich sie an ihrer Stelle dorthin gehört. Sie hat etwas vor, das weiß ich. Und ich fürchte, es wird für sie sehr gefährlich.
Ich weiß nicht, ob meine Eltern es überleben, wenn Angie oder Eileen etwas zustößt. Sie haben mit Shane schon einen Sohn verloren (nun sind es schon vier Jahre ohne ein Lebenszeichen von ihm), ihr Schwiegersohn starb im Gefängnis, ihre Tochter kämpft einen aussichtslosen Kampf, der jederzeit tödlich enden kann…
»Diesen Krieg gewinnen wir nicht«, sagt meine Mutter immer, und mein Vater widerspricht ihr schon seit Jahren nicht mehr. Letztens sagte er: »Die im Norden sollen das alleine regeln, was geht uns das an.« Ich sagte: »Hast du vergessen, wofür deine Eltern gekämpft haben? Dein Onkel

Eoin? Weißt du, was du da sagst?« Er gab mir keine Antwort. Seither habe ich sie nie wieder ein Wort über Angie und Eileen verlieren hören. Sie sprechen einfach nicht mehr über sie, so wie sie nicht mehr über Shane sprechen.

Die beiden verhätscheln dafür nun meine vier Kleinen noch mehr als vorher. Eoin ist ihr erklärter Liebling, vielleicht, weil er der Jüngste ist. ~~Gestern brachte ihm mein Vater~~

Nein, was mache ich hier eigentlich? Ich schreibe und schreibe, und ich höre schon seit einem Jahr nichts mehr von dir. Seit genau einem Jahr! Heute ist der 11. Mai. Unser Tag seit sieben Jahren, seit ich dich das erste Mal in meinen Armen hielt: am 11. Mai 1972. Vor einem Jahr hast du mir gesagt, dass du Colin heiratest. Natürlich, ich habe dich zu lange warten lassen. Stand unsere Liebe von Anfang an unter einem schlechten Stern? Warum, frage ich mich, haben wir nie endgültig zueinandergefunden? Seit unserer ersten Begegnung denke ich jede Minute nur an dich. Ich will mit dir weggehen, mit dir leben, mit dir eins sein…

Gestern hörte ich, dass du im Februar eine gesunde Tochter bekommen hast. Ich wünsche alles Gute für dich und Colin, Gottes Segen für das Mädchen. Aber es zerreißt mich, weil eigentlich ich an deiner Seite sein sollte. Es ist meine Schuld. Ich bin ein Feigling.

Mein Herz, sieben Jahre sind vergangen. Ich schreib dir sieben Jahre, dass ich dich liebe, und dies ist mein letzter Brief an dich. Ich habe verstanden, dass du dein Glück woanders suchst, und dass du nur glücklich sein kannst, wenn du mich aus deinem Leben streichst. In meinem

Herzen ist nur Platz für dich, und vielleicht nimmt gerade das uns beiden die Luft zum Atmen.
Sei wenigstens du frei! Denk nicht mehr an mich! Lebe!
Und lass mich Lebewohl sagen.

M.

30.

Als ich die Augen aufschlug, war es gar nicht Eoin, der mich anlächelte, sondern Schwester Trish. Und sie zog eher eine Schnute, als dass man ihren Gesichtsausdruck als Lächeln bezeichnen konnte.

»Kindchen, Kindchen, mit Ihnen hat man wohl nur Ärger, was?«

»Ich hab doch gar nichts gemacht«, flüsterte ich. Meine Stimme gehorchte mir nicht. Ich räusperte mich, aber es half nichts.

»Nicht so viel sprechen. Hört sich sowieso noch nicht sehr schön an.« Sie werkelte an einem Infusionsschlauch herum, der direkt in meine Hand führte. Mein Arm war um den Ellenbogen herum dick verbunden.

»Was ist denn mit mir?«

»Rauchvergiftung, Schnittwunden am Arm, ein paar Abschürfungen, Schock, nichts, was Sie in den nächsten Tagen umbringen würde. Sie hatten aber auch einen Schutzengel.«

»Ich hab was von einem weißen Tunnel geträumt«, krächzte ich.

Trish reichte mir ein Glas Wasser. »Viel trinken. Das mit dem weißen Tunnel kenn ich schon. Und nein, das war mit ziemlicher Sicherheit keine Nahtoderfahrung, sondern nur der Krankenhausflur. Oder der Rettungswagen. Die Leute werden kurz wach, blinzeln ein bisschen, werden von dem Neonlicht geblendet, und schon denken sie, der Himmel sei nah.« Missbilligend schüttelte Trish den Kopf. »Leichtgläubiges Pack.« Ich musste lachen, brachte aber nur ein Husten zustande, und sie grinste. »Ist doch wahr«, fuhr sie fort. »Diese ganzen ›Ich habe das Licht gesehen‹-Berichte stammen bestimmt alle von Leuten, bei denen die Narkose nicht richtig eingestellt war. Kurz auf dem OP-Tisch wach geworden, in die Neonröhren geschaut und gleich Gott vermutet. Und jetzt trinken Sie mal Ihr Glas aus. Bevor Sie fragen: Ihrer Mutter geht es weder besser noch schlechter, und nein, Sie bleiben noch eine Weile im Bett. Draußen wartet übrigens Ihr Liebster auf Sie.«

Benjamin? Natürlich, er war ebenfalls im Cottage gewesen!

»Geht es ihm gut?«, fragte ich.

»Ganz hervorragend.«

Ich war erleichtert, dass ihm nichts geschehen war. Er hatte sich also retten können. Ihm war der Fluchtweg nicht versperrt gewesen. Das zu wissen, reichte mir. Deshalb sagte ich: »Ich will ihn nicht sehen, ich bin müde.«

»Kindchen, Sie sind undankbar. Er hat Ihnen das Leben gerettet, und jetzt *brennt* er darauf, seine Heldentat bewundern zu dürfen – entschuldigen Sie das alberne Wortspiel. Sagen Sie wenigstens Danke, sonst bin ich Ihnen wirklich böse. So ein netter Kerl.«

»Er hat mich gerettet? Du meine Güte … Richtig! Wie bin ich überhaupt aus dem Cottage gekommen? Ich kann mich an nichts erinnern. Ich vermute, er hat die Feuerwehr gerufen, und die haben mich rausgeholt? Meinen Sie das?«

Trish schüttelte den Kopf: »Trauen Sie ihm ein bisschen mehr zu. Der Gute hat eine lange Leiter geholt, ist raufgeklettert und hat Sie rausgetragen. Ich kann Ihnen sagen, er hat ein paar mehr Schrammen als Sie. Wollte trotzdem nicht stationär aufgenommen werden und lungerte stundenlang in der Cafeteria herum, weil ich ihn nicht auf die Intensivstation lassen wollte. Ich habe ihm gesagt: Junger Mann, da hätten Sie sich aber wirklich von uns aufnehmen lassen können! Sie hängen ja sowieso hier rum. Aber er blieb stur. Und jetzt kratzt er draußen an der Tür und will reingelassen werden.«

So weit war ich nun also, dass ich meinem Ehemann, den ich nicht mehr Ehemann nennen wollte, nicht zutraute, mir das Leben zu retten. Sie hatte recht, ich war undankbar. »Schicken Sie ihn rein«, sagte ich schließlich.

Trish lächelte zufrieden und verschwand aus meinem Blickfeld. Ich schloss die Augen und spürte die Tränen. Er hatte mich also gerettet. War das ein Grund, ihm alles zu verzeihen, es noch einmal mit ihm zu versuchen? War ich denn nicht lange Zeit sehr glücklich mit ihm gewesen, jedenfalls so lange, bis ich schwanger geworden war? Sicherlich musste ich mir einen Teil der Schuld dafür geben, dass er sich einer anderen Frau zugewandt hatte. Aber reichte das alles, um meine Entscheidung, ihn zu verlassen, rückgängig zu machen?

Einige Minuten später öffnete sich die Tür. Aber nicht Benjamin, sondern Eoin trat ein. Mir blieb die Luft weg vor Freude.

»Dein persönlicher Wachhund hat mich ganz schön

lange warten lassen«, sagte er, setzte sich zu mir ans Bett und nahm meine Hand in seine. »Du hast mir einen ganz schönen Schrecken eingejagt, weißt du das? Erst verschwindest du, ohne ein Wort zu sagen, und das Nächste, was ich sehe, ist, dass Deirdres Cottage abbrennt.«

»Eoin!« Ich setzte mich auf und umarmte ihn. »Du hast mich gerettet?«, flüsterte ich.

Er lachte und umarmte mich ebenfalls, aber ganz vorsichtig. »Dein Mann rannte etwas kopflos auf der Straße herum und rief zum wohl schon zwanzigsten Mal die Feuerwehr an, als ich kam. Ich hatte die Flammen von meinem Fenster aus gesehen und war sofort losgefahren. Zum Glück hatte ich eine lange Leiter im Wagen, weil ich Keera beim Anstreichen ihrer neuen Wohnung geholfen habe. Und der Rest, na ja.«

»Aber unter dem Fenster ist die Steilküste! Das war gefährlich. Du hättest abstürzen können.«

»Ach«, wiegelte er ab. »Da war schon genug Platz für meine Leiter und mich. Ich gebe zu, es war ein bisschen eng, aber es ist ja noch mal alles gut gegangen.« Er löste sich von mir und lächelte mich an, strich mir mit der Hand eine Strähne aus dem Gesicht und beugte sich wieder vor, um mir einen sanften Kuss auf die Lippen zu geben.

Er hätte sterben können. Was er getan hatte, war absoluter Wahnsinn gewesen. Er hätte abstürzen können. Er hätte in den Flammen umkommen können. Eoin hatte sein Leben für mich aufs Spiel gesetzt, ohne zu zögern. Ich war vollkommen überwältigt. Wieder umarmte ich ihn, und Freudentränen liefen mir übers Gesicht. Aber dann dachte ich: Keera. Wie passte das alles zusammen?

Ich ließ ihn los und sank zurück auf mein Bett. »Was ist mit Keera?«

»Dieser blöde Kuss? Ja … Sie ist in eine neue Wohnung in Cork gezogen, ich habe ihr beim Umzug geholfen, sie hat das alles missverstanden und mich im Stall mehr oder weniger überfallen. Mich angefleht, wieder zu ihr zurückzukommen, es noch mal zu versuchen, das alles. Ich sagte Nein, ich liebe dich nicht mehr, außerdem gibt es da Ally. Sie wollte daraufhin direkt an alte Zeiten anknüpfen und warf sich mir an den Hals. Dann kamst ausgerechnet du dazu, warst auch ganz groß im Missverstehen und ranntest weg, bevor ich irgendetwas erklären konnte. Tja. Keine drei Minuten später rannte dann auch Keera weg, weil sie verstanden hatte, dass es zwischen mir und ihr vorbei ist.« Er sah mich ernst an. »Dein Mann läuft hier auch irgendwo herum. Ich sag ihm, dass du aufgewacht bist.«

Ich griff schnell nach seiner Hand. »Bitte nicht. Ich habe ihm gesagt, dass ich mich scheiden lassen will. Er ist mir nachgereist, um mich umzustimmen. Wir scheinen gerade ein ganz ähnliches Problem zu haben, du mit Keera, ich mit Benjamin.« Ich lächelte schwach.

»Solange wir beide keins haben, ist mir das egal«, sagte Eoin und küsste mich wieder.

Die Tür ging auf, und Schwester Trish kam mit einer großen Plastiktüte von Tesco herein. Sie hielt die Tüte mit spitzen Fingern weit von sich weg. »Hier ist sie, die alte Schachtel, und damit meine ich ausnahmsweise mal nicht mich.« Sie gab Eoin die Tüte und verschwand wieder, nicht ohne gut hörbar zu murmeln: »Hach, diese Turteltäubchen, es wärmt einem das Herz.«

Eoin lachte. »Sie ist toll«, sagte er.

Ich nickte. »Was ist in der Tüte?«

Statt einer Antwort zog er die Schuhschachtel heraus, die ich unter Deirdres Kommode hervorgezogen hatte. Ich stieß einen überraschten Schrei aus. »Du hast die Briefe gerettet?«

»Briefe?« Eoin sah mich ratlos an. »Ich weiß nicht, was in der Schachtel ist. Ich weiß nur, dass du sie fest umklammert hattest, als ich dich fand.«

»Es war Wahnsinn, mich da rauszuholen«, sagte ich ernst. »Die Steilküste ist direkt unter Deirdres Fenster. Du hättest abstürzen können.«

»Es wäre Wahnsinn gewesen, dich da nicht rauszuholen«, antwortete er leise und küsste mich wieder. »Was ist also in der Schachtel?«, fragte er dann.

»Briefe von deinem Vater an meine Mutter«, sagte ich. »Ich wollte wenigstens ein paar retten. Schließlich sind sie unwiederbringlich, und sie haben Deirdre so viel bedeutet.« Ich löste den Knoten und hob den Deckel ab. Ich sah das grün schimmernde Smaragdherz zwischen den Rosenblättern. Es waren nicht die Briefe, die ich gerettet hatte, sondern das Herz! Ich nahm es heraus und sah es lange an, ohne etwas zu sagen. Dann hatte ich meinen Entschluss gefasst. Ich bat Eoin, Schwester Trish hereinzuholen und mir dabei zu helfen, sie davon zu überzeugen, dass ich auf der Stelle zu Deirdre musste. Trish hatte natürlich Einwände, aber dann holte sie murrend einen Rollstuhl, in den sie mich verfrachtete, murmelte etwas von unvernünftigen jungen Menschen, die offenbar rund um die Uhr Besseres zu tun hatten, als auf ihre Gesundheit zu achten, und schob mich an Deirdres Bett. Eoin blieb vor der Tür stehen, aber ich rief ihn hinein.

»Es ist wichtig, dass du dabei bist«, sagte ich. Er nahm sich einen Stuhl und setzte sich zu mir.

Sacht legte ich den Anhänger auf Deirdres Brust, direkt über ihr Herz. »Das schickt dir Naoise«, sagte ich leise. »Damit du gesund wirst. Sein Sohn ist hier, Eoin. Wir haben geredet, und weißt du was, Mutter, du hattest recht. Ich liebe ihn wirklich.«

Eoin sah mich überrascht an. »Das hat Deirdre gesagt? Wann?«

Ich lächelte ihn an. »Gestern war ich stundenlang bei ihr und wir haben, na ja, geredet. Die ganze Zeit hatte ich das Gefühl, ich könnte hören, was sie sagt. Ich hörte sogar ihre Stimme, als es brannte«, fügte ich nachdenklich hinzu.

»Sie ist dir näher, als du denkst«, sagte Eoin leise.

»Ich habe so viel über meine Eltern erfahren in der letzten Zeit, mir ist eine ganze Menge klar geworden. Ich weiß endlich, was mit meinem Vater los war. Ich weiß, warum Deirdre mich nach England geschickt hat. Aber ich weiß längst nicht alles. Es ist wie ein riesiges Puzzle, das ich nach und nach zusammengesetzt habe. Erst wusste ich nicht, wie das Gesamtbild am Ende aussehen würde. Jetzt habe ich den größten Teil geschafft. Aber etwas fehlt mir noch.«

»Ein kleines Eckchen?«

»Ich habe eher das Gefühl, es ist das Herzstück.«

»Und worum geht das da?«

Ich nahm Deirdres Hand in meine und sagte: »Um Emerald Cottage. Ich weiß immer noch nicht, warum sie es damals gekauft hat.«

»Vielleicht hat es ihr einfach gefallen?«

»Was für ein Zufall wäre das denn! Nein. Es muss etwas anderes sein. Dein Vater war 1980 schon fort, nicht wahr?«

Eoin nickte. »Im Jahr davor ist er verschwunden. Im Mai.«

»Wir sind 1980 eingezogen, ich war gerade ein Jahr alt. Der letzte Brief, den er an Deirdre schrieb, war vom Mai 1979. Er verabschiedet sich von ihr, aber er spricht nicht davon, dass er weggeht. Dachte sie, er sei noch da und hat das Cottage in seiner Nachbarschaft deshalb gekauft?«

»Glaubst du wirklich, das hätte sie ihrem Mann angetan?«

Ich sah Deirdre an und drückte ihre Hand. »Nein. Deshalb wundere ich mich ja so sehr. Ich kann mir nicht vorstellen, dass sie sich ein Häuschen kauft, um ihren Ehemann zu quälen. Das wäre Wahnsinn. Welchen anderen Grund kann es also gegeben haben?« Ich seufzte. »Wir werden darauf keine Antwort finden, nicht, bevor sie aufwacht und es uns selbst sagt.«

Eoin zögerte. »Warte … Sie hat einmal etwas gesagt, das ich damals nicht beachtet habe. Hoffentlich bekomme ich es noch richtig zusammen …« Er schloss die Augen und rieb sich die Stirn. »Sie sagte … ›Ich wollte dem, was ich so sehr liebte und viel zu früh verlor, einfach jeden Tag nah sein.‹ Damit meinte sie vielleicht die Erinnerung an meinen Vater?«

Ich schüttelte langsam den Kopf. In mir regte sich etwas.

… was ich so sehr liebte und viel zu früh verlor …

Sie meinte nicht Naoise, den hatte sie kaum *viel zu früh* verloren.

»Alan«, sagte ich.

»Wer?«

»Ihr Sohn. Unser Halbbruder. Sie war von deinem Vater mit Alan schwanger, aber dann verlor sie das Kind. In einem Brief schrieb dein Vater von Alans Grab. Ich glaube, ich weiß wo es ist.«

Eoin sah mich fragend an.

»In der kleinen Bucht unterhalb des Cottage.«

»Ich kenne die Bucht. Dort gibt es kein Grab.«

»Nein«, sagte ich. »Sie haben kein Kreuz und keinen Gedenkstein errichtet. Sie wussten es einfach, dass dies Alans Ort war.«

»Und woher weißt du es?«

Ich sah in Deirdres ruhiges, glattes Gesicht. Nichts regte sich, und doch sprach sie zu mir. »Ich weiß es von ihr.«

Wir saßen ein paar Minuten schweigend an Deirdres Bett. Ich fühlte mich ganz ruhig, ganz sicher und aufgehoben, und ich wusste mit einem Mal, dass ich sie loslassen musste. Alle Fragen, die ich an sie hatte, waren beantwortet, es war Zeit, Frieden mit ihr zu schließen. Mich zu entschuldigen, weil ich so wütend auf sie gewesen war und einfach nichts verstanden hatte. Ihr zu verzeihen, dass sie sich mir nicht anvertraut hatte. Mam, sagte ich in Gedanken zu ihr, Mam, zwischen uns ist jetzt alles so, wie es sein soll. Du bist eine großartige Frau. Wir haben viel zu wenig Zeit miteinander verbracht, aber ich weiß, dass du mich geliebt hast, und ich trage dich in meinem Herzen. Ich liebe dich.

Dann ließ ich ihre Hand los und sah Eoin an. Er stand auf und kam zu mir, um den Arm um mich zu legen.

In diesem Moment platzte Trish hinein. »So, und jetzt raus hier. Sie brauchen auch Ruhe. Und Ihre Infusion. Und Sauerstoff. Sie müssen wieder auf Ihr Zimmer. Sonst wird am Ende Ihre Mutter wach und muss sich um Sie kümmern, weil Sie nicht gesund werden!«

»Ich will hierbleiben«, sagte ich.

»Sie werden ganz sicher nicht hierbleiben«, mischte sich nun eine Ärztin ein, die hinter Trish auftauchte. »Sie waren schon viel zu lange hier.« Resolut schoben sie mich von Deirdre weg und brachten mich in mein Bett.

Eoin ließ sich allerdings nicht vertreiben. Er setzte sich in den Besucherstuhl neben meinem Bett und sagte: »Sie müssen mich schon raustragen, wenn Sie mich loswerden wollen.« Trish verdrehte die Augen und seufzte theatralisch.

»Das Herz«, sagte ich zu Trish, während sie mir den Infusionsschlauch wieder anlegte. »Lassen Sie es ihr. Bitte, lassen Sie es einfach liegen, wo ich es hingelegt habe.«

Trish hielt in der Bewegung inne und sah mich mit großen, überraschten Augen an. »Natürlich! Was denken Sie denn von mir?!«

31.

Trish weckte mich nur wenige Stunden später, um mir zu sagen, dass Deirdre aufgewacht war.

»Sie ist jetzt ansprechbar. Aber erwarten Sie nicht zu viel. Sie können sie kurz sehen – und ich meine kurz!«

»Ich kann also mit ihr sprechen?«, rief ich außer mir vor Freude. Ich hatte mich doch gerade erst von ihr verabschiedet. Ich hatte Frieden mit ihr geschlossen. Meine Wut gehen lassen, Deirdre gehen lassen. Ich verstand endlich, was manche Leute damit meinten, wenn sie sagten, man müsse loslassen, um etwas zu bekommen. Eoin sprang auf und legte den Arm um mich, um mir aus dem Bett zu helfen, und ich spürte, wie auch er vor Aufregung zitterte.

Trish holte uns schnell wieder auf den Boden der Tatsachen zurück. »Gesprochen wird in ein paar Tagen. Bis dahin wird nur ›Hallo‹ gesagt. Alles klar?«

Sie brachten mich im Rollstuhl an das Bett meiner Mutter. Deirdre lag noch genau so da, wie ich sie zurückgelassen hatte. Ich spürte Eoins Hand auf meiner Schulter. Erschrocken sah ich zu Trish.

»Ist sie wieder …«

»Nein«, beruhigte sie mich. »Alles in Ordnung. Sie ist wach.«

»Soll ich euch allein lassen?«, fragte Eoin leise.

Ich sah zu ihm auf und schüttelte den Kopf. Dann wandte ich mich meiner Mutter zu.

»Mam«, sagte ich, und Deirdre öffnete langsam die Augen. »Mam, wie geht es dir?«

Sie lächelte mich an. Mein Blick glitt über die Bettdecke. Das Smaragdherz war weg.

»Wo ist der Anhänger?«, fragte ich Trish.

Die Schwester zog nur lächelnd die Augenbrauen hoch. Deirdres Hand bewegte sich. Ich nahm sie. Sie hatte sie zur Faust geschlossen. Sanft berührte ich sie mit meinen Fingerspitzen, und sie öffnete die Faust. Auf ihrer Handfläche lag das Smaragdherz.

»Naoise«, sagte sie mit leiser, rauer Stimme. Mit einem Finger zeigte sie auf die Schiene an meinem Bein. »Naoises Bein war auch verletzt.« Dann hob sie ihren Blick und sah mir direkt in die Augen. »Ally, mein Kind. Wie schön.«

Ich konnte nicht anders, ich fing vor Glück und Freude an zu weinen.

»Mam«, schluchzte ich. »Mam, du bist wieder da!«

32.

Bereits einen Tag später durfte ich die Intensivstation verlassen und wurde in ein normales Krankenzimmer verlegt. Man verordnete mir noch ein paar Tage Ruhe, aber davon konnte keine Rede sein. Die Polizei stellte mir viele Fragen, da die Feuerwehr ihnen gemeldet hatte, dass der Brand im Cottage kein Unfall, sondern Brandstiftung gewesen war. Sie hatten zwei Verdächtige: Oliver Jenkins und meinen Mann Benjamin. Ich teilte ihnen mit, wie absurd ich diese Überlegungen fand, musste aber zugeben, dass sie recht hatten: Jenkins könnte sich gedacht haben, er hätte bessere Chancen, das Land von uns zu kaufen, wenn das Cottage abgebrannt war. Und Benjamins Motiv könnte Rache aus enttäuschter Liebe gewesen sein. Ich war froh zu hören, dass Jenkins ein wasserdichtes Alibi hatte und auch der Verdacht gegen Benjamin nach ein paar Tagen fallengelassen wurde.

Benjamin und ich sahen uns ein letztes Mal, bevor er zurück nach London flog. Nun, da alles zwischen uns geklärt war, konnten wir wieder einigermaßen offen miteinander reden.

»Wir haben uns auseinandergelebt«, sagte er. »Ich habe das jetzt verstanden. Wir wollen beide etwas anderes.«

»Ich dachte lange Zeit, dass wir dasselbe wollten.«

Er seufzte. »Aber deine Wurzeln waren stärker, nicht wahr? Bleibt mir nur, dir zu wünschen, dass du glücklich wirst.«

Ich legte meine Hand auf seinen Arm. »Wir hatten eine wunderschöne Zeit. Du warst mein bester Freund, und ich habe dich über alles geliebt.«

Er zog verlegen seinen Arm zurück. »Warum kannst du nicht …« Er brach ab.

»Wir haben uns irgendwann verloren. Tut mir leid.«

»Ich bin dran schuld, nicht wahr?«, sagte er bitter.

»Nicht mehr und nicht weniger als ich.«

Benjamin schwieg eine Weile, dann nickte er. »Pass auf dich auf.«

»Du auch.«

Als er ging, fühlte ich mich erleichtert. Aber Trauer war trotzdem in mir. Es war ein freundschaftlicher Abschied, aber wir würden keine Freunde bleiben, das wusste ich. Wir würden nicht mehr viel miteinander zu tun haben.

Auch Kate flog an diesem Tag zurück nach London. Sie hatte von dem Brand erst erfahren, als Eoin am Tag danach Patrick angerufen hatte, und machte sich schwere Vorwürfe.

»Wenn ich doch nur in der Nacht da gewesen wäre. Vielleicht wäre das alles nicht geschehen!«, seufzte sie.

»Kate, wir haben immer noch keine Ahnung, was genau geschehen ist. Du hättest ganz sicher nichts tun können. Im Gegenteil, du wärst nur unnötig in Gefahr geraten. Also sei froh, dass du nicht da warst.«

»Quatsch. Wie kann ich da froh drüber sein? Ich hätte dir vielleicht helfen können, statt mich in Cork zu amüsieren.« Sie schüttelte traurig den Kopf. »Da brauchst du mich mal ganz dringend, und ich bin nicht da.«

»Hey, *ich* hab einen Schock! *Mich* muss man bemitleiden, nicht dich!«, lachte ich. »Im Ernst, was du dir gerade denkst, ist totaler Quatsch.«

Kate zuckte die Schultern. »Trotzdem. Aber sag, wie geht's dir damit, dass dein Elternhaus abgebrannt ist? Du musst dich schrecklich fühlen.«

Ich nickte. »Letztens dachte ich noch: Hier hat sich so wenig verändert, es ist, als wäre die Zeit stehen geblieben … Und jetzt ist nichts mehr davon da. Deirdre und ich haben nur noch unsere Erinnerungen … Ja, es tut weh. Aber vielleicht ist es auch ein Neuanfang für uns beide, der uns guttut? Ich weiß es noch nicht.« Ich versuchte, zuversichtlich zu lächeln.

»Wer tut nur so was?«, murmelte Kate betroffen.

»Das findet die Polizei hoffentlich bald raus.«

»Patrick hatte eine Vermutung«, sagte Kate und senkte die Stimme. »Er sagte sofort: ›Keera!‹ Meinst du, da könnte was dran sein?«

Ich riss die Augen auf. Darüber hatte ich noch gar nicht nachgedacht! Aber natürlich, wenn man Benjamin einen Racheakt unterstellte, warum nicht auch Keera?

»Ich glaube, die Polizei weiß gar nichts von ihr«, sagte ich langsam.

»Vielleicht solltest du erst mal mit Eoin darüber reden, was der meint«, schlug Kate vor.

Ich nickte nachdenklich. »Du hast recht.« Dann musste ich grinsen. »Aber sag mal, was ist jetzt eigentlich mit Patrick? Habt ihr euch schon verabschiedet? Und wie seid ihr verblieben?«

Kate spitzte die Lippen und rollte mit den Augen. »Wer weiß, wer weiß …«

»Na komm, sag schon!«

»Ich weiß es doch selbst nicht! Er kommt demnächst mal nach London und besucht mich. Dann sehen wir weiter. Du weißt doch, ein gebranntes Kind scheut das Feuer. Mit Männern hatte ich noch nie Glück.«

»Ich wünsch es dir diesmal von Herzen.«

Sie lachte und umarmte mich. »Ich dir aber auch.«

Wenige Tage später wurde ich entlassen. Ich wohnte bei Eoin, und wir fuhren jeden Tag zusammen zu Deirdre ins Krankenhaus. Sie machte gute Fortschritte und wurde zusehends kräftiger und munterer. Schwester Trish wachte mit Argusaugen darüber, dass wir ihr nicht zu viel zumuteten. Gleichzeitig war ihr aber auch klar, wie gut es ihrer Patientin tat, wenn wir zu Besuch kamen, weshalb sie immer öfter großzügig darüber hinwegsah, sobald wir länger blieben, als wir sollten. Von dem Brand im Cottage erzählten wir ihr nichts, weil jede Aufregung von ihr ferngehalten werden sollte. Der Brand lag nun zwei Wochen zurück, und ich hatte bereits einen Architekten beauftragt, das Cottage wieder neu aufzubauen. Genau so, wie es vorher war. Auch wenn alle persönlichen Sachen verbrannt waren, hoffte ich doch, Deirdre damit wieder ein Zuhause geben zu können.

Es war ein wunderschöner Sommerabend. Ich war den ganzen Tag draußen gewesen und hatte Eoin zugesehen, wie er sich um seine Pferde kümmerte. Jetzt brachte er mich ins Haus und zeigte mir eine Abstellkammer hinter der Küche. »Deirdre hat mich gebeten, ein paar Dinge unterstellen zu dürfen. Es ist schon über zehn Jahre her. Sie hatte ja keinen Keller und keinen Dachboden. Es ist nicht viel, aber vielleicht willst du es dir ansehen?«

Es war wirklich nicht viel. Ich hatte erwartet, alte Sachen von meinem Vater zu finden. Vielleicht sogar die Möbel aus dem Schlafzimmer. Aber es war nur ein großer, altmodischer Koffer.

»Willst du ihn nicht aufmachen?«, fragte Eoin.

»Was ist drin?«

»Ich hab ihn nie geöffnet. Es sind doch nicht meine Sachen!«

Ich lachte. »Du warst in all den Jahren nie neugierig?«

»Ehrlich gesagt hab ich total vergessen, dass das alte Ding dort steht.«

Ich wollte ihn nicht hier öffnen. Ich wollte es an einem besonderen Ort tun, der Deirdre und mir viel bedeutete.

Wir schleppten den Koffer mit in die kleine Bucht, die unterhalb von Emerald Cottage lag. Dort öffnete ich den Koffer und wurde mit einem Schlag in die Vergangenheit befördert. Es waren lauter alte Bücher und Spielsachen von mir! »Gullivers Reisen« und »Der geheime Garten«, all die Bilder, die ich gemalt hatte, sogar die signierte Ausgabe von Patricia Lynch. Ein kaputt geliebter Teddybär, ein zerschlissenes Halstuch. Deirdre hatte alles aufgehoben, was mir als Kind wichtig gewesen war.

»Siehst du, sie hat dich immer geliebt«, sagte Eoin und nahm mich strahlend in den Arm.

»Ich muss mich wirklich bei ihr entschuldigen, ich war so dumm …«, seufzte ich.

»Ihr werdet bald sehr viel Zeit dafür haben.«

»Vorhin hat ein Arzt angerufen. Deirdre hat einen Platz in einer Reha bekommen.«

»Das ist gut«, sagte Eoin. »Dann haben wir genug Zeit, ihr schonend beizubringen, dass sie vorübergehend obdachlos ist.« Er biss sich auf die Lippen. »Irgendwann müssen wir es ihr ja sagen.«

»Es wird ihr so wehtun«, sagte ich.

»Aber das Wichtigste haben wir gerettet. Das wird sie freuen.«

»Das Smaragdherz?«

Eoin lachte. »Ja, das auch, aber ich meinte doch dich!« Dann wurde er ernst. »Ich habe vorhin mit Keeras Schwester telefoniert.«

Eoin und ich hatten über Patricks Verdacht gesprochen, Keera könnte den Brandanschlag verübt haben. Wir entschieden uns dagegen, gleich damit zur Polizei zu gehen, denn es war in der Tat nichts weiter als ein Verdacht, obwohl ich mich als Anwältin nicht sehr wohl damit fühlte, vor den Behörden etwas zurückzuhalten. Eoin wollte mit Keera reden, fand dann aber ihre neue frisch gestrichene Wohnung leer vor. Erst, als er die Verwandten und Freunde seiner Exfreundin abklapperte, erfuhr er, dass sie sich bei ihrer Schwester in der Nähe von Limerick aufhielt.

»Ihre Schwester hat mit ihr gesprochen, und Keera hat alles zugegeben. Sie ist vollkommen verstört und hat offenbar wieder einen schlimmen Depressionsschub.«

Entsetzt schlug ich eine Hand vor den Mund. »Wegen dir?«

Er schüttelte den Kopf. »Sie hat schon sehr lange Probleme. Deshalb haben wir uns auch unter anderem getrennt. Ich hatte versucht, ihr zu helfen, aber sie ließ es nicht zu. Wollte zu keinem Arzt, weil sie Angst hatte, sie müsste Medikamente nehmen. Aber ihre Schwester hat mir versichert, dass sie jetzt in Behandlung ist. Nächste Woche hat sie einen Platz in einer Klinik. Wir wissen nun also, wo sie ist und dass sie es war. Du kannst zur Polizei gehen und sie anzeigen.«

Ich sah ihn lange an. »Was bringt es, wenn ich sie anzeige?«

Er hob die Schultern, nahm eine kleine Muschel und warf sie in Richtung Wasser. Sie verfehlte ihr Ziel und fiel in den Sand. »Versicherung, was weiß ich …«

»Ist es sicher, dass sie sich helfen lässt?«

»Wir können am Montag noch mal ihre Schwester anrufen.«

Ich nickte. »Wenn sie nicht in die Klinik geht, denke ich noch mal drüber nach, ob ich mit der Polizei rede. Sonst nicht.«

Eoin sah mich erstaunt an. »Im Ernst?«

»Was bringt es denn?«, wiederholte ich. »Ich bin nicht auf Rache aus. Wenn es ihr irgendwann wieder gut geht, freue ich mich für sie.«

Eoin legte den Arm um mich und küsste mich. »Du bist unglaublich«, sagte er.

»Gleich wirst du mich noch viel unglaublicher finden«, kündigte ich an. »Ich habe mir nämlich erlaubt, mich nach deinem Vater zu erkundigen. Du wolltest doch wissen, was nach seinem Verschwinden 1979 mit ihm war und wie er gestorben ist.«

Eoin setzte sich kerzengerade hin und starrte mich entgeistert an. »Du … du hast es herausgefunden? Wie? Was?«, stammelte er.

»Eine alte Bekannte bei der Staatsanwaltschaft, die mir noch einen Gefallen schuldig war. Du konntest nichts über deinen Vater finden, weil er nicht unter seinem Namen gelebt hat. Er wurde im Zusammenhang mit dem Mountbatten-Attentat im August 79 verhaftet und landete in Long Kesh.«

»Im Gefängnis? Ohne Prozess, nehme ich an?«

»Ja.«

Eoin nickte langsam. »Seine ganze Familie hat für Irland gekämpft. Da darf es mich wohl nicht wundern, dass er ebenfalls diesen Weg eingeschlagen hat. Sicher wäre es anders gewesen, wenn …« Er sprach es nicht aus, aber ich wusste, was er sagen wollte: Wenn Martin und Deirdre geheiratet hätten, wäre Martin nie nach Nordirland gegangen …

»Wie es aussieht«, fuhr ich fort, »hat er sich anderthalb Jahre lang geweigert, seinen Namen zu nennen. Ob er wirklich an dem Attentat beteiligt war, ließ sich auch nie zweifelsfrei feststellen. 81 starb er dann im Februar während des Hungerstreiks.«

»Oh mein Gott. Was für ein schrecklicher Tod«, flüsterte Eoin.

»Er hätte es leichter haben können, wenn er geredet hätte.«

»Aber seine Überzeugung war stärker«, sagte Eoin. »Da hatte er endlich die Kraft, die ihm vorher gefehlt hat …«

»Du meinst bei Deirdre?«

Eoin nickte. »Vor seinen Gefühlen für sie ist er offenbar zurückgeschreckt, als es ums Ganze ging.«

»Und ist in den Krieg gezogen, um sich selbst zu bestrafen? Also ich weiß nicht …«, zweifelte ich.

»Warum hatte er den Mut, für sein Land zu sterben, aber zu viel Angst davor, mit der Frau zusammen zu sein, die er liebte?«

»Weil Deirdre ihn tiefer als jeder und alles andere hätte verletzen können?«, spekulierte ich.

»Vielleicht«, stimmte Eoin zu. »Vielleicht …«

»Willst du wissen, was ich noch habe?«

Er nickte.

»Eine …« Ich stockte und holte einen Zettel heraus. »Eibhlin Conchobhair …« Ich sah ihn fragend an.

Eoin korrigierte meine Aussprache. »Das ist die gälische Entsprechung für Eileen O'Connor. Meine Tante.«

»Ach! Jetzt verstehe ich. Sie beanspruchte den Leichnam. Offenbar ließ sie ihn hierher überführen.«

»Sie war nicht bei der Beerdigung«, sagte Eoin nachdenklich. »Wahrscheinlich hat Mutter ihr verboten zu kommen. Sie wusste wohl mehr, als sie uns Kindern jemals sagte.« Er sah mich an. »Nicht nur deine Mutter hatte Geheimnisse, siehst du?«

»Ich habe mich auch nach deinem Onkel, deiner Tante und deiner Cousine erkundigt. Aber sie sind alle spurlos verschwunden. Angie wurde in den frühen Achtzigern aus der Haft entlassen, und seitdem war sie weder in Großbritannien noch in Irland gemeldet.«

Eoin nickte traurig. »Vielleicht melden sie sich eines Tages. Vielleicht nie. Wenigstens weiß ich endlich, was mit meinem Vater war.« Er stutzte. »Aber wenn du das alles so schnell herausgefunden hast – warum konnte ich es nie in Erfahrung bringen?«

»Nachdem die Suche nach Martin O'Connor nichts ergeben hat, ließ ich nach Naoise suchen.«

»Du bist unglaublich«, wiederholte Eoin.

Ich legte meinen Kopf auf seine Schulter. »Das sind wir alle.«

Aussprache der irischen Namen

Deirdre	etwa »Dierdra«
Eoin	wie engl. »Owen«
Naoise	etwa »Niescha«
Róisín	etwa »Roo-schn«
Séamus	etwa »Scheimes«
Siobhan	etwa »Schiwoon«

Kleines Irland-Lexikon

Abkommen von Sunningdale (Sunningdale Agreement)
Am 9. Dezember 1973 versuchte die britische Regierung mit diesem in Sunningdale geschlossenen Abkommen, den Nordirlandkonflikt beizulegen, indem die politische Macht in Nordirland zwischen den (protestantischen) Unionisten und den (katholischen) Nationalisten aufgeteilt wurde. Es scheiterte nur wenige Monate später durch die Opposition der Unionisten, Anschläge der Provisional IRA und schließlich dem Generalstreik unionistischer Arbeiter im Mai 1974.

Armagh Gefängnis (Armagh Prison)
Bis 1986 ein Frauengefängnis in Nordirland, in dem auch die Frauen, die man verdächtigte, Mitglieder der IRA zu sein, untergebracht wurden.

Blanket Protest
1972 hatten sich die inhaftierten Mitglieder der Provisional IRA und der Irish National Liberation Army in Long Kesh durch einen Hungerstreik gewisse Privilegien erkämpft: Sie mussten keine Gefängniskleidung tragen und auch keine Gefängnisarbeit verrichten. Als 1976 der stufenweise Abbau dieser Privilegien verkündet wurde,

reagierten die Inhaftierten mit massiven Protesten. Sie weigerten sich, die vorgeschriebene Gefängniskleidung zu tragen und blieben stattdessen nackt, bedeckten sich höchstens mit den ihnen zur Verfügung stehenden Decken (*blankets*). Der Protest führte allerdings nicht zum gewünschten Erfolg, sondern lediglich zur Verschärfung der Haftbedingungen.

Blutsonntag (Bloody Sunday)
Als »Bloody Sunday« ging der 30. Januar 1972 in die Geschichte ein: In der nordirischen Stadt Derry schossen Soldaten bei einer Demonstration gegen die Internment-Politik der britischen Regierung auf die unbewaffneten Demonstranten. 13 Menschen starben, 18 weitere wurden durch die Schüsse oder andere Maßnahmen verletzt. Dies führte zu einer Eskalation des Nordirlandkonflikts.

Dirty Protest – Da der Blanket Protest die Lage im Maze Prison (Long Kesh) noch verschlimmerte und die Insassen auf dem Weg zu den Waschräumen und Toiletten von den Wärtern schwer misshandelt wurden, weigerten sich die Gefangenen ab 1978, ihre Zellen zu verlassen. Die eingebauten Handwaschbecken zerschlugen sie, wie auch das gesamte Mobiliar. Daraufhin ließ die Gefängnisleitung die Zellen nur noch mit Decken und Matratzen ausstatten. Die Gefangenen weigerten sich weiterhin, die Zellen zu verlassen, wodurch diese nicht mehr gereinigt werden konnten. Die Eimer, in denen sie ihre Notdurft verrichteten, ließen sie ebenfalls nicht mehr leeren und verschmierten die Exkremente an den Zellenwänden. Auch dieser Protest hatte zum Ziel, für die Inhaftierten wieder den Sonderstatus der politischen Häftlinge herzustellen. 1980 traten die weiblichen Gefangenen in den Dirty Protest ein.

Hungerstreiks

Einige Gefangene traten im Oktober 1980 in den Hungerstreik, um die Forderungen der im Maze Prison Inhaftierten durchzusetzen. Die britische Regierung sicherte zu, diese Forderungen zu erfüllen. Doch bereits im Januar 1981 wurde deutlich, dass nicht alles umgesetzt werden würde. Neue Hungerstreiks begannen im Februar (daraufhin endete der Dirty Protest) und zogen sich bis zum 3. Oktober des Jahres. Im Verlauf des Streiks starben 10 Gefangene, darunter der Unterhausabgeordnete Bobby Sands.

Internment-Politik

Eine Maßnahme der nordirischen Regierung zwischen 1971 und 1975, bei der vermeintliche Mitglieder irisch-republikanischer Untergrundgruppen interniert wurden. Allerdings geschah dies ohne gerichtliche Anhörung, und oft auch aufgrund falscher oder veralteter Informationen, wodurch viele Unschuldige inhaftiert wurden. Eine Untersuchung durch die Europäische Kommission für Menschenrechte erbrachte, dass die Gefangenen Foltermethoden wie Lichtentzug, Lärmfolter, Schlafentzug u.a. ausgesetzt waren.

IRA (Irish Republican Army)

Die IRA ging 1919 aus den Irish Volunteers hervor und führte während des Unabhängigkeitskriegs bis 1921 einen Guerillakrieg gegen die britische Regierung. Der Unabhängigkeitskrieg endete mit der Unterzeichnung des Anglo-Irischen Vertrags (»The Treaty«), woraufhin sich die IRA jedoch in Befürworter und Gegner dieses Vertrags spaltete. Die Gegner führten weiterhin die Bezeichnung IRA und kämpften fortan für ein einheitliches Irland, da sie die Spaltung in Freiheitsstaat und britisch regiertes Nordirland nicht akzeptieren wollten. Nach großen Unruhen spaltete sich 1969 zu Beginn des Nordirlandkonflikts die IRA in einen gemäßigten, sozialistischen (Official IRA) und einen radikal-militaristischen (Provisional IRA) Flügel. Lediglich die Provos sollten politisch fortan eine signifikante Rolle spielen. Sie sind im Allgemeinen gemeint, wenn von der IRA die Rede ist. Zahlreiche Anschläge in Nordirland und Großbritannien sind ihnen zuzuschreiben.

1994 erklärte die IRA einen einseitigen Waffenstillstand, um den Weg für das Karfreitagsabkommen frei zu machen.

2005 erklärte die IRA ihre vollständige Entwaffnung. Jedoch kommt es weiterhin immer wieder zu Terroranschlägen, zu denen sich eine Splittergruppe, die Real IRA, bekennt.

Karfreitagsabkommen (Belfast Agreement oder Good Friday Agreement)
Das Karfreitagsabkommen von 1998 besteht aus zwei wichtigen, aufeinander Bezug nehmenden Dokumenten: eins wurde von fast allen nordirischen Parteien unterzeichnet, das zweite ist ein internationales Abkommen zwischen Irland und Großbritannien.

Unter anderem wurde darin festgelegt: das Verhältnis zwischen Nordirland und diversen Einrichtungen in der Republik Irland und dem Vereinigten Königreich, Menschenrechte, die Entwaffnung paramilitärischer Gruppen, die Anerkennung der bestehenden nordirischen Grenzen, die Aussicht auf Entlassung von inhaftierten Mitgliedern paramilitärischer Gruppen aus britischen Gefängnissen, der Abzug eines Teils der britischen Sicherheitskräfte aus Nordirland. 1999 trat das Abkommen in Kraft. Sowohl in der Republik Irland als auch in der nordirischen Bevölkerung fand das Abkommen überwältigende Zustimmung.

Keltischer Tiger (Celtic Tiger)
Mit diesem Begriff wurde die Republik Irland wegen ihres rapiden Wirtschaftswachstums bezeichnet, das in den Neunzigerjahren begann und mit der Weltwirtschaftskrise 2007 abrupt endete. In der Zeit des Keltischen Tigers wurde Irland zu einem beliebten Ziel für Auswanderer anderer europäischer Länder. 2010 musste die irische Regierung die Europäische Union und den Internationalen Währungsfonds um Finanzhilfe bitten, um den Staatsbankrott abzuwenden.

Long Kesh
Ehemaliger Luftwaffenstützpunkt der Royal Air Force in Nordirland außerhalb von Lisburn, in dem nach seiner Stilllegung 1971 bekannte oder vermeintliche Mitglieder der IRA interniert wurden. Fünf Jahre später wurde Long Kesh aufgelöst. Die Gefangenen wurden in acht neu gebaute Blöcke (H-Blocks) verlegt. Offiziell hieß das Ge-

fängnis ab 1976 Her Majesty's Prison Maze. Mit dem Umzug in die neuen Gebäude endete der Status der Internierten als politische Gefangene, was innerhalb des Gefängnisses zu dramatischen Protesten führte.

Mountbatten-Attentat

Louis Mountbatten, 1. Earl Mountbatten of Burma (1900–1979), britischer Großadmiral und Onkel von Prinz Philip, starb am 27. August 1979 bei einem Bombenattentat auf sein Boot in der Bucht von Sligo (Republik Irland). Die IRA bekannte sich zu dem Anschlag.

Nordirlandkonflikt (The Troubles)

Ethnisch-politischer Konflikt, der in den späten Sechzigerjahren begann und dessen Ende mit dem Karfreitagsabkommen 1998 bezeichnet wird. Gegenstand der Auseinandersetzungen waren der konstitutionelle Status Nordirlands und die Beziehungen von hauptsächlich Unionisten (meist englisch- und schottischstämmige Protestanten, die nach Nordirland übersiedelt waren) und irisch-katholischen Nationalisten. Neben den politischen Auseinandersetzungen spielten auch die (para)militärischen Konflikte eine große Rolle, die bis nach England und sogar auf das europäische Festland reichten.

Osteraufstand (Easter Rising)

Der Osteraufstand von 1916 gilt als Wendepunkt in der Geschichte Irlands. Irische Republikaner erhoben sich gegen die britische Herrschaft. Zwar wurde der Aufstand nach sieben Tagen niedergeschlagen, doch führte er letztlich zur Unabhängigkeit des Landes.

Provos
Die Provisional Irish Republican Army ging 1969 aus einer Spaltung der IRA hervor. Die sogenannten Provos hatten als Ziel, Irland wieder zu vereinen. Als linke paramilitärische Organisation setzten sie dazu neben politischen Mitteln auch Waffengewalt ein.

Sands, Bobby (1954-1981)
Mitglied der Provisional IRA. Während er seine zweite Haftstrafe in Long Kesh absaß, nahm er am Hungerstreik 1980 teil und führte den kurz darauf folgenden Hungerstreik 1981 an. Zu diesem Zeitpunkt wurde er dank einer spektakulären Wahlkampagne ins Unterhaus gewählt, was dem Streik noch größere Aufmerksamkeit bescherte. Daraufhin erließ die britische Regierung ein Gesetz, nach dem niemand, der eine mehr als einjährige Haftstrafe zu verbüßen hatte, zum Abgeordneten gewählt werden durfte, um zu verhindern, dass noch weitere Insassen von Long Kesh Sitze im Unterhaus bekamen. Nach 66 Tagen ohne Essen starb Sands und wurde zur Symbolfigur des irischen Widerstands.

Sinn Féin
1905 gegründete irisch-republikanische Partei, die sowohl in Nordirland als auch der Republik Irland im Parlament vertreten ist. Parteiziel ist es, die nordirischen Grafschaften der Republik Irland anzugliedern. Sinn Féin wird auch von manchen als »politischer Arm« der Provisional IRA bezeichnet, da es historische und inhaltliche Verbindungen gibt.

Teilung Irlands
Im 12. Jahrhundert eroberten die Engländer und Normannen Irland, im 17. Jahrhundert begann die systematische Besiedlung der Provinz Ulster mit schottischen und englischen Protestanten. Seither kam es immer wieder zu Konflikten zwischen (irischen) Katholiken und Protestanten. Seit 1801 befand sich das Land mit der Auflösung des irischen Parlaments vollständig unter britischer Herrschaft. Unabhängigkeitsbestrebungen scheiterten immer wieder. Der Osteraufstand 1916 brachte, obwohl er ebenfalls niedergeschlagen wurde, eine erste signifikante Wende. Der folgende Unabhängigkeitskrieg 1919–1921 führte zur Errichtung eines irischen Freistaats, allerdings ohne sechs der neun Grafschaften, die zu der Provinz Ulster gehören.

Valera, Éamon de (1882–1975)
De Valera übernahm 1917 den Vorsitz der irisch-republikanischen Partei *Sinn Féin*. 1926 gründete er mit anderen Sinn Féin-Mitgliedern die Partei Fianna Fáil, die zur stärksten Kraft im irischen Parlament wurde. 1932 wurde de Valera zum irischen Premierminister gewählt, was er durchgehend bis 1948 blieb. Für die Zeiträume 1951–1954 und 1957–1959 wurde er jeweils wiedergewählt. Anschließend war de Valera bis 1973 irischer Staatspräsident.

Stefanie Gercke

Große Afrika-Romane von Stefanie Gercke

»Nehmen Sie die Emotionen von *Vom Winde verweht* und die Landschaftsbilder von *Jenseits von Afrika*, und Sie bekommen eine Vorstellung von Gerckes Roman: richtig schönes Breitbandkino im Buchformat.« ***Brigitte***

978-3-453-40609-4

Schatten im Wasser
978-3-453-47024-8

Feuerwind
978-3-453-40500-4

Über den Fluss nach Afrika
978-3-453-40609-4

Schwarzes Herz
978-3-453-40636-0